Ina Linger

Falaysia

Fremde Welt

Band II: Trachonien

Impressum
Copyright: © 2013 Ina Linger
Einbandgestaltung und Zeichnungen: Ina Linger
Fotos: Stefan Gerlinger und Heinz Gohlke
Titelschriften: Roger White and Bolt Cutter Design
Lektorat: Faina Jedlin
Druck und Verlag: Create Space
ISBN-13: 978-1484986899
ISBN-10: 148498689X

Falaysia

Fremde Welt

Band 2

Für meine Großmutter, die die Gabe der Fantasie und des Schreibens an meine Mutter und somit auch an mich weitergegeben hat.
Ich werde dich nie vergessen.

Und für meine Freunde und alle lieben Leser, die mich so sehr beim Schreiben dieses Buches unterstützt und motiviert haben.
Danke!

1

Benjamin hatte Angst. Das war eine Tatsache, die er nicht verleugnen konnte, denn sein Körper gab schon seit längerer Zeit alle Anzeichen dafür von sich: erhöhte Pulsfrequenz, rascheres Atmen, ein stetiges Flattern in seinem Bauch, leichte Übelkeit und ein Engegefühl in der Brust. Sein Herz schlug mittlerweile so schnell, dass er das Gefühl hatte, es würde ihm jeden Moment aus der Brust hopsen und dann munter die Straße hinunter rollen, in die er so angespannt starrte.

Als kleinerer Junge hatte er oft davon geträumt, richtige Abenteuer zu erleben, gefährliche Dinge zu tun und Mysterien auf die Spur zu kommen. Angst war ein aufregendes Gefühl gewesen – wenn sie nicht zu intensiv gewesen war, sondern eher einer stärkeren Aufregung geglichen hatte. Inzwischen war er jedoch alt genug, um Spiel und Fantasie von der Realität zu unterscheiden und zu erkennen, wann er sich tatsächlich in Gefahr begab. Er wusste, dass riskante Handlungen Konsequenzen nach sich führen konnten, die nicht nur nicht schön, sondern manchmal sogar furchtbar waren.

Sich in die Angelegenheiten seiner Tante einzumischen, war von Anfang an eines dieser heikleren Unternehmen gewesen, von denen ein Junge seines Alters lieber die Finger lassen sollte – das hatte er sofort gespürt. Dennoch hatte es ihn nicht davon abgehalten, sich ihr aufzudrängen, sie dazu zu zwingen, seine Hilfe anzunehmen. Eine Stimme tief in seinem Inneren hatte ihm gesagt, dass es wichtig war, dass Melina und vor allen Dingen seine Schwester Jenna seine Unterstützung brauchten. Auf was für einen Irrsinn er dabei stoßen würde, hatte er allerdings nicht ahnen können. Wer rechnete schon damit, dass es Magie in der Tat gab, dass Parallelwelten existierten, in die man andere Menschen verschleppen konnte; Parallelwelten, die gefährlich waren, weil sie von der Moderne so weit entfernt waren wie die Erde vom anderen Ende des Universums.

Melina hatte Schwierigkeiten gehabt, ihm die Geschichte von Demeon und dem Spiel der Magier zu erzählen. Das war ganz verständlich, nicht nur weil sie wie die fantastische Geschichte einer Geisteskranken klang, sondern auch weil Melina – wenn die Geschichte der Wahrheit entsprach (und das bezweifelte Benjamin mittlerweile nicht mehr) – aus jugendlicher Dummheit die Leben zweier Menschen zerstört hatte und nun auch noch mit schuld daran war, dass Jenna in einer fremden Parallelwelt feststeckte.

Benjamin hatte ihr nicht sofort geglaubt. Natürlich nicht. Wer würde das schon? Aber als seine Tante einen Stift auf ihrem Tisch zu ihm hinüber geschoben hatte – und zwar ohne ihn mit den Fingern zu berühren – war er vor Schreck vom Stuhl gefallen und *gezwungen* gewesen, ihr zu glauben. Der Gedanke, dass es Magie, Hexen und Zauberer wahrhaftig gab, machte ihm immer noch Angst. Doch er hatte das im Griff, zumindest solange er es nur mit seiner Tante zu tun hatte. Sie gehörte schließlich zu den Guten. Vor Demeon hatte er allerdings einen riesen Schiss. Er war auch der Grund für seine mal stärker, mal weniger stark aufwallende Panik bezüglich seiner bevorstehenden Mission.

Benjamin spähte vorsichtig um die Ecke. Die Straße war immer noch menschenleer. Das verwunderte ihn auch nicht weiter, denn er hatte auch innerhalb der letzten Minuten keinerlei Geräusche vernommen. Wo blieben sie nur? Sie waren doch lange genug auf Demeons Zimmer verblieben. Er warf einen flüchtigen Blick auf seine Armbanduhr. Nun gut, zehn Minuten war noch kein wirklich langer Zeitraum. Sie würden bestimmt bald erscheinen.

Benjamin zog sich wieder zurück, schloss die Augen und bewegte seine Schultern, um diese furchtbare Anspannung aus seinem Körper zu vertreiben.

‚Es wird alles gut gehen. Es wird alles gut gehen', sprach er sich innerlich immer wieder zu. ‚Du tust das für Jenna. Sie braucht dich. Du kannst das.'

Jenna. Wenn er nur an sie dachte, wurde es in seiner Brust ganz eng und er hatte mit den Tränen zu kämpfen. Erst seit sie weg war, war ihm bewusst geworden, wie wichtig sie für ihn war, wie sehr er sie liebte und brauchte. Sie war über die letzten Jahre ganz unbemerkt zu seinem Mutterersatz, war ein Teil seines Lebens geworden, den er niemals missen wollte und ohne sie zu sein… Er schluckte schwer, kämpfte die Tränen nieder, die schon wieder in seine Augen drängten. In dieser Situation war heulen ziemlich unangebracht und das tat er auch sonst schon zu genüge, immer nachts in seinem Bett, wenn niemand anderes es sehen konnte. Nein, er musste jetzt stark und konzentriert sein, um diesem vermaledeiten Zauberer endlich den so dringend benötigten Strich durch die Rechnung zu machen, sein teuflisches Spiel kaputt zu schlagen – worin dieses auch immer bestand.

So richtig verstanden hatte er das alles noch nicht. Das musste sich Benjamin insgeheim eingestehen, auch wenn er vor seiner Tante so getan hatte, als ob er alles sofort begriffen hatte und wunderbar mit allem klarkam. Andererseits war ja auch sie selbst nicht ganz sicher, ob das, was sie wusste, tatsächlich der Wahrheit entsprach. Es gab auf jeden Fall diese andere Welt und eine Verbindung zu der, in der *sie* lebten, ein Tor, das nie an ein und derselben Stelle blieb und damit ziemlich schwer zu finden war. Und dann gab es da noch dieses Spiel, das die alten Magier früher immer gespielt hatten: Schicke zwei Menschen in die andere Welt und sehe zu, dass derjenige, der zu dir gehört, das Tor zuerst findet. Dann hast du gewonnen… Oder so ähnlich.

Demeon hatte dieses Spiel und wohl auch das Tor vor rund fünfzehn Jahren gefunden und Melina dazu eingeladen, es mit ihm zu spielen. Sie waren zunächst davon ausgegangen, dass es sich nur um eine Scheinwelt handele und sie sich selbst zu den Spielern machen könnten. Doch das stellte sich schnell als Irrtum heraus und so involvierten sie ein junges Mädchen, das ebenfalls geringe magische Kräfte besaß, in ihr ‚Abenteuer'. Sie sollte nur helfen das Tor offen zu halten, damit Melina hindurchgehen konnte. Nur leider funktionierte das nicht und Sara, so hieß das Mädchen, entschied sich dazu, es selbst einmal zu wagen. Sie verschwand und erst danach begriffen Melina und Demeon, dass Falaysia keine Scheinwelt, sondern eine reale Welt war, aus der man nicht wieder so einfach herauskam, wie man hineingekommen war. Die beiden Magier begannen zu recherchieren und bemühten sich über alle Maße, das

Mädchen wieder zurückzuholen, mit dem Effekt, dass ein weiterer Mensch, ein Junge namens Leon, ebenfalls nach Falaysia verschwand.

Demeon versuchte mit aller Macht, die verzweifelte Melina dazu zu drängen, es weiter zu probieren, die beiden Menschen zurückzuholen. Irgendwann gab er zu, dort auch ‚Spieler' zu haben, die er zurück nach Hause bringen wollte. Dies führte allerdings nicht dazu, dass Melina ihm nachgab. Ganz im Gegenteil. Das Geständnis ließ sie begreifen, dass Demeon sie belogen hatte. Er hatte längst gewusst, dass Falaysia eine echte Welt und dass es unglaublich schwer war, andere Menschen daraus zurückzuholen, denn er hatte bereits *vor* ihrem ‚ersten' Spiel zwei Personen dorthin gebracht. Er hatte ihre Naivität ausgenutzt, um zu versuchen diese Menschen zurückzuholen – und vor allen Dingen *ohne* sie über sein Vorhaben aufzuklären.

Von diesem Moment an hatte Melina begonnen, generell an Demeons Aufrichtigkeit ihr gegenüber zu zweifeln. Sie hatte mit ihm gebrochen, war sogar über Jahre vor ihm geflohen, weil er nahezu besessen von Falaysia und dem Spiel zu sein schien, sie nie in Ruhe ließ. Und nun, da er Jenna nach Falaysia gebracht hatte, war sich Melina sicher, dass sehr viel mehr hinter dem ‚Spiel' steckte, dass das, was sie darüber wusste, nur die Spitze des Eisberges war. Benjamin hatte ihr sofort zugestimmt. Er hatte den Mann gesehen, seine eigenartige Aura gefühlt. Das war keine Person, die aus reinem Mitgefühl für die armen ‚Spielfiguren' in Falaysia agierte. Dieser Mann hatte einen anderen Plan, einen sehr viel größeren, bei dem es um sehr viel mehr ging, als nur darum, eine ‚Jugendsünde' wiedergutzumachen.

Für Benjamin gab es derzeit fünf feststehende Fakten: Es gab eine andere Welt. Es gab ein Tor zwischen Falaysia und dieser Welt. Jenna war in Falaysia und wollte unbedingt wieder zurückkehren. Demeon hatte ein großes Geheimnis, das er niemandem offenbaren wollte. Dieses Geheimnis war der Schlüssel, um Jenna ihre Heimkehr zu ermöglichen – also mussten sie es so schnell wie möglich lüften.

Von irgendwoher ertönten plötzlich Geräusche. Benjamin öffnete rasch die Augen und spähte erneut vorsichtig um die Ecke. Tatsächlich öffnete sich gerade die Tür des Hotels, nur wenige Meter die Straße hinunter, und ein Mann kam heraus, gefolgt von einer Frau. Benjamins Tante Melina. Benjamin zog rasch seinen Kopf wieder ein und presste sich der Länge nach an die kalte Hauswand der Gasse, in der er sich versteckte. Er war sich zwar sicher, dass die beiden in die anderen Richtung laufen würden, doch Vorsicht war die Mutter der Porzellankiste – wie sein Vater immer so schön zu sagen pflegte. Er wartete ein paar Minuten und lugte dann wieder um die Ecke. Die beiden waren nicht mehr zu sehen. Das hieß vermutlich, dass er endlich zur Tat schreiten konnte.

Benjamin packte den Riemen seines Rucksacks und zog daran, so dass dieser an seinem Rücken ein wenig höher rutschte, bevor er sich selbst in Bewegung setzte und mit weichen Knien rasch auf die Tür des Hotels zueilte. Er holte tief Luft und schickte ein kurzes Stoßgebet zum Himmel, bevor er die Tür aufdrückte und eintrat.

Die Lobby war klein und schäbig und spiegelte somit die äußere Erscheinung des Hotels. Benjamin sah sich kurz um und lief dann auf die Rezeption zu. Zu seiner Erleichterung war der Portier, wie von Melina versprochen, tatsächlich eingeschlafen. Er saß zwar auf seinem Platz, doch er hatte sich vornübergebeugt und sein Kopf ruhte schwer auf den auf dem Tisch ausgestreckten Armen. Er atmete tief und ruhig und ab und an war sogar ein leises Schnarchen zu vernehmen. So weit war ihr Plan also schon mal aufgegangen.

Benjamin lief rasch um die Rezeption herum und blieb vor dem Schlüsselbord stehen, das hinter dem Portier an der Wand angebracht war. An den meisten Haken hingen noch zwei Schlüssel: Hauptschlüssel und Ersatzschlüssel der jeweiligen Zimmer. Nur ein paar der Zimmer waren belegt. Wie war noch gleich die Nummer von Demeons Zimmer gewesen? Ach ja, 666 – wie albern! Benjamin nahm rasch den Ersatzschlüssel vom Haken und machte sich dann auf den Weg in die oberen Stockwerke. Der Raum war schnell gefunden und aufgeschlossen und als Benjamin die Tür wieder hinter sich schloss, waren seine Beine schon nicht mehr ganz so weich wie zuvor und seine Angst verwandelte sich in Tatendrang.

Er lief in den Raum, stellte seinen Rucksack auf dem Bett ab, das er dort vorfand, und öffnete ihn, um die Sachen herauszuholen, die er für die Erfüllung seines Auftrags brauchte: Eine digitale Kamera und ein

Arbeits-Set, um Abdrücke von Schlüsseln zu machen. Er packte den Fotoapparat aus und stellte ihn an. Dann sah er sich gründlich um.

‚Mache Fotos von allen persönlichen Dingen, die du in seinem Zimmer finden kannst', hatte seine Tante gesagt. ‚Ganz gleich, was es ist, denn selbst die winzigste Sache kann bei einem Zauberer eine große Bedeutung haben.'

Seinen Verstand an den Gedanken zu gewöhnen, dass es Magie und Zauberer wirklich gab, war schwerer gewesen als nun Demeons Sachen von der Einrichtung des Zimmers zu unterscheiden. Auch wenn alles hier erstaunlich ordentlich und adrett aussah, so passten die wenigen Sachen, die dem Zauberer gehörten, doch optisch nicht so recht ins Bild. Da war zum einen ein dunkler Koffer in einer Ecke des Raumes, ein paar verschiedene Schuhe in einer anderen, eine ordentlich gefaltete und über den Sessel gelegte Jacke und eine Katzenstatue auf der kleinen Kommode ihm gegenüber an der Wand.

Benjamin zuckte heftig zusammen, als die vermeintliche Statue kurz ihre Lider über den gelben Augen schloss. Grundgütiger! Natürlich war das keine Statue, sondern die Katze des Zauberers, vor der Melina ihn gewarnt hatte. Wie war noch gleich ihr so passender Name? Ach ja – Satan. Benjamins Hand wanderte zu seiner Jackentasche, während er das Tier fixierte, und kramte rasch die Packung mit Katzenleckerlies heraus, denen – laut Melina – keine dieser Kratzbürsten widerstehen konnte.

„Na, kleines Katzi-Mausi", sprach Benjamin das Tier mit zuckersüßer Stimme an und holte eines der weichen, etwas klebrigen Dinger aus der in seinen Augen viel zu laut knisternden Packung heraus. Satan reckte ein wenig den Kopf vor und zeigte sich sogar so interessiert, dass er geschmeidig von der Kommode sprang und dann hoheitsvoll auf ihn zu stolzierte. Sein Schwanz beschrieb dabei weiche, langsame Bögen in der Luft – eigentlich ein gutes Zeichen. Gefährlich wurde es bei Katzen immer dann, wenn ihre Schwänze ruckartige, schnelle Bewegungen vollführten, die deutlich ihre Verärgerung nach außen hin sichtbar machten. Das wusste Benjamin inzwischen und nur aus diesem Grund wagte er es, in die Hocke zu gehen und dem schwarzen Kater das Leckerli am ausgestreckten Arm anzubieten. Satan stoppte und schnupperte erst einmal skeptisch an dem Bestechungsmittel, bevor er es mit spitzer Zunge vorkostete. Es schien ihm zu gefallen, denn er nahm es Benjamin ab und schlang es relativ schnell hinunter, um dann mit weitaus gierigerem Blick näher zu kommen.

Benjamin entschied sich dazu, einfach einen Großteil der Leckerlis im Raum zu verteilen, um das Tier länger zu beschäftigen und schritt gleich zur Tat. Sein Plan ging auf. Satan folgte brav der Spur des Futters und war fürs Erste abgelenkt. Benjamin nutzte dies sofort, um zunächst zum Koffer hinüberzulaufen und diesen zu öffnen. Er war leider leer. Nur in der vorderen Tasche befanden sich abgelaufene Fahrscheine. Nicht wirklich aufregend, aber immerhin gaben sie Auskunft darüber, woher der Mann gekommen war und welche Verkehrsmittel er benutzt hatte. Also fotografierte Benjamin sie brav, verstaute sie wieder und stellte den Koffer genauso hin, wie er ihn vorgefunden hatte. Daran hatte Melina ihn ebenfalls mehrfach erinnert: Alles wieder so herzurichten, dass Demeon nicht bemerkte, dass er da gewesen war und sein Zimmer durchsucht hatte.

„Was nun?" murmelte er leise und sah sich um. Der Kleiderschrank war vielleicht eine gute Idee. Allerdings enthielt auch dieser nichts Ungewöhnliches, wie Benjamin sehr schnell feststellen konnte: Kleidungsstücke, aufgehängt oder auch nur säuberlich in die Fächer gelegt. Er machte dennoch ein paar Fotos davon und lief dann hinüber zur Kommode, einen großen Bogen um den immer noch glücklich vor sich hin schmatzenden Kater machend. Doch auch die Schubladen der Kommode verbargen nichts, was ihnen hätte weiterhelfen können. In der ersten Lade fand er ein paar abgebrannte Kerzenstummel, samt einer Packung Streichhölzer und einem Notizblock vor. Die anderen beiden waren leer, also machte er ein paar Fotos von den Gegenständen in der ersten und nahm dann den Notizblock vorsichtig heraus. Er blätterte ihn durch. Leer. Er war jedoch eindeutig benutzt worden, denn auf der ersten Seite konnte er die Linien sehen, die ein Stift hineingedrückt hatte, als auf der vorherigen Seite geschrieben worden war.

Sicherheitshalber riss er die Seite ab und verstaute diese in seiner Jackentasche. Das würde Demeon ganz gewiss nicht auffallen. Er konnte sich kaum vorstellen, dass der Zauberer die Seiten seines Notizblocks vorher abgezählt hatte. Weiter. Ein kurzer Gang ins Badezimmer, ein paar Fotos gemacht, wenngleich sich dort nichts Ungewöhnliches befand, und schon war Benjamin wieder zurück im Zimmer. Satan hatte nun aufgegessen und hielt in seinem aufwendigen Putzakt inne, um ihn erwartungsvoll anzusehen. Benjamin seufzte und legte die nächsten Bestechungsmittel aus, obwohl er nicht ganz sicher war, ob dies überhaupt noch nötig war.

Viel mehr gab es in Demeons Hotelzimmer nicht zu entdecken und Benjamins Enttäuschung kam mit einer großen Portion Frust einher. Wie sollten sie Jenna helfen, wenn sie nichts über Demeon herausfanden, wenn sie nicht erfahren konnten, was er plante, und somit auch nicht dessen Pläne vereiteln konnten? Er ließ seinen Blick noch einmal durch das Zimmer schweifen. Kleiderschrank: erledigt. Kommode: erledigt. Badezimmer: erledigt. Jacke auf dem Stuhl... Die hatte er sich noch nicht angesehen.

Er eilte schnell hinüber und machte sich daran, die Taschen zu durchwühlen. Sein Herz machte einen kleinen Sprung, als er in der Innentasche auf etwas Hartes stieß. Etwas, das sich anfühlte wie... zwei Schlüssel an einem Schlüsselring! Er biss sich auf die Lippen, um das freudige Jauchzen zu unterdrücken, das sofort aus ihm herausplatzen wollte, als er seinen Fund zwischen Zeigefinger und Daumen vor sich in die Luft hielt, und lief sofort auf das Bett zu, auf dem immer noch seine Sachen lagen. Wenn sie jetzt auch noch herausfanden, wo Demeon normalerweise wohnte, hatten sie freien Zugang zu seinen wirklich persönlichen Sachen, denn Benjamin war sich sicher, dass dies seine Wohnungsschlüssel waren. Er ließ sich neben seinen Sachen auf das Bett nieder und... erstarrte. Da war so ein seltsames Geräusch gewesen. Nicht das übliche Ächzen und Knacken von Federn in einer Matratze, eher ein... Knistern?

Er wippte einmal auf und ab und vernahm ein weiteres Mal das Geräusch. Wippen. Knistern. Wippen. Knistern. Da war etwas unter der Matratze. Benjamin sprang rasch auf und hob die Matratze an. Unter ihr lag eine Plastiktüte neben einer ledernen Mappe. Sein Herz begann wieder schneller zu schlagen, weil er sich sicher war, dass er endlich auf etwas sehr, sehr Wichtiges gestoßen war. Seine Finger zitterten sogar ein wenig, als er die Tüte und die Mappe ergriff und die beiden Sachen vorsichtig vor sich auf das Bett legte. Er ließ sich daneben nieder und öffnete zunächst die Mappe. Ganz oben befanden sich einige Fotos. Fotos von anderen Menschen. Er nahm sie vorsichtig heraus, breitete sie vor sich aus und fotografierte sie ab, jedes einzelne für sich. Ein Mann. Eine Frau. Beide zusammen. Demeon mit der Frau. Die Frau und der Mann mit einem Kleinkind in den Armen. Das Kleinkind allein. Dasselbe Kind nur ein wenig älter. Eine *Menge* Bilder von dem Kind…

Benjamin runzelte die Stirn. Irgendwie kam ihm die ganze Sache sehr eigenartig vor. Je mehr Bilder er betrachtete desto unwohler fühlte er sich, denn ganz tief in seinem Inneren kochte das dumpfe Gefühl hoch, dass Demeon etwas mit dieser Familie angestellt hatte, dass mit diesen Leuten etwas Schlimmes passiert war. So war er ziemlich froh, als er endlich alle Fotos abfotografiert hatte und diese zur Seite legen konnte. Unter den Fotos lagen ein paar Dokumente oder eher Briefe. Handgeschrieben, in einer anderen ihm fremden Sprache. Und vergilbte, teilweise schon ziemlich zerfledderte Seiten aus einem alten Buch.

Benjamin nahm sich gar nicht erst die Zeit, sich diese Schriftstücke genauer anzusehen. Er fotografierte auch diese rasch ab, um sie dann zusammen mit den Fotos zurück in die Mappe zu legen. Doch er verharrte mitten in der Bewegung. Da waren Geräusche draußen auf dem Flur. Fußschritte und Stimmen. Sein Herz sprang gegen seine Rippen, hämmerte wild, während sich seine Gedärme vor Angst schmerzhaft zusammenzogen. Das konnte nicht sein! Sie konnten nicht schon mit dem Training fertig sein. Das war nicht möglich. Die Stimmen kamen jedoch unbarmherzig näher. Eigentlich hätte Benjamin sofort aufspringen, seine Sachen packen und sich verstecken müssen. Aber er konnte sich nicht bewegen. Seine Angst lähmte ihn, machte es ihm sogar schwer, zu atmen. So saß er nur stocksteif und mit weit aufgerissenen Augen auf dem Bett und rührte sich nicht, selbst nicht, als die Stimmen direkt vor seiner Tür waren, die Stimmen zweier Männer. Doch niemand kam herein. Sie gingen vorüber, plapperten munter weiter.

Benjamin blinzelte und ganz langsam löste er sich wieder aus seiner Angststarre. Kein Demeon. Keine Gefahr. Er hatte nicht versagt und ihr Plan war auch nicht aufgeflogen. Er schloss kurz die Augen und atmete tief ein und aus, befahl seinem Körper sich wieder zu beruhigen. Natürlich gab es hier auch andere Gäste. Warum hatte er nicht daran gedacht? All die Aufregung ganz umsonst. Und dennoch: Es war nicht die schlechteste Idee, sich etwas mehr zu beeilen. Keine längeren Pausen mehr. Den Job stattdessen so schnell wie möglich erledigen und dann nichts wie raus hier!

Er griff nach der Plastiktüte und kippte den Inhalt auf der Tagesdecke des Bettes aus. Seine Brauen bewegten sich überrascht ein paar Millimeter nach oben. Was war *das* denn? Holzstücke und Steine? Ja. Bunte, ganz verschiedenartige Steine. Ein paar davon hatte er sogar schon einmal gesehen, wie das Tigerauge oder diesen einen kristallartigen Stein. Für einen Magier hatten diese Dinge bestimmt einen ziemlich großen Wert, also machte Benjamin auch von diesem Haufen wunderlicher Gegenstände rasch ein paar Fotos. Erst dann nahm er auch eines der Holzstücke in die Hand und hob erneut die Brauen, als er es in seinen Fingern gedreht hatte, denn auf der Rückseite war ein fremdartiges Zeichen eingeritzt. Es sah aus wie ein sehr eckiges P. Er nahm ein weiteres Holzstück in die Hand und fand dort etwas vor, was ihn an ein R erinnerte. Waren das Runen? Auch davon hatte er schon einmal gehört. Diese Zeichen waren auch teilweise in die Steine eingeritzt, also drehte er sie alle auf die richtige Seite und machte noch einmal ein paar Fotos, bevor er den ganzen Kram zurück in die Tüte warf und zusammen mit der Akte wieder unter der Matratze verbarg.

Erst dann begann er sich darum zu kümmern, rasch den Abdruck von den beiden Schlüsseln zu machen. Melina hatte ihm genauestens erklärt, worauf er achten musste, und auch wenn er so schrecklich aufgeregt war, dass seine Finger dabei ziemlich stark zitterten, gelangen ihm die Abdrücke recht gut. Punkt zwei auf dem Plan erfolgreich ausgeführt. Er verstaute seine Sachen sorgsam in seinem Rucksack und brachte auch den Schlüssel an den Ort zurück, an dem er ihn gefunden hatte. Ein letzter Blick einmal rundherum und Benjamin eilte aus dem Raum, ein weiteres Mal einen großen Bogen um die Katze machend, die schon wieder dabei war, sich gründlich zu putzen und ihm nur noch einen verächtlichen Blick hinterher warf.

Sein Herz schlug wieder etwas schneller, als er die Treppen hinunter eilte und dann stoppte, um vorsichtig einen Blick auf die Rezeption zu werfen. Der Portier schlief immer noch und auch sonst war niemand anderes in der Lobby zu sehen.

Benjamin straffte die Schultern und setzte seinen Weg auf leisen Sohlen fort, vorbei an der Rezeption, hinaus aus der Tür. Er hielt draußen einen Augenblick inne, sah einmal nach rechts und dann nach links die Straße hinauf. Menschenleer. Das Schicksal war ihm heute wirklich wohlgesonnen. Er schloss die Augen und seufzte tief erleichtert, bevor er sich auf den Weg nach Hause machte. Er konnte nicht verhindern, dass sich ein kleines Lächeln auf seine Lippen stahl, während er weitaus beschwingter als zuvor die Straße hinunterlief und eine SMS an Melina in sein Mobiltelefon eintippte. Er hatte ja auch allen Grund sich endlich wieder besser zu fühlen. Er hatte seinen Job für heute einfach fabelhaft erledigt. Melina würde stolz auf ihn sein. Nicht, dass das wichtig war – aber sie würde es sein.

2

„Atme weiter. Tief und ruhig."

Die Stimme war sehr weit weg, war zu einem leisen, tiefen Brummen am Rande ihres Geistes geworden. Wahrnehmbar, jedoch nicht störend, nicht einnehmend oder ablenkend. Sie war ungewohnt warm und beruhigend, half ihr dabei, sich weiter zu entspannen und im Fluss der Energien treiben zu lassen. Es war sonderbar, aber sie brauchte seine Stimme, um noch tiefer in diesen Zustand der Trance zu geraten, der sie so weit weg trug, sie so viel näher an die Person heran brachte, die ihre Hilfe momentan mehr brauchte als jede andere. Die Farbenwelt um sie herum war dunkel, ein Mix aus Ultramarinblau, Lila und Türkis – die Farben des Steines, den sie fest in ihren Händen hielt. Ein Sodalith, dessen Kräfte ihr dabei halfen, sich besser zu konzentrieren, und ihre mentale Ausdauer verstärkten. Demeon hatte ihr diesen Edelstein gegeben, als Hilfsmittel zur Aktivierung und Erweiterung ihrer magischen Kräfte, und es schien zu funktionieren, schien sie sehr viel schneller und kraftschonender mit der anderen Welt zu verbinden, als das sonst der Fall war.

Ab und an fuhr ein helles Licht durch das Farbenmeer aus Blautönen und zeigte ihr den Weg; zeigte ihr, wohin sie gehen musste, um Jennas Energie zu finden. Sie fühlte den Sog der magischen Welt, die nun direkt vor ihr lag, und deren eher rötliche Farben begannen sich mit ihrer eigenen bläulichen Energie zu vermischen. Ihr ganzer Körper begann zu kribbeln und zu prickeln und sie hatte das Gefühl, sich weit zu öffnen, sich langsam aufzulösen.

„Konzentrier dich. Lass dich nicht verschlucken. Biete niemandem eine Angriffsfläche. Du weißt nicht, wer dort draußen noch ist und dich entdecken könnte."

Demeon hatte Recht. Sie musste ihre Energien beisammen halten, musste ihr Innerstes vor den magischen Kräften anderer verschließen, einen Schutzwall um ihre Gedanken und Gefühle aufbauen. Sie stellte sich bildlich ihren eigenen Körper vor, geschlossen, statisch, und fühlte, wie ihre Energien wieder zu ihr zurückflossen, sich jetzt zum großen Teil hinter der Mauer verbargen, die sie rasch mental aufbaute.

Sie trieb weiter auf diese vertraute Energie zu, die immer mal wieder in einem knalligen Rot aufleuchteten, um dann in einem schwarzen Nichts zu verschwinden. Hätte Melinas mentale Gestalt ein Gesicht gehabt, so hätte sie gewiss besorgt die Stirn gerunzelt, denn dieser Wechsel der Farben, der eindeutig von Jenna zu kommen schien, gefiel ihr gar nicht. Irgendetwas war passiert, etwas, das ihre Nichte sehr aufwühlte… etwas Schlimmes.

Melina griff nach dem nächsten Energieblitz, der auf sie zukam, und ließ sich von diesem mitziehen, als er zurück zu seinem Ausgangspunkt flog. Sie war überrascht, dass ihr das sofort gelang, denn sie hatte das schon so lange nicht mehr gemacht. Doch sie hatte nicht lange Zeit, sich darüber zu freuen. Jenna schlief nicht. Sie war hellwach und somit brachen die Gefühle der jungen Frau wie ein Hurrikan über Melina hinein, schleuderten sie mit voller Wucht in die Realität zurück, in ihrem Inneren für einen Nachhall sorgend, der sie weit die Augen aufreißen und nicht nur nach Atem ringen, sondern auch erschüttert aufschluchzen ließ. Angst, tiefe Trauer und eine Verzweiflung, die ihr den Verstand zu rauben drohte – das waren die Gefühle, die in ihr zurückblieben. Sie konnte sie allerdings nicht lange betrachten und sortieren, geschweige denn analysieren, denn der Mann neben ihr schien nun auch zu erwachen, griff sich an die Brust und schnappte nach Luft.

Melina runzelte irritiert die Stirn und setzte sich auf. Hatte er gefühlt, was sie gefühlt hatte? War er mit ihr gegangen und hatte den Kontakt zu Jenna gesucht? Aber warum? Er hatte sie doch nur unterstützen wollen – alles andere war viel zu gefährlich, nicht nur für sie beide, sondern auch für Jenna.

„Was… was hast du getan?" stieß sie aus, als auch er sich in eine sitzende Position brachte.

„Ich hab gar nichts getan!" brummte er und fuhr sich mit beiden Händen über das Gesicht, einen leisen Fluch in seine Handflächen murmelnd, bevor er seine Hände in den Schoß fallen ließ. „Jedenfalls nicht mehr als ich sollte", setzte er hinzu und schüttelte verärgert den Kopf. „Das kommt davon, dass du deine Fähigkeiten so verlottern hast lassen. Du bist damit so unkoordiniert, dass du jede andere Energie um dich herum immer wieder streifst oder gar mit dir reißt. Ich kann von Glück reden, dass ich geübt genug bin, um mich dagegen zu wehren. Ich hab uns nicht ohne Grund einen solch abgeschiedenen Ort zum Trainieren ausgesucht!"

Er streckte präsentierend seine Arme aus und Melina machte den Fehler, sich tatsächlich davon ablenken zu lassen und sich kurz umzusehen. Als ob sie nicht wusste, wo sie waren, außerhalb der Stadt, am Rande eines kleinen Wäldchens. Sie hatten eine Decke neben einem Weiher ausgebreitet und sich dort niedergelassen, da die Energien fließender Gewässer oftmals die eigenen erst richtig in Bewegung brachten. Es war eigentlich ein hübsches Fleckchen, doch die Chance hier, zu dieser Uhrzeit, auf andere Menschen zu treffen, war relativ gering. Von daher war Demeons Wahl ganz gut gewesen.

Melina sah den Zauberer wieder an, strengte sich an, die Fragen, die sich zuvor in ihrem Verstand angesammelt hatten, rasch wieder aufzurufen.

„Gut, ganz gleich auf welche Weise du mit da rein geraten bist – hast du… hast du sie gefühlt? Ihre Emotionen, meine ich?" Melina konnte nichts dagegen tun, ihr Herz schlug sofort wieder rascher und die Sorgen kehrten mit aller Macht zurück.

Demeon nickte. Das war alles.

„Und?" drängte sie weiter, versuchte in seinen Augen zu lesen, was in ihm vorging. Diese Zeiten waren jedoch vorbei. Er war zu einem Buch mit sieben Siegeln geworden, die sie nicht mehr aufbrechen konnte.

„Was soll ich sagen? Soll ich dich beruhigen? Dir vorheucheln, dass alles in Ordnung ist? Ich will nicht, dass du dich noch weiter aufregst Melina, weil das die Arbeit mit dir noch schwerer macht. Allerdings sehe ich auch keinen Sinn darin, dich anzulügen. Ihr geht es nicht gut. Punkt. Daran können wir beide jedoch augenblicklich auch nichts ändern."

Melina stieß einen frustrierten Laut aus und wandte ihren Blick ab. Sie wollte nicht, dass er sah, wie sich ihre Augen mit Tränen füllten, wollte nicht zeigen, wie hilflos sie sich in Bezug auf ihre Nichte fühlte.

„Du solltest dennoch versuchen, die positiven Neuigkeiten aus den letzten Eindrücken zu filtern", riet er ihr.

Sie lachte bitter. „Welche positiven Neuigkeiten? Sie ist emotional am Ende, Demeon. Sie kann nicht mehr, scheint aufzugeben. Sie ist schrecklich verzweifelt. Und wer kann es ihr verübeln? Wer wäre stark genug, das alles zu verkraften, ohne zusammenzubrechen? Positive Seiten… wo sollen die denn sein?!"

„Sie lebt und sie ist körperlich gesund", gab er zurück.

Sie sah ihn fassungslos an.

„Komm schon, dass hast du doch auch gefühlt. Die Energien schwer verletzter oder gar sterbender Menschen fühlen sich ganz anders an."

Er hatte Recht – und sie hasste ihn dafür. Natürlich war es eine positive Nachricht, dass Jenna noch körperlich gesund war, allerdings war sie davon *ausgegangen*, als sie versucht hatte, den Kontakt mit ihrer Nichte erneut aufzunehmen. So war der Trost, der mit seiner Bemerkung einherging, bei weitem nicht hinreichend, um sie zu beruhigen.

„Und?" erwiderte sie bitter. „Wer kann sagen, wie lange das noch der Fall sein wird? Sie hat Leon verloren, dass konnte ich ebenfalls fühlen."

„Er ist nicht tot. Sie hat nicht um ihn getrauert."

„Aber sie hat ihn nicht mehr an ihrer Seite. Sie hat niemanden mehr, der sie beschützt!"

„Das kann ich so nicht unterschreiben."

Sie zog die Brauen zusammen. „Was meinst du damit?"

„Sie ist nicht allein. Da war eine andere Energie bei ihr."

„Ja, und? Wahrscheinlich ist das dieser furchtbare Krieger, den sie gefangen hatten, und der jetzt wer weiß was mit ihr anstellen kann."

Demeon lachte kurz. „Seit wann bist du eine solche Schwarzseherin? Warst du nicht immer diejenige, die behauptet hat, man solle auch in den dunkelsten Zeiten versuchen, das Licht zu sehen und ihm folgen? Nur so könne man wieder aus der Dunkelheit herausfinden?"

Sie seufzte schwermütig, fuhr sich nun selbst mit einer Hand über das Gesicht und atmete tief durch die Nase ein. „Ja. Das war ich. Doch manchmal ist das sehr schwer."

„Deswegen bin ich ja hier, um dir zu helfen", erinnerte er sie.

Melina schüttelte den Kopf, ein dünnes Lächeln auf den Lippen. „Ich hätte mir nie im Leben träumen lassen, dass *du* einmal derjenige sein möchtest, der mich zurück ins Licht führt."

„Ich sagte ja, dass ich mich geändert habe", gab er zurück. „Du wolltest mir nur nicht glauben."

Sie wusste nichts darauf zu antworten. Die Wahrheit konnte sie ihm nicht sagen, weil sie ihn nicht verärgern wollte, und anlügen konnte sie ihn auch nicht, weil er das sofort bemerken würde. Also schwieg sie lieber.

Seine Mundwinkel hoben sich zu einem seltsam wohlwollenden Lächeln. „Und tust es immer noch nicht", ergänzte er seine Äußerung um die Worte, die sich auch in ihrem Geist gebildet hatten. „Keine Sorge, ich nehme dir das nicht übel, nach all dem, was passiert ist, aber irgendwann solltest du damit anfangen, mir mehr zu vertrauen. Ich versuche, meine Fehler von damals wiedergutzumachen, das musst du mir einfach glauben. Und alles Unrechte, was ich in letzter Zeit getan habe, dient nur diesem einen Zweck."

Melina wandte den Blick ab, sah stattdessen auf ihre Hände, die sie in ihrem Schoss gefaltet hatte und nickte schließlich. „Ich werde es versuchen", tat sie ihm kund, als sie ihre Wut auf Demeon wieder unter Kontrolle hatte und ihn wieder ansehen konnte. „Mehr kann ich dir nicht versprechen."

„Das reicht mir fürs Erste", erwiderte er gnädig.

Für ein paar Herzschläge lag eine nicht allzu angenehme Stille zwischen ihnen, dann räusperte sich Demeon.

„Gut. Hast du noch genug Kraft für ein paar weitere Konzentrationsübungen?" fragte er.

„Heißt das, wir wollen nicht versuchen, Jenna noch einmal zu erreichen?" hakte sie verblüfft nach.

Er schüttelte streng den Kopf. „Das ist bei dieser Gefühlslage für uns alle zu gefährlich. Versuche es später allein noch einmal, wenn du das Gefühl hast, dass sie schläft."

Melina nickte nur. Sie war enttäuscht und es quälte sie, Jenna in dieser schwierigen Situation nicht beistehen zu können. Doch Demeon hatte Recht. Einen energetischen Kontakt zu einem wachen Menschen zu knüpfen, war immer gefährlich und wenn sie eines nicht wollte, dann war das Jenna noch mehr Schwierigkeiten zu bereiten, als sie ohnehin schon hatte.

Sie straffte die Schultern. „Gut, dann lass es uns mit den Konzentrationsaufgaben versuchen", sagte sie und nickte ihm auffordernd zu.

≈

„Also, ich hab alle Bilder auf meine Festplatte gespeichert und dann vergrößert", überfiel Benjamin seine Tante ohne große Begrüßung, als sie in ihr Wohnzimmer trat. Sie selbst war nur dazu gekommen, Luft zu holen, ließ diese nun jedoch ungenutzt entweichen und sich selbst wortlos neben ihm auf der Couch nieder.

„Ich hätte nicht gedacht, dass mein Fotoapparat so gut ist, aber man kann selbst die einzelnen Buchstaben in den Texten ganz genau erkennen… und sieh mal hier, die Fotos von den Fotos, die ich gefunden habe…" Er klickte die einzelnen Bilder an. „Gestochen scharf, oder?" Er konnte seine eigene Begeisterung nicht im Zaum halten. „Dann habe ich hier noch…"

„Ben! Stopp!" stieß Melina mit einem kleinen Lachen aus und hob Einhalt gebietend die Hand. „Heißt das, deine Mission war erfolgreich?"

Er nickte übereifrig und wies mit dem Finger auf den Laptop, doch dann besann er sich eines Besseren und griff nach der Jacke, die er zuvor über die Lehne der Couch geworfen hatte. „Ich hab tatsächlich zwei Schlüssel gefunden…"

Er präsentierte ihr stolz seine Abdrücke, die sie mit großen Augen in die Hand nahm. „Meine Güte! Das ist fantastisch."

„Hm-hm. Und es kommt noch besser!" Er beugte sich wieder zu seinem Laptop vor und rief das Foto der Fahrkarten auf. „Ich hab schon ein bisschen in dem Material herumgestöbert, das ich in seinem Zimmer gefunden habe und denke, ich hab herausgefunden, wo er wohnt."

Ihre Augen weiteten sich ein wenig. „Und wo?"

„In Amesbury. Er hatte ein paar abgelaufene Bustickets in seiner Tasche und zwei davon waren Hin- und Rückfahrttickets, die er in Amesbury gekauft hatte und zwar in zwei hintereinander folgenden Monaten. Außerdem habe ich noch eine Rechnung für ein Essen im ‚Greyhound' gefunden. Das ist ein Pub in Amesbury. Und rate mal, was auf der Rechnung zu finden ist…"

Er klickte das Bild an. Milena beugte sich nach vorn. Ihre Augen verengten sich in der Anstrengung, die handgeschriebene Rechnung zu entziffern. „Stammkundenerlass…" Sie sah ihn überrascht an.

„Genau", stieß Benjamin begeistert aus. „Wenn er dort Stammkunde ist, dann muss er dort auch leben und wahrscheinlich nicht allzu weit von dem Pub entfernt eine Wohnung haben."

„Und die Leute dort müssen ihn persönlich kennen", setzte Melina hinzu. „Das heißt, wenn man ihnen ein Foto zeigt, müssten sie mir den Namen sagen können, unter dem er dort lebt."

„Ja, und den Rest herauszufinden, dürfte nicht allzu schwer sein", fügte Benjamin strahlend hinzu.

„Oh, Benny!" Zu seiner Überraschung warf seine Tante ihm die Arme um den Hals und drückte ihn kurz aber herzlich an sich. Er war zu verblüfft, um mit seiner üblichen Ablehnung ihr gegenüber zu reagieren und eigentlich fühlte es sich gar nicht so schlimm an.

„Du bist ein kleines Genie!" setzte sie hinzu, als sie ihn wieder losgelassen hatte. Er runzelte ein wenig die Stirn. Waren das Tränen, die in ihren Augen funkelten?

„Entschuldige", murmelte sie und fummelte rasch ein Taschentuch aus ihrer Jackentasche, damit seine Vermutung bestätigend. „Ich… das ganze Training mit Demeon hat mich zu sehr aufgewühlt. All die Erinnerungen, die dabei wieder erwachen…" Sie schnäuzte sich erstaunlich lautstark die Nase.

„Sei's drum – das hier…", sie wies auf den Laptop und den Abdruck der Schlüssel, „… wird uns ein ganzes Stück weiter bringen. Da bin ich mir sicher. Je mehr wir über Demeon und über sein bisheriges Leben erfahren, desto mehr werden wir auch über seine Motive bezüglich der Verschleppung von Jenna herausfinden."

Benjamin nickte sofort. „Das heißt dann wohl, dass wir am Wochenende einen kleinen Ausflug nach Amesbury machen werden."

Seine Tante sah ihn sofort an, hob die Brauen. „Wir?"

„Natürlich *wir*!" gab er mit Nachdruck zurück. Fing sie etwa schon wieder damit an, dass er noch zu klein für diese Dinge war und sie ihn nicht zu tief in die Geschichte verwickeln wollte? Wie oft hatten sie das nun schon durchgekaut? Ihr musste doch klar sein, dass er sich nicht mehr so leicht würde abschütteln lassen.

„Benny, ich weiß nicht, wie du dir das vorstellst", fing sie sofort an zu argumentieren. „Du kannst deinem Vater ja schlecht erzählen, dass du einen Wochenendausflug mit mir machen willst. Er wird dir das nie erlauben!"

„Natürlich sage ich ihm das nicht!" entfuhr es ihm verärgert. „Für wie dumm hältst du mich?"

„Ich meine nur –"

„Ich komme auf jeden Fall mit! Und wenn du mich nicht mit dem Auto mitnimmst, hole ich mir halt ein Busticket und ermittle in Amesbury auf eigene Faust!"

Melina seufzte tief und ließ die Schultern hängen. „Gut. Dann machen wir das halt zusammen. Ich weiß zwar nicht, wie du deinen Vater hereinlegen willst, aber wenn du meinst, dass du das schaffst, nehme ich dich *natürlich* mit dem Auto mit."

„Das klappt schon", gab Benjamin zuversichtlich zurück. „Ich hab einen guten Freund in Bristol, dem ich schon vor Ewigkeiten versprochen hab, ihn mal übers Wochenende zu besuchen. Und wenn ich den frage, ob er mir bei dieser Sache hilft, ist alles geritzt."

Melina hob anerkennend die Brauen. „Na, dann brauchen wir uns nur noch Gedanken darüber zu machen, was zuvor noch alles zu erledigen ist."

Benjamin nickte sofort. „Auf jeden Fall müssen wir die Schlüssel anfertigen lassen. Du sagtest, du kennst da jemanden, der das macht, ohne Fragen zu stellen?"

„Ja, das wird kein Problem sein."

„Gut, dann kümmerst du dich darum und ich werde versuchen, was über die Personen, die auf den Bildern zu sehen sind, herauszufinden."

Melina beugte sich wieder etwas mehr vor. „Kannst du die mir mal zeigen?"

Er klickte die Fotodateien eine nach der anderen an und die Falte über Melinas Nase wurde bei jedem Bild ein kleines Stück tiefer.

„Kennst du die Leute da drauf?" fragte Benjamin.

Seine Tante schüttelte den Kopf und er hatte nicht den Eindruck, dass sie ihn mit dieser Geste belog.

„Ich denke, dass die Bilder zu einer Zeit gemacht wurden, zu der ich Demeon noch gar nicht kannte. Sieh dir mal die Farben und den Zustand der Fotos an. Die sind mindestens schon zehn, fünfzehn Jahre alt."

„Meinst du, das sind Verwandte von ihm?"

Sie zuckte die Schultern. „Ähnlich sehen sie ihm jedenfalls nicht. Die Frau ist ungefähr in seinem Alter. Der Mann hat vielleicht ein paar Jahre mehr auf dem Buckel, jedoch er ist nicht so viel älter, dass er Demeons Vater sein könnte. Und soweit ich weiß, hat Demeon keine Geschwister. Zeig mir mal nochmal das Kind."

Benjamin tat wie ihm geheißen und nach ein paar Sekunden des stummen Betrachtens schüttelte Melina den Kopf. „Ich würde ausschließen, dass das Demeons Kind ist. Andere Haare, andere Augen, der ganze Gesichtsschnitt hat wenig mit ihm gemein. Also wird die Frau auch keine alte Liebe von ihm sein. Blätter mal zurück… Siehst du, der Mann sieht dem Kind viel ähnlicher und sieh mal, wie er es ansieht, so voller Liebe. Das ist bestimmt der Vater."

„Und was hatte Demeon mit dieser Familie zu schaffen?" überlegte Benjamin laut. „Es muss etwas Wichtiges gewesen sein, sonst würde er die Fotos doch nicht mit sich herumschleppen."

„Das ist wahr…" Melina kratzte sich nachdenklich an der Schläfe. „Wozu nimmt man Fotos von anderen Personen mit auf eine Reise?"

„Um sie jemandem zu zeigen", schlug Benjamin vor.

„Genau", stimmte ihm seine Tante zu. „Meistens wenn man jemanden lang nicht gesehen hat und ihm zeigen will, wie sich die Personen, die beide kennen, verändert haben oder um jemanden vorzustellen, den der andere noch nicht kennt."

„Du meinst, Demeon hat noch jemand anderen hier besucht und wollte ihm die Fotos zeigen?"

„Vielleicht…" Melinas nachdenklicher Blick richtete sich wieder auf die Bilder. „Allerdings sind das alte Bilder und keine aktuellen. Vielleicht wollte er jemanden an diese Familie erinnern?"

„Oder er sucht sie", fiel Benjamin ein. „Zeigt sie herum, um herauszufinden, ob diese Leute hier waren…"

Melina sah ihn überrascht an und nickte dann. „Das ist eine ziemlich gute Erklärung dafür. Wenn das wirklich der Fall ist, sollten wir unbedingt herausfinden, um wen es sich da handelt. Bloß, wie machen wir das?"

„Ich könnte sie im Internet suchen", schlug Benjamin vor. „Mit der Fotoerkennung kann man heutzutage ziemlich viel herausfinden."

„Wunderbar", freute sich Melina. „Wenn du damit keinen Erfolg haben solltest, müssen wir zusehen, dass wir auf andere Weise etwas über die Familie herausfinden, denn ich habe das dumpfe Gefühl, dass sie etwas mit unserem Dilemma zu tun hat."

„Das habe ich leider auch", setzte Benjamin hinzu, schwieg jedoch über das schreckliche Gefühl, dass er gehabt hatte, als er die Bilder zum ersten Mal angesehen hatte. „Vielleicht steht ja auch schon etwas über sie in den Notizen drin, die mit den Fotos in der Mappe lagen."

Er klickte die Bilder von den Texten an, öffnete sie nebeneinander in verschiedenen Fenstern. Melinas Augen wurden ein weiteres Mal schmaler, als sie versuchte, das Geschriebene zu entziffern.

„Ich konnte es nicht lesen, weil es in einer mir unbekannten Sprache geschrieben ist", erklärte er.

„Ja, das ist… keine gewöhnliche Sprache…" Melina biss sich auf die Unterlippe, schien von Sekunde zu Sekunde angespannter zu werden. „Das… das hab ich seit Ewigkeiten nicht mehr…" Sie brach ab, fuhr sich mit einer Hand über den Mund und atmete hörbar durch die Nase ein.

„Du kennst die Sprache?" hakte Benjamin hellhörig nach.

Sie nickte bedrückt. „Meine Mutter hat angefangen, sie uns zu unterrichten, bevor sie…"

„Geisteskrank wurde?" half er ihr vorsichtig.

Melina sah ihn traurig an. „Das hast du von deinem Vater, oder? Deine Mutter hätte so etwas niemals gesagt."

Er senkte betroffen den Blick. Sie hatte Recht. Seine Mutter wäre darüber sogar furchtbar wütend geworden. Sie hatte viele der irren Geschichten ihrer Mutter bis zu ihrem Tod geglaubt und immer vor jedem verteidigt. In Anbetracht der Dinge, die geschehen waren, hatte sie offenbar damit gar nicht so falsch gelegen, musste Benjamin jetzt zugeben.

Und vielleicht war seine Großmutter nur halb so verrückt gewesen, wie alle gedacht hatten.

„Deine Großmutter war ein kluge, warmherzige Frau, die ihre Kinder über alles geliebt hat", ließ Melina ihn wissen. „Es mag sein, dass sie über die Jahre Angstneurosen entwickelt hat, die sie nicht mehr klar denken und Entscheidungen treffen ließen, die mehr als bedenklich waren, aber... sie hat es nur gut gemeint, wollte die Menschen, die sie liebte, immer nur beschützen."

„Bist du gar nicht wütend auf sie?" fragte Benjamin leise nach. „Sie hat doch dafür gesorgt, dass ihr alle getrennt wurdet, du und deine Schwestern, dass ihr euch nur noch ganz selten und unter größter Geheimhaltung sehen konntet – obwohl ihr euch so geliebt habt."

„Ich kann nicht wütend auf sie sein", gestand Melina und in ihrer Stimme fand sich immer noch so viel Zuneigung für ihre Mutter wieder. „Sie tat es aus Liebe und Sorge, sah sich dazu gezwungen. Sie hat viel geweint zu der Zeit. Wir alle haben sehr gelitten. Und ich weiß bis heute nicht, ob sie mit ihren Ängsten richtig lag, was an ihren Geschichten der Wahrheit entsprach und was nicht. Denn irgendwie ging alles erst so richtig schief, als wir ihre Warnungen nicht mehr ernst genommen haben."

„Papa sagt, sie war schizophren", wandte Benjamin ein. „Und dass das auch die Ärzte gesagt haben."

„Das haben sie", gab seine Tante sanft lächelnd zu. „Das heißt jedoch nicht, dass sie Recht hatten. Aus ihrer Sicht waren die Geschichten, die sie erzählte, die Gründe, die sie für ihr Handeln nannte, Hirngespinste. Doch von dem, was ich bisher erlebt, was ich herausgefunden habe, weiß ich inzwischen, dass auch Dinge, die sehr unwirklich erscheinen, wahr sein können – ganz gleich wie verrückt sie klingen." Ihr Blick wanderte wieder hinüber zum Bildschirm.

„Meine Mutter sagte uns früher, dass es wichtig für uns sei, diese Sprache zu lernen, weil es Bücher gebe, die man eigens in dieser Sprache geschrieben habe, damit nur die ‚Eingeweihten' unter den Menschen sie verstehen. Ich hatte so ein Buch schon einmal als Kind in der Hand, doch da ich es später als Erwachsene nie unter den Habseligkeiten meiner Mutter habe finden können, dachte ich, ich hätte das nur fantasiert. Und nun zeigst du mir handgeschriebene Notizen in dieser fremden Sprache und… sind das da nicht sogar ausgerissene Seiten aus einem Buch?"

Benjamin nickte rasch.

„Also gibt es diese Bücher tatsächlich", sagte sie und machte beinahe einen zufriedenen Eindruck. „Es gibt diese Sprache und es gibt Geheimnisse, denen wir endlich auf den Grund kommen sollten. Geheimnisse, die nicht nur mit Demeon, sondern auch anscheinend mit unserer ganzen Familie zusammenhängen."

Benjamin wurde ein wenig mulmig zumute. Mit so etwas hatte er nun gar nicht gerechnet und er wusste noch nicht so recht, was er davon halten sollte. Seine Familiengeschichte war von jeher kompliziert gewesen. Es hatte diesen Bruch, diese Zerrissenheit innerhalb der Familie schon gegeben, bevor er geboren worden war. Nur hatten alle um ihn herum die Gründe dafür immer totgeschwiegen. Es hatte zu den Dingen gehört, über die man nicht sprach. Und vor allem Melina war ein rotes Tuch für alle gewesen. Das hatte er jedenfalls immer geglaubt, bis sie herausgefunden hatten, dass seine Mutter all die Jahre lang heimlich Kontakt zu ihr gehalten hatte. Vielleicht war es endlich einmal an der Zeit, auch diese eigenartige Geschichte aufzuklären – wie schmerzhaft das auch immer für sie beide sein würde. Nur nicht jetzt – jetzt war nicht der richtige Zeitpunkt dafür. Sie mussten sich erst um die wichtigeren Dinge kümmern, ein Schritt nach dem anderen machen.

Benjamin räusperte sich. „Kannst du dich denn noch an die Sprache erinnern?" wandte er sich an seine Tante, die ebenfalls für eine kleine Weile nachdenklich geschwiegen hatte.

„Nein", war die enttäuschende Antwort. „Ich hab sie nie so richtig gelernt. Aber meine Mutter hatte ein handgeschriebenes Wörterbuch dafür…" Sie schloss die Augen, vermutlich in dem Versuch, sich besser zu erinnern. „Wenn ich nur wüsste, wo das hingekommen ist."

„Habt ihr denn ihre Sachen aufgehoben?"

„Als sie starb, haben wir leider vieles weggeworfen. Ein paar ihrer liebsten Dinge habe ich jedoch behalten."

„Und wo sind die?"

„In einer Kiste im Keller. Ich glaube allerdings nicht, dass das Buch dabei ist."

„Wann hast du dir denn das letzte Mal den Inhalt der Kiste angesehen?"

Melina dachte einen Augenblick nach, schürzte die Lippen. „Als ich umgezogen bin, habe ich einen kurzen Blick reingeworfen, aber so richtig angesehen habe ich mir alles… ja, kurz nachdem sie gestorben ist."

„Und wie lange ist das her?" fragte Benjamin etwas ungeduldig.

„Rund zwanzig Jahre", war die wenig überraschende Antwort.

„Meinst du wirklich, dass du dich da noch an alles erinnern kannst, was da drin war?" hakte er nach, seinen Zweifel nicht nur durch seinen Gesichtsausdruck deutlich machend.

„Ich hab zwar ein ziemlich gutes Gedächtnis, doch vielleicht hast du Recht", wandte Melina ein. „Lass uns die Kiste heraufholen."

Mit diesen Worten erhob sie sich und Benjamin tat es ihr sofort nach, eine sonderbare Aufregung verspürend.

3

Der Inhalt der Kiste war nicht allzu aufregender Natur. Dennoch schlug Melinas Herz bei seinem Anblick deutlich rascher als gewöhnlich in ihrer Brust und ihr war ein wenig mulmig zumute, wie immer, wenn sie von manch seltsamer Erinnerung an ihre Kindheit und ihre Mutter überfallen wurde. Dieses Mal jedoch beschwor sie die Erinnerungen selbst herauf und konnte sich dementsprechend besser darauf einstellen.

Benjamin und sie hatten die Kiste gemeinsam in ihre Wohnung getragen und den Deckel geöffnet. Nun saßen sie davor und starrten hinein. Keiner von ihnen wagte es, der Erste zu sein, der eine Sache berührte oder gar herausholte, so als läge ein Fluch auf den Dingen, den keiner von ihnen auf sich ziehen wollte.

Melinas Blick glitt über die Sachen ihrer Mutter, die sie schon so lange nicht mehr gesehen hatte: Ein altes Teeservice, ihr Lieblingsschal, ein Fotoalbum, eine Mappe, die Zeichnungen enthielt – ihre Mutter war künstlerisch sehr begabt gewesen – Schmuck und ein paar Bücher. Wirklich nicht aufregend. Gleichwohl wurde sie das Gefühl nicht los, dass es hier etwas gab, was ihnen weiterhelfen konnte, dass es eine gute Idee war, sich diese Relikte aus vergangenen und gern vergessenen Zeiten noch einmal genauer anzusehen.

Fast zur selben Zeit wie Benjamin streckte sie schließlich eine Hand aus und griff in die Kiste – nur dass *er* das Fotoalbum an sich nahm und *sie* das kleine Kästchen mit dem Schmuck. Beide Dinge lagen auf den Büchern und mussten beiseite geräumt werden, doch Melina konnte das nicht so einfach tun, musste erst einen Blick in das Kästchen werfen. Ihre Mutter hatte nicht viel Schmuck getragen und so befanden sich darin nur ein paar wenige Ketten, Ohrringe und zwei Ringe. Einer davon war der Ehering, den ihre Mutter auch nach dem Tod ihres Mannes nie abgelegt hatte, ein simpler Goldring mit einer Gravur in der Innenseite. ‚Für immer der deine' stand dort auf Lateinisch.

Ein sanftes, etwas trauriges Lächeln stahl sich auf Melinas Lippen, als sie die Worte entzifferte. Ihre Eltern waren füreinander geschaffen gewesen und hatten sich abgöttisch geliebt. Seelenverwandte, die das Glück gehabt hatten, sich in dieser weiten Welt zu finden. Melina hatte sich immer so sehr gewünscht, einen Partner zu finden, der so zu ihr passte, wie ihr Vater zu ihrer Mutter. Sie hatte jedoch nie ein glückliches Händchen in der Liebe gehabt, war immer auf die falschen Männer hereingefallen – wobei Demeon wahrscheinlich der Clou all ihrer Fehlgriffe gewesen war. Nie hatte sie sich in einem Menschen so getäuscht wie in ihm.

Ihre Augen wanderten über die Ketten und blieben an derjenigen hängen, die ihre Mutter immer am liebsten getragen hatte. Eine schlichte, lange Silberkette mit einem umso imposanteren Anhänger: Ein geflügelter Drache, der schützend seine Flügel über einem verschlungenen keltischen Knoten aufspannte, in dessen Mitte sich ein heller, fast durchsichtiger Edelstein befand, ein Bergkristall, wenn Melina sich nicht irrte. Sie ließ fast andächtig ihre Finger über den Anhänger gleiten und fühlte, wie sich ihre Augen mit Tränen füllten, weil sie sofort wieder ihre Mutter vor sich sah; die gütigen warmen Augen, das weiche, schmale Gesicht… ihr so sanftes Lächeln. Verrückt hatte sie nie auf sie gewirkt, selbst wenn sie in der Kammer gesessen und sich ihrer weißen Magie hingegeben hatte. Melina war die einzige gewesen, die sich wirklich dafür interessiert hatte, ihren Sitzungen immer beigewohnt hatte. Irgendwann war sie das einzige Kind im Haushalt der Mutter gewesen, einem Haushalt, der nie lange an einem Ort geblieben war, immer nur ein paar wenige Jahre…

„Ist… ist das Mum?" riss Benjamins belegte Stimme sie plötzlich aus ihren Gedanken. Sie sah ihn überrascht an. Er hielt ein Foto hoch, an dem die Zeit so gearbeitet hatte, dass es mehr als nur rotstichig war. Es waren drei kleine Mädchen zu sehen, die sich, gekleidet in hübsche Sommerkleidchen, lachend in den Armen hielten, in der Mitte Anna, Benjamins Mutter.

„Ja", gab sie leise zurück und auch in ihr stieg viel zu rasch Wehmut empor. „Das war ein paar Jahre bevor Mum deine Mutter und Jessie wegbrachte…"

Benjamin sah das Bild wieder an. Melina spürte, wie sehr er sich abmühte, die Beherrschung zu behalten. Wie gern hätte sie ihn in die Arme genommen und ihn getröstet. Doch sie wusste, dass das Band, das über die letzten Tage zwischen ihnen entstanden war, noch nicht stark genug war, um die Kluft zwischen ihnen zu überwinden, dafür zu sorgen, dass er sich ihr öffnete. Alles war noch zu frisch und zu neu, das Vertrauen noch nicht groß genug – er würde sie nur wegstoßen und vielleicht sogar davonlaufen. Also blieb sie sitzen, wo sie war und sah ihn nur an, gab ihm damit zu verstehen, dass sie ein Ohr für ihn hatte und er ihr jede Frage stellen konnte, die ihm auf der Seele lastete.

„Warum hat sie das getan?" fragte er schließlich leise. „Warum hat sie ihre anderen Töchter weggeben und nur dich bei sich behalten?"

Melina blieb nichts anderes übrig, als die Schultern zu zucken. „Sie sagte, dass es besser für uns sei, wenn wir alle andere Nachnamen trügen und vor anderen behaupteten, wir seien nur enge Freunde und nicht miteinander verwandt. Warum sie ausgerechnet mich bei sich behielt, weiß ich nicht."

Benjamin biss sich auf die Lippen und druckste ein wenig herum, bis er sich dazu durchringen konnte, die nächste Frage zu stellen. „Hatte meine Mutter dieselben... speziellen Fähigkeiten, die du hast?"

Melina nickte.

„Und Tante Jessie auch?"

Wieder konnte sie nur nicken.

„Dann kann das wohl nicht der Grund sein, warum du bei ihr bleiben durftest."

„Nein, ich denke nicht." Sie seufzte tief. „Vielleicht lag es nur daran, dass ich die Jüngste von uns dreien war."

„Und vor was genau wollte sie euch schützen? Ich meine, wurdet ihr verfolgt? Hattet ihr Ärger mit... der Mafia oder so? Das klingt alles so nach selbst konstruiertem Zeugenschutzprogramm."

Melina konnte sich ein leises Lachen nicht verkneifen. „Nein, ich... So genau kann ich dir das nicht beantworten. Wir hatten nie Schwierigkeiten, wurden nie angegriffen und ich kann mich auch nicht daran erinnern, verfolgt worden zu sein. Deine Großmutter schrieb dieses ‚Glück' ihrer eigene ‚Schutzstrategie' zu, aber wir konnten das alles nicht nachvollziehen oder verstehen und als man dann Verfolgungswahn bei ihr diagnostizierte, haben wir das alles sehr schnell geglaubt. Und dennoch haben wir nie wieder diesen engen Kontakt zueinander hergestellt, den wir als Kinder hatten. Keiner von uns hat jemals wieder seinen richtigen Namen angenommen – so als wüssten wir, dass die Wahrheit zwischen all diesen Halbwahrheiten verborgen liegt und irgendwo tatsächlich eine Gefahr auf uns lauert und nur darauf wartet, dass wir einen Fehler begehen."

„Hatte diese ‚Gefahr' bei deiner Mutter auch einen Namen?"

Melina überlegte einen Augenblick. „Sie sprach des Öfteren von den Garong und den Talerons – Begriffe, die ich bisher in keiner mir bekannten Sprache finden konnte. Mittlerweile denke ich, dass sie ebenfalls aus dieser fremden Sprache stammen, die sie uns immer beibringen wollte."

„Und wer genau sind diese Leute?" hakte Benjamin sofort nach.

„Ich weiß es nicht", gab sie etwas zerknirscht zu. „Ich hab nie einen von ihnen getroffen. Meine Mutter sagte immerzu: *Solange du nur die Garong in deiner Nähe hast, musst du dich nicht fürchten. Dann hast du alles richtig gemacht. Aber wenn auch nur einer der Talerons auftaucht, musst du untertauchen.*"

„Und wie sollte man die erkennen?" fragte ihr Neffe mit berechtigter Irritation in der Stimme.

„Mit magischem Spürsinn."

Benjamin musste lachen, doch er verstummte sofort erstaunt, als sie mahnend eine Hand hob.

„Das ist kein Humbug. Wenn du gut trainiert bist und dich sehr konzentrierst, kannst du die Stimmungen anderer Menschen spüren, bevor diese zur Wirkung kommen. Und du kannst spüren, ob sie ihre Energien auf dich ausrichten oder nicht. Je begabter ein Magier ist, je stärker seine eigenen Kräfte sind, desto besser kann er das."

Benjamins Gesichtsausdruck verriet, dass er starken Zweifel an ihren Worten hatte, er gab sich jedoch große Mühe, zu glauben, was sie ihm erzählte. „Und das ist deine einzige Chance, diese Leute zu erkennen?"

„Na ja, sie sollen auch noch eine bestimmte Tätowierung versteckt an ihrem Körper tragen. Meine Mutter hat sie mir vor langer Zeit mal aufgemalt, doch ich kann mich nicht mehr so recht daran erinnern."

„Wenn sie versteckt sind, kann man sie ja eh nicht sehen", erinnerte Benjamin sie. Dennoch griff Melina in die Kiste und holte die Mappe mit den Zeichnungen ihrer Mutter heraus. Vielleicht hatte sie Glück.

Die Mappe war schnell geöffnet und Benjamin rutschte näher heran, mit deutlicher Neugierde im Blick. Melina breitete die Zeichnungen, eine nach der anderen vor sich aus. Die meisten davon waren wunderschöne, fast fotorealistische Landschaftszeichnungen und Porträts. Dann gab es noch ein paar Stillleben und…

„Sag mal, die Gemälde, die in deinem Flur hängen… sind die von Großmutter?" fragte Benjamin neben ihr, während er beeindruckt die Bilder betrachtete.

Melina nickte. „Ich hab noch ein paar mehr im Keller. Sie war wirklich begabt." Sie hielt inne, weil sie nun auf ein paar Skizzen von merkwürdigen Zeichen stieß, die teilweise beschriftet waren. „Sieh mal hier!" Sie legte die Blätter zwischen sie.

„Oh!" machte Benjamin nur und beugte sich vor. „Was ist das?"

„Keine Ahnung", gab sie zu und zeichnete mit dem Zeigefinger eine der verschlungenen Linien nach. Das Symbol sah dem des Anhängers der Kette nicht unähnlich. „Die sehen aus wie keltische Symbole, nur ein wenig abgewandelt."

„Das hier sieht ein bisschen aus wie eine Schlange", bemerkte Benjamin und wies mit dem Finger auf das Zeichen oben rechts in der Ecke, unter dem das Wort ‚Charut' stand.

„Ich würde eher behaupten, dass das ein Drache ist", überlegte Melina und schob das Blatt zur Seite, um die darunter liegenden Zeichnungen zu betrachten. Ihre Augen wurden sofort ein wenig größer.

„Sieh! Das ist eine der Tätowierungen!" Sie tippte nachdrücklich auf die Zeichnung, die ein wenig aussah, wie ein Pfeil mit Drachenflügeln und einem keltischen Knoten am oberen Ende. Leider stand ein längerer Satz daneben, den sie nicht entziffern konnte, der aber zumindest das Wort *Taleron* enthielt.

„Kann das da dann das Zeichen für die andere Gruppe sein?" fragte Benjamin und wies auf eine Skizze, die ebenso akkurat war und unter der ebenfalls ein paar Worte in der fremdartigen Sprache standen. Melina sah sich das Bild genauer an und nickte dann. Sie hatte dieses verschlungene Zeichen, in dessen Mitte sich ein keltisches Dreieck befand, zumindest schon einmal gesehen. Ah ja, und da war ja auch das Wort *Garong* unter den anderen zu finden.

„Wenn wir jetzt noch wüssten, *was* da steht, wären wir einen ganzen Schritt weiter", meinte Benjamin.

Melina sah ihn nachdenklich an. Er dachte wohl dasselbe wie sie. Wenn diese Zeichen in derselben Sprache beschrieben wurden, die auch in Demeons Notizen verwendet worden war, dann hing das alles irgendwie miteinander zusammen: Das Schicksal ihrer Familie, Jennas Entführung und das absonderliche Spiel in Falaysia, zu dem Demeon sie verführt hatte. Das war ein ziemlich erschreckender Gedanke und dennoch war sie sich sicher, dass er sie weiterbringen würde. Es war wie ein Puzzle, dessen Teile erst gefunden werden mussten, um sie dann auf die richtige Art und Weise zusammenzufügen.

Melina sah wieder in die Kiste und begann dann alle Bücher herauszunehmen, die Benjamin wie selbstverständlich sofort nacheinander öffnete.

„Blätter sie durch", riet sie ihm und tat es ihm sofort nach. Die nächsten Minuten verbrachten sie stillschweigend, hochkonzentriert die Bücher filzend. Melina hielt erst wieder inne, als Benjamin einen überraschten Laut von sich gab.

„Guck mal!" stieß er beinahe atemlos aus und öffnete das Buch, das er in den Händen hielt, noch weiter, um ihr zu zeigen, was er entdeckt hatte. Melinas Augen wurden ganz groß. In die Mitte der Seiten des ziemlich dicken Buches war ein rechteckiges Loch geschnitten worden, in dem sich ein anderes, kleineres Buch befand. Sie war sich sicher, dass es sich um das Notizbuch handelte, das sie suchten, und nahm es mit etwas zittrigen Fingern heraus.

„Drück uns die Daumen", bat sie Benjamin, bevor sie es endlich aufschlug. Da war sie, die feine, schön geschwungene Schrift ihrer Mutter.

Für meine geliebten Töchter, stand auf der ersten Seite geschrieben und Melinas Kehle verengte sich sofort. *Erinnert euch. Vergesst nie und seid auf der Hut.*

„Und?" erinnerte ihr Neffe sie daran, dass sie nicht allein war. „Ist es das Buch?"

Sie schlug die nächste Seite auf und nickte dann. „Es sieht ganz danach aus." Sie blätterte ein wenig darin herum. „Sie hat sogar versucht, es alphabetisch zu gestalten."

Ganz von selbst begann sie nach den Worten zu suchen, deren Bedeutung sie momentan besonders interessierte, und wurde schnell fündig.

„*Garong* bedeutet so etwas wie *Wachhabender*, *Aufpasser*", sagte sie zu Benjamin, der sofort nachdenklich die Stirn runzelte.

„Und *Taleron*?" erkundigte er sich.

Sie blätterte weiter. „Hier. Das heißt *Jäger*."

Sie sah ihren Neffen wieder an, der dieses Mal eher geschockt als neugierig aussah. Und er hatte Recht. Dieses Wort klang gar nicht gut. Eher so, als hätte ihre Mutter allen Grund dazu gehabt, sich ihr Leben lang verfolgt zu fühlen. Wenn es diese beiden Gruppen wirklich gab, dann war es auch möglich, dass sie hinter ihr und ihrer Familie her gewesen waren. Bloß – warum?

Ein paar Atemzüge lang sagte keiner von ihnen ein Wort. Dann räusperte sich Benjamin. „Meinst... meinst du unter den Zeichnungen sind noch ein paar mehr Informationen über diese Leute zu finden?" fragte er mit hörbarem Unbehagen in der Stimme.

„Gut möglich", überlegte Melina und zog die Zeichnungen wieder zu sich heran. „Es wird allerdings eine Weile dauern, das zu entziffern und zu übersetzen. Und es ist schon spät."

Sie sah hinüber zu einem der Fenster, durch welches das gedämpfte Abendlicht fiel. „Dein Vater wird sich bestimmt schon wundern, wo du so lange bleibst."

„Ich hab gesagt, ich bin bei einem Freund", erklärte der Junge. „Aber du hast Recht. Sehr viel länger sollte ich nicht wegbleiben. Sonst schöpft er nachher doch noch Verdacht." Er erhob sich und Melina tat es ihm nach.

„Du kannst ja gucken, wie weit du allein kommst", setzte er hinzu. „Und ich kümmere mich heute noch darum, mehr über die Fotos dieser Familie herauszufinden. Ansonsten bin ich morgen wieder um dieselbe Zeit da und wir können uns gemeinsam an die Planung des Wochenendes und die Übersetzung machen. Ich bin nämlich ziemlich gut, was fremde Sprachen angeht."

Sie lächelte sanft. „Dann freu ich mich, dich morgen wieder zu sehen."

Für ein paar Sekunden standen sie ziemlich unbeholfen voreinander. Melina verspürte erneut das drängende Bedürfnis den Jungen in die Arme zu schließen und ihn kurz zu drücken, doch sie wagte es immer noch nicht. Sie hatte zu große Angst vor seiner Reaktion. Also lächelte sie nur, als er ihr noch einmal kurz zunickte und sich dann auf den Weg hinaus aus ihrer Wohnung machte.

Stille kehrte ein. Eine belastende Stille. Die Zukunft sah mit dem heutigen Tag nicht viel besser aus als zuvor. Sie hatten zwar endlich eine Spur gefunden, eine Möglichkeit herauszufinden, was hinter dem Spiel und Demeons Vorgehen steckte. Melina wusste jedoch nun auch, dass die ganze Sache sehr viel größer war und ihre Familie tiefer darin verstrickt war, als sie jemals geahnt hätte. Und sie schien auch gefährlicher, als sie vermutet hatte. Alles sprach eigentlich dagegen, Benjamin noch weiter an der Sache mitwirken zu lassen, ihn aktiv zu beteiligen. Allerdings wusste sie auch, dass es unmöglich war, ihn jetzt noch aus allem herauszuhalten, nicht nachdem er so viel erfahren hatte, wusste, dass das alles auch *seine* Familie anging. Sie hatte es in seinen Augen gelesen: Er würde sich nicht mehr abschütteln lassen. Alles, was sie jetzt noch tun konnte, war, ihn mit allen Mitteln und aller Macht, die sie besaß, zu beschützen. Ihm durfte auf keinen Fall etwas zustoßen. Das war sie nicht nur ihm, sondern auch seiner Familie und vor allen Dingen Jenna schuldig.

Trachonien

Verzweifelt

Man konnte nicht ohne Ende weinen. Irgendwann gab der Körper keine Flüssigkeit mehr her und alles, was einem übrig blieb, war diese entsetzlich jämmerlichen, trockenen Schluchzer auszustoßen, die mehr peinlich als Mitleid erregend waren. Dennoch konnte Jenna diesen Ausdruck innerer Verzweiflung und Hoffnungslosigkeit nicht abstellen, brachte es nicht fertig, sich von allein aus ihrem emotionalen Kollaps zu befreien. Wie auch? Sie hatte mit Leon ihren letzten seelischen Halt, ihren letzten Anker auf der Seite der psychisch einigermaßen stabilen Menschen verloren. In den letzten Tagen war zu schnell zu Vieles passiert, was eigentlich nicht passieren durfte, was nicht möglich war. Ihr Verstand und vor allem ihre Psyche konnten das alles nicht mehr verarbeiten, waren damit völlig überfordert.

Sie war zwar immer schon sehr gut darin gewesen, schlimme Dinge aus ihren Gedanken zu verbannen, sie, so gut es ging, zu verdrängen, um weitermachen zu können, weiter zu funktionieren, doch früher oder später erreichte auch sie einen Punkt, an dem diese inneren Abwehrmechanismen, ihre bisherigen Überlebensstrategien versagten. Dann stürzten all ihre Probleme plötzlich unaufhaltsam über ihr zusammen und gaben ihr das Gefühl, ihre derzeitige Lebenssituation nicht mehr bewältigen zu können. In solchen Momenten begann sogar sie – die sonst immer so stark war – zu verzweifeln, zu einem jämmerlichen Häufchen Elend zu werden, dessen Gedanken sich nur noch um diese scheinbar unlösbaren Probleme und um den Fakt drehten, dass sie mit ihren Kräften und ihrer Weisheit am Ende war.

So war es auch dieses Mal. Trotz allem konnte und wollte sie sich mit ihrer Situation nicht abfinden. Vielleicht machte gerade das es ihr so schwer, sich wieder zu beruhigen. Sie gehörte nicht in diese Welt. Sie war nicht dafür geschaffen, gegen seltsame Fabelwesen zu kämpfen und zuzusehen, wie sich Menschen gegenseitig abschlachteten, ohne mit der Wimper zu zucken, ohne Mitleid oder Reue zu zeigen. Sie wollte wieder nach Hause zu ihrer Familie und ihren Freunden. Sie konnte nicht länger hier bleiben… konnte nicht…

Ein weiteres todtrauriges Schluchzen kam ungewollt über ihre Lippen und tatsächlich gelang es ihrem erschöpften Körper, noch zwei weitere Tränen zu produzieren, die langsam ihre Wangen hinunterrollten. Dieses Mal blieb ihr leises Leiden jedoch nicht unkommentiert. Ein genervtes Seufzen ertönte und veranlasste sie dazu, ängstlich ihren Kopf zu heben.

Da saß er, der Verräter, der Mann, dem sie nur für einen kleinen Moment vertraut hatte und der ihr Vertrauen so hinterhältig missbraucht hatte; das Raubtier, das dazu in der Lage war, Menschen innerhalb von Sekunden zu töten… oder ihnen andere schlimme Dinge anzutun. Wie hatte sie nur so naiv, so dumm sein können?

„Bist du irgendwann damit fertig?" wagte er nun auch noch zu fragen und hob nachdrücklich die Brauen. Gut – besonders gefährlich sah er gerade nicht aus. Sie musste zugeben, dass er bisher sogar relativ sanft und geduldig mit ihr umgegangen war, ihr Weinen und Schluchzen über Stunden ohne Murren ertragen hatte. Und er hielt bewusst Abstand zu ihr, seit sie vom Pferd gestiegen waren, hatte sie nur kurz gefesselt, als er allein aufgebrochen war, um ihr Abendessen zu ‚besorgen'. Im Großen und Ganzen hatte er bisher eher den Eindruck erweckt, als würde er alles dafür tun wollen, dass sie ihre Angst vor ihm verlor und sich wieder beruhigte. Seine Geduld schien nun allerdings ein jähes Ende zu nehmen.

„Ich kann ja verstehen, dass dich das alles ziemlich mitgenommen hat – ab einem gewissen Punkt versagen auch die Nerven der tapfersten Menschen", fuhr er fort und stocherte mit einem Stock ein wenig in der Glut des kleinen Feuers herum, vor dem sie beide saßen, „aber langsam wird dieses Geheule nicht nur albern, sondern auch noch gesundheitsschädigend. Wenn du wüsstest, wie du inzwischen aussiehst, hättest du wahrscheinlich längst damit aufgehört. Du weißt, weibliche Eitelkeit und so…"

Seine Mundwinkel hoben sich zu einem provokanten Grinsen und natürlich gelang ihm genau das, was er mit seinen gemeinen Worten bezweckte: Jenna ärgerte sich. Wie konnte er es wagen, sich auch noch über ihren Zustand lustig zu machen?!

„Ist… ist mir doch egal, wie ich aussehe", platzte es aus ihr heraus. „Und ich… ich heule solange, wie… wie ich will…" Gott! Noch kindischer ging es ja wohl kaum!

Marek lachte leise und schüttelte den Kopf. Seine Augen verengten sich ein wenig, als er sie kurz musterte – ein Zeichen dafür, dass er über etwas nachdachte, etwas, das ihr bestimmt nicht gefallen würde.

„Gut", sagte er schließlich und beugte sich zu ihr vor. Das flackernde Feuer spiegelte sich in seinen Augen und gab ihm fast ein dämonisches Aussehen. Furchtbar! „Dann müssen wir anders an das Problem herangehen. Lass uns das mal ganz objektiv betrachten…"

Er fuhr sich nachdenklich mit Daumen und Zeigefinger über Lippen und Kinn. „Du hast jetzt seit ungefähr zehn Stunden nichts weiter als Wasser zu dir genommen. In deinem ziemlich hysterischen Zustand und in Anbetracht der nächtlichen Kälte wirst du kaum schlafen können, was bedeutet, dass dein körperlicher Zusammenbruch ebenfalls nicht lange auf sich warten lassen wird. Wenn wir sehr viel Pech haben, wirst du sogar richtig krank, was ein Weiterreisen unmöglich machen würde, weil die damit verbundenen Strapazen dich umbringen könnten – und das kann ich nicht zulassen. Allerdings können wir es uns auch nicht leisten, zu lange an ein und demselben Ort zu bleiben, was für mich heißt, dass wir auf irgendeine Weise Nahrung in dich hineinkriegen und dafür sorgen müssen, dass du schläfst. Richtig?"

Jenna sagte nichts. Sie schluckte schwer und sah ihn nur mit großen Augen an. Diese Überlegungen konnten gar nicht zu einer für sie positiven Schlussfolgerung führen.

„Eine Möglichkeit bestände darin, dich zwangszufüttern und danach k.o. zu schlagen", fuhr er fort. „Die andere wäre, dass du dich endlich zusammenreißt und das dir angebotene Fleisch freiwillig zu dir nimmst, um dann friedlich ein Nickerchen zu machen."

Das folgende Grinsen war so breit, dass Mareks sonst so volle Lippen fast gänzlich in seinem dunklen Bart verschwanden. „Glaub mir – ich hab kein Problem mit Möglichkeit eins", setzte er noch hinzu.

Er meinte das ernst, das konnte sie ihm ansehen und nur deswegen wanderte ihr Blick zu dem aufgespießten Hasen, der über dem Feuer brutzelte. Ihre Augen verharrten dort nicht lange, glitten stattdessen hinüber zu dem großen, flachen Stein, auf dem Marek das arme Tier gehäutet und ausgenommen hatte. Alles was von dieser Tat zurückgeblieben war, war das Blut des Tieres, das sich in einem beinahe kunstvollen Muster über dem Stein ausgebreitet hatte. Blut, das langsam zu trocknen begann und in der hereinbrechenden Dunkelheit mehr lila als rot erschien. Es floss nicht mehr, auch nicht aus dem kleinen Haufen von Gedärmen, der neben dem Stein lag. Doch die Übelkeit und Angst, die Jenna beim Zusehen befallen hatte, wollte sich nicht mehr so recht einstellen. Daran war nur der köstliche Duft von über offenem Feuer gebratenem Fleisch schuld. Er konnte mittlerweile sogar das Bild, wie sie selbst über diesem Stein lag und ausgenommen wurde, verdrängen.

Wenn sie ehrlich war, hatte sie nicht nur Hunger, sondern eher das Gefühl ein gähnendes Loch in der Körpermitte zu haben, das ihre letzten Kraftreserven in sich sog und ihr auf beinahe schmerzhafte Art und Weise nahe brachte, dass Marek mit seinen Befürchtungen nicht so ganz falsch lag.

„Es schmeckt wirklich gut", versuchte er noch ein wenig nachzuhelfen und hob den Braten sogleich vom Feuer. „Es fehlt vielleicht ein wenig Salz, aber sonst…"

Er sah sie erwartungsvoll an und schließlich nickte sie. Was blieb ihr auch anderes übrig? Wie eine Gans von diesem Mann gepackt und gestopft zu werden, war etwas, auf das sie in ihrem Zustand gut und gern verzichten konnte – und zuzutrauen war ihm das allemal.

„A-aber nur ein kleines Stück", stammelte sie. „Ich hab eigentlich keinen großen Hunger."

Sie rutschte ein wenig näher an das Feuer heran und beobachtete misstrauisch, wie Marek mit ihrem Dolch Fleisch vom gebratenen Körper des Hasen abschnitt und es ihr dann reichte. Sie zögerte. Was war, wenn das nur ein Trick war und er sie plötzlich packte? Was war, wenn ihn ganz plötzlich die Lust überkam, sie doch noch zu vergewaltigen oder etwas anderes Schlimmes mit ihr zu tun, um endlich seine Rache zu bekommen? Man konnte ihm nicht trauen – das wusste sie jetzt.

Marek runzelte die Stirn. „Was ist? Soll ich dich doch füttern?" Er hielt ihr immer noch das Stück Fleisch hin.

„Nein!" stieß sie etwas zu entsetzt aus und riss ihm das Stück aus der Hand. In Sekundenschnelle war es in ihrem Mund verschwunden und sie kaute hastig. Mareks Brauen wanderten aufeinander zu, während er sie ein weiteres Mal kritisch musterte.

„Ein wenig Respekt und Angst vor mir ist ja ganz angebracht", meinte er, „aber ich glaube, du übertreibst etwas."

Jenna schluckte den Happen schnell hinunter. Natürlich war ihr Hunger damit nicht gestillt. Ihr Blick wanderte, ohne es zu wollen, wieder zurück zu dem Braten und ihr Magen gab ein hörbares, ungeduldiges Gurgeln von sich. Peinlich! Sie sah Marek scheu an. Auf dessen Gesicht zeigte sich erneut ein breites Grinsen. „Noch mehr?" fragte er.

Sie nickte und er schnitt ihr gleich ein sehr viel größeres Stück ab. Der Hunger stand ihr offenbar überdeutlich ins Gesicht geschrieben.

„Ich wusste doch, dass dir der Magen knurrt", meinte er und reichte es ihr. Als sich ihre Finger für einen kurzen Augenblick berührten, wäre Jenna fast zurückgezuckt. Sie konnte sich nur schwer beherrschen.

Marek schien dies leider bemerkt zu haben, denn er runzelte erneut die Stirn. „Meinst du nicht, dass du das langsam abstellen solltest?"

„Wasch genau?" nuschelte sie, hektisch weiterkauend.

„Dieses Zucken und Zittern und ängstlich die Augen aufreißen. Es ist mal an der Zeit, dass du dich wieder beruhigst." Er schüttelte den Kopf und bediente sich dann selbst an dem Braten. Als er sie wieder ansah, meinte sie sogar so etwas wie Frustration aus seinen Gesichtszügen lesen zu können.

„Als dein Freund Leon noch dabei war, warst du viel zutraulicher", setzte er etwas leiser hinzu und schob sich mit einem kleinen Seufzen das Fleisch in den Mund.

Zutraulicher? War sie etwa so etwas wie ein Tier für ihn? Was erwartete er überhaupt von ihr? Er hatte sie verschleppt, verdammt noch mal, obwohl er ihr versprochen hatte, es nicht zu tun.

„Du… du verstehst das nicht?" musste sie einfach fragen. „Du hast mich entführt!"

„Gerettet", verbesserte er rasch.

„Bitte was?" Sie sah ihn entgeistert an.

„Du befandst dich mitten in einem Schlachtfeld."

„Die… diese Tikos waren doch alle tot!"

Er zuckte die Schultern. „Leon nicht."

„Was?!" Sie konnte kaum glauben, was er da von sich gab. „Leon ist doch keine Gefahr für mich!"

„Da muss ich wiedersprechen", gab er nüchtern zurück.

„Bitte?!" entfuhr es ihr. „Er ist mein Freund!"

„Er ist unfähig, dich zu beschützen. Ohne mein Einschreiten wärst du längst tot. Bereits zweimal, um genau zu sein. Und du hängst dich an ihn und vertraust ihm blindlings wie ein Welpe, der seine Mutter verloren hat – das nenne *ich*, sich in Gefahr begeben."

Jenna wusste ein paar Sekunden lang nicht, was sie sagen sollte. Sie starrte ihr Gegenüber nur mit offenem Mund an. Was er gesagt hatte, machte sie so… so wütend! Auch wenn sie wusste, dass es in gewisser Weise der Wahrheit entsprach. Wirklich sicher war sie mit Leon nie gewesen – allerdings bezweifelte sie auch, dass dies in dieser furchtbaren Welt ein Zustand war, den man überhaupt erreichen konnte.

Marek ertrug ihren empörten Blick nicht nur mit Gelassenheit, sondern mit sichtbarem Vergnügen. Er schnitt sich schmunzelnd eine weitere Scheibe Fleisch ab und hob dann auch noch provokant die Brauen, so als wolle er sie dazu auffordern, zu explodieren. Doch diesen Gefallen würde sie ihm ganz bestimmt nicht tun – ganz davon abgesehen, dass sie nicht mutig genug dafür war. Sie schluckte tapfer ihren Ärger hinunter und streckte stattdessen ihre Hand in Richtung des Bratens aus. Er reagierte nicht sofort, studierte stattdessen ein paar Atemzüge lang ihre Gesichtszüge. Dann gab er jedoch ihrer Aufforderung nach und legte ihr das nächste Stück Fleisch in die Hand. Sie wusste, dass er darauf wartete, dass sie noch etwas sagte, und ließ sich damit bewusst Zeit. Erst als sie aufgegessen hatte, räusperte sie sich wieder.

„Du denkst also, dass ich mit dir an meiner Seite besser dran bin als zuvor mit Leon?"

„Zumindest bist du besser geschützt."

„Vor anderen vielleicht", gab sie zu. „Aber wer schützt mich vor dir?"

„Vor mir?" Er tat überrascht. „Meinst du, ich bin eine Gefahr für dich?"

Sie hob nun selbst die Brauen. „Wir sind nicht gerade das, was man als ‚Freunde' bezeichnen würde. Wenn du dich erinnerst: Du hast versucht mich zu vergewaltigen, ich hab dich bestohlen, du wolltest mich töten…"

„Wollte ich nicht."

Sie hielt inne, schloss dann kurz die Augen, um sich auf das zu konzentrieren, was sie hatte sagen wollen, und schüttelte den Kopf. „Das ist doch auch ganz egal. Wir… wir haben keine besonders vertrauensvolle Basis… Beziehung… was weiß ich. Du… du… hast mich hintergangen!"

„Wann?" Er sah wirklich so aus, als wüsste er nicht, wovon sie sprach.

Sie blinzelte. Nur nicht aus dem Konzept bringen lassen. „Du hast das Versprechen gebrochen, das du mir gegeben hast, als… als diese feindlichen Krieger kamen!"

Er legte den Kopf ein wenig schräg und seine hellen Augen sahen sie eindringlich an. „Hab ich das?"

Niemand war bisher dazu in der Lage gewesen, sie so schnell zu verunsichern wie dieser furchtbare Kerl. Ihre Gedanken überschlugen sich in dem angestrengten Versuch ihre Verwirrung aufzulösen und seine Frage zu beantworten. Sie presste zerknirscht die Lippen zusammen. Im Grunde hatte er Recht. Er hatte ihr nur versprochen Leon und ihr nichts anzutun und daran hatte er sich bisher gehalten. Sie räusperte sich und straffte die Schultern. Haltung bewahren – das war wichtig, selbst wenn man einlenken musste.

„Na, gut", gab sie zu, „ich hätte mich vielleicht klarer ausdrücken sollen."

„Vielleicht", bestätigte er und lächelte wieder. Wenn dieses Lächeln eine Spur wärmer gewesen wäre, hätte sie es vielleicht sogar gemocht.

Doch sie traute ihm nicht. Auch wenn sich ihre Angst langsam verflüchtigte – trauen würde sie ihm nie wieder.

Wie selbstverständlich schnitt er ihr noch ein Stück vom Braten ab und gab es ihr. Sie war ihm dankbar dafür. Endlich etwas zu sich zu nehmen, tat ihr gut. Ihre innere Unruhe und Angst legte sich spürbar, machte einer entspannenden Müdigkeit Platz, die nicht viel Raum für überzogene Vorsicht ließ. Eine Entführung war zwar nicht gerade das Angenehmste, was einem passieren konnte, jedoch war sie bereit, das Beste daraus zu machen. Sie fühlte, dass Marek sie beobachtete, während sie aß, und sah wieder auf.

„Um noch einmal auf die Punkte einzugehen, die du gerade genannt hast", griff er das Thema wieder auf. „Es gibt vielleicht ein paar Dinge, die zwischen uns stehen und vielleicht auch immer stehen werden – aber ich kann dir eines versprechen: Wenn du tust, was ich dir sage, wenn du dich an die Regeln hältst, die ich aufstelle, dann werde weder ich noch ein anderer dir weh tun oder dir auf irgendeine andere Weise schaden."

Sie bedachte ihn mit einem nachdenklichen Stirnrunzeln. An für sich hörte sich das gut an. „Und was für Regeln sind das?"

„Du versuchst nicht zu fliehen. Du mischst dich nicht ein, wenn ich etwas mit anderen Personen zu regeln habe. Du hältst dich an das, was ich dir sage – vor allem, wenn wir uns in Situationen befinden, die ich besser einschätzen kann als du. *Ich* entscheide, was wir tun. Und du erträgst das ohne Widerworte und passt dich mir an."

„Und was genau *werden* wir tun?" entwischte es ihr sofort, ohne weiter darüber nachzudenken, ob eine solche Frage nicht schon wieder viel zu frech war. Sie besaß im Zustand der Entspannung eine gefährliche Tendenz zu vergessen, dass niemand mehr bei ihr war, der sie vor Marek beschützen konnte. Das Schmunzeln, zu dem sich seine Lippen verzogen, gefiel ihr gar nicht. Es war dafür viel zu anzüglich.

„Ich dachte mir, wir widmen uns endlich einmal den angenehmen Dingen des Lebens – zur Entspannung", erklärte er und seine Augen funkelten dabei in einer Art und Weise, die man durchaus als lüstern interpretieren konnte.

Jenna hätte sich beinahe an dem letzten Rest Fleisch verschluckt, auf dem sie noch herumkaute. Das Entsetzen sprang ihr wohl geradezu aus dem Gesicht, denn Marek brach in schallendes Lachen aus. Sie selbst konnte das gar nicht witzig finden. Es ärgerte sie, dass ihm ihre Angst solch eine Freude bereitete.

Er verstummte wieder, musste sichtbar sein gemeines Grinsen niederkämpfen. „Ich rede davon zu schlafen. Jeder für sich in seinem Eckchen."

Sie sog hörbar Luft durch die Nase ein und versuchte so gelassen wie möglich auszusehen. „Das weiß ich doch."

„Natürlich", stimmte er ihr schmunzelnd zu.

„Ich wollte eigentlich wissen, was wir *danach* machen", fuhr sie fort. „Du hast vorhin gesagt, dass wir eine anstrengende Reise vor uns haben – wohin willst du mit mir?"

Sie wollte gar nicht so neugierig klingen, sondern ihr Gespräch nur in eine andere, angenehmere Richtung lenken. Doch Marek schien das nicht zu stören. Er war eher amüsiert. „Du taust ja langsam auf", stellte er fest.

Sie wandte ihren Blick ab, zupfte etwas nervös an ihrem Hemd herum. „Naja, ich… ich würde mich bestimmt besser fühlen, wenn ich wüsste, wo es hingeht", gab sie ein wenig kleinlaut zurück. Warum nur fiel es ihr immer so schwer, erst zu denken und dann zu sprechen? Das letzte, was sie wollte, war diesen Mann zu verärgern.

„Warum sollte ich es dir verraten?" fragte er nun. „Nachher fliehst du noch und erzählst Leon alles."

Er klang nicht verärgert und nur deswegen wagte es Jenna wieder, ihn anzusehen. Ein Schmunzeln umspielte seine Lippen.

„Ja, natürlich", gab sie einsichtig zurück und zuckte zusammen, als er erneut laut auflachte.

„Glaubst du im Ernst, dass ich dich ohne Fesseln herumlaufen lassen würde, wenn ich glauben würde, dass du eine Chance hättest zu fliehen?" Er schüttelte lachend den Kopf. „Niemand entkommt mir, meine Liebe. Jedenfalls nicht ohne die Hilfe magischer Kräfte. Und die hast du zurzeit nicht."

Jenna wusste nicht genau, was sie sagen sollte. Sie wusste ja noch nicht einmal, was sie *fühlen* sollte. Sie war verärgert – natürlich – aber auf der anderen Seite wusste sie auch, dass Marek nur die Wahrheit aussprach. Sie glaubte ja selbst nicht daran, ihm allein entkommen zu können.

„Wir reiten erst einmal nach Tschamborg, um uns mit Vorräten einzudecken", unterbrach er ihre Gedanken überraschend.

„Vor… Vorräte?" stammelte sie. „Für was?"

„Für unsere weitere Reise nach Trachonien."

Jenna starrte ihn entgeistert an. Das konnte doch unmöglich sein Ernst sein. „*Du* willst nach Trachonien?!"

Er nickte bestätigend.

„Wieso?" Sie verstand überhaupt nichts mehr. Er hatte sich so aufgeregt, als Leon sie über seinen Plan unterrichtet hatte – und jetzt wollte er selbst dorthin?

„Aus demselben Grund wie Leon und du. Ich will den Stein, der in Alentaras Besitz ist."

„Wo… woher weißt du das?!" Sie war erschüttert.

„Ich wusste es schon, bevor du auch nur geahnt hast, dass diese Steine existieren", gab Marek zu. „Und als ich erfahren habe, wohin ihr unterwegs seid, wusste ich, was ihr plant."

„Man hat dir verraten, wohin wir unterwegs waren?" empörte sie sich. „Leon hat den Leuten doch Goldstücke gegeben…"

„Gold kann das Leben eines Menschen nicht aufwiegen", gab er leichthin zurück.

Es dauerte ein paar Sekunden, bis Jenna begriff, dann wandte sie sich verärgert von Marek ab, starrte aufgewühlt in das kleine Feuer, das langsam auszugehen drohte. Leon hätte daran denken müssen, dass die Angst der Leute vor Marek größer war als ihre Gier nach Gold. So hatten sie so viele der kostbaren Münzen für nichts und wieder nichts hergegeben.

„Dann… dann warst du gar nicht wirklich darüber wütend, dass wir dich zu Alentara bringen wollten", sagte sie leise.

„Oh, doch", erwiderte er. Er legte ein paar dickere Äste in die Glut des Feuers, auf die sich die zarten Flämmchen sofort stürzten. „Mich als Geisel gegen Informationen eintauschen zu wollen, ist eine Dreistigkeit, die an und für sich hart bestraft werden müsste. Leider musste ich ja ein Versprechen geben, das ich nicht brechen wollte."

Sie hob den Blick, schüttelte mit einem bitteren Lächeln den Kopf. „Und was willst *du* jetzt gegen diese Informationen eintauschen? Mich?"

„Großer Gott – nein! Dich brauche ich noch und ich denke, Alentara besitzt keine Informationen, die ich nicht schon längst selbst habe. Ich will nur den Stein."

Sie runzelte die Stirn. „Aber gegen was willst du ihn eintauschen? Ohne eine Gegenleistung wird sie dir den Stein kaum geben."

„Da stimme ich dir zu", erwiderte Marek. „Ich werde ihn mir einfach nehmen."

Sie hob die Brauen, ihrem Gesicht einen mehr als zweifelnden Ausdruck gebend. Selbst aus dem Mund eines gefährlichen und gefürchteten Kriegers wie ihm klang das arrogant. „Ach ja? Und wie? Leon hat gesagt, dass diese Frau sehr gefährlich ist."

„Ich kann mir gut vorstellen, dass viele Menschen sie für gefährlich halten", gab Marek unbeeindruckt zu. „Sie ist unberechenbar. Ich bin allerdings der Meinung, dass selbst Unberechenbarkeit berechenbar ist."

„Und du kannst das, ja?" fragte sie zweifelnd.

Er verengte seine Augen ein wenig. „Was?"

„Unberechenbarkeit berechnen", half sie ihm.

„Vielleicht", gab er zurück. „Doch das wird in diesem Fall nicht nötig sein. Ich werde die Burg gar nicht betreten."

„Wie willst du dann an den Stein herankommen?" fragte sie. Ein unangenehmes Gefühl beschlich sie, eine Ahnung, die sie nicht ernstnehmen *wollte*.

„*Du* wirst ihn mir holen", ließ Marek jedoch diese Ahnung zur bitteren Wahrheit werden.

Jennas Augen weiteten sich vor Entsetzen. Sie schnappte nach Luft. „*Ich*?! Das... das ist nicht dein Ernst!!"

„Doch", entgegnete er ruhig.

Sie schüttelte den Kopf. Wieder und wieder, weil *er* jedes Mal bestätigend nickte, und stieß am Ende ein leicht hysterisch klingendes Lachen aus. „Sagtest du nicht erst vor wenigen Minuten, ich sei bei dir sicher?"

„Bist du ja auch."

„Nicht wenn ich mich *allein* in das Schloss einer Königin schleichen und sie bestehlen soll und du mich damit ihrem Zorn auslieferst, wenn sie das merkt!"

„Ich liefere dich doch nicht aus."

„Klingt opfern besser?!"

Marek seufzte. „Du sollst nur den Stein aus ihrer Burg holen. Das, was ich tun werde, ist viel gefährlicher."

„Sie wird mich umbringen, wenn sie mich erwischt!"

Marek runzelte die Stirn. „Sie erwischt dich schon nicht. Und wieso bist du eigentlich immer der Meinung, dass jedermann dich umbringen will?"

„Sie wird es tun!"

Er schüttelte den Kopf. „Das glaube ich nicht. Ihr gefallen mutige Frauen."

„Ich bin aber keine mutige Frau", jammerte Jenna.

„Das muss sie ja nicht wissen", versuchte er sie zu beschwichtigen. „Außerdem wird dich niemand bemerken, wenn du dich geschickt anstellst."

„Ich bin ein ausgesprochenes Trampeltier!" erwiderte sie und ihre Stimme entglitt ihr am Ende etwas, so dass sie eher quietschte als sprach.

„Du solltest mehr Vertrauen in deine eigenen Fähigkeiten haben", riet er ihr altklug. „Glaube mir, wenn man unter Druck steht, kann man Unglaubliches leisten."

Jenna lachte. Einmal. Zweimal. Dreimal. Echter klang es dadurch nicht. Das alles war ja auch nicht wirklich witzig. Wieder einmal ein Beweis dafür, das Lachen nicht immer ein Ausdruck der Freude war. Hysterie war hier das viel passendere Stichwort.

„Du verstehst es wirklich, anderen Mut zu machen", piepste sie und versuchte, sich darauf zu konzentrieren ruhig zu atmen. Einen weiteren nervlichen Kollaps würde sie heute nicht mehr verkraften. Sie würde am Ende wahrscheinlich nur noch sabbernd und mit starrem Blick in einer Ecke liegen bleiben. Ecke! Als ob es hier etwas gab, was danach aussah!

„Ich pass schon auf, dass dir nichts passiert", erwiderte Marek, ohne auf ihre Bemerkung einzugehen, sie meinte jedoch ein wenig Sorge ob ihres Gemütszustandes in seinen Augen aufflackern zu sehen. „Ich bin nicht Leon. *Meine* Pläne funktionieren immer."

Sie gab sich nicht die Mühe, ihre Skepsis vor ihm zu verbergen. „Immer?" wiederholte sie. Oh, das klang doch schon viel besser, weitaus gefestigter und ruhiger.

Marek seufzte, legte das Messer und den Rest des Bratens zur Seite und lehnte sich ein wenig zurück, sich auf beide Hände stützend. „Gut, du kennst mich nicht, von daher werde ich es dir verzeihen, dass du mir nicht glaubst, und mir stattdessen sogar die Mühe machen, dir zu erklären, warum ich so etwas sagen kann, ohne mich – so wie der *arme* Leon immer – lächerlich zu machen."

Natürlich tat ihm Leon nicht leid, dazu war der Spott zu deutlich aus seiner Stimme herauszuhören. Er provozierte sie nur wieder, doch sie presste die Lippen aufeinander und sagte lieber nichts. Sie war froh, dass sie sich langsam wieder beruhigte und irgendwie hatte sie das Gefühl, dass Mareks tiefe Stimme und seine extreme Zuversicht in seine Fähigkeiten erheblich dazu beitrugen.

„Ein schnell arbeitender Verstand und ein hohes Maß an Flexibilität sind der Schlüssel zum Erfolg eines Plans", fuhr Marek großspurig fort. „Du musst damit rechnen, dass dir etwas dazwischenkommt, dass Situationen entstehen, die deinen ganzen Plan auf den Kopf stellen können *und* du musst dazu in der Lage sein, deinen Plan loszulassen, rasch umzudenken, dich neu zu orientieren. Was auch bedeutet innezuhalten, abzuwarten und genau zu beobachten, vielleicht auch mal nichts zu tun und für eine Weile eine unangenehme Situation auszuhalten. Das gibt dir die Zeit, um nachzudenken, dir Strategien zu überlegen, mit denen du zurück zu deinem ursprünglichen Plan kommst oder eher zu deinem ursprünglichen Ziel. Denn das ist es ja, worauf es im Endeffekt ankommt: dein Ziel zu erreichen. Ein zu strikter Plan und ein zu starres Festhalten an diesem behindern dich nur."

Jenna gab es nur ungern zu, aber Mareks Erklärung machte Sinn und beschrieb genau das, was er getan hatte, nachdem er zu ihrem Gefangenen geworden war. Diese Strategie war schlau gewesen und hatte ihm am Ende nicht nur die Freiheit beschert, sondern sogar einen Lohn: *sie*.

„Dann… dann war *dein* Ziel die ganze Zeit an die Steine heranzukommen, an unseren und Alentaras?" fragte sie zögerlich.

„Nein." Er beugte sich wieder zu ihr vor. „Mein Ziel war es, an *dich* heranzukommen, weil du es mir *so* viel einfacher machen wirst, Alentaras Amulett zu holen. Ich sagte doch: *Meine* Pläne funktionieren immer!"

Jenna wusste nicht, was sie darauf antworten sollte. Es war merkwürdig, doch ihre Angst vor der ihr aufgezwungenen Aufgabe ließ sich mit diesen Worten in der Tat ein wenig bezwingen. Ruhe kehrte zurück in ihren Körper. Es würde ja auch noch *so* lange dauern, bis sie Alentaras Schloss erreichten. Wer wusste schon, was bis dahin noch alles passierte?

„Wir müssen natürlich noch an deinem Vertrauen zu mir arbeiten", fügte er schmunzelnd hinzu. „Aber wir werden uns schon noch zusammenraufen."

Sie stieß ein Lachen aus, das sowohl ihre Verärgerung als auch ihren Zweifel preisgab. „Ja, klar. Zu *deinen* Bedingungen natürlich."

„Natürlich", bestätigte er immer noch schmunzelnd. „Und denk mal ein wenig nach: Wenn du dich anstrengst, den Stein möglichst schnell zu finden, bekommst du damit den besten Schutz, den du hier in ganz Falaysia finden kannst."

Jenna stutzte. Da hatte er Recht. Sie war dann vor *jeder* Gefahr geschützt – auch vor ihm.

„Ah, der so notwendige Denkprozess setzt ein", kommentierte er amüsiert ihr so plötzliches Schweigen. „Die Freiheit winkt von weitem."

Sie runzelte die Stirn. „Natürlich tut sie das. Deswegen wundere ich mich, warum du mich auch noch darauf hinweist."

„Dich dort reinzuschicken, um den Stein zu holen, ist der unkomplizierteste Weg, um ihn in die Finger zu bekommen", gab er völlig entspannt zurück.

„Du glaubst doch nicht im Ernst, dass ich zurückkommen und ihn dir geben würde?" Sie wusste nicht, warum sie das sagte, zumal das *die* Gelegenheit sein würde, um zu fliehen, und es dumm war, ihm zu verraten, was sie vorhatte. Auf der anderen Seite war Marek zu intelligent, um das nicht von vornherein in Erwägung gezogen zu haben.

„Nein, natürlich nicht", bestätigte er ihre Vermutung. „Doch selbst *wenn* du mit ihm verschwindest, brauche ich dir nur eine Zeit lang unauffällig zu folgen, um ihn zurückzubekommen – denn früher oder später lässt du ihn ohnehin irgendwo liegen."

Sie schnappte empört nach Luft, wurde aber gleichzeitig knallrot, weil ihr dieses dumme Missgeschick immer noch furchtbar peinlich war. „Sehr witzig! So etwas wird mir *nie* wieder passieren! Ich... ich tackere den Stein einfach an mir fest."

„Du machst was?" fragte er mit einem leisen Lachen.

„Ach nichts." Sie stieß ein frustriertes Seufzen aus. „Ich verstehe dich nur nicht. Wenn dir diese Steine so wichtig sind, warum sind wir dann nicht zurück zum See geritten, um *deinen* Stein zu holen?"

Seltsamerweise wich er ihrem fragenden Blick aus, stocherte stattdessen ein wenig in der Glut des Feuers herum, um dieses noch weiter anzufachen.

„Weil das nicht notwendig ist", beantwortete er schließlich doch noch ihre Frage und sah sie wieder an. „Darum hat sich schon jemand gekümmert."

Sie hob überrascht die Brauen. Mit so einer Antwort hatte sie nun wirklich nicht gerechnet. „Du... du hast jemanden dort hingeschickt, um ihn zu holen? Aber wann? Und wie?"

Marek lächelte nur und der Ausdruck in seinen Augen genügte ihr, um zu wissen, dass sie das ganz bestimmt nicht von ihm erfahren würde.

Die Stille, die sich darauf zwischen ihnen ausbreitete, ließ das Knistern des wieder größer und wärmer werdenden Feuers unnatürlich laut erscheinen. Doch sie war willkommen, war doch jeder von ihnen mit seinen eigenen Gedanken beschäftigt. Jenna hatte zwar ihren Nervenzusammenbruch endlich überwunden, damit hatten sich ihre Sorgen bezüglich ihrer Zukunft allerdings nicht verflüchtigt. Diese lag für sie immer noch in verschwommener Dunkelheit und sie konnte sich nicht vorstellen, dass sich ihre Situation in nächster Zeit bessern würde. Nicht mit diesem verrückten Plan! Irgendwie musste sie da wieder herauskommen – und zwar bevor sie das Schloss dieser Königin erreichten. Nur wie? *Wie?*

„Hast du genug gegessen?" riss Marek sie schließlich aus ihren anstrengenden Gedanken und sie nickte rasch.

„Dann solltest du jetzt besser versuchen zu schlafen." Er nickte hinüber zu der einzigen Decke, die er hatte ausbreiten können. Er hatte sich für seine Flucht sein eigenes Pferd zurückgeholt und natürlich beinhaltete die Satteltasche nur die nötigsten Sachen für *eine* Person. Sie zögerte einen Moment, sein aufforderndes Nicken genügte allerdings schon, um sich dorthin zu bewegen, sich frustriert auf das dicke Fell zu werfen, das als Unterlage diente, und in die Decke zu kuscheln. Sie war zu erschöpft und ihr Körper sehnte sich nach der Erholung, die sie ihm für viel zu lange Zeit verwehrt hatte. Es gab keinen Raum in ihrem Kopf, um sich Gedanken darüber zu machen, wo und wie Marek schlafen würde und ob er tatsächlich im Augenblick keine Gefahr mehr für sie war. Alles, was sie wollte, war ihren Kopf auszuschalten und zu vergessen, wo sie war und welche immensen Probleme sie hatte.

Doch so ganz gelang ihr das nicht. Denn es gab *noch* eine Person, die ihr Bauchschmerzen bereitete. Bauchschmerzen ganz anderer Art, wurden diese doch von großer Sorge getragen. Das Gesicht dieser Person tauchte sofort vor ihrem inneren Auge auf, als sie die Lider geschlossen hatte: Leon. Sie hoffte so sehr, dass es auch ihm wieder einigermaßen gut ging, dass er sich in Sicherheit gebracht und seine Wunden versorgt hatte; dass er sich stärken und erholen und irgendwann, in nicht allzu ferner Zukunft ihre Verfolgung aufnehmen konnte. Denn er war der Einzige, der ihr helfen konnte; der Einzige, dem sie hier in dieser Welt wenigstens ein kleines bisschen am Herzen lag und der vielleicht kommen würde, um sie zu retten. Das hoffte sie zumindest. Sie wagte es jedoch nicht, wirklich daran zu glauben.

Es waren Schmerzen, die Leon aus seinem langen Schlaf weckten. Sie waren nicht mehr ganz so stark wie zu Anfang, doch sie reichten aus, um eine leichte Übelkeit zu verursachen, die es ihm nicht erlaubte, noch länger im Reich der Träume zu verweilen. Ganz vorsichtig öffnete er die Augen, blinzelte gegen das helle Tageslicht und den milchigen Schleier vor seinen Augen an. Es dauerte ein paar Minuten bis er einigermaßen klar sehen konnte, doch das, was er sah, gefiel ihm gar nicht. Er lag auf einer Bahre in einem Behelfszelt und nah bei ihm, an einem kleinen Feuer, saß ein Krieger und kochte etwas in einem Krug, den er an einem langen Stock über die Flammen hielt. Leon kniff die Augen ein wenig zusammen, versuchte den Mann besser zu erkennen. Er hatte seine Rüstung abgelegt, trug nur die lockere, warme Unterkleidung, die fast alle Krieger zu dieser Jahreszeit benötigten – die Bakitarer ausgenommen. Aber das waren ja auch keine richtigen Menschen.

Der Krieger wandte sich um und goss den Sud aus dem Krug in eine Holzschale. Oh. Es war kein Mann, sondern eine Frau. Jetzt erinnerte Leon sich auch wieder. Der Kampf… Marek, der Jenna aufs Pferd zog… sein verletzter Arm… die Frau im Wald. Der Rüstung nach zu urteilen gehörte sie zu Alentaras Kriegern. Sie musste dieses Zelt aufgebaut haben – wo auch immer – und ihn so gut, wie sie es konnte, versorgt haben. *Ihr* hatte er es zu verdanken, dass er sich einigermaßen erholt hatte, jedenfalls so, dass er nicht schon bei der kleinsten Bewegung wieder in Ohnmacht fiel. Doch was hatte sie hier zu suchen, mitten in der Wildnis, im Grenzgebiet weit ab von den üblichen Handelsrouten, in dem jeder die Übergriffe von Tikos zu fürchten hatte? War sie eine Spionin mit einem besonders wichtigen Auftrag? Oder hatte sie nur ein paar liebe Verwandte besucht und befand sich nun auf der Rückreise nach Trachonien? Wohl kaum.

Die Kriegerin sah zu ihm hinüber, so als hätte er durch ein Geräusch verraten, dass er wach war. Nur konnte er sich nicht daran erinnern, eines gemacht zu haben.

„Es scheint dir besser zu gehen", stellte sie schlicht fest. Ihre Stimme war rau, fast heiser und klang ziemlich gefühllos. Eigentlich typisch für einen Krieger.

Leon antwortete nicht. Er sah sie nur an und dachte nach. Warum hatte diese Frau ihn aufgelesen, seine Wunden versorgt und mitgenommen? Aus Mitleid und menschlichem Verantwortungsbewusstsein bestimmt nicht. So etwas besaßen nur sehr wenige Menschen in Falaysia und wilde Krieger schon gar nicht. In seinem Zustand stellte Leon doch nur eine unnötige Last dar, die das Reisen furchtbar beschwerlich machte. Also, warum diese Hilfsbereitschaft? Was hatte die Kriegerin für ein Nutzen von ihm?

Sie kam näher, schlug wortlos seine Decke zurück und untersuchte den Verband. Dann begann sie diesen zu lösen. Es war vermutlich wieder an der Zeit, ihn zu wechseln. Leon hasste es, wenn fremde Menschen ihn ungefragt berührten, Menschen, von denen er nicht wusste, wer sie waren und was sie von ihm wollten. Diesen Zustand der Unwissenheit musste er dringend beenden. Er räusperte sich, da er genau wusste, dass er sonst nur ein Krächzen herausbringen würde.

„Warum tut Ihr das?" fragte er kaum hörbar, weil seine Stimme ihm dennoch nicht richtig gehorchen wollte. Er erwartete gar nicht, dass sie antwortete. Sie wirkte nicht gerade sehr offenherzig. Er wollte es jedoch wenigstens versuchen.

Sie sah ihn nicht an, griff stattdessen nur stumm nach der Holzschale und tauchte zwei Finger in den grünlichen Sud, um diesen dann ohne Vorwarnung auf seine Wunde zu schmieren. Leon holte zischend Luft und zuckte zurück, aber sie hatte längst seinen Arm mit der anderen Hand gepackt und hielt ihn fest. Es tat weh, richtig weh, doch er biss die Zähne zusammen, unterdrückte ein schmerzerfülltes Stöhnen.

„Ich sorge nur dafür, dass du nicht stirbst", sagte die Kriegerin plötzlich, ohne auch nur kurz den Blick von ihrer Arbeit abzuwenden. Warum zur Hölle musste sie so gründlich sein und gleichzeitig so wenig Feingefühl besitzen?! Die Tortur dauerte noch eine Weile und kostete Leon so viel Kraft, dass er keine weiteren Fragen mehr stellen konnte. Als sie schließlich die Schale beiseite stellte und einen sauberen Verband aus einer Tasche, die neben ihm lag, holte, atmete er erleichtert auf. Das Anlegen des Verbandes war nicht ganz so schmerzhaft und er entspannte sich wieder. Ein paar tiefe Atemzüge später fühlte er sich auch endlich im Stande weitere Fragen zu stellen

„Warum wollt Ihr verhindern, dass ich sterbe?"

Sie bedachte ihn mit einem Blick, der nur zu deutlich verriet, wie wenig Lust sie darauf hatte, sich mit ihm zu unterhalten. Nichtsdestotrotz beantwortete sie ihm seine Frage. „Weil ich den Auftrag habe, dich wohlbehalten nach Tichuan zu bringen."

Tichuan war das Schloss Alentaras. Langsam dämmerte Leon, worum es hier ging. Alentara ließ nach ihm suchen… wegen des Steins. Diese Kriegerin hatte ihn nicht zufällig gefunden. Sie war ihnen gefolgt! Wahrscheinlich war sie schon länger hinter ihnen her, wahrscheinlich schon seit sie Vaylacia verlassen hatten. Jenna war ihr dort begegnet. Jenna…

„Hört, wenn Ihr Eurer Herrin wirklich einen Dienst erweisen wollt, dann müsst Ihr meiner Gefährtin folgen", sagte er schnell. „*Sie* müsst Ihr retten, nicht mich, denn sie hat das, was Eure Herrin sucht."

„Ich weiß nicht, was meine Herrin sucht", antwortete die Kriegerin kühl und sah ihn nun doch an. „Ich weiß nur, dass ich dich nach Tichuan bringen soll. Dich und nicht diese Frau. Und das werde ich tun."

Leon schüttelte kraftlos den Kopf. Das Sprechen strengte ihn langsam an. „Ich bin nicht so wichtig. *Ich* weiß, was Alentara will… Jenna hat es… Jenna, nicht ich!"

Die Kriegerin stieß ein verärgertes Lachen aus. „Es ist ja sehr rührend, wie du für das Mädchen lügst, aber ich habe keine Zeit, mich auch noch um deine Geliebte zu kümmern", gab sie zurück. „Und selbst wenn ich sie hätte, würde ich es nicht tun. Sie ist verloren, sieh das endlich ein."

„Sie ist *nicht* verloren", protestierte Leon schwach. „Wenn Ihr Euch gleich auf den Weg macht… könnt Ihr sie noch einholen. Ich komme schon alleine klar und werde hier warten. Ich werde…"

„… sterben", beendete die Kriegerin seinen Satz. „Wenn ich dich allein lasse, stirbst du."

„Nein, mir… mir geht es gut… besser", erwiderte er. „Ich…"

„Das liegt an dem Mittel, das ich dir gegeben habe", unterbrach sie ihn erneut. „Es senkt das Fieber und lindert die Schmerzen. Es gibt dir ein wenig mehr Kraft. Aber ohne dieses Mittel und meine Pflege wärst du längst tot. Du hast Wundbrand."

Leon musste erst einmal schlucken. So schlecht stand es um ihn? Dann fühlte er sich ja wirklich noch gut. Aber Jenna…

„Ich bin nicht so wichtig", versuchte er es noch ein letztes Mal.

„Für mich schon, denn ich werde meinen Auftrag ausführen. *Nur meinen Auftrag!* Ganz gleich, ob es dir gefällt oder nicht." Sie rückte von ihm ab und starrte ein paar Herzschläge lang ausdruckslos in das knisternde Feuer. Ihre harten Gesichtszüge waren jedoch angespannt.

„Wenn er sie nicht tötet, wird er sie vielleicht freilassen, wenn er genug von ihr hat. Dann wird sie nach dir suchen und dich vielleicht sogar finden. Ich weiß allerdings nicht, ob das gut für sie ist. Meine Herrin könnte das nicht mögen."

Wenn er genug von ihr hat... Leon wurde bei dem Gedanken daran, was Marek alles mit Jenna tun könnte, ganz schlecht. Auf einmal fühlte er sich hundeelend. Sein physisches Leid war nichts gegen die Schmerzen und die Verzweiflung, die ihn innerlich zerfraßen. Jenna befand sich in den Händen dieses Monsters, das zu allem fähig war. Sie war ganz allein und ihm schutzlos ausgeliefert. Er hatte gewiss schon längst seine freundliche Maske abgelegt und den Teufel herausgelassen, der er nun einmal war. Gott... Das arme Mädchen. Was er ihr alles schon angetan haben konnte...

Leon schloss die Augen, versuchte tief und ruhig zu atmen und diesen Druck in seiner Brust, die seelische Pein, die sein Inneres so verkrampfen ließ, wieder von sich zu schieben. Sein Leiden würde Jenna auch nicht helfen. Er musste gesund werden, musste sich befreien oder zumindest die Frau, die so sorgsam über ihn wachte, dazu bewegen, nach ihr zu suchen und sie zu retten. Er musste versuchen, zu ihr durchzudringen. Einen anderen Weg gab es derzeit nicht. Er sammelte noch einmal all seine Kraft. Zu ihr durchzudringen hieß als erstes, sie kennenzulernen.

„Wie ist Euer Name?" fragte er matt, ohne die Augen wieder zu öffnen.

„Sheza", hörte er sie sagen. Sheza. In ihren Händen lag nun nicht nur sein Schicksal, sondern auch Jennas.

Tschamborg

Dieses Mal spürte Jenna es, spürte sie, dass sich etwas in ihrer Traumwelt änderte, dass sich ihr etwas näherte. Etwas, das nicht zu ihrem Bewusstsein gehörte… eine fremde Energie. Sie stand an der Reling eines Schiffes und der eben noch so blaue Himmel wurde dunkler, die Sicht auf das funkelnde Auf und Ab der Wellen schlechter. Nebel stieg von überall auf, kroch über ihre Füße, ihren Körper hinauf, bis er sie völlig eingehüllt hatte. Und dann vernahm sie eigenartige Töne. Erst nur aus weiter Ferne wie ein Echo, das über die Berge hallte und dann immer näher kam, immer vertrauter wurde, bis sie schließlich erkannte, dass es eine ihr wohlbekannte Stimme war – die Stimme, nach der sich Jenna so sehr sehnte, auf die sie schon so lange gewartet hatte.

Es blitzte am Himmel. Dicke Wolken hatten sich dort gebildet, formten zusammen mit dem Nebel um sie herum immer wieder neue surrealen Gestalten, doch sie wollten nicht so richtig die Umrisse ihrer Tante annehmen, ließen auch ihre Stimme nicht deutlich zu ihr durchdringen.

Jenna konzentrierte sich, versuchte mental ihre Hände nach der Energie ihrer Tante auszustrecken, wirklich greifen konnte sie diese allerdings nicht. Lediglich Wortfetzen drangen an ihre Ohren.

„… nicht… tun unser Möglichstes… aufgeben… nicht aufgeben! Hörst du?"

„Melina!" rief Jenna besorgt in die Dunkelheit. „Was ist passiert? Ich kann dich nicht sehen und verstehe nur wenig, von dem, was du sagst!"

„… stört… Energiefelder… schlechter Zeitpunkt…"

Das war ja fast schlimmer als Störungen im Mobilfunknetz! Nur gab es hier kein Gerät, das sie beschimpfen oder gar als Bestrafung wütend auf den Boden werfen konnte. Es war ihre eigene Energie, die ihr diese Schwierigkeiten bescherte. Ihre oder die ihrer Tante – und das beunruhigte sie zutiefst. Dabei brauchte sie doch gerade jetzt so dringend Zuspruch, tröstende oder gar Mut machende Worte.

„Ich brauche eure Hilfe!" schrie sie so laut sie konnte hinauf in den Himmel. „Ich schaffe das alles nicht allein!"

„… bei dir… einen Weg finden, dich und Leon… holen…"

Melinas Stimme wurde nun auch noch leiser. Die Wolkendecke brach gnadenlos auf und trennte ihre Energien voneinander, ohne dass Jenna etwas dagegen tun konnte.

„… später noch einmal…", waren die letzten Worte die flüsterleise an ihr Ohr drangen, während gleißend helles Licht, die letzten Wolken zerschnitt, Jenna dazu zwang, die Augen zusammenzukneifen. Dann erst nahm sie wahr, dass es warme Sonnenstrahlen waren, die ihr ins Gesicht schienen. Sie war wieder in der Realität, in der furchtbaren Realität.

Sie blinzelte gegen das helle Tageslicht an und nahm bald schon deutlicher die Umrisse ihrer Umgebung wahr. Direkt vor ihr befand sich der muskulöse Hals des Pferdes, auf dem sie saß. Rötliche Mähne, dunkles Fell. Mareks prächtiger Hengst. Erst jetzt fühlte sie die schweren Schritte des Tieres unter sich, die sie im Sattel hin und her wanken ließen, und den warmen Körper hinter sich, gegen den sie sich – völlig ahnungslos – im Schlaf gelehnt hatte. Mareks Körper.

Ein paar Sekunden lang überlegte sie, sich rasch anständig hinzusetzen, doch dann verwarf sie den Gedanken wieder. Wenn Marek wusste, dass sie wach war, würde er wieder ein Gespräch mit ihr beginnen, und Gespräche mit ihm hatten ihr bisher nicht besonders gut gefallen. Außerdem saß sie gerade äußerst bequem, um nicht zu sagen kuschelig, sodass sie sich fast geborgen in den Armen des Kriegers fühlte, und dieses Gefühl wollte sie wenigstens für einen Augenblick noch genießen. Kein Wunder, dass sie eingeschlafen war.

Sie betrachtete Mareks Arme und Hände, von denen eine die Zügel hielt und entspannt auf ihrem Schenkel ruhte und die andere ihre Taille locker umfasste, sodass sie nicht vom Pferd rutschen konnte. Große Hände, aber nicht grobschlächtig, wie man das bei Männern seines Kalibers vermuten würde, sondern eher schmal und sehnig, mit langen Fingern. Sie runzelte ungewollt die Stirn. Nicht gerade die Hände eines Kriegers. Eher die eines Pianisten. Ausgesprochen schöne Männerhände… und dennoch waren es diese Hände, die kämpften und mordeten, die all diese furchtbaren Dinge taten, über die sie lieber nicht weiter nachdenken wollte.

Sie wandte ihren Blick von seinen Händen ab und betrachtete die Gegend um sich herum. Die hatte sich deutlich verändert. Das Bild wurde nun von hohen Bergen im Hintergrund, von kurzen Sträuchern und krüppeligen Nadelbäumen, die in kleinen Gruppen zwischen den Felsen wuchsen, dominiert. Der Weg war steinig und staubig geworden und das struppige Gras, das an der einen oder anderen Stelle wuchs, war verdorrt. In dieser Gegend hatte es lange nicht mehr geregnet. Doch trotz des unebenen Geländes gab es auch hier ein paar Felder, die an ein kleines Dorf grenzten, auf das sie zuritten. Jenna konnte sogar ein paar Menschen dort in der Ferne erkennen.

„Na, gut geschlafen?" vernahm sie Mareks tiefe Stimme dicht an ihrem Ohr. Er hatte also doch gemerkt, dass sie wach geworden war.

„Mehr oder weniger", gab sie zurück. Mittlerweile hatte sie das dringende Bedürfnis sich zu strecken, das war jedoch nun wirklich nicht möglich.

„Ist das Tschamborg?" fragte sie und betrachtete das Dorf eingehender. Es war nicht besonders groß. Höchstens zwanzig kleine Häuser reihten sich aneinander und säumten den Sandweg, der die einzige ‚Straße' dort zu sein schien.

„Ja", bestätigte Marek ihre Vermutung. „Es fällt noch in das Machtgebiet Nadirs, also komm gar nicht erst auf die Idee, diese Leute um Hilfe zu bitten."

Genau das war der Grund, warum Jenna lieber nicht mit Marek sprach. Immer musste er etwas von sich geben, das sie ärgerte oder ängstigte oder beides tat. Sie hatte zwar nicht daran gedacht, dass es vielleicht dort jemanden gab, der ihr zur Flucht verhelfen konnte, aber schön war es nicht, dass dieser Mann versuchte, ihr auch jeden noch so kleinen Hoffnungsschimmer zu nehmen. Sie sagte jedoch nichts dazu. Stattdessen versuchte sie sich mit dem Gedanken zu trösten, dass der Krieger in seinem Größenwahn vielleicht auch die Bewohner des Dorfes unterschätzte und sie doch eine Chance bekam zu fliehen. Sie nahm sich vor, diesen Gedanken auf jeden Fall nicht außer Acht zu lassen.

Derweil waren sie schon so nah heran, dass Jenna die Menschen auf dem Feld erkennen konnte. Es waren Kinder, die dort gespielt hatten, doch jetzt, da auch sie die beiden Fremden entdeckt hatten, hielten sie erschrocken inne, um dann laut kreischend in das Dorf zu stürmen, so als hätten sie etwas ganz Furchtbares gesehen.

Jenna konnte sich nicht vorstellen, dass das die normale Reaktion auf Fremde war, also schloss sie daraus, dass sie wussten, wer dort hinter ihr im Sattel saß. Leon hatte Recht gehabt. Marek hatte einen ziemlich üblen Ruf in Falaysia. Das schien ihn jedoch nicht im Geringsten zu stören. Immer noch blieb er völlig ruhig und lenkte sein Pferd in das Dorf hinein. Er war offenbar an derlei Reaktionen gewöhnt.

Aus einigen Häusern traten Menschen hervor, als sie den staubigen Weg entlang ritten, lugten teils neugierig, teils ängstlich nach den Fremden, während andere ihre Kinder in heller Panik in die Häuser zerrten. Die wenigen, die es noch wagten, auf der Straße zu bleiben, nickten Marek scheinbar wohlwollend zu, während ihnen die nackte Angst nur allzu deutlich ins Gesicht geschrieben stand. Kaum jemand wagte es, lauter als im Flüsterton zu sprechen, geschweige denn auf Marek zuzugehen und zu fragen, was er hier wollte, wie Jenna es von den anderen Dörfern, die sie mit Leon besucht hatte, gewohnt war.

Langsam dämmerte es ihr, dass es nicht nur der Ruf des Kriegers sein konnte, der die Menschen hier so ängstigte. Sie mussten ihn *persönlich* kennen, ihn und seine Allüren. Anders war dies alles nicht zu erklären.

„Du scheinst hier ja *sehr* beliebt zu sein", stellte sie trocken fest.

„Findest du?" fragte er und sie konnte fühlen, wie er schmunzelte.

Ein Grinsen wollte sich auf ihre Lippen schleichen und sie presste diese rasch zusammen. „Meinst du wirklich, dass wir hier Lebensmittel und ein Pferd bekommen?" erkundigte sie sich.

„Diese Leute würden mir ihr letztes Hemd geben, wenn ich es bräuchte", antwortete Marek ohne jede Scham. „Sie wissen, dass es ihnen nicht gut tun würde, sich meinen Befehlen zu widersetzen."

Er zügelte sein Pferd vor einem der etwas größeren Häuser des Dorfes. Es sah genauso ärmlich aus, wie alle anderen, nur war über der Tür ein Schild angebracht, auf dem in verblichenen Buchstaben ein Name stand, den Jenna nicht entziffern konnte. Doch sie vermutete, dass es sich um eine Art Gasthaus handelte.

Marek schwang sich mit einer geschmeidigen Bewegung aus dem Sattel und hob dann Jenna, die sich gerade selbst an den Abstieg machen wollte, vom Pferd. Sie verspannte sich etwas, seine Berührungen waren ihr allerdings nicht mehr so unangenehm wie zu Anfang ihrer aufgezwungenen gemeinsamen Reise.

Ein schlanker, älterer Mann kam aus der Scheune neben dem Gasthaus geeilt und wandte sich mit ein paar kurzen Worten und untertänig geneigtem Kopf an Marek. Der Krieger gab ihm ein paar schroffe Anweisungen und drückte ihm dann die Zügel seines Pferdes in die Hand, das sich nur widerwillig wegführen ließ.

„Wir werden nicht lange hier bleiben", informierte er Jenna. „Wir werden nur etwas essen und ein paar Sachen für unsere weitere Reise zusammensuchen."

Sie nickte abwesend. Eine alte Frau mit krummem Rücken, die zögerlich auf sie zukam, hatte ihre Aufmerksamkeit auf sich gezogen. Sie verhielt sich anders als die anderen Bewohner, fixierte Marek anstatt ebenfalls demütig ihren Blick abzuwenden und schnell in eines der Häuser zu verschwinden. Und dennoch war ihr anzusehen, dass sie fast panische Angst vor ihm hatte, irgendetwas sie jedoch dazu zwang, sich ihm trotzdem zu nähern.

Als der Wirt wieder auftauchte, wandte sich die Alte mit flehentlicher Stimme an ihn, doch der Mann versuchte, sie hektisch abzuschütteln und gleichzeitig von Marek wegzudrängen. Die Alte ließ sich jedoch nicht beirren und steuerte, als sie merkte, dass sie bei dem Wirt nichts bewirken konnte, wieder direkt auf Marek zu. Der hatte die Szenerie mit gerunzelter Stirn und deutlicher Missbilligung in den Augen beobachtet, und nahm eine bedrohliche Haltung ein, die die Frau wohl schon von vornherein abschrecken sollte. Ohne Erfolg. In einer fast jammernden Tonlage und mit vor Angst weit aufgerissenen Augen begann die Alte auf den großen Krieger einzureden, ungeachtet seiner drohenden Blicke.

Jennas Kenntnisse des Zyrasischen waren viel zu minimal, um etwas Zusammenhängendes verstehen zu können, die Körpersprache der Frau verriet ihr jedoch, dass die Alte nahe am Verzweifeln war. Ihr blasses, eingefallenes Gesicht war von Trauer und Hilflosigkeit verzerrt, während ihr dürrer Leib sichtbar zitterte. Ganz gleich worum es ging, es war ihr wichtiger als ihr eigenes Leben, denn Mareks Blick war inzwischen so finster geworden, dass selbst Jenna angst und bange wurde.

„Schweig!" fuhr Marek sie an. „Verschwinde alte Hexe! Zatamé! Zatamé!"

Doch die Frau reagierte nicht. Trotz der immer größer werdenden Furcht in ihren Augen redete sie weiter auf Marek ein. Ihre innere Misere schien alle anderen Gefühle zu überschatten. Und jetzt verstand Jenna sogar einige der Worte, die sie sprach.

„Tapi! Aoridishem mich! Meine Tochter shrakomhaté-se sil atonie! Shrakomvalé sil uti! Ihr müsst Euch efkanzem xe pilto! Tapi!"

„Zyed!" grollte Marek. „Du lügst!"

„Tapi!" flehte die Frau und griff nach seinem Arm, damit er ihr nicht ausweichen konnte. „Tapi! Xi usalé xe umeltio! Tapi!"

Diese Worte waren zu viel. Marek holte aus und schlug zu. Sein Handrücken traf die Alte mit solcher Wucht ins Gesicht, dass sie mit einem Aufschrei in den Staub fiel. Jenna war wie erstarrt, konnte kaum glauben, was sich da vor ihren Augen abspielte. Mit einer schnellen Bewegung zog Marek nun auch noch den Dolch, der einmal Jenna gehört hatte, aus seinem Hosenbund und stapfte mit grimmigem Gesichtsausdruck auf die entsetzt kreischende Frau zu.

Jenna stolperte hilflos ein paar Schritte hinter ihm her. Sie wollte nicht glauben, dass Marek der Frau wirklich etwas antun wollte. Erst als er die Alte an den Haaren packte, ihren Kopf zurückbog und ihr die Klinge an die Kehle setzte, begriff sie den Ernst der Lage.

„Dashem ato xu warsha!" zischte er. „Dashem!"

Tränen liefen über die vom Alter zerfurchten Wangen der Frau. „Zyed...", keuchte sie, und in diesem Augenblick fiel Jenna wieder ein, was dieses Wort bedeutete. Es hieß „nein". Marek vertrug in diesem Zustand der Rage ganz gewiss kein „Nein". Seine Augen sprühten Funken vor Zorn und seine Hand mit dem Dolch fuhr plötzlich durch die Luft, holte weit aus.

Jenna handelte aus dem Bauch heraus. Sie hatte keine Zeit, ihren Verstand einzusetzen. Ihre Hände griffen nach seinem Arm, bevor er zustoßen konnte, und nur Sekunden darauf rammte sein Ellenbogen mit voller Wucht ihre Nase. Der dröhnende Schmerz, der sofort einsetzte, ließ sie rückwärts stolpern, doch ihre Angst war stärker. Sie warf sich verzweifelt wieder nach vorn, bekam seinen Arm erneut zu fassen und klammert sich dieses Mal an ihm fest. Sie verwandte alle Kraft, die sie besaß, um Marek aufzuhalten. Sie wusste, dass sie mit ihrem Eingreifen ihr eigenes Leben in Gefahr brachte, aber sie konnte das nicht zulassen.

„Tu das nicht", stieß sie flehend aus. „Bitte! Sie… sie kann dir doch gar nichts tun! Sie ist so alt und schwach. Bitte, lass sie gehen! Sie wird bestimmt gehen und dich in Ruhe lassen!"

Marek sah sie an. Er schnaufte wie ein wildgewordener Stier und aus seinen Augen sprach eine solch glühende Wut und wilde Aufruhr, dass sie es mit der Angst zu tun bekam. Menschen, die so aufgewühlt waren, waren unberechenbar, waren hochgradig gefährlich. Dennoch ließ sie ihn nicht los. Sie musste den Mann unbedingt beruhigen, musste die arme alte Frau retten.

„Du musst das nicht tun!" flehte sie und umklammerte seinen Arm noch fester, um nun auch zu verhindern, dass er die Waffe gegen *sie* richten konnte. „Bestimmt nicht! Sie wird gehen! Sie wird dich in Ruhe lassen, okay? Okay?!"

Marek ließ die wimmernde Alte los, langsam, *zu* langsam, als dass es ein gutes Zeichen sein konnte und richtete sich wieder zu seiner vollen, einschüchternden Größe auf. Der Blick, mit dem er Jenna fixierte, war so schrecklich kalt, so mörderisch, dass ein mit Sicherheit für jeden sichtbares Zittern durch ihren Körper lief. Ein paar unregelmäßige Herzschläge lang starrte er sie nur an. Sie hatte nicht gewusst, dass Blicke so grausam sein konnten, und sie fühlte, wie ihr anfänglicher Mut sie wieder verließ. Ihr Griff um seinen Arm lockerte sich.

Plötzlich schoss seine freie Hand vor, packte ihren Nacken und zog ihren Kopf an seine Brust. Nur den Bruchteil einer Sekunde später lag die Klinge des Dolches an ihrem Hals. Jenna war starr vor Schrecken. Sie konnte sich nicht mehr bewegen, nicht mehr schlucken und wagte es kaum, zu atmen. Ihr Herz schlug so schnell, dass sie das Gefühl hatte, es würde ihr gleich aus der Brust springen. Der Mann aus dem Zelt, der dazu bereit war, ihr die schrecklichsten Dinge anzutun, war wieder zurück.

Marek neigte seinen Kopf an ihr Ohr. „Hab ich dir nicht gesagt, du sollst dich aus meinen Angelegenheiten heraushalten", flüsterte er, und sein Atem, der ihr Gesicht streifte, kam ihr vor, wie der Hauch des Todes. Sie wollte nicht sterben.

„Was… was willst du tun? Mich töten?" krächzte sie. Es wunderte sie, dass sie überhaupt sprechen konnte.

„Was glaubst du?" zischte Marek bedrohlich zurück.

„Nur weil ich nicht will, dass du eine hilflose Frau tötest, die dir gar nichts getan hat?" hauchte Jenna. Wenn sie sich aus dieser Situation retten wollte, musste sie ihn davon überzeugen, dass er übertrieben reagierte.

„Hast du verstanden, was sie gesagt hat?" knurrte er, doch da war ein seltsames Zittern in seiner Stimme und der Druck seiner Hand um ihren Nacken hatte sich etwas gelockert.

„N… nein", gab Jenna zu.

„Dann kannst du nicht wissen, ob sie mir etwas getan hat. Sie hat eine Strafe verdient!"

Jenna schluckte schwer. „A-aber nicht den Tod", stammelte sie.

„Wie kannst *du* das beurteilen?!" brummte Marek. Sie hatte das üble Gefühl, dass die Klinge des Messers sich unangenehm in ihre Haut drückte, die oberste Hautschicht bereits anritzte. Sie schloss für einen kurzen Moment die Augen. Sie musste sich zusammenreißen. Nur ihr Verstand konnte sie aus dieser gefährlichen Situation retten. Sie war ganz allein auf sich gestellt, denn für *sie* würde sich hier garantiert niemand einsetzen.

„Niemand verdient den Tod", flüsterte sie schließlich. „Weder sie noch irgendein anderer Mensch. Was ich für *sie* tat, habe ich aus demselben Grund auch für *dich* getan."

Ihre Worte schienen endlich eine Wirkung bei Marek zu erzielen, denn er wusste nichts darauf zu erwidern. Eine kleine Weile standen sie beide unbeweglich da. Sie konnte fast fühlen, wie er mit sich rang, und schließlich gab er sie frei und stieß sie von sich. Sie stolperte ein paar Schritte rückwärts und setzte sich dann unsanft in den Sand. Mit immer noch recht schnell klopfendem Herzen sah sie zu ihm auf. Sein Gesichtsausdruck war ziemlich düster, hatte jedoch an Zorn verloren.

„Ich bin nicht Leon", knurrte er dunkel. „Das machst du bei mir nur *einmal*." Er wandte sich um und bedachte die Alte, die mühsam aufgestanden war, mit einem kalten Blick.

„Schaff sie mir aus den Augen!" befahl er dem schockierten Wirt und drehte sich dann wieder zu Jenna um, der es derweil ebenfalls gelungen war, auf ihre viel zu weichen Beine zu kommen. Ohne ein weiteres Wort zu verlieren, packte er sie am Arm und zog sie hinter sich her, durch die offene Tür des Wirtshauses.

In dem baufälligen Haus war es dunkel und ziemlich still. Nur das Prasseln des Feuers im Kamin und das Schnarchen eines Gastes, der an einem der Holztische zusammengesunken war, unterschied diese Atmosphäre von der auf einem Friedhof. Wenn es in diesem Wirtshaus zuvor noch andere Gäste gegeben hatte, so waren diese zweifellos vor Marek geflohen. Der schnarchende Mann musste entweder vollkommen betrunken sein oder dem Leben mit seinen Herausforderungen und Gefahren generell sehr gleichgültig begegnen. Auch wenn von ihm keine Bedrohung ausging, schien er Marek dennoch zu stören. Der Blick, mit dem er den Mann bedachte, sprach Bände, und er genügte, um den Wirt dazu zu bewegen, hinüberzueilen und den Mann wachzurütteln. Es schien tatsächlich ein Betrunkener zu sein, denn er lallte nur ein paar Worte und kam kaum aus eigener Kraft auf die Beine. Der Wirt hatte alle Mühe, ihn aus dem Raum zu schaffen.

Jenna wurde von den beiden abgelenkt, als eine ältere Frau an sie herantrat. Sie hatte diese Frau vorher gar nicht bemerkt, was vermutlich daran lag, dass sich ihre Augen erst an das gedämpfte Licht in der Wirtsstube gewöhnen mussten. Sie musste aus einem der hinteren Räume gekommen sein. Daher vermutete Jenna, dass es die Frau des Wirtes war. Sie hatte ungefähr dasselbe Alter wie er.

„Kann ich Euch helfen?" wandte sie sich mit einem überfreundlichen Lächeln und glücklicherweise in der für sie verständlichen Sprache an Marek. Aus ihren Augen sprach dieselbe Furcht, die Jenna auch bei den anderen Bewohnern des Dorfes bemerkt hatte. Was hatte dieser furchtbare Kerl hier angerichtet, dass die Menschen immer noch so vor ihm zitterten?

„Du wirst auf sie aufpassen, solange ich mich um ein paar andere Dinge kümmere", sagte Marek schroff und drückte Jenna auf einen Stuhl nieder, der in ihrer Nähe stand. „Gib ihr alles, was sie haben will. Wir haben eine lange Reise vor uns und sie muss dafür gestärkt sein. Aber lass sie nicht aus den Augen!"

Die Wirtin nickte eifrig.

„Gut", meinte er und beugte sich zu Jenna hinunter. Sie wich unwillkürlich vor seinem Gesicht zurück, doch er packte sie am Nacken und zog sie wieder zu sich heran, so dicht, dass seine Nase ihre Wange berührte. Jenna verkrampfte sich. Seine Nähe war für sie, nach dem, was gerade passiert war, kaum zu ertragen, zu bedrohlich, zu einengend.

„Hör mir gut zu!" sagte er leise und sein warmer Atem blies ihr dabei unangenehm ins Ohr. „Du hast dir bisher so einiges geleistet, was andere längst das Leben gekostet hätte. Solltest du versuchen zu fliehen, wirst du am eigenen Leib erfahren, warum die Menschen mich hier so hassen. Und glaub mir, es würde nicht mehr als ein Versuch werden. Hier hilft dir niemand. Hast du das verstanden?!"

Jenna nickte nur. Es gelang ihr noch nicht einmal, ihn anzusehen, wie sollte sie da sprechen können? Sie hatte das Gefühl nicht richtig atmen zu können, wenn er ihr so nah war.

„Gut!" brachte er erneut hervor und ließ sie los. „Ich bin bald wieder da. Iss etwas und ruh dich ein wenig aus. Wir werden noch heute weiter reiten."

Er sah noch einmal die Wirtin prüfend an und verließ dann die Wirtsstube. Jenna holte zittrig Luft und versuchte sich wieder zu entspannen. Doch das war leichter gesagt als getan. Ihre Glieder hatten sich durch dieses furchtbare Ereignis so verkrampft, dass sie sich kaum richtig lösen konnten. Oh, wie sie es bereute, diesem Mann je so etwas wie Sympathie entgegengebracht zu haben. *Eine* kleine Sache, *ein* winziges Einmischen von ihrer Seite und schon drehte dieser furchtbare Kerl restlos durch, wurde zu dem bösartigen Mann, der er wohl schon immer gewesen war. All die Mühe mit ihm auszukommen, ihn freundlich zu stimmen, so dass er einigermaßen nett mit ihr umging, umsonst… Ihre Augen begannen sofort zu brennen und ihre alte Freundin, die Verzweiflung, schaute aus ihrem Versteck heraus. Wie sollte sie das alles nur überstehen? Gab es denn gar keinen Ausweg?

Ihr Blick flog durch den Raum und blieb schließlich an dem Gesicht der Wirtin hängen, die sie offenbar schon die ganze Zeit angesehen hatte und – lächelte. Nicht so, wie sie Marek angelächelt hatte, voller Angst und unterdrücktem Hass, und auch nicht so, wie man einen Fremden aus reiner Höflichkeit anlächelte. Es war ein warmes, wohlwollendes, ja fast dankbares Lächeln und es verunsicherte Jenna, weil sie nicht genau wusste, warum ihr die Frau so zugetan war. Ihre Mundwinkel zuckten zaghaft in die Höhe. Gleichzeitig überlegte sie, was sie sagen konnte, um keinen unhöflichen Eindruck zu machen. Doch das war gar nicht notwendig.

„Kann ich Euch irgendetwas bringen?" fragte die Wirtin. „Etwas zum Trinken oder zum Essen?"

Jenna überlegte einen Augenblick. Hunger hatte sie eigentlich nicht. Der Appetit war ihr nach dem Vorfall mit der Alten vergangen und sie glaubte auch nicht, dass er so schnell wiederkommen würde.

„Vielleicht etwas Wasser?" schlug sie vor.

Die Wirtin nickte und begab sich schnell hinter die Theke um einen Becher zu holen. Dann kam sie mit diesem und einem Krug zurück, stellte beides auf den Tisch.

„Ihr solltet unbedingt auch etwas essen", riet sie ihr, während sie etwas Wasser in den Becher goss.

„Ich weiß", gab Jenna leise zurück und betrachtete die Wirtin eingehender. „Vielleicht später."

Sie musste feststellen, dass die Frau überhaupt nicht den klischeehaften Vorstellungen einer Wirtin entsprach. Sie war weder rund noch vollbusig und auch keine burschikose Frohnatur mit derbem Humor. Nein, sie war eine dünne, fast zerbrechlich wirkende und sehr müde aussehende Frau. Die Arbeit und das harte Leben in einem armen Dorf hatten ihren Körper ausgemergelt und Narben der Entbehrung auf ihrem Gesicht hinterlassen. Ihre Augen waren traurig und voller Hoffnungslosigkeit.

Jenna bemühte sich um ein Lächeln, als sie die Wirtin wieder ansah. Es fiel ihr schwer, dieses Lächeln nicht mitleidig aussehen zu lassen.

„Später ist nicht gut", sagte die Frau. „Wer weiß, wie schnell er wieder hier ist."

Der Wirtin schien viel daran zu liegen, Jenna etwas Gutes zu tun, und als sie etwas genauer hinsah, erkannte sie in den Augen der Frau ein Funken von Mitleid. Sie hatte verstanden, dass sie Mareks Gefangene war, und ahnte Schlimmes.

„Ich werde schon nicht verhungern", erwiderte Jenna. Sie konnte beim besten Willen nichts essen. Wenn Marek sie wieder bedrohte, würde sie sich nachher noch hier am Tisch übergeben. Angst schlug ihr leider immer auf den Magen.

Die Wirtin sah sich kurz um und beugte sich dann vor. „Ihr werdet viel Kraft brauchen, um das alles durchzustehen", raunte sie ihr zu. „Seht Euch bloß vor mit dem, was Ihr sagt oder tut. Er ist ein grausamer Mann."

Sie trat noch dichter an sie heran und sah sich wieder ängstlich um. „Ihr solltet, wenn sich die Möglichkeit ergibt, versuchen zu fliehen", flüsterte sie. „Wenn Ihr entkommen könnt, habt Ihr vielleicht eine Chance, alles unbeschadet zu überstehen."

„Und sonst nicht?" fragte Jenna mit dünner Stimme.

Die Wirtin sagte nichts, sondern sah sie nur traurig an. Jennas Magen krampfte sich schon wieder zusammen, aber sie kämpfte dagegen an. Es war zu früh, um schon aufzugeben.

„Wäre jetzt ein guter Zeitpunkt?" wisperte sie.

Die Wirtin schüttelte den Kopf. „Jeder in diesem Dorf würde Euch verraten. Selbst ich. Wir wissen, wie er sein kann, wenn er wütend wird."

Jenna nickte traurig. Auch wenn diese Antwort sie enttäuschte und ihr wieder ein Stück Hoffnung nahm, sie konnte diese Menschen dennoch verstehen.

Ein Geräusch an der Tür ließ beide zusammenzucken. Jenna hielt unwillkürlich den Atem an, als sich diese öffnete, und sie bemerkte, dass die Wirtin dasselbe tat. Sie hatte das Bedürfnis vor Erleichterung tief zu seufzen, als der Wirt den Raum betrat, doch sie tat es nicht. Es gab keinen Grund sich gehen zu lassen. Über kurz oder lang *würde* Marek wiederkommen.

Als der Wirt Jenna ansah, lächelte er kurz und verschwand in die hinteren Räume. Es dauerte nicht lange, dann kam er mit einem schweren Krug und einem weiteren Becher zurück und begab sich an ihren Tisch. Er stellte den Becher auf ihren Tisch und goss dann ein Getränk ein, das stark nach Gewürzen roch. Jenna sah ihn stirnrunzelnd an.

„Das ist dafür, dass Ihr der alten Radiana das Leben gerettet habt", erklärte er und seine Augen leuchteten vor Dankbarkeit. „Ihr… Ihr seid eine Heldin. Er hätte euch töten können."

„Ich weiß", sagte Jenna schnell und fühlte, wie das Blut sofort in ihre Wangen schoss. „Aber ich hätte auch nicht mit ihrem Tod leben können."

Die warmen braunen Augen des Mannes musterten sie kurz. „Ich habe so etwas noch nie erlebt. Menschen wie Euch gibt es nur sehr selten und schon gar nicht in diesem Land."

„Wie geht es der alten Frau?" fragte Jenna schnell, um von sich abzulenken. So wie ihr Gesicht brannte, musste sie puterrot sein.

„Ach…" Der Wirt winkte traurig ab. „Sie ist sehr krank, wisst Ihr. Sie wird bald sterben. Und diese Aufregung hat ihr gewiss nicht gut getan."

„Oh." Sie war wirklich betroffen. „Das… das tut mir sehr leid. Kann man denn nichts für sie tun?"

Er schüttelte bedauernd den Kopf. „Sie wollte gern mit Euch sprechen, ich habe es ihr jedoch ausgeredet. Es ist besser, wenn man Mareks Wut nicht noch weiter schürt."

„Sie will mit mir reden?" fragte Jenna überrascht.

„Ja, aber das geht nicht."

Sie runzelte die Stirn. Die Frau würde sterben – wie konnte man ihr da diesen Wunsch ausschlagen? Und Marek war mit Sicherheit eine ganze Zeit lang beschäftigt.

„Könnt Ihr mich nicht zu ihr bringen?" wandte sie sich an den Wirt.

Der schüttelte sofort heftig den Kopf. „Das würde Marek ganz bestimmt nicht gefallen, und wenn Ihr nicht hier seid, wenn er wiederkommt… Daran möchte ich gar nicht denken!"

„Dann bringt sie hierher", schlug sie vor. „Wenigstens für ein paar Minuten. Sie möchte sich wahrscheinlich nur bei mir bedanken. Das wird schon nicht so lange dauern."

Wieder schüttelte der Wirt den Kopf, nun allerdings etwas zögerlicher. „Wenn er kommt, wenn sie noch hier ist –"

„Das wird er nicht. Es braucht seine Zeit, um alle Sachen für eine lange Reise zusammenzusuchen", behauptete Jenna, obwohl sie sich da nicht so sicher war, wie sie tat. Ein Gefühl tief in ihrem Inneren sagte ihr jedoch, dass es wichtig war, mit der Frau zu sprechen.

„Zur Not könnt Ihr ja auch Wache halten und uns warnen, wenn ihr ihn seht", fügte sie rasch hinzu. „Es wird hier doch sicher einen Hinterausgang geben, durch den Ihr sie wegbringen könnt."

Der Wirt nickte nur zögernd. Er machte nicht gerade den Eindruck, als wolle er gleich loslaufen.

„Aber Ihr werdet sie gar nicht verstehen", mischte sich die Wirtin ängstlich ein. „Sie spricht nur Zyrasisch und Ihr scheint diese Sprache nicht zu beherrschen."

„Dann werdet Ihr mir halt übersetzen, was sie sagt", beschloss Jenna leichthin. „Nun bringt sie schon her!"

Der Wirt zögerte immer noch.

„Eure Frau hat Marek versprochen, mir alles zu bringen, was ich haben will", sah sie sich gezwungen in einem etwas schärferen Ton hervorzubringen.

„Das bezog sich doch nur auf das Essen", warf die Wirtin kleinlaut ein.

Jenna schenkte ihr keine Beachtung. Sie sah stattdessen den Wirt eindringlich an. „Ich werde mich beschweren!" sagte sie nur. „Über was auch immer!"

Das genügte. Der Wirt setzte sich unvermittelt in Bewegung und verschwand aus der Stube. Jenna wandte sich um, als sie ein schwermütiges Seufzen neben sich vernahm. Die Wirtin hatte sich niedergeschlagen auf den zweiten Stuhl an ihrem Tisch gesetzt und fuhr sich mit der Hand langsam über das Gesicht.

„Ihr wisst ja nicht, was Ihr tut", jammerte sie. „Mareks Wut wird uns alle vernichten, sollte er diese Frau hier entdecken."

„Nein", sagte Jenna fest. „Er wird gar nichts tun, weil er sie gar nicht sehen wird. Außerdem tun wir nichts, was seinen Anweisungen entgegensteht, weil er mir *nicht* verboten hat, mich mit den Dorfbewohnern zu unterhalten." Sie fühlte sich nicht so wohl bei der Sache, wie sie tat, weil sie sich, wenn sie ehrlich war, genauso vor Marek fürchtete wie diese Frau. Sie ließ es sich jedoch nicht anmerken.

Die Wirtin seufzte schwermütig. „Ach, Kind, Ihr wisst ja nicht, wovon Ihr redet."

Jenna sah die unglückliche Frau fest an. „Das weiß ich schon", setzte sie ihr entgegen. „Vertraut mir."

Wie hatte Melina doch gesagt? Sie solle nach ihrem Gefühl gehen? Ihr Gefühl sagte ihr, dass sie das Richtige tat, dass es tatsächlich etwas gab, das die Frau ihr erzählen wollte, etwas, das für sie *beide* wichtig war. Und das Risiko, dass Marek sie dabei erwischte, wie sie mit der Alten sprach, war nicht allzu hoch.

Jenna wurde aus ihren Gedanken gerissen, als der Wirt wiederkehrte. Er musste sich sehr beeilt haben, denn er war nicht lange fort gewesen. Er führte die Alte am Arm mit sich und als sie Jenna entdeckte, humpelte sie auf sie zu und warf sich vor ihr auf den Boden. Ihre knochigen Hände gruben sich in den Stoff ihrer Hose, während sie sich leise jammernd vor und zurück wiegte. Jenna war entsetzt. Mit einer solchen Reaktion hatte sie nicht gerechnet. Sie wusste weder, was sie tun sollte, noch was das zu bedeuten hatte, und wandte sich schließlich hilfesuchend an die Wirtsfrau.

„Was... was will sie mir damit sagen?" fragte sie irritiert.

Die Wirtin lächelte, wenngleich ihr anzusehen war, wie angespannt sie war. „Sie entschuldigt sich für ihre Dummheit und bedankt sich bei Euch. Sie steht tief in Eurer Schuld. Ihr Leben gehört jetzt Euch. Ihr könnt von ihr verlangen, was Ihr wollt. Ihr seid ihre Herrin, ihre Königin."

Jenna fühlte sich gar nicht wohl in ihrer Haut. Die Situation gefiel ihr nicht. Sie wollte das nicht. Sie wollte nicht, dass sich diese gebrechliche Person ihr so unterwarf. „Sie... sie soll damit aufhören", stotterte sie. Sie sah den Wirt an. „Schiebt doch bitte diesen Stuhl zu mir hinüber."

Der Wirt beeilte sich ihrer Bitte nachzukommen. Er wollte offenbar alles dafür tun, damit diese Unterhaltung so schnell wie möglich vorbei ging. Die Alte sah jetzt auf und ließ Jennas Hosenbein los. Sie schien nun ihrerseits irritiert. Jenna wandte sich wieder an die Wirtin. „Sie soll aufstehen und sich auf den Stuhl setzen."

Die Wirtin reagierte nicht. Sie machte ein sehr unglückliches Gesicht.

Jenna runzelte verärgert die Stirn. „Sagt es ihr", brachte sie im Befehlston hervor. „Ich möchte mich ein wenig mit ihr unterhalten. Und wenn ihr Angst habt, kann euer Mann ja vor dem Wirtshaus Wache schieben, wie abgesprochen."

Sie sah von einem zum anderen. „Na, los!"

Die Leute lösten sich fast gleichzeitig aus ihrer Starre. Während der Wirt zum Ausgang ging, berührte seine Frau die Alte an der Schulter, um sie auf sich aufmerksam zu machen. Sie sagte ein paar Worte zu ihr und half der Frau dann auf den Stuhl. Dann ließ auch sie sich mit einem weiteren, sehr unglücklich klingenden Seufzer nieder.

Jennas Blick glitt rasch über das Gesicht der Alten. Sie hatte braune, traurige Augen, in denen mittlerweile mehr Verunsicherung als Dankbarkeit zu finden war. Ihr Mund war schmal, die Wangen eingefallen und vom Alter zerfurcht, wie auch der ganze Rest ihres Gesichtes. Die Haut ihrer rechten Wange war bläulich angelaufen. Es war die Stelle, an der Mareks Hand sie getroffen hatte. Sie hatte Glück gehabt, dass diese bei der Wucht des Schlages nicht aufgerissen war. Dieser furchtbare Mann. Wie konnte man eine so zerbrechliche Person schlagen? Wie konnte man so die Kontrolle über sich selbst verlieren?

Jenna holte Luft, ließ diese dann aber wieder ungenutzt entweichen. Sie wusste nicht genau, wie sie das Gespräch beginnen sollte. „Ich... ich möchte wissen, was sie zu Marek gesagt hat", brachte sie doch endlich heraus.

Sie fühlte, dass die Wirtin zögerte und warf ihr einen strengen Blick zu. Der genügte, um die Frau zum Reden zu bringen.

Die Augen der alten Radiana füllten sich mit Tränen, als die Wirtin ihre Worte übersetzt hatte. Sie musste sich einen Moment sammeln, um sprechen zu können. Sie hatte eine heisere, fast krächzende Stimme, in der dieselbe Trauer mitschwang, die auch aus ihren Augen sprach. Die

Wirtin hörte ihr für eine Weile zu, runzelte dann die Stirn und gab etwas zurück, ohne das bisher Gesprochene für Jenna zu übersetzen. Die Alte schüttelte den Kopf, erschien gleich wieder aufgeregter. Ihre nächsten Worte waren sehr viel lauter und drängender.

„Was sagt sie?" ging Jenna dazwischen, weil sie spürte, dass die beiden Frauen sich über etwas uneinig waren.

Die Wirtin presste die Lippen zusammen und schüttelte den Kopf, doch sie wandte sich Jenna wieder zu. „Es ist so, dass…" Sie hielt inne, schien nach den richtigen Worten suchen zu müssen. „Radianas Tochter Tinala ist vor einigen Jahren an den Folgen einer schweren Geburt gestorben. Radiana hat das Kind anstelle ihrer Tochter großgezogen. Doch sie ist sehr krank geworden und wenn sie stirbt, wird es zur Waise."

Jenna hob verwundert die Brauen, blinzelte ein paar Mal. „Und was genau hat das mit dem Vorfall mit Marek zu tun?"

„Sie behauptet jetzt, es sei sein Kind."

Jenna war für einen Augenblick sprachlos und konnte nicht verhindern, dass ihr Mund in stummem Staunen aufklappte. Marek hatte ein *Kind*?! *Dieser* furchtbare Mensch?!

„Es… es ist Mareks Kind?" kam es ihr fassungslos über die Lippen. Großer Gott – wahrscheinlich hatte er die arme Frau vergewaltigt und sie war auch noch an den späten Folgen dieser Tat gestorben. Ein kalter Schauer rann ihren Rücken hinunter, getragen von dem Gefühl tiefster Verachtung und Enttäuschung. Warum nur hatte sie dieses Monster vor Leons Hass gerettet? Er hatte es nicht verdient, dass sich auch nur irgendjemand für ihn einsetzte.

Die Wirtin deutete nun jedoch ein Kopfschütteln an, woraufhin Radiana sich wieder aufzuregen und zu jammern begann.

„Sei jetzt still!" herrschte die Wirtin sie an und die Alte verstummte, begann stattdessen still in sich hinein zu weinen.

„So einfach ist das alles nicht", wandte sich die Wirtin an Jenna. „Ich kann verstehen, dass Radiana sich in ihrer Situation gezwungen sieht, so zu handeln, aber ich… ich bezweifle, dass sie die Wahrheit sagt. Sie ist verzweifelt, obgleich sie, genau genommen, selbst an ihrer Situation schuld ist."

Jenna zog die Brauen zusammen. „Inwiefern?"

„Die Bakitarer hatten hier lange Zeit ein Ausbildungsquartier für ihre jungen Krieger", erklärte die Wirtin. „Die Gegend hier ist dafür bestens geeignet, weil die Lebensbedingungen besonders hart sind und die jungen Männer zu starken, widerstandfähigen Kriegern ausgebildet werden sollen. Uns ging es in dieser Zeit sehr gut. Wir waren geschützt, hatten ein reges Tauschgeschäft mit den Kriegern und waren auch in den Wintermonaten ausreichend mit Nahrung versorgt, weil die Krieger für uns jagen gingen und wir sie dafür mit anderen Gütern versorgten. Sie halfen uns sogar dabei Getreidesilos zu bauen, wie sie das in vielen der von ihnen eingenommenen Dörfer und Städte machen. Sich mit den Bakitarern gutzustellen, kann eines jeden Leben sehr positiv verändern, denn sie sorgen für die, die ihnen helfen. Das trifft insbesondere auf die Frauen zu, die ihnen Nachkommen schenken. Ein Bakitarer wird *immer* dafür Sorge tragen, dass es seinen Kindern gut geht und diese sogar mit deren Müttern in sein Heimatland holen. Seine Ehre und sein Stolz auf seine Nachkommen verpflichten ihn dazu. Für die arme Bevölkerung, wie wir es sind, bedeutet das einen Aufstieg in bessere Lebensverhältnisse. Und das ist der Grund, warum viele Mütter hier in diesem Dorf ihre Töchter dazu gedrängt haben, in das Lager zu gehen, den jungen Männern dort Speisen zu bringen und ihnen bei ihren Kampfübungen zuzusehen."

Die Wirtin machte eine vielsagende Pause. Jenna sah sie bestürzt an, schüttelte den Kopf, schockiert über das, was sie da hören musste. „Wie…? Sie *wollten*, dass ihre Töchter mit den Kriegern… anbandeln und geschwängert werden?"

Radiana fühlte vermutlich, dass Jenna nicht gefiel, was sie hörte, und ergriff ihre Hand, redete wieder in diesem jammernden Tonfall auf sie ein, sie flehentlich dabei ansehend.

„Sie bittet euch mit Marek zu sprechen und…" Die Wirtin seufzte tief und wandte sich an die Alte, sprach mahnend mit ihr, während Jenna große Schwierigkeiten hatte, ihre Gedanken zu sortieren, zu verstehen, worum es hier in Wirklichkeit ging.

„Im Grunde heißt das doch aber, dass Marek tatsächlich der Vater des Kindes sein könnte", räumte sie schließlich ein und holte sich damit die

Aufmerksamkeit der Wirtin zurück. „Er war sicher einer dieser jungen Krieger."

„Das war er, aber… er war nicht an Tinala interessiert", erklärte die Wirtin. „Er war einer der besten Kämpfer im Lager und natürlich hingen ihm einige junge Mädchen hier an den Fersen. Tinala war damals jedoch noch ein halbes Kind und niemand nahm sie ernst."

Radiana mischte sich nun doch wieder ein, warf aufgeregt ein paar Worte ein und sah die sichtbar genervte Wirtin drängend an. „Sie sagt, er mochte sie, allerdings habe das niemand bemerkt."

„Heißt das, sie hatten eine geheime… Liebesbeziehung?" Konnte man das so nennen? Zumindest war das Interesse des Mädchens anscheinend in diese Richtung gegangen.

Die Wirtin übersetzte ihre Frage und Radiana nickte übereifrig. „Anosena-le", seufzte sie und ihre Augen füllten sich erneut mit Tränen. „Tinala anosena-le zurare."

„Sie sagt, Tinala liebte ihn sehr."

Gut. Also keine Vergewaltigung. Irgendwie war das ein so tröstender Gedanke, dass Jenna gleich viel leichter ums Herz wurde. „Und was spricht jetzt dagegen, dass Marek ein Kind mit ihr gezeugt hat?" hakte sie nach.

„Nun ja…" Die Wirtin warf einen vielsagenden Seitenblick auf Radiana. „Sie wurde zu jener Zeit nicht schwanger. Wie jeder weiß, gibt es einige Krieger, die sich sehr damit vorsehen, Nachkommen zu zeugen – gerade die höher stehenden Fürsten achten sehr darauf und nehmen deswegen pflanzliche Mittel zu sich, die das meistens ganz gut verhindern. Und da Marek der Sohn eines großen Fürsten war…"

Sie konnte sich ein kleines, etwas gemeines Lächeln nicht verkneifen. Natürlich brachte sie die alte Frau damit wieder dazu, sich zu Wort zu melden und auf Jenna einzureden. Diese nickte so verständnisvoll wie möglich, wenngleich sie kein einziges Wort verstand, und sah dann hilflos zur Wirtin hinüber.

„Sie sagt, es sei passiert, als Marek nach der großen Schlacht in Otbaka wiederkam. Kurz bevor… all diese schrecklichen Dinge hier passierten. Sie sagt, sie sei sich ganz sicher, weil Tinala ihr davon erzählt habe und damals schon spürte, dass sie schwanger sei. Was sie auslässt, ist die

Tatsache, dass Tinala noch mit anderen Kriegern in mehr als eindeutigen Situationen gesehen wurde. Und der Mann, der *bisher* immer hierher kam, um Goldstücke, Kleidung und andere wichtige Dinge für Radiana und das Kind zu bringen, war ganz bestimmt nicht Marek. Ein großer, blonder Kerl, dem sie damals ebenfalls ihre *Gunst* hatte zukommen lassen."

Natürlich war der Alten der zynische Ton der Wirtin aufgefallen und sie sah sie wütend an und begann auf einmal wie ein Rohrspatz zu schimpfen. Beeindruckend – selbst Jenna wich ein wenig vor ihr zurück, auch wenn das Gesicht der Alten sofort wieder warm und weich wurde, als sie sich ihr zuwandte und ihre Worte erneut an sie richtete.

Die Wirtin seufzte wiederholt. „Sie sagt, sie habe die Identität des Vaters für sich behalten, um das Kind zu schützen, weil die Wut der Leute auf Marek groß war, nachdem er hier so gewütet hatte."

Jenna stutzte. „Er hat hier gewütet?"

Die Wirtin stieß ein trauriges Lachen aus. „Glaubt Ihr, wir haben ohne Grund solche Angst vor ihm?"

Sie schüttelte den Kopf. „Was hat er getan? Und warum?"

„Er kam nach dem Krieg wieder hierher, verändert – wie alle Männer, die dem Tod direkt ins hässliche Antlitz geblickt, ihn selbst über andere Menschen hereingebracht haben. Er war ein grausamer, erbarmungsloser Mann geworden, mit Augen so kalt wie Eis. Er war hier, um dabei zu helfen, die neuen jungen Krieger auszubilden."

Die Wirtin machte eine Pause, senkte den Blick, als würde sie sich für etwas schämen. „Das Lager wurde überfallen, von einer Rebellentruppe König Renons. Die Hälfte der Männer starben – vor allem die jungen, unerfahrenen. Es war schrecklich…"

Sie schluckte, schüttelte in tiefem Bedauern den Kopf. „Natürlich richtete sich Mareks flammende Wut sofort gegen uns, weil dieses Lager ein *geheimes* Trainingslager gewesen war. Alle Dorfbewohner waren zu Stillschweigen verpflichtet worden. Das war die Bedingung für unser Zusammenleben gewesen. Er… er war sich sicher, dass es einen Verräter unter uns gab und forderte diesen auf, sich zu stellen. Natürlich geschah das nicht, also stellte Marek die Männer des Dorfes der Reihe nach auf und…"

Sie sprach nicht weiter, konnte das einfach nicht, weil die Erinnerungen ihr die Luft zum Atmen nahmen.

In Jennas Brust wurde es ganz eng. „… hat sie hingerichtet?" hauchte sie. Sie wollte sich dieses Szenario erst gar nicht vorstellen, doch die Bilder drängten von ganz allein in ihr hoch, hervorgerufen von den Erinnerungen an den letzten blutigen Kampf mit den Tikos.

Die Wirtin nickte. „Er hielt bei jedem einzelnen Mann inne und wartete, dass der Schuldige sich meldete, was schließlich beim fünften Mann geschah, weil dieser der Bruder des Verräters war. Marek nahm ihn mit. Niemand weiß genau, was er mit ihm machte. Alles, woran ich mich noch erinnern kann, sind seine schrecklichen Schreie… und dass Marek wiederkam, sein Gesicht und seine Brust mit Blut besprizt und drei weitere Männer mit seinem Schwert niederstreckte. Wir glauben heute, dass sie ebenfalls zu den Verrätern zählten und Marek nicht nur ein Exempel statuieren wollte. Am Ende zerstörten er und seine übriggebliebenen Krieger noch die Getreidesilos und zogen dann ab – wir dachten eigentlich für immer. Bis er heute hier auftauchte."

Jenna brachte nichts mehr heraus. Sie musste sich erst wieder sammeln, diese schreckliche Geschichte verdauen. Es schien ganz so, als hätte Leon mit seiner Behauptung, dass Marek ein Monster war, nicht so ganz Unrecht gehabt.

Radiana wandte sich wieder an Jenna, wies auf die Ausgangstür und sah sie auffordernd an.

„Sie will, dass Ihr mit ihr kommt und Euch das Kind anseht. Sie meint, man würde an den Augen ganz deutlich erkennen, wer der wirkliche Vater ist." Die Wirtin lachte unecht. „Als ob er der einzige Krieger mit blauen Augen ist!"

Das war er bestimmt nicht. Jenna bezweifelt dennoch, dass es in dieser Welt jemanden gab, der Augen wie Marek hatte. Sie sah die Alte um Verzeihung bittend an. „Sagt ihr, dass es mir unendlich leidtut, aber ich kann das nicht tun! Ich habe Angst, dass Marek das mitbekommt und wieder wütend wird."

Die Wirtin übersetzte und sofort schossen der Alten Tränen in die Augen. Sie zog an ihrer Hand, schluchzte und flehte und Jenna wurde ganz anders zumute. Sie fühlte sich ganz schlecht und so hilflos, weil ihr die Frau so unendlich leidtat. Und wenn sie starb…

„Kann sich nicht jemand aus dem Dorf um das Kind kümmern, wenn sie noch schwächer wird?" erhob Jenna ihre Stimme über das laute Schluchzen der Alten. Ihr Blick war auf die Wirtin gerichtet, die schüttelte jedoch sofort panisch den Kopf.

„Wenn es wirklich sein Kind ist, will ich damit nichts zu tun haben! Niemand wird es dann wollen. Der Hass auf Marek ist zu groß."

„Aber es wird allein nicht überleben!" entfuhr es Jenna aufgebracht. Wie konnte man so herzlos sein? Das Kind konnte doch nichts für seine Abstammung. Die Wirtin hob jedoch nur die Schultern und brachte damit Jennas Blut erst recht in Wallung. Sie sah wieder die Alte an, beugte sich zu ihr hinunter und strich ihr tröstend über die Wange.

„Wir finden eine Lösung", sagte sie mit fester Stimme. „Dem Kind wird nichts passieren."

Die Alte schüttelte ihrerseits unter Tränen den Kopf und brachte mit gebrochener Stimme nur ein paar erstickte Worte hervor. Die Wirtin gab sich gar nicht erst die Mühe, sie zu übersetzen.

„Sie hat Recht", sagte sie nur. „Marek wird das Kind niemals als das seine akzeptieren, selbst wenn es tatsächlich seins seien sollte."

„Dann werde *ich* mich um es kümmern", platzte es aus Jenna heraus, obwohl sie genau wusste, wie hirnrissig dieser Gedanke war. Ganz davon abgesehen, dass sie unbedingt wieder aus dieser Welt verschwinden wollte und wohl kaum das Kind mit zurück nehmen konnte, war sie derzeit ja auch Mareks Gefangene, die er noch heute wieder mitnehmen würde. Natürlich konnte sie sich *nicht* um das Kind kümmern!

„Ihr vergesst, dass Ihr Mareks Geisel seid", versuchte auch die Wirtin sie sofort an diesen Fakt zu erinnern.

Jennas Gedanken überschlugen sich, um sich zu einem raschen Plan zusammenzusetzen. „Aber nicht für ewig", gab sie schnell zurück. „Nicht für ewig."

Die Wirtin bedachte sie mit einem mehr als zweifelnden Blick.

„Ich werde wiederkommen und dann hole ich das Kind", brachte sie so überzeugend hervor, dass sie es fast selbst glaubte. Sie wusste, dass dies nicht möglich war, doch sie konnte die Alte und das Kind auch nicht ihrem Schicksal überlassen, konnte nicht zulassen, dass ein Menschenleben einfach so weggeworfen wurde, nur weil ihm durch das Schicksal die notwendige Fürsorge entrissen werden würde. Sie wandte sich der Wirtin zu und setzte den strengsten Blick auf, den sie in ihrem Repertoire hatte.

„Und solange ich weg bin, müsst *Ihr* euch um das Kind kümmern, wenn es zur Waise wird. Das müsst Ihr mir versprechen!"

Die Frau sah sie entsetzt an und hob abwehrend die Hände. „Ihr könnt *alles* von mir verlangen – nur nicht *das*! Niemand wird mehr herkommen, wenn ich dieses... Kind in meiner Obhut habe. Und wer sagt mir, dass Ihr tatsächlich wiederkommt?"

„*Ich* sage das!" gab Jenna mit fester Stimme zurück und schon kam ihr der nächste, dieses Mal wirklich grandiose, Gedanke. Es gab ein Druckmittel, das in dieser Welt ohne jeden Zweifel eine ziemlich starke Wirkung hatte. „Ich werde nicht mehr lange seine Gefangene sein, denn ich besitze Fähigkeiten, von denen noch nicht einmal Marek weiß."

„Und was für Fähigkeiten sollen das sein?" erwiderte die Wirtin zweifelnd.

Jenna sah ihr fest in die Augen. „Ich bin eine Skiar." Das war es doch, was die Zaishomas gesagt hatten, oder? Oh ja! Die Augen der Wirtin wurden merklich größer. Die Menschen in dieser Gegend schienen an Zauberei zu glauben. Wunderbar! Damit konnte sie arbeiten. Jenna beugte sich zu der Frau vor, und setzte einen Blick auf, von dem sie glaubte, dass er gewitzt erschien.

„Marek soll mich zu Nadir bringen. Der Zauberer will etwas mit mir aushandeln, weil er meine Kräfte fürchtet."

Zu Jennas Überraschung ging bei der Erwähnung dieses Namens ein heftiges Zittern durch den Körper der Wirtin und sie wich unwillkürlich vor ihr zurück.

„Das überrascht Euch anscheinend", fuhr Jenna fort. „Ich weiß, dass man mir meine Kräfte nicht ansieht, aber was glaubt Ihr wohl, was sonst der Grund ist, warum Marek mich nicht bestrafen kann. Ihr habt es ja selbst gesehen. Jeden anderen hätte er getötet."

Sie schwieg nun bewusst, um der Frau Zeit zu geben, ihre Gedanken neu zu ordnen, aber auch um selbst darüber nachzudenken, ob sie das

Richtige tat. Doch aus ihrer Sicht gab es zurzeit keine andere Lösung für dieses Problem.

„Es braucht nicht mehr lange und dann habe ich ihn ganz in der Hand", setzte sie schließlich hinzu. „Und dann komme ich und hole das Kind. Ich hoffe, ich kann mich auf Euch verlassen und Ihr habt es bis dahin gut gepflegt!"

Die Wirtin zögerte einen Atemzug lang, nickte dann jedoch schnell. „Gewiss!" beteuerte sie.

Jenna wollte sie noch einmal ermahnen und ihr ein paar Anweisungen geben, doch in diesem Moment ging die Tür des Wirtshauses auf und der Wirt stürmte aufgebracht herein.

„Er kommt!" rief er panisch und eilte zu der Alten, um sie sogleich am Arm zu packen.

„Bringt sie schnell raus!" befahl Jenna völlig überflüssig, denn die Alte ließ sich schon bereitwillig von dem Wirt zum anderen Ausgang führen.

Die Panik der Leute war ansteckend. Jennas Herz begann wie wild zu pochen und als Marek nur wenige Minuten darauf in der Tür erschien, hielt sie für einen Augenblick den Atem an. Sie befürchtete, dass er doch etwas gemerkt hatte und gleich wieder etwas Schlimmes passieren würde. Doch dem war so nicht. Trotz der bedrohlichen Aura, die ihn seit seines letzten gewalttätigen Gefühlsausbruchs wie einen Schatten begleitete, wirkte er deutlich ausgeglichener, ja sogar fast entspannt. Er hatte sich frische Kleidung besorgt, trug jetzt ein dunkles, sauberes Leinenhemd, ebenso dunkle Hosen und weiche, geschnürte Lederstiefel.

Er stellte den Stoffbeutel, den er über der Schulter getragen hatte, neben der Tür ab, wühlte ein paar andere Kleidungsstück daraus hervor und kam dann zu Jenna hinüber. Der Blick, den er dabei der Wirtin zuwarf, die sich bei seinem Eintreten schnell von ihrem Stuhl erhoben hatte, war etwas seltsam und wirkte sich mal wieder ziemlich negativ auf Jennas Gefühlslage aus. Sie war nervös und es fiel ihr nicht leicht, ihre Nervosität vor Marek zu verbergen.

„Ist etwas Wichtiges passiert?" wandte er sich mit der Freundlichkeit einer Schlange an die Wirtin.

„Nein, nein", erwiderter die verängstigte Frau viel zu hastig. Jenna hätte ihr am liebsten einen Tritt gegen das Schienenbein verpasst.

„Wir hatten eine ganz nette Unterhaltung, bis du kamst", setzte Jenna so ruhig, wie es nur ging, hinzu und bemerkte erst zu spät, was sie da gesagt hatte. Doch sie hatte keine Zeit mehr ihre Frechheit zurückzunehmen.

Marek strafte sie jedoch nur mit einem mahnenden Blick und warf ihr die Kleidungsstücke auf den Schoß.

„Zieh das an!" befahl er knapp.

Jenna faltete das Bündel erstaunt auseinander. Es bestand aus einem schlichten, aber recht hübschen Wollkleid und einer Fellweste. Er hatte die Kleidungsstücke bestimmt einer armen Familie hier im Dorf abgenommen. Das konnte sie unmöglich annehmen.

„Ich fühle mich in meiner alten Kleidung aber recht wohl", gab sie zaghaft zurück.

„Das wird sich schnell ändern", erwiderte Marek schroff. „Außerdem bist du eine Frau, also solltest du dich auch kleiden wie eine. Diese Verkleidung ist doch lächerlich."

„Aber Le… man hat mir gesagt, dass man hierzulande besser nicht erkennen sollte, dass ich ein Frau bin", entgegnete Jenna sehr viel kleinlauter als zuvor.

Marek kreuzte die Arme vor der Brust und musterte sie von oben bis unten. Seine Lippen verzogen sich zu einem sehr anzüglichen Lächeln.

„Bist du tatsächlich der Meinung, dass man dir zurzeit nicht ansieht, dass du eine Frau bist?" fragte er ebenso leise.

Sie ließ ihren Blick irritiert über ihren Körper gleiten und fühlte sofort, wie ihr das Blut ins Gesicht schoss. Sie hatte ganz vergessen, dass sie die Wickel benutzt hatte, um Mareks Wunde zu versorgen, und sie besaß nicht gerade besonders wenig Oberweite, die sich sehr verführerisch durch den Stoff des ziemlich dünnen Leinenhemdes zeichnete. Sie zog das Hemd schnell etwas gerader, damit der ohnehin zu tiefe Ausschnitt etwas höher rutschte und räusperte sich peinlich berührt.

„Vielleicht hast du Recht", sagte sie, ohne ihn anzusehen. Ganz gleich wem das Kleid vorher gehört hatte, diese Person würde es ohnehin nicht zurückbekommen.

„Um die Menschen in dieser Gegend brauchst du dir keine Sorgen zu machen", erklärte Marek. „Niemand wird auch nur wagen dich anzusehen, wenn ich in deiner Nähe bin."

„*Das* glaube ich dir aufs Wort", brachte Jenna voller Überzeugung hervor und fragte sich zur selben Zeit, ob das nicht auch schon wieder zu frech war. Sie sah ihn ängstlich an, doch er schien nicht böse zu sein. Er sah eher so aus, als würde er auf etwas warten.

„Na, los!" forderte er sie schließlich ungeduldig auf. „Wir haben nicht ewig Zeit."

„Was?" fragte sie irritiert.

Marek verdrehte genervt die Augen. „Du sollst dich umziehen!"

Sie schluckte. „Was? *Hier*?!"

„Wo sonst?" Er schüttelte verständnislos den Kopf.

„Ich… ich kann das aber nicht hier… vor… vor..." Sie stockte. „Ich mag es nicht, wenn mir jemand dabei zusieht!"

Marek stieß ein Lachen aus, das wunderbar zu seinem überheblichen Gesichtsausdruck passte. „Ich hab schon mehr Frauen nackt gesehen, als du dir vorstellen kannst."

„Und?!" entfuhr es ihr unbeherrscht. „Das ändert doch nichts daran, wie *ich* mich fühle!"

„Glaubst du, es interessiert mich, wie du dich fühlst?" fragte er jetzt schon etwas gereizter und seine hellen Augen bohrten sich erbarmungslos in die ihren, brachten ganz schnell ihr Unbehagen und ihre Ängste zurück.

Sie beschloss, wohl oder übel nachzugeben und erhob sich. Es war besser, diesen Mann nicht unnötig zu reizen und hier vor den Wirtsleuten würde er wahrscheinlich kaum auf dumme Gedanken kommen, wenn sie sich auszog. Wenn sie sich beeilte, konnte das Ganze nicht allzu unangenehm für sie werden.

Sie verzog sich in eine Ecke des Raumes, wandte Marek und den anderen den Rücken zu und zog ihr Hemd über den Kopf, um sich dann schnell das Kleid überzustülpen. Allerdings ging es nicht so schnell, wie sie sich das vorgestellt hatte. Sie verhedderte sich in den Ärmeln und der Rock blieb an den Verschlusshäkchen des Rückenausschnittes hängen.

Das Problem mit den Ärmeln ließ sich schnell lösen, doch die Sache mit dem Rock begann rasch zu einem Ärgernis zu werden.

Jenna zuckte heftig zusammen, als sie bemerkte, dass Marek hinter sie getreten war. Ohne zu fragen, ob sie überhaupt seine Hilfe wollte, griff er unter das völlig verheddertes Kleid und begann es zu entwirren. Sie ließ resigniert ihre Hände sinken. Sie konnte ihn ohnehin nicht davon abbringen, das zu tun, wonach ihm war. In dieser Hinsicht war er Leon gar nicht so unähnlich. Wahrscheinlich lag das daran, dass die Männer in diesem Land zu viel zu sagen hatten. Es war langsam an der Zeit, das zu ändern.

Sie unterdrückte das drängende Gefühl vor ihm zurückzuweichen, als sein Handrücken ihre nackte Haut berührte, gleichwohl konnte sie nicht verhindern, dass ihr ein Schauer den Rücken hinunterlief. War denn das unbedingt nötig? Es war furchtbar unangenehm von einem Menschen berührt zu werden, den man nicht ausstehen konnte, und dass diese Berührungen nach der ersten nicht abbrachen, machte sie mehr als nervös. Doch Marek schien nichts von den Unannehmlichkeiten, die er ihr bereitete, zu merken. Als er das Kleid endlich entwirrt hatte, schloss er die Häkchen des Kleides an ihrem Rücken und drehte sie schließlich zu sich um, um sie abschätzend zu betrachten. Anscheinend schien ihm zu gefallen, was er sah, denn er nickte zufrieden und brachte ein leises „Schon besser" hervor.

„Die Hose solltest du anlassen", setzte er noch hinzu. „Oben in den Bergen ist es kalt."

Jenna nickte nur. Sie wollte es nicht so wirklich vor sich selbst zugeben, doch sie fühlte sich in dem Kleid in der Tat wohler als in ihrer alten Kleidung. Es fühlte sich angenehmer auf der Haut an, engte sie nicht so ein und gab ihren Brüsten durch die Schnürungen im Brustbereich erstaunlich viel Halt. So brauchte sie sich wenigstens keine Sorgen zu machen, ob sie Druckstellen oder Hängebrüste bekam. Sie schüttelte innerlich über sich selbst den Kopf. Als ob sie keine anderen Sorgen hatte…

„Gehen wir!" sagte Marek und schob sie vorwärts.

Jenna wagte es nicht, sich noch einmal nach den Wirtsleuten umzusehen, auch wenn es sie danach drängte. Sie hatte Angst, dass Marek doch noch etwas merkte, und so konnte sie nur hoffen, dass alles so geschah, wie sie es gewünscht hatte. Sie hatte selbst so viele Probleme, dass sie es sich einfach nicht leisten konnte, sich auch noch um ein Kind zu sorgen, das sie nicht einmal kannte. Ihre größere Sorge war gegenwärtig eher der angebliche Vater des Kindes. Dieser unberechenbare Mann war eine wandelnde Lebensgefahr für sie, und sie wusste nicht, was sie davon halten sollte, dass gerade er auf die Idee gekommen war, sie wieder wie eine Frau zu kleiden. Das war bestimmt kein gutes Omen.

Die Wirtsleute hatten ihr zu einer Flucht geraten, aber Jenna beschloss sich ein anderes Ziel für ihre gemeinsame Reise mit Marek zu setzen, eines das ihrer Meinung nach nicht unbedingt viel leichter zu erreichen war: Möglichst lange unbeschadet zu überleben.

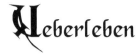 Ueberleben

Es war kalt geworden. So kalt, dass auf den Spitzen der höchsten Berge Trachoniens schon eine dünne Schneeschicht zu sehen war und auch in den niedrigeren Regionen der Frost die spärlichen Krüppelfichten und Gräser silbern färbte. Ein eisiger Wind strich durch die Talsenken und führte ein paar kalte Regentropfen aus einer der grauen Wolken, die über das Land zogen, mit sich, die sich, wenn sie auf der Haut zerplatzten, wie kleine Nadelstiche anfühlten.

Leon fröstelte. Genau diese Witterung war es, die er als ‚Sauwetter' bezeichnete: schweinekalt und nassfeucht. Ein Wetter, das einem bis tief in die Knochen zog und einen selbst vor einem wärmenden Kaminfeuer noch vor Kälte nachzittern ließ. Ein wärmendes Kaminfeuer – welch himmlischer Gedanke! Leon fühlte sich schon seit geraumer Zeit nicht mehr wie ein Wesen aus Fleisch und Blut. Eher wie ein Eiszapfen, der nicht recht wusste, ob er vollends erstarren oder noch weiter tropfen sollte. Er lag auf einer Bahre, gezogen von einem starken Pferd, in Decken und Felle gehüllt und war mehr oder weniger mit diesen verknotet worden. Und er fühlte sich schlecht. Die Decken empfand er schon längst nicht mehr als wärmend, da sie durch die feuchte Luft klamm geworden waren, und seine eingeschränkte Bewegungsfreiheit gab ihm das Gefühl, in einer tödlichen Falle zu stecken, und trug nicht gerade dazu bei, dass er sich besser fühlte. Außerdem war ihm schlecht und in seinen Schläfen hämmerten Kopfschmerzen, die kaum zu ertragen waren. Das einzige, was ihm keine Schmerzen verursachte, war sein verletzter Arm. Den spürte er gar nicht mehr und das war wiederum *gar* kein gutes Zeichen.

Auch wenn Sheza ihn bisher pflichtbewusst mit Schmerzmitteln und Heilsalben versorgt hatte, einen gewissen dumpfen Schmerz hatte er bisher immer verspürt. Dass dieser nun verschwunden war, bereitete ihm

Unbehagen. Vielleicht hatte die Kriegerin seinen Arm aus Versehen abgebunden, als sie ihn auf der Bahre festgezurrt hatte. So unbeherrscht wie sie auf seinen Vorschlag selber zu reiten reagiert hatte, war das durchaus möglich. Dabei hatte er ihr die Reise nur erleichtern wollen. Er hatte dabei nicht an Flucht gedacht – jedenfalls nicht nur. Nun gut, er hätte vielleicht nicht so darauf drängen sollen und vielleicht hatte er sich auch ein wenig im Ton vergriffen, aber war das ein Grund ihn so zu behandeln? Er war eingewickelt wie ein neugeborenes Baby und so völlig hilflos. Wenn das Pferd, das ihn zog, durchging, war er verloren! Er hasste es, sich so ausgeliefert zu fühlen! Er hasste diese Frau!

Leon seufzte tief und schwer. Nein, ihm ging es wirklich nicht gut. Seit sie ihre letzte Lagerstätte verlassen hatten, ging es mit ihm bergab – oder vielmehr, seit Shezas Wundermittel zur Neige gingen. Immer seltener musste er diesen grausamen Tee trinken, immer seltener versorgte sie ihn mit der Wundsalbe. Und genau deswegen war es so befremdlich, dass er keine Schmerzen mehr verspürte. Es war nicht gleich so gewesen. Erst waren die Schmerzen stärker geworden, jede Stunde ein wenig mehr, und dann, ganz plötzlich, von einem Tag auf den anderen, waren sie wie weggeblasen. Es war zwar erholsam, machte ihm jedoch Angst. Und Shezas Blick, als sie das letzte Mal den Verband gewechselt hatte… nein, der hatte ihm gar nicht gefallen. Da waren die Schmerzen doch besser gewesen. Sie sagten ihm wenigstens, dass der Arm noch da war.

Leons Gedankenstrom brach ruckartig ab, als er auf einmal Geräusche vernahm, die zuvor nicht dagewesen waren. Stimmen. Ja, er konnte das eindeutig heraushören. Aus nicht allzu großer Entfernung rief ihnen jemand etwas zu, sprach vermutlich mit Sheza. Und er kam näher. Rasch. Leon versuchte sich ein wenig umzudrehen, doch selbst das gelang ihm in diesen verknoteten Decken nicht. Es dauerte jedoch nicht lange und sie blieben stehen. Zwei Männer traten an Leons Bahre heran und begannen ihn loszubinden. Es waren trachonische Krieger, das erkannte er sofort an dem Wappen auf ihren Lederharnischen: Ein Drache, dessen geöffnete Flügel eine Krone umfassten – Alentaras Wappen. Sie wechselten kein Wort mit ihm und er hatte plötzlich das Gefühl kein Mensch, sondern ein Stück Vieh zu sein, das zum Schlachthof geführt wurde.

Nachdem sie ihn ausgewickelt hatten, halfen die Männer Leon auf die Beine. Er war selbst erstaunt, dass er in die Knie sackte, als einer der Männer ihn losließ. Doch der andere war stark genug, um ihn allein auf den Beinen zu halten. Und dann setzten der Schwindel und die Kopfschmerzen wieder ein. Alles begann sich um ihn herum zu drehen. Er hatte das Gefühl, als würde ihm jemand mit einem Messer in die Schläfen stechen. Kalter Schweiß trat ihm auf die Stirn, während der Krieger ihn auf eine Blockhütte zu schleppte, die er in seinem umnebelten Zustand kaum wahrnahm. Sein Blickfeld verengte sich und es wurde dunkel um ihn herum.

Als sich sein Verstand wieder klärte, lag er in der Hütte auf einem schmalen Bett in der Nähe des Kamins. Sheza saß neben ihm und begutachtete seinen Arm, den sie vom Verband befreit hatte. Leon folgte ihrem kritischen Blick und erstarrte. Das, was Sheza da mit einer Hand abstützte, konnte doch unmöglich sein Arm sein. Das war ein blutiger, eitriger Klumpen Fleisch, von dem sich totes Gewebe ablöste und in Fetzen hinunterhing.

Leon wurde schlecht. Schnell wandte er sich von diesem Anblick ab. Es war nicht der passende Augenblick, um sich zu übergeben, aber ihm fiel es wirklich schwer, an sich zu halten. Gleichzeitig fühlte er, wie Panik in ihm aufkam. Im Krieg hatte er solche Verletzungen gesehen, Wundbrand, der sich in das Fleisch grub und langsam den Körper vergiftete. Für gewöhnlich pflegte man solch verletzte Gliedmaßen abzunehmen, bevor die Entzündung zu einer Blutvergiftung führte und den Verwundeten dahinsiechen ließ. Leon wollte seinen Arm nicht verlieren. Lieber wollte er sterben, als nach all der entbehrungsreichen Zeit in dieser furchtbaren Welt zum Krüppel gemacht zu werden.

„Haben die Männer Medikamente mitgebracht?" fragte Leon mit krächzender Stimme.

Sheza sah ihn einen Moment lang schweigend an und ihr Blick machte ihm Angst. „Hier würde selbst Magie nicht mehr helfen können", sagte sie ruhig. Sie winkte einen Mann mit grauem Bartwuchs heran, der bisher unbeteiligt am Rande des Bettes gestanden. Ein scharfes Schwert hing griffbereit an seiner Seite und Leon zuckte unwillkürlich ein Stück zurück. Er wusste, wie man hierzulande Körperteile abtrennte. Sein Blick flog zum Kamin und das dort ins Feuer gelegte glühende Eisen bestätigte seine üble Ahnung.

„Warte, warte!" brachte Leon mühsam beherrscht hervor, denn ihm war eher zum Schreien zumute als zum Diskutieren und sein Herzschlag hämmerte bereits wieder schmerzhaft bis hinein in seine Schläfen. Er packte Sheza mit seiner gesunden Hand am Unterarm und sah sie drängend an. „Wir… wir könnten es doch mit der doppelten Menge an Medikamenten probieren!"

Sheza schüttelte unbarmherzig den Kopf. „Das wäre zu riskant. Die erhoffte Wirkung könnte ausbleiben und dann hätte dich dein sterbender Arm schon vergiftet."

Sterbender Arm. Was für eine scheußliche Betitelung. Leon schauderte schon wieder, doch er weigerte sich beharrlich, die von Sheza als unverrückbare Tatsache hingestellte Behauptung hinzunehmen.

„Ich… ich möchte es aber versuchen!"

Sheza schüttelte erneut den Kopf.

Leon sah sie entrüstet an. „Das ist *mein* Arm!"

„Ich bin dafür verantwortlich, dich lebend zu meiner Herrin zu bringen", erwiderte sie immer noch ganz gelassen. „Sie wird es wohl kaum stören, wenn dir eine Gliedmaße fehlt, solange du noch am Leben bist." Sie gab einem zweiten Mann einen Wink, der sich sofort in Bewegung setzte. Es war ein kräftiger Kerl, der bestimmt nicht mehr als einen Finger brauchte, um ihn ruhig zu stellen.

Leons Gedanken überschlugen sich, seine Sinne waren plötzlich aufs äußerste geschärft und machten in Sekundenschnelle die einzige Chance aus, die ihm blieb, um seinen Arm zu retten: Der Dolch, der in Shezas Hüftgürtel steckte. Leon war über seine eigene plötzlich Beweglichkeit erstaunt, als er reflexartig sein Knie hochriss, es Sheza ins Gesicht schmetterte, so dass sie rücklings aufs Bett fiel, den Dolch mit der gesunden Hand zog und ihn ihr mit der flachen Seite gegen die Kehle presste.

„Wenn mich nur einer anfasst, ist sie tot!" schrie er die Männer an, die sofort auf ihn zugestürzt waren und nur Zentimeter vor ihm stoppten.

„Verschwindet! Raus hier!" brüllte er sie an und verzog das Gesicht, denn auf einmal war der Schmerz in seinem Arm wieder da, brummend und äußerst unangenehm. Er hatte diesen bei dieser Aktion ein wenig belasten müssen und das war schon zu viel gewesen. Sein Arm lebte noch – eindeutig! Zeit sich darüber zu freuen, hatte er allerdings nicht, denn die Männer bewegten sich nicht von der Stelle, funkelten ihn nur hasserfüllt an.

„Nun macht schon!" stieß Sheza neben ihm aus. „Verlasst die Hütte! Das kann ich schon allein klären!"

Ein paar viel zu rasche Herzschläge lang sahen die Männer noch zögernd auf sie beide herab, dann taten sie, was Sheza befohlen hatte. Als die Tür hinter ihnen ins Schloss fiel, wagte es Leon endlich, die Kriegerin wieder anzusehen. Ihre Nase war angeschwollen und blutete und irgendwie tat ihm das leid. Doch es hatte keine andere Möglichkeit gegeben, um seinen Arm zu retten.

„Was glaubst du nützt dir diese Sache?" fragte Sheza ruhig, so als gäbe es nichts Natürlicheres, als einen Dolch an die Kehle gedrückt zu bekommen.

Leon antwortete nicht auf diese Frage. Er fühlte sich zu schwach, um sich auf mehr als eine Sache zu konzentrieren, denn der Schub an Adrenalin, den sein Körper ausgeschüttet hatte, ging langsam zur Neige.

„Wo sind die Medikamente?" stieß er angespannt aus.

„Wenn du mich aufstehen lässt, kann ich sie dir holen", erwiderte Sheza, als ob sie es ernst meinte.

Leon runzelte verärgert die Stirn. Sah er wirklich so dumm aus?

„Sie sind in einer der Satteltaschen", setzte sie erklärend hinzu.

Das war natürlich mehr als ungünstig. Wenn er aufstand, würde sie ihn überrumpeln können – andererseits konnte er auch nicht ewig so sitzen bleiben. Sein Blick fiel auf ein Schwert, das neben dem Bett an der Wand stand. Wenn er nur ein kleines Stück vorrutschte, konnte er es erreichen und dann würde sie ihn nicht so leicht überrumpeln können. Mit zwei Waffen war er ihr eindeutig überlegen.

Er versuchte die Hand seines verletzten Arms zu öffnen und zu schließen. Es funktionierte. Mit großer Mühe ließ sich dieser auch anheben. Er sah Sheza prüfend in die Augen und schob sich vorsichtig ein Stück vor. Sie bewegte sich nicht, schien ihn sogar eher interessiert zu beobachten.

Behutsam nahm er seinen verletzten Arm nach vorne und wechselte den Dolch zwischen den Händen. Dann griff er schnell nach dem Schwert und zog sich von Sheza zurück, indem er aufstand. Es war eine gefährliche Situation, doch die Kriegerin schien gar nicht versuchen zu wollen, ihn zu überwältigen. Sie setzte sich im Bett auf und sah ihn fragend an, während er ein paar Sekunden lang um sein Gleichgewicht rang. Sein Kreislauf kam mit der ganzen Aufregung in seinem maladen Zustand alles andere als gut klar. Nach einem kurzen, wankenden Moment, hatte er seinen Körper jedoch einigermaßen im Griff.

„Ich glaube nicht, dass das sehr vernünftig ist", sagte Sheza und stand ebenfalls auf.

Leon hob das Schwert, so dass es auf ihre Brust wies. „Lieber sterbe ich, als dass ich mich von dir zum Krüppel machen lasse. Was für Chancen hat ein Mensch wie ich in dieser Welt, wenn ihm einer seiner Arme fehlt? Du weißt, wer hinter mir her ist – verlange nicht von mir, mich selbst zu opfern!"

Sheza betrachtete ihn sehr lange und sehr nachdenklich. Dann setzte sie sich plötzlich in Bewegung und ging auf die Satteltaschen zu, die in einer Ecke des Raumes lagen. Sie kramte einen großen Beutel daraus hervor und begab sich dann wieder zu Bett.

„Na, komm", sagte sie erstaunlich sanft und nickte ihm zu.

Leon war erfüllt von Misstrauen, als er sich auf sie zu bewegte. Doch es gab hier keine andere Hilfe als die ihre und er konnte sich nicht selbst versorgen. Er hielt das Schwert wieder auf ihre Brust gerichtet, als er sich setzte, und ließ auch den Dolch nicht los, als sie sich seinem verletzten Arm zuwandte. Sie holte die ihm gut bekannte Salbe aus dem Beutel und begann damit die Wunde dick einzuschmieren. Sie fühlte sich angenehm kühl und prickelnd auf seiner Haut an und Leon schloss selbstvergessen die Augen. Im nächsten Augenblick riss er sie jedoch wieder erschrocken auf.

Sheza stieß ein kleines Lachen aus und bestätigte damit seine Vermutung, dass er einen unglaublich lächerlichen Eindruck machen musste. Doch er hatte nicht die Kraft, um sich über sich selbst oder diese Frau zu ärgern. Er wollte nur noch schlafen, sich erholen und wieder einen gesunden Arm haben.

„Du bist ziemlich dickköpfig", stellte Sheza fest, tief in ihre Arbeit versunken.

„Ich weiß, wofür es sich zu kämpfen lohnt", erwiderte Leon müde.

„Meinst du?" fragte sie leise.

„Ja", erwiderte er erschöpft. „Und ich glaube, du würdest es nicht anders machen, wenn du in meiner Situation wärst."

„Vielleicht", gab sie zurück. „Wenn es die Möglichkeit gäbe, meinen Arm zu retten. Aber ich würde auch nicht sterben wollen."

„Die gibt es", sagte er mit Nachdruck. „Das weiß ich. Mein Arm ist noch nicht verloren."

„Spürst du ihn wieder?"

Er nickte schwach.

„Und du kannst ihn heben und einen Dolch halten."

Wieder nickte Leon, obwohl es gar keine Frage gewesen war, sondern eher eine Feststellung.

„Vielleicht hast du Recht und er ist doch noch nicht verloren", überlegte Sheza. „Vielleicht beginnt er gerade zu heilen…"

Leon sah sie überrascht an. War das eine List oder hatte er sie tatsächlich überzeugt?

„Ich werde heute Nacht den Verband weglassen, damit die Wunde ein wenig Luft bekommt", erklärte sie und stand auf. Sie trat an einen kleinen Tisch im Raum heran, stellte einen Becher auf und goss aus einer kleinen Flasche eine grüne Flüssigkeit hinein. Dann gab sie noch aus einem Krug, der auf dem Tisch gestanden hatte, Wasser hinzu und trat mit dem Becher in der Hand wieder an Leon heran.

„Trink das", forderte sie ihn auf und reichte ihm den Becher. „Es ist sehr stark und wird dich müde machen. Es wirkt jedoch schnell und heilt von innen heraus."

Leon sah auf den Becher und dann auf das Schwert in seiner Hand. Er musste es ablegen, wenn er die Medizin trinken wollte. Er hatte zwar noch den Dolch, doch er wusste genau, dass er Sheza mit seinem verletzten Arm nicht davon abhalten konnte, ihn kampfunfähig zu machen.

„Ich werde nicht versuchen, dich zu überrumpeln", sagte sie fest. „Darauf hast du mein Wort. Du bekommst die Chance, die du wolltest. Sollte sich dein Zustand allerdings innerhalb der nächsten vierundzwanzig Stunden nicht bessern oder gar noch verschlechtern, werde ich dir den Arm eigenhändig abschlagen!"

Leon starrte sie für einen Moment sprachlos an, dann nickte er und legte das Schwert beiseite. Er wusste nicht wieso, aber er hatte das Gefühl, dass sie zu ihrem Wort stand. So nahm er den Becher und leerte ihn in hastigen Zügen. Die Flüssigkeit war furchtbar bitter, doch Leon glaubte daran, dass sie ihm helfen würde. Es *musste* so sein.

„Leg dich hin und ruh dich aus", sagte Sheza sanft und nahm ihm den Becher wieder ab. „Was du jetzt vor allen Dingen brauchst, ist viel Schlaf."

Er nickte stumm und rutschte vollständig auf das Bett. Sein müder Blick fiel auf den Dolch in seiner Hand. Er betrachtete ihn noch für eine kleine Weile und legte ihn schließlich neben sich auf die Matratze. Dann endlich ließ er sich in die Kissen gleiten und schloss erschöpft die Augen. Dass Sheza noch im Raum war, beunruhigte ihn nicht mehr, denn ein Gefühl tief in seinem Inneren sagte ihm, dass sie ihn, wie versprochen, nicht anrühren würde. Er hoffte nur, dass sein Arm wirklich bald heilen würde und schließlich tat er etwas, dass er seit einer halben Ewigkeit nicht mehr getan hatte: Er betete. Still und für sich und ohne zu wissen, ob es in dieser weiten Welt etwas gab, was ihn hören und sich seiner annehmen würde.

In der Falle

Es war anders als zuvor – noch schlimmer als in der Zeit direkt nach ihrer Entführung durch Marek. Auch wenn sie nur unaufhörlich geweint und gezittert hatte, so war der Krieger wenigstens nett zu ihr gewesen, hatte sich darum bemüht, mit ihr zu sprechen und sanft mit ihr umzugehen. Jetzt herrschte nur noch kühle, unangenehme Stille zwischen ihnen, die ihren Zwilling in seinem groben, unfreundlichen Umgang mit ihr fand. Das, was in dem Dorf vorgefallen war, hatte nicht nur Jennas Meinung über Marek radikal verändert, sondern wohl auch die seine über sie – und das gefiel ihr gar nicht, war doch nur *sie* im Endeffekt die Leidtragende in der ganzen Geschichte. Ändern konnte sie daran jedoch nichts, denn alles in ihr sträubte sich dagegen, ein Gespräch mit diesem unberechenbaren Mann anzufangen und damit unnötig seine Aufmerksamkeit auf sich zu lenken. So saß sie lieber still und leise auf seinem Pferd und ließ sich von ihm über die immer steiniger und enger werdenden Pfade hinauf ins Gebirge führen.

Ein weiteres Pferd hatte er zu ihrem anfänglichen Erstaunen nicht besorgt. Inzwischen verstand sie diese Entscheidung. Je steiler die Wege wurden, desto schwieriger wurde es für Mareks Pferd diese mit einer Last zu erklimmen. Ab einem bestimmten Punkt würden sie schneller zu Fuß sein als zu Pferd und jedes weitere Tier würde dann zu einer zusätzlichen Belastung werden, um die man sich kümmern und für deren Sicherheit man sorgen musste. Noch ließ Marek sie allerdings reiten – insgeheim war sie ihm dankbar dafür – und lief selbst vor dem Pferd her.

Ihr Blick wanderte, wie schon unzählige Male zuvor, über die triste Landschaft. Geröll und Steine überall, abgesehen von ein paar Büschen und kleinen Hainen von verkrüppelten Fichten, die ein paar gelblichgrüne Farbkleckse in diesem Alptraum in Grau bildeten – ein Spiegel ihrer gegenwärtigen Gemütsverfassung. Einfach wunderbar.

Jenna verkniff sich ein gequältes Seufzen. Abgesehen von der verkorksten Stimmung zwischen ihr und ihrem aufgezwungenen Weggefährten, war ihr auch noch furchtbar langweilig. Die ganze Zeit nur still auf einem Pferd zu hocken, war für eine gesprächige Person wie sie die reinste Qual. Und das hier war noch viel schlimmer als ganz allein zuhause in ihrer Wohnung zu sitzen, denn dort konnte sie wenigstens mit sich selbst sprechen – oder auch mit ihrem Hund. Du liebe Güte! Ihr Hund! Hoffentlich hatte sich Benny seiner angenommen. Benny! Er machte sich bestimmt schon furchtbare Sorgen um sie... Und ihr Vater! Himmel! Nun entwischte ihr doch ein bekümmertes Seufzen und ihre Brust schnürte sich zusammen. Oh nein, nicht wieder anfangen zu weinen!

Das dachte anscheinend auch Marek, denn der Blick, den er ihr über die Schulter zuwarf, war alles andere als freundlich. Eher mahnend und... genervt? Als ob *er* hier das Opfer war!

Jenna hatte nicht viel Zeit, sich über sein Verhalten zu ärgern, denn auf einmal ertönte aus dem Fichtenhain zu ihrer Rechten ein lautes Knacken und Rascheln, begleitet von einem sonderbaren Laut. Mareks Pferd machte einen Satz zur Seite. Jenna kam ein wenig ins Rutschen und hielt sich reflexartig am Sattelknauf fest, bis das Pferd mit geblähten Nüstern und gespitzten Ohren stehenblieb. Ihr Blick wanderte beunruhigt zu dem Hain hinüber, aus dem immer noch Geräusche kamen, und tatsächlich schien sich dort zwischen den Bäumen etwas zu bewegen.

„Shusha Bashin", vernahm sie Mareks tiefe Stimme neben sich. Er hatte die Zügel des Pferdes losgelassen und strich ihm beruhigend über den breiten Hals, dennoch war auch sein Blick auf das Etwas in den Bäumen gerichtet, das dort herumzappelte.

„Was... was ist das?" wisperte Jenna angespannt. Es war mit Sicherheit kein Mensch, denn die Geräusche, die das Ding von sich gab, waren eindeutig tierischer Natur. Für einen Vogel war es allerdings zu groß und es gab nicht viele andere Tiere, die in dieser Gegend noch in Frage kamen, außer vielleicht wieder einmal ein Monster, über dessen Existenz sie bisher niemand aufgeklärt hatte. Gott! Daran wollte sie gar nicht denken!

„Von der Größe her könnte es ein Trachje sein", erwiderte Marek und seine Augen verengten sich bei dem Versuch, das Tier zwischen den Zweigen der Büsche und Bäume besser zu erkennen. „Ist von hier aus schwer zu sagen…"

„Was ist ein Trachje?" hakte Jenna mit Bangen nach. Das Wort an sich gefiel ihr schon nicht.

Marek reagiert nicht auf ihre Frage. Stattdessen gab er seinem Pferd einen kurzen Befehl, zog sein Schwert und lief auf den Hain zu. „Bleib, wo du bist!" rief er ihr zu und verschwand auch schon zwischen den Bäumen.

Für einen Augenblick schien das fremde Wesen zu erstarren, dann fing es plötzlich an zu kreischen und sich noch heftiger, beinahe panisch zu bewegen. Jenna konnte nicht sehen, was Marek tat, doch die Schreie des Tieres klangen so erbärmlich, dass eine Welle von tiefem Mitleid sie erfasste. Jetzt tat dieser schreckliche Kerl auch noch hilflosen Tieren etwas an und sie saß hier in sicherem Abstand und sah einfach zu.

Vielleicht war es aber auch gar nicht hilflos… Was war, wenn es irgendwo dort sein Nest hatte und sie nur vertreiben hatte wollen? Dann würde es Marek garantiert angreifen. Natürlich würde er es besiegen. Wahrscheinlich sogar ziemlich schnell… Allerdings hörten die Geräusche nicht auf und sie meinte sogar Marek kurz fluchen zu hören. Ihr Herz machte einen kleinen Satz und ihr Mund wurde ganz trocken.

Wenn dieses Tier Marek verletzte oder gar tötete, war sie ihn zwar los, dafür leider aber auch auf einmal ganz allein. Sie konnte nicht kämpfen und kannte sich hier überhaupt nicht aus. Sie war noch nicht einmal dazu in der Lage, zu jagen, was bedeutete, dass auch ihre Nahrung sehr bald ausgehen würde. Es fühlte sich nicht gut an – aber zurzeit brauchte sie Marek. Sie konnte weder fliehen noch zulassen, dass ihm etwas geschah, und nur diese Erkenntnis veranlasste sie dazu, trotz seines Befehls aus dem Sattel zu rutschen, das Pferd an einem Baum anzubinden und zaghaft loszulaufen.

Sie wusste, dass es dumm war, dass sie es schon wieder riskierte, Marek gegen sich aufzubringen und dennoch eilte sie mit Beinen weich wie

Pudding auf die wackelnden Bäume zu. Sie musste eingreifen, musste sicher gehen, dass ihrem Begleiter nichts geschah, solange sie sich durch diese Einöde bewegten.

Je näher sie dem Tumult kam, desto mulmiger wurde ihr zumute, denn ganz langsam wurde ihr bewusst, *was* für ein Tier ein Trachje war. Es war so groß, dass sie bereits auf eine gewisse Entfernung seine Umrisse durch die Zweige der Bäume, die ihr noch zum Großteil die Sicht versperrten, erkennen konnte. *Eindeutige* Umrisse.

Das Biest war unbehaart – soweit sie das erkennen konnte – hatte eine ledrige, geschuppte, bläulich-grüne Haut und einen langen Hals, den es in seinem Versuch, aus dem Geäst des Baumes, in dem es hing, freizukommen, hin und her bewegte, und sein Kopf… Jenna schob den letzten störenden Zweig aus ihrem Blickfeld und blieb atemlos stehen. Sein Kopf war langgestreckt und verhornt, mündete aber nicht in einen Schnabel, sondern in ein Maul, das mit seinem Gebiss jedem Krokodil Konkurrenz machen konnte. Mit diesem Maul schnappte es um sich, versuchte in seiner Panik alles zu beißen, was es fassen konnte. Das war in diesem Fall auch Marek, der sich immer wieder gerade im rechten Moment duckte, um den scharfen Zähnen des Tieres zu entgehen.

Aber… was zur Hölle machte er denn da? Das sah so gar nicht danach aus, als würde er mit dem Tier kämpfen, ihm etwas antun wollen. Ganz im Gegenteil. Er hatte sein Schwert wieder weggesteckt und stattdessen einen Dolch gezogen, mit dem er versuchte, das Netz, in das das Tier geraten sein musste und das Jenna erst jetzt bemerkte, zu zerschneiden. So wirklich erfolgreich war er damit allerdings nicht, denn der kleine… *Drache* – ja, sie konnte das jetzt zugeben, ohne in Panik zu geraten – strampelte, kämpfte und biss gegen jede Hilfe an.

Jenna setzte sich mit großen Augen und jetzt sehr viel rascher schlagendem Herzen wieder in Bewegung. „Ist das… ist das…"

Marek sah zu ihr hinüber. Er wirkte ein wenig überrascht, reagierte aber trotzdem auf ihre unvollendete Frage. „Ein Drache? Ja."

Auch wenn es vielleicht schlauer gewesen wäre, umzudrehen – jetzt wo sie wusste, dass weder er dem Tier noch dieses ihm etwas getan hatte und ein weiteres Verweilen und damit Missachten seiner Befehle den Mann vielleicht doch noch wütend machen würde – Jenna konnte es nicht tun. Ihre anfängliche Scheu verflüchtigte sich viel zu flink und machte einer überwältigenden Faszination Platz. Ein *Drache*! Sie hatte einen echten Drachen vor sich, ein Fabelwesen, das es streng genommen nicht geben konnte, und er war… wunderschön! Nun gut, das Gekreische, das er veranstaltete, war vielleicht ein wenig Nerven strapazierend, aber alles andere…

Da sie nun näher kam, erkannte sie, dass er gar nicht einfarbig, sondern am Bauch und seitlich am Kopf ein wenig heller war, während der Kamm, der von seinem Kopf über seinen Rücken hinunter bis zum Schwanz führte, sogar eher in einen bläulich violetten Farbton überging und – war das Blut? Sie kam noch näher, während Marek ein weiteres Mal geschickt dem Maul des Drachen auswich, einen leisen Fluch ausstoßend. Ja, das *war* Blut. Die Schnüre des Netzes, in dem sich das Tier verfangen hatte, schnitten ihm teilweise schon tief ins Fleisch und je mehr er sich bewegte, desto schlimmer wurde es.

Der Krieger trat ganz aus der Reichweite des Tieres, stemmte die Hände in die Hüften, schüttelte den Kopf und atmete tief durch. Dann sah er sie wieder an. „Eigentlich dachte ich, du würdest zumindest *versuchen* zu fliehen – nicht dass das funktioniert hätte, aber ich dachte, du würdest es in Erwägung ziehen."

Er hatte Recht. Jeder andere Mensch hätte das wahrscheinlich versucht. Sie, allein mit dem Pferd… Marek zu Fuß. Ja. Man konnte schon behaupten, dass es dumm war, es nicht wenigstens zu versuchen – ganz gleich, wie schlecht die Chancen für sie standen, sich allein zurechtzufinden. Sie war jedoch noch nie besonders waghalsig gewesen, setzte gewöhnlich lieber ihren Kopf ein und wartete auf den Moment, in dem sich *die* Möglichkeit zur Lösung ihres Problems auftat, die am wenigsten Risiken für sie barg. Natürlich war es vorstellbar, dass dieser Moment nie kam, doch sie konnte sich nicht dazu durchringen, mehr zu riskieren.

„Ich würde ja gern behaupten, dir endlich beigebracht zu haben, dass man sich besser nicht mit mir anlegt und meinen Befehlen ohne Widerworte Folge leistet", fuhr Marek fort, „aber dann wärst du nicht hier und würdest noch brav auf dem Pferd sitzen und auf mich warten – richtig?"

Sie schluckte und hob zögerlich die Schultern – etwas Besseres fiel ihr gerade nicht ein. Seltsamerweise machte diese Geste Marek nicht wütend. Sie brachte sogar einen seiner Mundwinkel dazu, sich etwas zu heben.

Jenna räusperte sich rasch. „Wie… wie ist das passiert?" lenkte sie seine Aufmerksamkeit zurück auf das Untier vor ihnen, das sich etwas beruhigt hatte und sie jetzt argwöhnisch aus seinen gelben Reptilienaugen anstarrte.

„Er ist in eine der Drachenfallen der Ziegenhirten geraten", erklärte der Krieger. „Allein wird er da nicht mehr rauskommen."

„Drachenfallen? Was… was genau machen die Hirten, wenn sie einen Drachen gefangen haben?" fragte sie, wenngleich sie schon ahnte, dass ihr die Antwort auf ihre Frage nicht gefallen würde.

„Nichts", gab Marek zurück. „Sie warten, dass sie verdursten oder sich bei dem Versuch sich aus dem Netz zu befreien selbst strangulieren."

Jenna fasste sich betroffen an die Brust. „Wie grausam!"

„Tja." Marek zuckte die Schultern. „So geht diese Welt mit ihren Bösewichten um."

„Das ist doch kein Bösewicht, sondern nur ein armes Tier", setzte sie ihm mit leichter Empörung in der Stimme entgegen.

„Ein *Raub*tier", verbesserte er. „Und es gibt einige Menschen in Falaysia, die glauben, dass Drachen Dämonen sind, die von dem Sonnengott Ano dazu verdammt wurden, den Rest ihres Daseins gefangen im Körper eines Untieres zu fristen. Das ist auch der Grund, warum niemand sie tötet, wenn sie in eine der Fallen geraten sind. Es heißt, man lässt damit den Dämon wieder frei, der einen dann sein Leben lang heimsucht und früher oder später in den Wahnsinn oder Selbstmord treiben wird."

„So ein Humbug!" brummte sie und trat näher an den Drachen heran. Der hob sofort alarmiert den Kopf und knurrte drohend.

„Das ist so typisch für Menschen", fuhr Jenna fort. „Wenn ihnen etwas fremd ist oder Angst macht, müssen sie es quälen und töten und sich Geschichten ausdenken, die ihre Verbrechen rechtfertigen. Das macht alles *so* viel einfacher!"

Sie rechnete damit, dass Marek eine spöttische Bemerkung von sich gab, doch die kam nicht, und als sie sich ihm wieder zuwandte, hatte sich der Ausdruck in seinen Katzenaugen verändert. Er war deutlich wärmer geworden.

„Nun ja", meinte er schließlich und sie hatte das Gefühl, dass auch seine Stimme hörbar weicher geworden war. „Eigentlich geht es den Hirten wohl eher darum, ihr Vieh zu beschützen. Ziegen stehen bei Trachjen nämlich ziemlich weit oben auf der Speisekarte. Allerdings ist die Zeit der großen Beutezüge längst vorbei." Er musterte den Drachen nachdenklich. „Ich frage mich, was der kleine Kerl hier so ganz allein wollte."

Kleiner Kerl? Der Drache war fast so groß wie Marek selbst – wenn Jenna sich nicht irrte. Wenn das ein *kleines* Tier war – wie groß waren dann die *Großen* seiner Art? Lieber nicht darüber nachdenken…

„Sind das sonst Tiere, die in Gruppen leben?" erkundigte sie sich rasch, um sich von ihren erschreckenden Gedankengängen abzulenken und auch weil sie neugierig war und das Gefühl hatte, dass der Krieger noch mehr über diese Tierart wusste.

Marek enttäuschte sie nicht. Er wusste in der Tat die Antwort auf ihre Frage, brauchte noch nicht einmal darüber nachzudenken.

„Diese Art – ja. Zu dieser Jahreszeit müssten sie sich jedoch alle eher in der Küstenregion aufhalten. Es ist ungewöhnlich, im Frühjahr einem Drachen so weit im Landesinneren zu begegnen. Irgendetwas muss ihn durcheinandergebracht haben… und damit ist er nicht der erste…" Ein paar nachdenkliche Falten zeigten sich auf der Stirn des Kriegers und sekundenlang schien er in seine eigene Gedankenwelt abzutauchen und nichts anderes mehr um sich herum wahrzunehmen.

Jenna betrachtete erneut den Drachen, der sich nun wieder zu bewegen begann, versuchte seine Pranken und Flügel aus dem eng gestrickten Netz zu befreien. Ein sinnloser Akt, denn viel Kraft besaß er nicht mehr – das konnte man ihm ansehen. Wer wusste schon, wie lang er bereits festsaß, ohne Nahrung oder Wasser zu sich nehmen zu können?

„Und was machen wir jetzt?" wandte sich Jenna schließlich wieder an Marek, weil es ihr zu bunt wurde, noch länger zu warten und nur zuzusehen, wie sich das Tier abquälte und immer schwächer wurde.

„*Wir*?" wiederholte Marek und hob eine Braue.

„Ja – *wir*", gab sie zurück. „Du wolltest ihn doch befreien, oder?"

Er schüttelte den Kopf. „Ich dachte mir, ich stocke noch mal ein bisschen unseren Vorrat für unsere Reise mit Fleisch auf – wenn es hier schon so nutzlos herumhängt. Drachenfleisch ist sehr schmackhaft."

„Du *wolltest* ihn befreien", beharrte Jenna und auch wenn sich Marek sehr bemühte – er konnte seine ernste Miene nicht mehr länger aufrechterhalten. Das Schmunzeln schob sich mit aller Macht auf seine Lippen.

„Wollte ich das?"

Sie trat dichter an ihn heran und streckte eine Hand nach ihrem Dolch aus. „Wenn du's nicht machst, mach ich's!"

„Keine Angst, dass er dich beißen könnte?"

„Die meisten Lebewesen spüren es, wenn man ihnen helfen will."

„Tun sie das – ja?"

„Ja!" Sie sah ihm fest in die Augen.

„Na dann – geh nur hin, nimm ihn in den Arm und kuschle ein wenig mit ihm, während ich ihn aus dem Netz schneide", schlug er mit sichtbar gespieltem Enthusiasmus vor. „Besonders gern haben sie es, wenn man sie hinter den Ohren krault."

„Aber der hat doch gar keine O…" Sie brach ab. *Natürlich* hatte er keine Ohren und Marek bestrafte sie mit einem lauten Lachen dafür, dass ihr Mundwerk mal wieder schneller funktioniert hatte als ihr Verstand. Ihr lag ein verärgertes ‚Sehr lustig!' auf der Zunge, sie sprach diese Worte jedoch lieber nicht aus. Wer wusste schon, wie dieser launische Kerl darauf reagierte – auch wenn er gegenwärtig den Eindruck machte, als wäre sein ungerechtfertigter Groll auf sie verflogen.

„Gut – sparen wir uns diese Art von geistreichen Scherzen für später, wenn es nichts mehr zu lachen gibt", grinste er. „Allerdings wäre es tatsächlich nicht schlecht, wenn du dich ihm nähern und ihn ein wenig ablenken könntest, damit ich ihn erst einmal aus dem Baum herausschneiden kann."

Sie ließ sich seine Worte kurz durch den Kopf gehen und nickte schließlich.

„Aber mach keine hektischen Bewegungen", mahnte er sie. „Das bringt nicht nur dich in Gefahr, sondern lässt ihn auch wieder außer Kontrolle geraten."

Sie antwortete ihm erneut mit einem knappen Nicken und folgte ihm dann auf das Tier zu, ein aufgeregtes Flattern in ihrem Bauch fühlend. Sie würden einen Drachen befreien. Einen *Drachen*!

Das Tier hob sofort den Kopf und fauchte drohend. Seine gelben Augen fixierten die beiden Menschen, die sich ihm näherten. Der Kamm auf Kopf und Rücken stellte sich bedrohlich auf und dann begann er sich wieder zu bewegen, kämpfte erneut gegen die Fesseln an, die ihn so einengten und ihm solche Schmerzen zufügten. Jenna löste sich aus Mareks Schatten und bewegte sich zur anderen Seite. Der Kopf des Drachen folgte ihr. Er schien sie als die größere Gefahr anzusehen, da sie sich nun dichter vor seiner Nase befand. Jenna zuckte erschrocken zurück, als sein Kopf weiter vorschnellte, als sie geahnt hatte, und seine Zähne schnappten nur Zentimeter vor ihr ins Leere.

„Ruhig, ganz ruhig, Kleiner", stieß sie aus. Das Tier verstand sie jedoch nicht, strampelte stattdessen nur noch mehr und schlug mit der einzigen Pranke nach ihr, die aus dem Netz heraushing und die es von daher einigermaßen frei bewegen konnte. Dabei zuzusehen, wie sich die Schnüre dadurch noch tiefer in seine Haut gruben, das Tier sich immer mehr in den Seilen verstrickte, bereitete ihr fast selbst körperliche Schmerzen. Schließlich gelang es Marek, das letzte Halteseil der Falle zu durchtrennen und der Drache ging mitsamt Netz, laut durch das Geäst krachend, zu Boden.

Ein paar Sekunden lang blieb das Tier still liegen und Jenna dachte schon, dass es sich das Genick gebrochen hatte, doch dann gab es ein leises Wimmern von sich und bewegte sich wieder, versuchte auf die Beine zu kommen. Es war allerdings noch zu sehr in das Netz verwickelt, konnte immer noch nur eines seiner Beine bewegen. In seiner Verzweiflung begann der Drache, nach sich selbst zu beißen, an den dünnen, gleichwohl ziemlich robusten Schnüren zu ziehen und fügte sich dabei weitere Wunden mit seinen scharfen Zähnen zu.

Jenna warf Marek einen beunruhigten Blick zu. Der war schon längst wieder in Bewegung, näherte sich dem Drachen. Er sagte nichts zu ihr, dennoch wusste sie auf einmal, was er tun wollte. Ganz automatisch machte sie einen schnellen Schritt auf den Kopf des Drachens zu. Das Tier warf sich sofort zu ihr herum, um sich selbst zu verteidigen, und sorgte so dafür, dass Marek für einen kurzen Zeitraum aus seinem Blickfeld geriet.

Der Krieger bewegte sich schnell – schneller als sie das bei einem Menschen je für möglich gehalten hätte – und war mit einem Satz bei dem Tier, packte es am Kopf und drückte diesen auf den Boden, während er sich rittlings über dessen Körper warf. Der Drache schrie auf und versuchte sich herumzuwerfen, sich zu wehren, aber er kam nicht mehr hoch und seine Pranke war jetzt unter seinem eigenen Körper begraben. Er brummte und knurrte bedrohlich, bewegen konnte er sich jedoch nicht mehr. Nur sein langer, schuppiger Schwanz peitschte den Boden, mit einer Kraft, die beängstigend war.

„Nimm den Dolch!" stieß Marek angespannt aus und erst in diesem Moment bemerkte Jenna, wie schwer es ihm fiel, den Drachen festzuhalten, wie viel Kraft es ihn kosten musste, das Tier so im Zaum zu halten, dass es ihn nicht verletzen konnte. Er atmete fast ebenso schwer und schnell wie der Drache selbst und sein ganzer Körper war gespannt wie eine Bogensehne. Allzu lange würde er das Tier nicht mehr fixieren können, da war sich Jenna sicher. Sie setzte sich augenblicklich in Bewegung, hob den Dolch auf, den Marek ins Gras hatte fallen lassen, und eilte damit zu den beiden hinüber.

„Sieh dich vor seinem Schwanz vor", warnte Marek sie, als sie neben dem Tier in die Knie ging. „Wenn er dich damit trifft, können durchaus ein paar Knochen zu Bruch gehen."

Das glaubte sie ihm sofort und machte sich daran, das Netz so rasch wie möglich auseinanderzuschneiden. Ab und an wanderte ihr Blick zu Marek, um sicher zu stellen, dass er noch alles unter Kontrolle hatte. Eine seiner großen Hände war zu der Stirn des Drachen gewandert, strich beruhigend, beinahe sanft über die wulstige Wölbung über den Augen des Reptils.

„Shusha-le", hörte sie ihn in diesem beruhigenden Bariton murmeln. „Shusha-le, chur aleno… Tale sela-he…" Er wiederholte seine Worte immer wieder und tatsächlich blieb der Schwanz des Drachens bald liegen, zuckte nur ab und an ein wenig. Dafür gab das Tier nun selbst Töne von sich: ein gleichmäßiges Brummen, das immer dann einsetzte, wenn Marek kurz verstummte. Jenna hatte nach einer Weile das Gefühl, dass die beiden auf diese ungewöhnliche Art miteinander kommunizierten, dass der Drache langsam verstand, dass sie ihm nur helfen wollten. Sie war so fasziniert davon, dass sie nur am Rande ihres Bewusstseins bemerkte, dass sie das Netz längst zerschnitten hatte. Seltsamerweise rutschte es nicht gleich zu Boden, sondern blieb komplett an dem Körper des Drachen haften, sodass er nicht fühlen konnte, dass er frei war, und sich glücklicherweise immer noch nicht regte. Jenna runzelte die Stirn und griff nach einem der dünnen Seile. Sie zuckte erschrocken zurück, als sie einen kleinen elektrischen Schlag bekam.

„Nicht anfassen!" raunte Marek ihr zu und bedachte sie mit einem mahnenden Blick aus seinen im Licht der Sonne fast weiß-blau schimmernden Augen. „Bist du fertig?"

„Ja", gab sie etwas verstört zurück.

Er nickte ihr zu und sie verstand sofort, dass sie sich aus der Reichweite des Drachen entfernen sollte. Doch sie zögerte, weil sie das Gefühl hatte, noch helfen, dafür sorgen zu müssen, dass sie alle drei sicher aus der ganzen Sache herauskamen.

„Nun mach schon!" zischte Marek ihr zu und schließlich erhob sie sich, machte ein paar große Schritte zurück. Sie sah wie Marek noch einmal tief ein und aus atmete und hatte das Gefühl, dass sich jeder Muskel seines Körpers anspannte. Dann ging alles blitzschnell: Marek sprang auf, war in dem Bruchteil einer Sekunde bei ihr, packte sie am Arm und schob sie hinter sich, sodass sie nur noch einen Teil des Drachens sah, der sich sofort regte.

Jennas Herz begann schneller zu schlagen und sie stellte sich auf die Zehenspitzen und reckte den Hals, um wenigstens über die Schulter des Kriegers spähen zu können, der nun doch sein Schwert gezogen hatte. Nötig war das in ihren Augen nicht. Auch wenn das Netz abgefallen war und das Tier wieder auf seinen vier Beinen stand – es machte nicht den Eindruck, als wolle es angreifen. Es streckte zunächst etwas zittrig die ledernen, violetten Flügel und schlug damit ein paar Mal probehalber, bevor es einmal kurz seinen ganzen Körper durchschüttelte. Erst dann wandte der Drache seinen Kopf zu ihnen um und betrachtete die beiden Menschen, die ihm gerade das Leben gerettet hatten, mit einem Blick, den Jenna durchaus als wohlwollend einstufte.

Ein leises Gurren kam aus seiner Kehle, bevor er wieder die Flügel bewegte, erst langsam, dann immer rascher. Er duckte sich ein wenig und schließlich sprang er ab, erhob sich unglaublich elegant in die Lüfte. Aus irgendeinem Grund drängte Marek sie jedoch wieder zurück unter einen der niedrigen Bäume, sodass sie den Drachen, der jetzt ein paar Kreise über ihnen zog, kaum noch sehen konnte – bis er schließlich mit einem eigenartigen Laut hinauf in den bewölkten Himmel segelte und völlig aus ihrem Sichtfeld verschwand.

Jenna stieß ein leises, zufriedenes Seufzen aus und wollte aus dem Geäst des Baumes hervortreten, aber Marek ließ es nicht zu, dass sie sich an ihm vorbeischob, hielt seine Arme so vor ihr ausgestreckt, dass sie so gut wie bewegungsunfähig war.

„Warte", mahnte er sie und erst in diesem Moment bemerkte sie, dass er immer noch etwas angespannt war.

„Aber er ist doch weg", merkte sie vorsichtig an.

„Wahrscheinlich", gab er zu. „Du solltest nicht vergessen, dass er sehr hungrig sein muss. Hungrige Drachen sind unberechenbar und immer sehr gefährlich. Wir sollten lieber sichergehen."

„Okay." Sie seufzte erneut, dieses Mal jedoch eher aus Ungeduld. Sie sah wieder hinauf in die Wolken. Als sie dort nach ein paar weiteren ereignislosen Minuten immer noch nichts entdecken konnte – weder Drachen noch andere fliegende Ungetüme – richtete sie ihren Blick wieder nach unten. Viel gab es leider auch da nicht zu betrachten… außer vielleicht Mareks Rücken. Genau das tat sie dann auch. Sie betrachtete Mareks Rücken. Schon wieder. Dieses Mal war das ja nicht so verfänglich, schließlich hatte er all seine Kleidung an und die saß auch nicht so eng, dass man die Konturen seines Körpers genau erkennen konnte… nur ein wenig. Die Hose lag allerdings etwas enger an… Oh Gott! Starrte sie dem Mann wirklich gerade auf den ausgesprochen knack- … uninteressanten Hintern? Sie hob den Kopf und kniff die Augen zusammen. Sie würde da nicht mehr hinsehen – *nie wieder*! Wie *konnte* sie nur, nach all dem, was passiert war? Sie verachtete sich selbst für ihre befremdlichen Anwandlungen. Das musste aufhören! Dringend!

„Schläfst du?"

Sie riss erschrocken die Lider auf und sah in Mareks amüsiert funkelnde Augen. Wie es schien, hatte er entschieden, dass alles in Ordnung war, und sich wieder zu ihr umgedreht. Gerade rechtzeitig, um ihr dabei zu helfen, sich mal wieder zum Deppen zu machen.

„Nein, ich… ich hab nur gelauscht, ob… ob der Drache wiederkommt." Sie lächelte steif und Marek nickte, ihr vorheuchelnd, dass er ihr glaubte. Doch sein Schmunzeln verriet ihn.

„Ich denke, das können wir jetzt ausschließen", sagte er und steckte sein Schwert wieder weg.

„Schön." Sie lächelte immer noch viel zu angespannt. Marek bekam das jedoch schon gar nicht mehr mit. Er hob den Dolch, den Jenna fallen gelassen hatte, vom Boden auf und steckte ihn ebenfalls weg, bevor er mit dem Kinn in die Richtung wies, aus der sie beide gekommen waren, und ihr damit zu verstehen gab, dass er ihre gemeinsame Reise fortsetzen wollte. Sie eilte ihm nur allzu bereitwillig voraus. Wenn sie vor ihm lief, konnte er ihr nicht mehr ins Gesicht und damit auch nicht ihre sicherlich viel zu roten Wangen sehen.

‚Alles nicht schlimm', beruhigte sie sich selbst. ‚Er hat nichts bemerkt, was ihn zu dummen Gedanken und noch viel dümmeren Taten verleiten könnte. Wahre den Schein, dass du nur wegen des Drachens aufgeregt warst, und nichts wird passieren. Lenke dich und ihn ab. Oder noch besser, konzentrier dich auf die Tatsache, dass *er* sich ungewöhnlich verhalten hat, dass *er* eine Seite von sich offenbart hat, die niemand jemals bei ihm vermuten würde und die beweist, dass er nicht ganz so kalt ist, wie er allen sonst so erfolgreich vormacht.'

Diese Gedanken halfen ihr tatsächlich und als sie beide das Pferd erreicht hatten und Marek ihr in den Sattel half, hatte sie auch schon wieder ein Lächeln auf den Lippen – ein Lächeln, das den Krieger dazu brachte, misstrauisch die Stirn kraus zu ziehen.

„Was?" fragte er.

„Nichts", gab sie leichthin zurück.

„Dieses Lächeln hat einen Grund und den würde ich gern kennen", bohrte er weiter.

Sie biss sich verstohlen auf die Lippen und er verdrehte die Augen. „Raus damit!" forderte er sie ungeduldig auf.

„Es ist nichts. Nur… na ja… Du hast ein Herz für Drachen."

„Ich? Nein." Er schüttelte nachdrücklich den Kopf.

„Natürlich", widersprach sie und aus ihrem Lächeln wurde ein Grinsen. „Ich denke nicht, dass viele andere Menschen das getan hätten, was du gerade getan hast."

„Das mag sein", gab er zu. „Aber das hat nichts mit meinem… *Herzen* zu tun. Es ist einfach so, dass gute Bösewichte hier in Falaysia zu den aussterbenden Arten gehören – da muss man sich ab und an helfend unter die Arme greifen."

„Du *hast* ein Herz für Drachen", beharrte sie schmunzelnd.

Marek sagte nichts mehr dazu, doch sie meinte ein kleines Lächeln über seine Lippen huschen zu sehen, bevor er die Zügel seines Pferdes ergriff und sie beide ihren beschwerlichen Weg in die Berge hinein fortsetzten.

Sie war so schön. Ihr hellblondes Haar wehte im Wind und ihre grünen Augen leuchteten vor Freude. Sie lachte auf diese wundervolle Weise, die sein Herz zum Glühen brachte, und drehte sich ausgelassen im Kreis, bevor sie sich in seine Arme warf und ihm einen zarten Kuss auf die Lippen hauchte. Er wollte sie festhalten, sie in seine Arme schließen, seine Nase in ihr Haar drücken, um endlich wieder ihren Duft einzuatmen, zu fühlen, dass er nicht allein war, dass er sie wiederhatte, aber sie war zu schnell, sprang ihm davon… mitten hinein in das grausame Schlachtfeld, das sich auf einmal vor seinen Augen auftat. Und schon war sie kein fröhliches, junges Mädchen mehr, sondern eine wilde Kriegerin, die mit ihrem Schwert gekonnt auf ihre Gegner einhieb. Einer nach dem anderen gingen sie zu Boden und in ihrem Eifer und ihrer Freude so erfolgreich zu sein, bemerkte sie nicht, wem sie sich näherte, wer bald ihr nächster Gegner sein würde.

Leon wollte nach ihr rufen, sie aufhalten, doch alles, was aus seiner Kehle kam, war ein heiseres Krächzen. Seine Beine waren zudem schwer wie Blei und immer wieder stolperte er über die vielen Toten, die zu seinen Füßen lagen oder rutschte in einer Blutlache aus. Er würde sie nicht rechtzeitig erreichen, konnte sie nicht aufhalten…

Jetzt stand sie ihm gegenüber, dem Dämon, dem Teufel selbst und gerade als sie ihr Schwert hob, um ihn zu vernichten, stieß er mit dem seinen zu, rammte es ihr direkt ins Herz, so tief, dass es mit einem knackenden Geräusch wieder an ihrem Rücken austrat. Sein Blick ruhte allerdings nicht auf ihrem Gesicht, er suchte Leons. Ein böses Lächeln erschien auf seinen Lippen. Dann stieß er ihm ihren leblosen Körper lachend in die Arme, so als wüsste er, dass er Leon die Liebe seines Lebens genommen hatte. Leon hatte keine Kraft mehr, sank schluchzend in die Knie und klammerte sich an ihr fest. Wiegte sie in seinen Armen, während er seine Stirn gegen die ihre drückte.

„Sara", hauchte er. Als er jedoch den Kopf hob und in ihr blasses Gesicht sah, blickte er nicht in Saras starre, leblose Augen. Es waren Jennas. Und dann packte ihn jemand an beiden Armen…

Das Entsetzen, das Leon aus dem Schlaf fahren ließ, war so tief, dass es ihn sogar die sofort einsetzenden Schmerzen nicht spüren ließ. Obwohl der Schock seines Traumes noch so überwältigend war, war ihm sofort bewusst, dass ein Teil davon real gewesen war. Jemand *hatte* ihn hart gepackt und versuchte ihn vom Bett zu ziehen. Wie aus einem Reflex heraus schlug er um sich und versuchte sich aus dem harten Griff des vermeintlichen Angreifers zu winden, aber es gelang ihm nicht. Er war noch zu schwach und schlaftrunken, um sich effektiv zur Wehr setzen zu können.

„Nicht meinen Arm… nicht", stammelte er verzweifelt, weil ihm sofort wieder einfiel, was zuvor passiert war. Doch eine Hand verschloss ihm rasch den Mund.

„Sei still!" zischte eine Stimme dicht an seinem Ohr. Shezas Stimme, das erkannte er jetzt. „Hörst du sie nicht?!"

Leon hielt verdutzt inne und lauschte. Da waren tatsächlich Geräusche, über ihm und seitlich von ihm. Merkwürdige Geräusche. Kratzen,

Poltern und… Knurren oder… Fauchen? Geräusche, die nur Tiere verursachen konnten. Gefährliche Tiere. Er schluckte schwer und ließ sich nun bereitwillig von der Kriegerin auf den Boden ziehen.

„Was… was ist das?" flüsterte er entgeistert, als sie ihn losgelassen hatte, gegen seine eigene Benommenheit und die erneut erwachten Schmerzen in seinem Arm ankämpfend.

„Trachjen", gab Sheza leise zurück und sah angespannt zur Decke. „Sie versuchen ins Haus zu kommen!"

Die Decke schien unter den Hieben der Angreifer zu beben, Sand und Putz rieselten auf sie hinab. Dann wurde es wieder ruhiger. Nur noch vereinzelt waren Schreie zu vernehmen.

„Sie ziehen sich fürs Erste zurück", stellte Sheza fest und betrachtete Leon besorgt. „Meinst du, du kannst reiten?"

Leon brachte keinen Ton hervor. Er hatte immer noch nicht begriffen, was überhaupt passiert war und warum die Kriegerin so in Panik war. Er hatte schon einmal das Wort ‚Trachjen' gehört, konnte es aber gerade keinem Wesen zuordnen. Doch so wie Sheza sich gerade verhielt, musste es etwas Furchtbares sein.

„Ich… ich weiß nicht", stotterte er schließlich und warf einen Blick auf seinen Arm. Die Salbe hatte eine grünliche Kruste auf seiner Haut gebildet und der Arm kribbelte und schmerzte ein wenig. Das war jedoch, nach allem, was bisher passiert war, wohl ein gutes Zeichen.

„Wir müssen schnell reiten", mahnte die Sheza ihn. „Und ich weiß nicht, wie lange wir brauchen, um sie abzuschütteln. Sie können manchmal sehr hartnäckig sein. Auch wenn sie klein sind – sie fliegen schnell und ausdauernd."

„Drachen!" fiel es Leon plötzlich ein. „Eine kleinere Drachenart. Aber jagen die nicht nur kleinere Tiere?"

„Eigentlich schon", gab Sheza zu. „Wenn sie allerdings aufgeschreckt werden und sich bedroht fühlen, können auch sie zu gefährlichen Raubtieren werden. Besonders wenn sie Blut gerochen haben."

Leon sah sie entsetzt an. „Aber ich blute doch gar nicht mehr so stark, dass sie Witterung hätten aufnehmen können."

„Es warst ja auch nicht du, der sie hierher geführt hat", erwiderte sie etwas angespannt. „Es gab ganz in unserer Nähe einen kleinen Kampf und einige unserer Krieger wurden dabei verletzt. Sie kamen hierher, als du noch selig schliefst. Wenn ich gewusst hätte, dass eine große Gruppe wildgewordener Trachjen in der Nähe ist, hätte ich sie gar nicht hier aufgenommen. Die ersten von ihnen landeten vor ungefähr einer halben Stunde auf dem Dach und haben die Männer, die sie verscheuchen wollten, sofort angegriffen und getötet. Diese Gruppe ist ungewöhnlich aggressiv und hartnäckig. So etwas kenne ich sonst nur von Drachen, die verletzt wurden."

Wie zur Bestätigung ihrer Worte ging der Krach von neuem los, nur waren die Attacken noch heftiger als zuvor. Das Dach knirschte und knackte, als würde es sofort zusammenbrechen und selbst die Wände des Hauses schienen zu wackeln. Das Gekreische um sie herum schwoll zu einer solchen Hysterie an, dass Leon nur starr vor Schreck da saß und es nicht mehr wagte, sich zu regen. Wie hieß es doch gleich im Volksmund? Wecke nie einen schlafenden Drachen! Gegen diese Tiere zu kämpfen, galt in Falaysia als Selbstmordversuch.

„Sie haben es uns also nicht abgenommen, dass wir nicht mehr da sind", sagte Sheza mehr zu sich selbst als zu ihm. „Wir können nur noch versuchen zu fliehen. Auch kleine Drachen haben schon Häuser eingerissen."

„Warum sind sie so aufgebracht?" stieß Leon leise aus und sah wieder besorgt zur Decke, von der weiterhin feiner Staub und Holzspäne auf sie nieder rieselten.

Die Kriegerin zuckte die Schultern. „Ich weiß es nicht. Aber… es gehen Gerüchte um, dass viele der Tiere in Falaysia sich seit einiger Zeit recht sonderbar verhalten, ihre gewohnten Territorien verlassen und Menschen angreifen. Man sagt, sie spüren, dass etwas Großes, Schlimmes passieren wird."

Leon sah sie voller Unbehagen an. Er erinnerte sich an die Unaks, die Jenna angegriffen hatten, und an den Saruga, der sie so hartnäckig verfolgt hatte. Vielleicht war etwas an den Gerüchten dran. Vielleicht wurden die Tiere von einem herannahenden Unheil aufgeschreckt, von dem die Menschen noch nicht einmal den Hauch einer Ahnung hatten.

„Und warum ziehen sie nicht wieder ab?"

„Ich weiß es nicht!" stieß die Kriegerin nun schon viel nervöser aus. „Aus irgendeinem Grund wollen sie uns töten und wahrscheinlich fressen. Und sie sind klug. Sie wissen, woher ihre anderen Opfer kamen und dass wir uns nicht ewig hier verstecken können."

Leon schluckte schwer. „Kann man sie nicht vertreiben? Mit Feuer zum Beispiel?"

„Glaubst du nicht, dass wir diese Idee auch schon hatten?" fragte Sheza gereizt zurück.

Leon fühlte, wie sein Magen sich einmal um sich selbst drehte. Er hatte ganz vergessen, dass er mit der Kriegerin nicht allein gewesen war. Und nun waren die Männer verschwunden, die ihr zuvor geholfen hatten.

„Sie sind nicht alle tot", erklärte sie, als könne sie seine Gedanken lesen. „Jarik hat es geschafft, bis in den Pferdestall zu gelangen. Das Gebäude ist zwar nicht ganz so stabil wie dieses Haus, ich denke allerdings, dass es noch steht. Ich hoffe es zumindest."

Sie holte tief Luft. „Wir müssen dasselbe versuchen. Wir haben nur diese eine Chance zu entkommen…"

Sie stockte, als eines der Bretter des Daches brach, sprang auf, zog Leon auf die Füße und drängte ihn in eine Ecke des Raumes. Ihm schlug das Herz bis zum Hals, denn nur wenig später schob sich eine geschuppte Pranke durch die entstandene Öffnung und fuchtelte ziellos in der Luft herum. Ein lautes Kreischen, das Leon bis ins Mark erschütterte, ertönte, dann zog sich die Pranke zurück und eine andere erschien, um ebenso hektisch und erfolglos nach Beute zu fischen.

„Wir haben nicht mehr viel Zeit", flüsterte Sheza. „Ich schlage vor, wir geben ihnen etwas zu tun und versuchen dann, zum Stall durchzubrechen. Wirst du das schaffen?"

Sie sah ihn prüfend an und er nickte schließlich zögernd. Zurzeit hielt er sich erstaunlich gut auf den Beinen. Entweder sorgte das Adrenalin, das wieder vermehrt durch seine Adern pumpte, dafür oder es ging ihm in der Tat besser.

„Wie willst du sie ablenken?" fragte er leise.

„Das lass mal meine Sorge sein", gab Sheza barsch zurück und schob ihn zur Tür. „Bereite du dich nur auf unsere Flucht vor. Wenn du zusammenklappst, lasse ich dich liegen!"

Leon starrte auf die Tür, an der in regelmäßigen Abständen ein scharrendes Geräusch ertönte und ein kalter Schauer lief ihm den Rücken hinunter. Dort versuchten sie also auch schon ins Haus zu kommen. Wenn Sheza kein gutes Ablenkungsmanöver einfiel, würde es sich äußerst schwierig gestalten, überhaupt ungehindert hinauszukommen.

Er sah sich mit Unbehagen nach der Kriegerin um und musste feststellen, dass sie inzwischen auf dem Bett stand, direkt unter den wild herumfuchtelnden Pranken der Drachen. Sie hielt eine Decke in den Händen und brachte sie ganz vorsichtig in die Nähe der Klauen. Mit einem Mal verfing sich eine der Klauen darin und ein lauter, freudiger Schrei ertönte, der sofort von den anderen Drachen beantwortet wurde. Der Lärm schwoll wieder an, weitere Pranken brachen durch das Loch im Dach und griffen nach der Decke und das Kratzen an der Tür verstummte mit einem Mal. Sheza sprang mit einer geschmeidigen Bewegung vom Bett und sprintete zu Tür.

„Los!" schrie sie ihm zu und Leon riss mit wild klopfendem Herzen die Tür auf und stürzte nach draußen. Der Weg zum Stall war tatsächlich frei! Leon rannte los, rannte so schnell ihn seine wackeligen Beine tragen konnten. ‚Nicht umdrehen! Bloß nicht umdrehen!' dröhnte es in seinem Kopf, während der rettende Stall in greifbare Nähe rückte. Das laute Kreischen der Drachen und das Schlagen von Flügeln hinter ihm machten es ihm allerdings schwer, auf seine innere Stimme zu hören. Auch wenn sich alles in ihm dagegen sträubte, warf er einen kurzen Blick nach hinten über seine Schulter.

Die geflügelten Reptilien waren beängstigend nah. Nicht alle hatten ihre Flucht bemerkt, aber der Anblick der vier kleinen Drachen, die brüllend ihre Verfolgung aufgenommen hatten, genügte, um Leon zum Straucheln zu bringen. Er bemerkte den Schmerz kaum, als er halbwegs auf seinen verletzten Arm fiel, zu groß war der Schrecken, den der Sturz hinterließ, zu nah war der herbeifliegende Tod. Doch wider Erwarten landete einer der Drachen nun kopflos neben ihm.

„Steh auf!" schrie Sheza voller Wut und riss ihn an seinem gesunden Arm auf die Beine, um im nächsten Augenblick erneut ihr Schwert gegen die herannahenden Monster zu schwingen.

Leon zögerte einen Moment, schließlich stolperte er jedoch vorwärts. Er war zurzeit nicht stark genug, um der Kriegerin helfen zu können und er besaß auch keine Waffe. Zu seiner Erleichterung öffnete sich die Tür des Stalles, als er schon nahe heran war, und ein mit Pfeil und Bogen bewaffneter Krieger trat heraus und mischte sich rasch in das Kampfgeschehen ein. Als Leon endlich in das rettende Gebäude taumelte, waren schon zwei Pfeile an ihm vorbeigesirrt und wenig später stürzten auch Sheza und der Krieger durch den Eingang und verrammelten schnell die Tür.

Das Geschrei der Drachen war groß. Ein paar schlugen voller Wut gegen die Tür, während die meisten von ihnen wieder auf dem Dach landeten und dieses sogleich heftig mit ihren Krallen und Mäulern bearbeiteten.

„Wie viele sind es?" stieß Leon unter heftigen Atemzügen aus. Er versuchte angestrengt das heftige Schwindelgefühl zu bekämpfen, das ihn befallen hatte.

„Jetzt noch acht", keuchte Sheza und fuhr sich erschöpft mit dem Handrücken über die verschwitzte Stirn. „Der Große ist ihr Anführer. Wenn wir den erledigen können, werden sie uns vielleicht nicht folgen."

Sie sah den Bogenschützen fragend an. „Meinst du, du könntest es schaffen?"

Dem Mann war anzusehen, dass er von dieser Idee nicht allzu begeistert war, doch schließlich nickte er.

„Aber sieh dich vor, er ist klug", mahnte sie ihn.

Wieder war nur ein Nicken die Antwort. Sheza wandte sich den nervös tänzelnden Pferden zu, die sich schon gesattelt ganz in ihrer Nähe befanden, und griff nach den Zügeln eines der Tiere, um es zu Leon heranzuführen.

„Steig auf!" befahl sie ihm barsch und griff ihm sogleich helfend unter die Arme, als er ihrer Anweisung sofort nachkam. Es tat höllisch weh, am Ende saß Leon jedoch tatsächlich etwas wackelig im Sattel. Er krallte sich mit einer Hand in der Mähne des Tieres fest, da sich das Schwindelgefühl noch mehr verstärkt hatte und atmete etwas zitterig durch. In seinen Ohren rauschte und summte es und das Herz hämmerte schmerzhaft in seiner Brust. Wenn er das alles überleben wollte, musste er sich zusammennehmen. Und wenn er fast zusammenbrach – er musste unbedingt im Sattel bleiben! Auch wenn Sheza eine gute Schwertkämpferin war, gegen acht Drachen konnte auch sie ihn nicht verteidigen.

Leon sah auf und bemerkte erst jetzt, dass die Kriegerin längst im Sattel saß. Sie gab Jarik einen Wink und der Krieger stieß mit voller Kraft die Türen auf. Shezas Pferd stieg erschrocken, machte dann aber einen Satz nach vorne und preschte los. Leon versuchte erst gar nicht die Zügel seines Pferdes, das sofort im halsbrecherischen Tempo hinterher jagte, zu ergreifen, sondern konzentrierte sich nur darauf, auf seinem Rücken zu bleiben. Und das war leichter gesagt als getan, denn das Gelände, über das sie hinwegflogen, war furchtbar uneben und die Pferde gerieten dadurch oft ins Stolpern oder machten einen Satz zur Seite, um größeren Felsen auszuweichen. Leons Kraft schwand mit jedem Galoppsprung, den sein Pferd machte. Bald hielt ihn nur noch sein eiserner Überlebenswille oben, angespornt von dem nahen Kreischen der Drachen, die ihre Verfolgung entgegen ihrer Hoffnung aufgenommen hatten.

Sheza hielt sich mit ihrem Pferd an seiner Seite und sah sich immer wieder nach ihren tierischen Verfolgern um. Doch die meiste Zeit ruhten ihre Augen auf ihm, das spürte er genau. Sehen konnte er sie nicht, denn er nahm seine Umgebung nur noch sehr verschwommen wahr. Die Schreie der Drachen wurden leiser, aber Leon wagte es noch nicht, sich darüber zu freuen. Es war gut möglich, dass ihm das nur so vorkam, weil nun auch noch seine Ohren versagten, schließlich war das Rauschen und Hämmern in seinem Kopf zu einer unerträglichen Qual geworden. Doch er würde nicht aufgeben, würde nicht fallen! Niemals! Seine Hände krallten sich noch fester in die Mähne seines Reittiers, dessen Hufe unter ihm rhythmisch über den steinigen Boden donnerten.

‚Festhalten! Festhalten!' befahl ihm seine innere Stimme, als er spürte, wie er langsam in sich zusammensackte. Und dann wurde es dunkel.

ähe

Pferde waren wundervolle Tiere. So groß und stark, so wild und doch so sanft und sensibel. In ihrer Nähe fand Jenna meist die Ruhe, die sie in der Hektik der modernen Gesellschaft oft vermisste. Sie fühlte sich geborgen, entspannt und irgendwie verstanden, wenn sie mit Pferden zusammen war. So war es auch hier, in dieser Welt, selbst in dieser bedrückenden Situation.

Seit ihrer gemeinsamen Rettungsaktion war Marek ruhiger und freundlicher geworden und Jenna musste sich eingestehen, dass – so dumm es auch war – ihre Angst vor ihm langsam wieder verschwand. Gerade aus diesem Grund hatte sie sich dazu entschieden, seine Nähe ein wenig zu meiden und es sich selbst zur Aufgabe gemacht, das Pferd zu versorgen. Sie hatte es gefüttert und getränkt und überlegte jetzt, es auch noch zu putzen, denn zu ihrer Überraschung hatte sie in einer der Satteltaschen, die sie – sehr zu Mareks Ärger – unerbeten durchsucht hatte, eine grobe Bürste gefunden. Sie hatte es nicht gewagt, Marek zu fragen, ob diese für sein Pferd war, weil er über ihre Neugierde bezüglich der Satteltaschen ohnehin schon wütend genug gewesen war. Da er aber nichts gesagt hatte, als sie die Bürste mit zu dem Tier genommen hatte, ging sie einfach davon aus, dass es so seine Richtigkeit hatte.

Nun versuchte sie jedoch einzuschätzen, ob der Hengst sie ohne den Stein überhaupt in seine Nähe lassen würde, wenn sie ihm weder Futter noch Wasser anbot. Ja, sie saß die meiste Zeit ihrer Reise auf seinem Rücken, allerdings Marek war dabei bisher immer an ihrer Seite gewesen. Würde das Tier es auch zulassen, dass sie es berührte, ohne dass sein Herr daneben stand?

Sie betrachtete den Hengst noch einmal eingehend. Er schien nach dem Verzehr seiner Futterration ziemlich entspannt zu sein, ließ die Unterlippe hängen und döste. Ihre Gegenwart schien ihn keineswegs zu stören. Vorsichtig streckte sie die Hand nach ihm aus und berührte seinen breiten Hals. Er hob den Kopf und sah sie an. Kein Ohrenanlegen, kein Zähnefletschen – er wurde noch nicht einmal nervös. Stattdessen streckte er den Kopf vor und schnupperte an ihrer Schulter, an ihrem Hals und schließlich an ihrem Gesicht. Sein warmer Atem kitzelte und ließ eine Gänsehaut ihren Rücken hinunterrieseln.

„Ja, du bist ein Braver", sagte sie lächelnd und fuhr mit ihrer Hand vorsichtig über seine breite Stirn. Selbst das ließ er sich von ihr gefallen. Das Vertrauen war noch da, obwohl sie sich seit damals nicht besonders viel mit ihm beschäftigt hatte. Dieser Stein vollbrachte wahre Wunder.

„Darf ich dich ein wenig sauber machen, ja?" fragte sie, wenngleich sie genau wusste, dass er sie nicht verstand. Sie lachte, weil das Tier mit seinem ausführlichen Beschnupperungsakt gerade bei ihren Knien angelangt war und begann dann, es vorsichtig zu putzen. Der Hengst sah sie noch einen Atemzug lang an, nahm eine bequeme Haltung ein, ließ den Kopf hängen und begann wieder zu dösen. Jenna musste grinsen. Wenn sie den Stein noch besessen hätte, hätte sie jetzt auch ganz gern seinen Herrn auf ‚nett und umgänglich' eingestellt. Was für eine wunderbare Vorstellung!

Sie hatte offenbar zu laut gedacht, denn plötzlich stand er neben ihr. Sie zuckte nicht zusammen, auch wenn ihr danach war. Sie konnte es sich jedoch nicht verkneifen, einen kleinen Schritt vor ihm zurückzuweichen und ihn etwas verunsichert anzusehen.

„Lass dich nicht stören", sagte er nur und lächelte, eine Spur aufrichtiger als sonst. „Er scheint das zu genießen."

Sie nickte scheu und fuhr schnell mit ihrer Arbeit fort. Anscheinend etwas zu heftig, denn das Tier sah sie empört an, wandte sich dann allerdings wieder von ihr ab, was sein Herr zu ihrem Bedauern nicht tat. Sie fühlte genau, dass er sie musterte. Sie mochte das nicht.

„Wie heißt er eigentlich?" fragte sie, um Mareks Aufmerksamkeit auf etwas anderes zu lenken als ihren Körper.

„Hm?" Da war wohl jemand mit seinen Gedanken ganz woanders gewesen.

„Der Name deines Pferdes", half sie ihm. „Wie heißt es?"

„Pferd."

Sie drehte sich zu ihm um und bedachte ihn mit einem solch verdutzten Blick, dass er anfing zu lachen. Sie runzelte die Stirn, musterte ihn nun selbst kurz. Dann schüttelte sie den Kopf. „Niemals."

„Wieso nicht?" schmunzelte er.

„Dein Pferd *hat* einen Namen. Du hast so was wie... shur alento oder so zu ihm gesagt, als es scheute."

„Chur aleno? Das habe ich nicht zu meinem Pferd gesagt, sondern zu dem Drachen."

Sie versuchte sich zu erinnern. Er hatte Recht, aber... irgendwo hatte sie das schon einmal gehört. „Was heißt das?"

„Kleiner Wildfang."

„Na ja, das würde zumindest zu deinem Pferd passen..."

Er schüttelte den Kopf und trat dichter heran, um dem Hengst selbst über das glänzende Fell zu streichen. „Er heißt Bashin."

Sie lächelte. „Ein schöner Name."

„Der Unbezwingbare", setzte Marek hinzu und sie glaubte, ein wenig Stolz in seiner Stimme mitschwingen zu hören. „Den Namen trug er jedoch schon, bevor er in meinen Besitz überging."

Ja. Er *war* stolz. Seine Augen verrieten das... und so viel mehr. Ihm lag etwas an dem Tier. „Ist er das?" hakte sie nach. Sie konnte nicht vermeiden, dass sie seine Gesichtszüge jetzt noch viel genauer studierte. „Unbezwingbar, meine ich."

„In gewisser Weise", gab er zu und betrachtete den Hengst dabei beinahe liebevoll. Es war faszinierend, wie sich sein Gesicht wandelte, wie er mit einem Mal so sehr viel jünger aussah, sobald etwas Wärme in seinen Augen erschien, sobald sich etwas Menschlichkeit in ihm regte. „Er lässt nur sehr wenige Menschen an sich heran, wenn ich nicht dabei bin. Und ich bin normalerweise der Einzige, der ihn reiten darf."

Sie nickte verständnisvoll, ohne ihre Augen von seinem so interessanten Gesicht abwenden zu können. Die blauen Flecken, die Leon ihm verpasst hatte, waren inzwischen gelblich-violett geworden. Die Schwellungen waren jedoch verschwunden und die Konturen seines Gesichts waren wieder besser zu erkennen. Hohe Wangenknochen, eine gerade, beinahe niedliche Nase, volle Lippen und diese ausdrucksvollen, hellen

Katzenaugen… Auch wenn der Bart viel von seinem Gesicht verbarg – als hässlich konnte man Marek nicht bezeichnen. Natürlich auch nicht als schön im ursprünglichen Sinne, aber… interessant.

„Umso erstaunlicher ist, dass er dich so ohne Weiteres akzeptiert hat", unterbrach er ihren sehr befremdlichen, schrecklich unangebrachten Gedankenstrom. Er hatte sich ihr wieder zugewandt, legte seinen Kopf ein wenig schräg und kniff die Augen zusammen. „Wie hast du das gemacht?"

„Ich?" Sie fühlte sich von der Frage ein wenig überrumpelt. „Ich… ich hab gar nichts gemacht. Vielleicht findet er mich ja einfach nur sympathisch."

Marek lachte kurz. „Das glaube ich nicht."

„Wieso findest du das so unwahrscheinlich?" erwiderte sie etwas verärgert. „Nur weil *du* mich nicht magst, muss das ja nicht auch auf alle anderen Lebewesen zutreffen. Normalerweise bin ich den meisten Menschen sogar ziemlich sympathisch."

„Menschen vielleicht, er war jedoch ein Wildpferd gewesen, ein sehr gefährliches Tier. Ihm waren Menschen noch nie besonders sympathisch."

„Aber *dir* folgt er, wohin du auch gehst", wandte sie ein.

Marek nickte. „Ganz gleich, ob es für ihn den Tod bedeuten könnte", setzte er hinzu. „Weil er weiß, dass es in meiner Gegenwart sicherer ist, als allein in dieser Wildnis herumzustreifen."

„Das ist doch auch merkwürdig, oder?"

„Nein, weil er mich sehr lange kennt und weiß, dass er mir vertrauen kann. Dich kennt er allerdings erst seit sehr kurzer Zeit. Was hast du also getan?"

Jenna begann Mareks Hartnäckigkeit langsam zu nerven, doch wagte sie es nicht, es sich anmerken zu lassen. „Ich sagte doch: *Ich* hab nichts getan!" wiederholte sie ruhig.

„Wer dann?" Marek blieb stur. Ihm war anzusehen, dass zumindest *er* genau wusste, worauf er hinaus wollte.

Sie sah auf die Bürste in ihrer Hand und zog ein paar Haare heraus, die sich zwischen den Borsten verfangen hatten. „Ich glaube, dass etwas mit dem Stein passiert ist", gab sie schließlich zu und sah ihn ängstlich an. Sie wollte nicht, dass er glaubte, sie hätte sein Pferd verhext, denn das hatte sie nicht – oder?

„Du meinst, du hast etwas damit getan, wie damals im Zelt", setzte er hinzu.

„Nein!" Jenna schüttelte energisch den Kopf. „Ich hab *beide* Male überhaupt nichts getan. Ich… ich hab wirklich keine Macht darüber. Es passiert einfach."

„So wie im Sumpf, als der Werwolf kam?" fragte Marek mit einem mehr als skeptischen Gesichtsausdruck. „Da hast du auch nichts bewusst getan?"

Sie nickte nur. Sie konnte sich vorstellen, dass das alles für ihn ziemlich verrückt klang, sie konnte sich das jedoch auch nicht erklären. Gut, sie hatte darüber nachgedacht, seit Marek gesagt hatte, dass sie den Stein auf irgendeine Weise beeinflusste, allerdings waren die Erklärungen, auf die sie bisher gekommen war, einfach zu absurd.

„Du willst also nach wie vor behaupten, dass du selbst keinen bewussten Einfluss auf die Magie des Steins hast?" fragte Marek weiter. Verärgerung lag in seiner Stimme und das gefiel Jenna gar nicht. Sie musste sich genau überlegen, was sie darauf antwortete. Momentan fiel ihr natürlich nichts ein, von dem sie sich erhoffen konnte, dass es Marek gnädig stimmte.

„Wie erklärst du dir dann, dass du immer einen Nutzen davon hast, wenn der Stein seinen Zauber wirken lässt?" fuhr der Krieger fort, sie zu löchern. „Und es sind immer andere Dinge, die er bewirkt: Die Rettung aus der Gefangenschaft, die Vertreibung einer Bestie, die Zähmung eines wilden Tieres – wie erklärst du dir das? Wie kann ein lebloses Objekt zielgerichtet genau das tun, was dir in jeder Situation aus der Patsche hilft – ohne dass du einen Befehl dazu erteilst?"

Jenna schluckte schwer. So sehr sie sich auch anstrengte, sie wusste keine Antwort auf seine Fragen. Das Einzige, was sie wusste, war, dass Marek sich nicht damit zufrieden geben würde. Für ihn sah es vermutlich so aus, als würde sie ihn belügen und das kleine naive Mädchen nur spielen, um ihn zu hintergehen. Aber so war es nicht. Sie war nicht annähernd so gerissen, wie er vermutete. Und sie war ein absoluter Laie, was den Umgang mit Magie anging. Sie hatte doch nie wirklich daran geglaubt. Wie sollte *sie* erklären können, was es mit ihr und diesem Stein auf sich hatte? Sie konnte es auch nicht mehr austesten, da dieses kostbare Kleinod verschwunden war. Warum belästigte Marek sie also weiterhin, anstatt den Stein wiederzubeschaffen?

„Ich kann das alles nicht erklären", antwortete sie nach einer langen Pause, in der Marek sie mit seinen eindringlichen Blicken nahezu aufgespießt hatte. „Du musst mir einfach glauben, wenn ich dir sage, dass ich keine Ahnung habe, was damals passiert ist. Vielleicht *habe* ich ja auch einen Einfluss auf den Stein, aber ich kann mich nicht richtig daran erinnern. Ich müsste ihn wieder in der Hand haben, um beschreiben zu können, was passiert ist. Und das ist nun mal nicht möglich."

Jenna war sich nicht ganz sicher, was in Marek vorging, denn er sah sie für ein paar endlos lang erscheinende Sekunden nur stumm und sehr nachdenklich an. Dann nickte er auf einmal.

„Ich denke, du hast Recht", gab er zu. „Wir brauchen erst einen der Steine, um herauszufinden, was mit dir los ist. Wenn alles nach Plan verläuft, wird das ja auch bald kein Problem mehr sein."

Warum musste er sie wieder daran erinnern? Sie hatte diesen dummen Plan so wunderbar verdrängt, aber jetzt war alles wieder da – inklusive ihres Unbehagens in Hinsicht auf ihre weitere Reise. Toll!

„Na, dann ist ja alles wunderbar!" stieß sie verärgert aus, wandte sich von Marek ab und striegelte das Pferd weiter, in der Hoffnung, dass er dann nicht noch genauer auf seinen ‚tollen' Plan eingehen und sie stattdessen in Ruhe lassen würde. Sie fühlte ein paar Atemzüge lang noch seinen Blick auf sich ruhen, dann wandte er sich tatsächlich ab und lief zurück zum Feuer, um sich auf seiner Decke niederzulassen.

Jenna seufzte leise. Wie sollte das alles nur für sie weitergehen? Mareks Plan an sich war ja schon ein Alptraum für sie. Wenn sie allerdings bedachte, was bisher schon alles passiert war und wie schwierig es für sie war, auf eine Art und Weise mit diesem launischen Mann umzugehen, die sie nicht in Gefahr brachte, dann war sie sich gar nicht mehr so sicher, dass sie Alentaras Schloss überhaupt lebend erreichen würde. Sie kannte ihn einfach zu wenig, um sich ihm gegenüber ‚richtig' zu verhalten – wenn es überhaupt ein ‚Richtig' gab. Schon mit Leon hatte sie sich ständig gestritten und sie bezweifelte, dass weitere Streits mit Marek so

‚glimpflich' wie bisher für sie ausgehen würden. Nicht nach der Geschichte, die man ihr im Dorf erzählt hatte. Sie musste lernen, sich zurückzuhalten, nicht immer auszusprechen, was ihr auf der Zunge lag, und vor allen Dingen nichts zu tun, was ihn in Rage brachte. Denn wenn sein Zorn ihn überwältigte, wurde er *wirklich* gefährlich. Das wusste sie jetzt.

Am besten war es wahrscheinlich, dafür zu sorgen, dass er sie mochte – wenigstens ein kleines bisschen, sodass er sie nicht gleich töten würde, wenn sie mal wieder etwas falsch machte. Ja, das war ein guter Plan. Sich einschmeicheln, immer lieb und freundlich sein, sodass er sich an sie gewöhnte, sie mochte, ein Herz für sie hatte, so wie für den Drachen… Und am besten fing sie ab sofort damit an.

Sie strich dem Hengst zum Abschied noch einmal sanft über den Hals und machte sich dann auf den Weg zum Feuer, an dem auch sie schon ihren Schlafplatz hergerichtet hatte. Marek sah nicht auf, als sie sich auf ihrem Fell niederließ, obwohl sie sich fast direkt neben ihn setzte. Er war scheinbar zu sehr damit beschäftigt, seinen Dolch zu polieren oder besser gesagt *ihren* Dolch. Sie sah ihm eine Weile dabei zu und überlegte angestrengt, wie sie ein Gespräch mit ihm beginnen sollte und vor allen Dingen worüber. Zu ihrer Überraschung nahm er ihr den schweren Einstieg ab.

„Kannst du dich eigentlich daran erinnern, wie du hierhergekommen bist?" fragte er ganz unvermittelt.

Sie dachte kurz nach und schüttelte dann den Kopf. „Ich bin einfach in einem der Wälder hier aufgewacht."

Er hielt in seiner Arbeit inne, musterte sie kurz mit zusammengezogenen Brauen. „Einfach so?"

„Ja…" Sie zuckte hilflos die Schultern.

„Und niemand war bei dir? Auch nicht vor deinem Erwachen?"

„Nein."

Gut – ganz ehrlich war das nicht, denn sie hatte sich daran erinnert, zuletzt Demeon begegnet zu sein, doch das musste Marek ja nicht wissen. Wieso auch? Er kannte den Mann ganz bestimmt nicht und sie wollte nicht gleich jedem auf die Nase binden, dass sie in ihrer Welt Kontakt zu… ‚magisch begabten' Menschen gehabt hatte, ohne es selbst zu bemerken. Wer wusste schon, wie er darauf reagierte?

Mareks Augen ruhten noch ein paar Herzschläge lang nachdenklich auf ihrem Gesicht, dann wandte er sich wieder von ihr ab. Für ein paar Minuten schwiegen sie beide. Es fühlte sich nicht gut an und deswegen war Jenna Marek wirklich dankbar, als er erneut versuchte, ein Gespräch mit ihr zu beginnen.

„Das ist ein schöner Dolch", sagte er und suchte ihren Blick. Seine Miene war entspannt, fast freundlich. Offenbar war auch er zu einer kleinen Runde Smalltalk bereit, um die Stille zwischen ihnen zu vertreiben. „Wo hat Leon ihn gekauft?"

„Ich vermute in Vaylacia", gab sie bereitwillig zur Antwort. „Aber ich bin mir nicht sicher."

„Warum hat er dir den Dolch wohl geschenkt?" fragte Marek interessiert. „Ihm muss doch klar gewesen sein, dass du ihn nie benutzen wirst."

„Ich hab ihn schon benutzt", entgegnete sie ruhig.

Er sah sie überrascht an. Mit dieser Antwort schien er nicht gerechnet zu haben. Dennoch wurde sofort deutlicher Zweifel in seinem Gesicht sichtbar.

„Wann?" gab er in einem Ton zurück, der diesen Zweifel nun auch hörbar machte.

„Ich hab deine Fesseln und die des Drachen aufgeschnitten", erklärte sie mit dem unschuldigsten Lächeln, das sie zustande bringen konnte.

Verblüffung zeigte sich in Mareks Augen, wandelte sich jedoch rasch in Belustigung und schließlich konnte er sich ein leises Lachen nicht verkneifen. Leider wurde er viel zu schnell wieder ernst.

„Du hast noch nie einen Menschen getötet, oder?" Er sah sie fragend an und Jenna blieb nichts anderes übrig, als seine Frage mit einem Nicken zu beantworten. Er lächelte. Es war ein mitleidiges und etwas arrogantes Lächeln, doch es war nicht böse gemeint. Das konnte sie fühlen.

„Der Tag wird kommen", sagte er leise. „Glaub mir, eines Tages wird dir keine andere Wahl bleiben."

„Ich werde niemanden töten", brachte Jenna überzeugt hervor. „Niemals. Nicht in diesem Leben."

„Dann wirst du sterben", erwiderte Marek ruhig. Es war ihm anzusehen, dass er es ernst meinte. Sie fragte sich, ob er ihr drohte oder sie tatsächlich warnen wollte. Was es auch war, die Ernsthaftigkeit in seinen

Augen verursachte ein mulmiges Gefühl in ihrem Bauch. So viel zum netten Small-Talk…

„Wieso?" fragte sie etwas beklommen. „Wieso sollte man mich töten wollen, wenn ich niemandem etwas zuleide tu? Ich bin für niemanden eine Gefahr."

„Das könnten einige Menschen hier in Falaysia anders sehen", wandte er ein.

„Wer? Du?"

Marek schmunzelte und hob dann die Schultern. „Wer weiß…"

Zu ihrer Überraschung erhob er sich, lief hinüber zu den Satteltaschen und verstaute den Dolch in einer von ihnen.

„Das ist nicht dein Ernst, oder?" hakte sie nach. Ihre Augen wanderten dabei ganz von selbst über seinen ansehnlichen Körper und blieben viel zu lange an einem bestimmten Teil seiner Rückenansicht hängen. Oh Gott! Schon wieder! Warum musste er sich auch mit einem knackigen Hintern wie diesem derart provokant bücken? Leider blieb sie nicht die Einzige, die diesen kleinen Ausrutscher ihrerseits mit Erschrecken bemerkte, denn Marek hatte sich bei ihrer Frage natürlich ein wenig zu ihr umgedreht. Zu wenig, um den Grund ihres Fauxpas außer Sichtweite zu bringen und zu weit, um ihren Blick nicht zu bemerken. Ihre Augen flogen erschrocken hinauf in sein Gesicht, während er nur grüblerisch die Brauen zusammenzog.

„Ich… ich meine, du hast ganz bestimmt keine Angst vor mir, oder?" erklärte sie völlig überflüssig und hasste sich dafür, dass ihr nun auch noch das Blut ins Gesicht schoss. Wie konnte so etwas nur immer wieder passieren? Sie wollte das doch nicht, tat das nicht bewusst. Was verleitete sie dazu, diesen Mann als etwas anderes als eine große Bedrohung wahrzunehmen?

Er richtete sich wieder auf und kam zurück zu ihr, seine Lippen zu einem minimalen Schmunzeln verzogen. „Angst ist hier vielleicht nicht ganz das richtige Wort", meinte er und ließ sich in einer fließenden Bewegung viel zu dicht neben ihr nieder. „Du bist mir ein wenig… suspekt."

„Suspekt?" wiederholte sie und lachte affektiert. „Ich?"

Mareks Schmunzeln wurde noch ein wenig deutlicher. „Deine Handlungen sind für mich oft nicht nachvollziehbar und ziemlich unvorhersehbar. Und das passiert mir nicht sehr oft. Ganz davon abgesehen, dass manche dieser Handlung ein wenig… dumm sind."

Sie blinzelte. Hatte sie da richtig gehört? Nannte er sie dumm? Sie versuchte ihren sofort aufkochenden Ärger herunterzuschlucken, doch so ganz wollte ihr das nicht gelingen.

„Inwiefern dumm?" fragte sie gereizt.

„Du riskierst dein Leben für Menschen, die du überhaupt nicht kennst und von denen du keinerlei Nutzen hast."

Sie versuchte ruhig und gleichmäßig weiter zu atmen. „Und wieso soll das dumm sein? Deswegen lebst du noch."

„Ja, und deswegen bist du jetzt wieder meine Gefangene."

Jenna wusste nicht, was sie darauf antworten sollte. In gewisser Weise hatte Marek ja Recht. Sie hatte sich in der Tat durch ihr eigenes Handeln in diese Schwierigkeiten gebracht. Sie weigerte sich jedoch, das als Dummheit anzusehen. Mitgefühl zu empfinden war eine positive Eigenschaft und keine negative.

„Aber du lebst und diese Frau aus dem Dorf lebt auch", konterte sie schließlich mit bebender Stimme. „Und das ist gut so. Jeder Mensch ist wichtig für diese Welt, denn in jedem Menschen steckt etwas Besonderes, Einzigartiges, das erhalten werden muss. Und wenn ich wegen meines Mitgefühls für andere eines Tages sterben muss, dann soll es so sein, doch nichts und niemand auf dieser Welt wird mich dazu bringen, einen anderen Menschen zu töten oder es zuzulassen, dass Unschuldige vor meinen Augen hingerichtet werden! Weder du, noch Leon, noch ein irgendein anderes grausamen Wesen in dieser Welt. Ich bin, wer ich bin und *niemand* wird etwas daran ändern!"

Marek sagte nichts mehr dazu, sondern sah sie nur an, tief nachdenklich. Es machte sie nervös. Jenna hätte besser damit leben können, wenn er gelacht oder eine abfällige Bemerkung von sich gegeben hätte. Sie senkte ihren Blick, betrachtete eingehend ihre Hände, kratzte ein wenig an dem Nagelbett ihres Zeigefingers herum.

„Und außerdem… wer sagt denn, dass ich keinen Nutzen von dir habe", murmelte sie, weil sie die Stille zwischen ihnen nicht mehr aushielt.

„Du bist wenigstens in der Lage mich vor allen anderen Gefahren, die irgendwo garantiert auf mich lauern, zu beschützen. Das hast du zumindest selbst behauptet."

„Besser als jeder andere", stimmte er ihr zu und sie hob wieder den Blick. Er sah sie nicht mehr an, starrte stattdessen etwas abwesend in das vor ihnen prasselnde Feuer. Ob er überhaupt bemerkt hatte, was er da von sich gegeben hatte?

„Aber es wird nicht immer jemand da sein, der dich beschützen kann", fügte er hinzu, sie weiterhin dabei nicht ansehend. „Du solltest versuchen, dich besser auf das Leben hier einzustellen. Sich zu verweigern und immer nur darauf zu hoffen, wieder nach Hause zu kommen, ist nicht nur dumm, sondern gefährlich. Um in dieser Welt zu überleben, musst du versuchen, sie zu verstehen und das kannst du nur, wenn du dein Schicksal akzeptierst und anfängst, dich den Situationen, in die du gerätst, anzupassen. Selbstlosigkeit und Mitgefühl sind meist nicht die geeigneten Mittel, um sich selbst zu retten."

Er deutete ein Kopfschütteln an, ein seltsam trauriges Lächeln auf den Lippen. „Ich hoffe nur, dass du das noch rechtzeitig begreifst…"

Für einen kurzen Augenblick hatte sie den Eindruck, als würde ein Schatten über sein Gesicht huschen, getragen von einer dunklen Erinnerung, die es ihm schwer machte, sein Lächeln aufrecht zu erhalten. Das flackernde Licht des Feuers spielte mit seinen scharfen Konturen und machte es fast noch interessanter, als es ohnehin schon war. Sie hatte sich geirrt. Auf seine eigene, ungewöhnliche Art war Marek wirklich schön.

Sie erschrak über ihr Empfinden und richtete ihren Blick schnell auf etwas anderes als sein Gesicht. Sein Hemd zum Beispiel, das nicht ganz zugeknöpft war und dessen Ausschnitt durch seine vorgebeugte Haltung mehr von seiner nackten Brust preisgab, als noch anständig war. Braune Haut, straffe Muskeln, ein paar wenige dunkle Haare. Sie riss sich ein weiteres Mal entsetzt von seinem Anblick los und sah auf, direkt in seine Augen, in denen sich für einen Moment Erstaunen zeigte. Leider blieb dieser Ausdruck nicht lange auf seinem Gesicht haften. Er wandelte sich viel zu rasch von – natürlich völlig fehlgeleitetem – Verständnis zu regem Interesse. Interesse in einer ganz bestimmten Hinsicht. Jennas Herzschlag beschleunigte sich sofort und ein sonderbares Flattern breitete sich in ihrem Bauch aus.

„Ich... äh... ich... Bist du nicht auch unglaublich müde?" stotterte sie und täuschte ein herzhaftes Gähnen vor. „Wir sollten ins Bett gehen. Quatsch, äh, uns hinlegen, mein ich. Nicht zusammen, mein ich..."

Sie brach ab und schluckte schwer, denn Marek sah sie nur weiterhin mit einer Intensität an, die beängstigend war. Sie zuckte heftig zusammen, als seine Hand plötzlich vorfuhr, er sie packte und geschickt rittlings auf seinen Schoß zog. Es kam so abrupt, dass Jenna erst gar nicht auf die Idee kam, sich zu sträuben. Stattdessen hielt sie nur erschrocken den Atem an und starrte entsetzt in seine hellen Augen, die jetzt so dicht vor ihr waren, dass sie türkisfarbene Sprenkel in der Iris entdecken konnte.

„Was... was wird das?" brachte sie mit dünner, zittriger Stimme hervor und versuchte nun doch vorsichtig von seinem Schoß zu rutschen. Marek schien diese Idee nicht zu gefallen, denn er schlang rasch beide Arme um ihren Körper und zog sie fest an sich.

„Ich denke, es ist an der Zeit auszuloten, welchen Nutzen ich *noch* aus dir ziehen könnte", gab er leise und etwas heiser zurück. Seine Nase und Lippen strichen an ihrer Wange entlang hinüber zu ihrem Ohr. Raues Barthaar kratzte über ihre Haut, begleitet von seinem warmen Atem. Jenna versteifte sich und schloss die Augen, um nicht völlig die Kontrolle zu verlieren und aus lauter Angst zu einem heulenden und zitternden Wrack zu werden. Noch war nichts verloren. Sie konnte noch kämpfen, solange sie Ruhe wahrte.

„Vielleicht sollte ich dich später behalten, falls meine Fleischvorräte zur Neige gehen", fuhr er fort. „Du schmeckst bestimmt gut."

Wie zur Unterstreichung seiner Worte biss er spielerisch in ihr Ohrläppchen. Es tat nicht weh, hatte viel eher etwas von dem Liebesbiss eines Raubtieres. Jenna hielt dennoch angsterfüllt die Luft an, ignorierte den Schauer, der ihren Rücken hinunterlief, und stemmte sich mit beiden Händen gegen seine Brust. Die erbebte kurz mit dem leisen, heiseren Lachen, das er ausstieß. Mehr Wirkung erzielte ihr Handeln nicht. Stattdessen musste sie es über sich ergehen lassen, dass er seine Lippen auf ihren Hals presste und an ihrer empfindlichen Haut sog. Das Flattern in ihrem Unterleib wurde stärker, ihr Puls raste und sie begann langsam zu zittern. Sie hatte Angst und doch waren da noch andere Gefühle im Spiel. Gefühle, deren Herkunft sie nicht verstand, die sie durcheinander brachten und gleichzeitig furchtbar wütend auf sich selbst machten, weil sie diese nicht haben durfte. Nicht bei *diesem* Mann! Sie waren jedoch da, mixten sich mit ihrer Furcht zu einer Gefühlsmischung, die kaum zu ertragen war und ihr schließlich Tränen in die Augen trieb.

Sein Atem brannte heiß auf ihrer Haut, als seine Lippen tiefer wanderten, auf den Ausschnitt ihres Kleides zu. Sie fühlte seine weiche Zunge auf ihrer Haut und erschauerte ein weiteres Mal. Das Blut rauschte hörbar durch ihre Adern und sie konnte ihren eigenen Herzschlag übernatürlich laut in ihren Ohren hören.

„Nicht", stieß sie kaum hörbar aus. „Bitte…"

Marek hob den Kopf und sah sie an. Es fiel ihm sichtlich schwer, sich von ihrem Dekolletee lösen, aber sie hatte seine Aufmerksamkeit.

„Nicht?" fragte er heiser. Er sah tatsächlich etwas verstört aus. Die wilde Erregung in seinen Augen beängstigte sie, aber sie hielt seinem Blick stand und schüttelte den Kopf, tapfer ihre Tränen zurückdrängend.

Er imitierte verständnislos ihre Geste und hob fragend die Brauen.

„Tu… tu mir das nicht an", stammelte sie leise. „Ich will das nicht."

Die Falten auf seiner Stirn wurden noch tiefer und seine Lippen hoben sich zu einem zweifelnden Lächeln. „Ach ja? Dein Körper sagt aber etwas anderes."

Sie schüttelte erneut den Kopf. Doch das war nicht schlau, denn Marek presste nicht nur wieder seine Lippen auf ihren Brustansatz, um zu beweisen, dass er Recht hatte, sondern ließ auch noch eine Hand über ihre Seite zu ihrer Brust wandern. Sie holte zischend Luft, als sein Daumen über ihre sich unter dem Stoff des Kleides rasch aufrichtende Brustwarze strich und ein weiteres Zittern durch ihren Körper lief. Schon waren die Tränen wieder da, wurde es ganz eng in ihrer Brust, weil der Verrat ihres eigenen Körpers sie zutiefst erschütterte. Mareks Augen suchten die ihren, doch das selbstbewusste Grinsen, das seine Lippen trugen, erstarb rasch, als sich die ersten Tränen aus Jennas Wimpern lösten.

Er schien zutiefst verwirrt und runzelte die Stirn. „Du willst das wirklich nicht?"

Sie nickte stumm, presste die Lippen zusammen, um nicht auch noch albern aufzuschluchzen. Das fehlte noch! „Du... du hast versprochen mir nicht wehzutun", hauchte sie.

Verärgerung blitzte sichtbar in seinen ausdrucksvollen Augen auf. „Mache ich den Eindruck, als wolle ich dir wehtun?"

Sie sagte lieber nichts mehr. Er konnte sich doch denken, wie das hier für sie aussah. Anscheinend tat er das auch, denn er stieß ein verärgertes Lachen aus.

„Du kommst mir jetzt nicht wieder mit dieser Geschichte von damals!" brachte er mühsam beherrscht hervor. „Ich hab dir doch schon gesagt, dass das nichts mit dir zu tun hatte!"

„Und?" entfuhr es ihr nun auch schon etwas mutiger. „Es ist doch egal, aus welchem Grund man..." Sie brach ab. Sie konnte das noch nicht einmal aussprechen. Nicht solange er ihr so nah war.

„... man vergewaltigt wird?" half er ihr mit falscher Freundlichkeit. „Tut mir leid, dich enttäuschen zu müssen, aber Vergewaltigung gehört an sich nicht zu meinem Repertoire an Verbrechen."

„Aber... aber..."

„Ich wollte dich nur zum Schreien bringen, um Leon zu quälen und unter Druck zu setzen. Doch du hast dich ja permanent geweigert!" Er sah sie jetzt sogar vorwurfsvoll an. „*Du* hast mich dazu *gezwungen* weiterzumachen!"

Sie schnappte nach Luft. „*Bitte*?! Ich spreche kein Zyrasisch! Wie soll ich da wissen, was du von mir willst?!"

„Lies zwischen den Zeilen!" knurrte er sie an und schüttelte dann verärgert den Kopf. „Weißt du was, jetzt hab ich auch keine Lust mehr..."

Er packte sie und setzte sie mit Leichtigkeit und ziemlich unsanft zurück auf ihren Platz, um dann mit einem grimmigen Gesichtsausdruck einen Ast zu ergreifen und damit im Feuer herumzustochern.

Jenna saß ein paar Sekunden lang stocksteif auf ihrem Fell und blinzelte ihn perplex an. Der angsteinflößende Krieger war verschwunden und hatte einen trotzigen, schmollenden Jungen zurückgelassen, von dessen Existenz sie bisher gar nichts gewusst hatte. Es war schon erstaunlich, wie viele unterschiedliche Seiten dieser Mann an sich hatte und zweifellos eine Kunst herauszufinden, wann welche davon in Erscheinung trat und wie man dann mit ihm umgehen musste. Viel Raum sich noch weiter in ihre Angst und ihr Selbstmitleid hineinzusteigern, ließ er ihr damit nicht. Sie war stattdessen nur zutiefst verwirrt.

„Wir sollten jetzt besser schlafen", brummte er nach ein paar Minuten befremdlicher Stille zwischen ihnen und streckte sich auch sogleich auf seiner Decke aus. „Wir werden morgen in aller Frühe aufbrechen."

Jenna schwieg lieber. Sie war immer noch viel zu aufgelöst und angespannt, um einen klaren Gedanken fassen zu können und zu verstehen, was da überhaupt zwischen ihnen passiert war. In einem solchen Zustand Schlaf zu finden war eigentlich ein Ding der Unmöglichkeit und dennoch legte sie sich schnell hin, mit dem Rücken zu ihm, und zog ihre Decke über sich. Sie wollte ihn heute nicht mehr sehen, wollte vergessen, was geschehen war, und all ihre seltsamen Gefühle beiseiteschieben, in der Hoffnung, dass sie am nächsten Tag verschwunden waren und nie wieder auftauchten. Ganz tief in ihrem Inneren wusste sie jedoch, dass dies nicht passieren würde und sie bald wieder nicht nur mit Marek, sondern auch mit sich selbst zu kämpfen haben würde.

Ungewollte Hilfe

Es war ein kühler Windhauch, der Leon aus seinem Totenschlaf weckte. Er zog in seine schlaffen Glieder und rüttelte an seinem umnebelten Verstand. Dann kamen die Schmerzen wieder, stärker als je zuvor, begleitet von den Erinnerungen an die letzten Minuten, in denen er noch bei Bewusstsein gewesen war. Die Drachen! Sie mussten ihn erwischt haben und zerfleischten ihn jetzt!

Er riss entsetzt die Augen auf und wollte sich aufsetzen. Doch seine Muskeln gehorchten ihm nicht, zitterten nur schwächlich, sodass er gezwungen war, liegenzubleiben und sich lediglich hektisch umzusehen, ohne wirklich etwas in seiner Benommenheit erfassen zu können. Er zuckte zusammen, als er bemerkte, dass eine dunkle Gestalt neben ihm hockte und seinen Arm betrachtete. Es war ein Mensch, kein geschupptes Ungeheuer, das ihn fressen wollte. Trotzdem konnte ihn diese Feststellung nicht beruhigen. Irgendetwas an dieser Person war ihm fremd und unheimlich. Er blinzelte ein paar Mal, in der Hoffnung dann besser sehen zu können, wagte es jedoch nicht, sich weiter zu bewegen.

„Sheza?" krächzte er vorsichtig. Auch seine Stimmbänder versagten ihm momentan den Dienst.

Die Gestalt wandte ihm nun ihr Gesicht zu und auch wenn er noch nicht ganz klar sehen konnte, erkannte er sofort, dass dies ganz bestimmt nicht die Kriegerin war. Es war zwar eine Frau, aber ihr Gesicht war breit und grobschlächtig. Die Augen lagen tiefer in den Höhlen als bei gewöhnlichen Menschen und die Nase war breit und flach. Langes, filziges Haar fiel ihr ins Gesicht und sie war hauptsächlich in Felle gekleidet, nicht in gewebte Stoffe. Leon musste ein ziemlich entsetztes Gesicht machen, denn die Frau stieß ein glucksendes Lachen aus, bei dem sie einen tiefen Einblick in ihren fast zahnlosen Mund gab. Sie schüttelte den Kopf und widmete sich dann wieder seinem Arm, griff nach einer Holzschale, in der sich eine Art Creme befand, die sie ihm vermutlich auf die Wunde schmieren wollte. Leon zuckte jedoch zurück, rückte, seine Schmerzen ignorierend, rasch ein Stück von ihr weg. Dafür reichte seine Kraft schon wieder.

„Nicht!" widersetzte er sich nun auch verbal und schüttelte nachdrücklich den Kopf, versuchte die Frau mit einem bösen Blick einzuschüchtern.

Die lachte nur erneut und packte ihn am Unterarm, um ihn festzuhalten. Leon schrie vor Schmerz auf, versuchte sich aber trotzdem dem Griff zu entziehen, die Frau ließ jedoch erst los, als jemand im Hintergrund einen Befehl bellte. Leon blieb erschöpft liegen und schloss die Augen. Sein Arm schmerzte höllisch und pochte unangenehm, doch die Angst vor dem, was noch kommen würde, veranlasste ihn dazu, seine Lider schnell wieder zu heben. Eine weitere Gestalt näherte sich ihm – groß, muskulös, dennoch mit eindeutig weiblichen Formen ausgestattet.

„Warum machst du nur immer solche Schwierigkeiten?" murmelte sie dieses Mal auf Zyrasisch.

„Sheza", stieß Leon tief erleichtert aus.

„Tja, leider bist du mich noch nicht losgeworden", stellte sie schmunzelnd für ihn fest und ließ sich an seiner Seite nieder. Sie konnte ja nicht ahnen, wie erleichtert er war, sie zu sehen. In seinem Zustand den Launen eines ihm fremden Volkes ausgeliefert zu sein, war das Schlimmste, was er sich gegenwärtig vorstellen konnte. Gut – bei lebendigem Leib von Drachen zerfleischt zu werden, war vielleicht noch ein Stückchen schlimmer.

„Die Drachen allerdings schon", setzte die Kriegerin hinzu, als könne sie seine Gedanken lesen. „Ich hatte zwar eine Zeit lang das Gefühl, du würdest schlapp machen und vom Pferd fallen, aber du hast tapfer durchgehalten. Es ist mir schleierhaft wie, aber du hast unsere halsbrecherische Flucht überlebt. Wir mussten dich, als alles vorbei war, aus der Mähne deines Pferdes schneiden. Du hattest zwar die Besinnung verloren, deine Finger hatten sich aber so verkrampft, dass es unmöglich war, sie aus den Haaren zu lösen."

Sie lachte kurz, wurde jedoch schnell wieder ernst. „Du hattest viel Blut verloren und warst eine lange Zeit nicht ansprechbar. Aber da es dir jetzt wieder etwas besser geht und du wach und bei Verstand bist, werden wir unsere Reise bald fortsetzen können."

Leon nickte, auch wenn Sheza wohl kaum auf seine Zustimmung wartete. „Wo sind wir?" fragte er.

„Bei den Quavis", erklärte die Kriegerin. „Sie sind ein kleines, primitives Bergvolk, das in dem Grenzgebirge zwischen Allgrizia und Trachonien lebt. Sie leben zwangsläufig in Frieden mit uns. Von ihnen geht für uns keine Gefahr aus."

„Zwangsläufig?" wiederholte Leon hellhörig.

„Ja. Solange sie sich friedlich verhalten und uns ab und zu einen kleinen Dienst erweisen, werden wir ihr Land nicht einnehmen und ihr Volk nicht versklaven. Das ist die Abmachung."

Leon sah sich noch einmal um. Sie befanden offenbar in einer Höhle, denn sie waren von hohen Felswänden umgeben. An den Wänden hingen wenige Fackeln, die den Raum etwas erhellten, allerdings konnte Leon nirgendwo ein Feuer entdecken. Merkwürdig, denn es war, bis auf den kühlen Luftzug, der durch den Höhleneingang ab und an sogar bis zu ihm vordrang, sehr warm in der Höhle. Die Quavis, die sich in ihrer Gesellschaft befanden, trugen aus diesem Grund auch nicht sehr viel Kleidung – einer der Männer unter ihnen sogar nur einen Lendenschurz. Es waren insgesamt vier. Zwei Männer und zwei Frauen. Doch es gab bestimmt noch weitere Quavis außerhalb der Höhle, die ihren Kameraden mit Sicherheit sofort zur Hilfe eilten, wenn es zu einem Konflikt zwischen ihnen und den ‚Fremden' kam. Von daher konnten Shezas Worte Leon nicht wirklich beruhigen. Sie sprachen eher für eine gewisse nicht ungefährliche Arroganz gegenüber diesem Bergvolk.

Soweit er erkennen konnte, saß in einer Ecke der Höhle nur noch einer von Shezas Männern, Jarik, der tapfere Bogenschütze, und Leon bezweifelte, dass die Quavis ein unbewaffnetes Volk waren. In Falaysia gab es keine wirklich friedfertigen Völker und je primitiver ein Volk war, desto brutaler und angriffslustiger war es auch. Das hieß für ihn, dass sie ziemlich schlechte Karten hatten, wenn die Quavis plötzlich auf die Abmachung zwischen den Trachoniern und ihnen pfiffen.

„Hast du dich jetzt wieder einigermaßen im Griff?" fragte Sheza und musterte ihn kurz.

Leon nickte stumm. Er hatte sich beruhigt. Wohl fühlte er sich unter den Quavis dennoch nicht.

„Dann lass dich jetzt behandeln", riet die Kriegerin ihm. „Die Quavis sind zwar ein primitives Volk, aber sie besitzen ein erstaunliches Wissen über die Heilkräfte der Natur. Sie können dir helfen. Sogar besser als ich das kann." Sie sah ihn eindringlich an, doch nach einem kurzen Augenblick blitzten ihre Augen schelmisch auf. „Wenn du brav bist, werde ich dir deinen Arm auch heute nicht abhacken – obwohl das für die Quavis bestimmt ein Festmahl wäre."

Leon hob etwas verkrampft die Mundwinkel, weil er ihren Humor so gar nicht teilen konnte, und Sheza verließ lachend den Platz an seiner Seite, um diesen für die Quavi-Frau freizugeben, die die ganze Zeit geduldig gewartet hatte. Misstrauisch beobachtete er, wie sie sich an die Arbeit machte und biss die Zähne zusammen, da sie weiterhin alles andere als sanft mit ihm umging. Nein, lustig konnte er das alles wirklich nicht finden. Auch wenn Sheza nur einen bösen Scherz gemacht hatte und diese Leute hier wahrscheinlich keine Menschenfresser waren – er fand sie auch so schon unheimlich genug. Sie wirkten so düster und unzivilisiert, wie Raubtiere, die nur auf eine günstige Gelegenheit warteten, um sich auf sie zu stürzen.

Leons Augen hatten sich mittlerweile an das Dämmerlicht in der Höhle gewöhnt und auch sein Verstand war wieder klar genug, um alle Details erkennen zu können. Die beiden Quavimänner saßen dicht am Eingang der Höhle und waren in ein leises Gespräch vertieft, während die andere Frau dabei war, irgendetwas zu bearbeiten, was große Ähnlichkeiten mit einem toten Raubvogel hatte. Das scheinbare Desinteresse dieser Leute war nur allzu auffällig, zumal sie es sich nicht verkneifen konnten, ab und zu missbilligende Blicke auf ihre ‚Gäste' zu werfen. Sie waren hier alles andere als willkommen. Da war es kein Wunder, dass Sheza so schnell wie möglich wieder von hier verschwinden wollte – auch wenn sie ihm etwas völlig anderes vormachte.

Ein weiterer Quavi kam durch den Eingang der Höhle. Er war in ein paar mehr Felle gehüllt und hatte seine Haare mithilfe von kleinen Knochen zu einer eigenartigen Frisur verknotet. Nachdem er sich kurz umgesehen hatte, ging er zielstrebig auf Sheza zu. Die Kriegerin stand auf und sah ihn nachdenklich an, während er in einem ziemlich genervten und recht barschen Ton in einer fremden Sprache auf sie einredete. Er schien sehr aufgeregt und gestikulierte dabei wild mit den Händen, bis Sheza ihn in derselben Sprache scharf anfuhr. Sie begann, leiser als er zuvor, etwas zu erklären und verstärkte ihre Worte mit einigen Gesten, die Leon etwas irritierten. Schließlich schien der Quavi nachzugeben, denn er nickte ein paar Mal und verließ dann eiligen Schrittes die Höhle. Sheza blieb noch ein paar Herzschläge lang mit einem grüblerischen Gesichtsausdruck stehen, dann ließ sie sich wieder auf ihrem Platz nieder, jedoch nicht ohne vorher einen unsicheren Blick auf Leon zu werfen.

Der Ausdruck in ihren Augen sorgte für einen unangenehmen Druck in Leons Magenregion und in seinem Kopf begann es zu arbeiten. Er war sich sicher, dass gerade etwas Bedeutsames geschehen war, das er nicht beeinflussen konnte. Doch es ging ihn etwas an… in gewisser Weise… und nicht zu wissen, was es genau war, verursachte ein tiefes Unbehagen in seinem Inneren, das kaum zu ertragen war. Sheza sah ihn längst nicht mehr an. Aber dieser Blick, die ganze Aufregung, diese Gesten…

Worüber hatten sie gesprochen? Was hatte sie dem Quavi erklärt? Nein, sie hatte nichts erklärt – sie hatte etwas beschrieben. Jemanden. Personen! Das war es! Sie hatte Jenna beschrieben… und Marek! Die Quavis sollten nach ihnen Ausschau halten! Nein. Er musste sich irren. Marek würde zweifellos nicht nach Trachonien reisen. Warum sollte er? Er wusste doch nicht, dass Alentara vielleicht den anderen Stein hatte… oder doch? Oh, er war sich so sicher, dass Sheza Jenna beschrieben hatte… und den Stein.

Die Quavi an Leons Seite war mit der Behandlung seiner Wunde fertig und hatte ihm sogar einen neuen Verband aus sauberen Leinentüchern angelegt. Sie zog sich nun zurück und Leon wagte es, sich ein wenig aufzurichten, um Shezas Aufmerksamkeit zu erlangen. Er musste Gewissheit darüber haben, was sie plante. Die Kriegerin verstand seinen Blick sofort, stand auf und kam zu ihm hinüber.

„Was willst du?" fragte sie in einem Ton, der sofort verriet, dass sie eigentlich keine Nerven hatte, sich auch noch mit ihm zu unterhalten.

„Ich hoffe, du hast diesen Leuten eingeimpft, Jenna nichts anzutun, wenn sie hier in den Bergen auf sie stoßen sollten", sagte Leon frei heraus. Es machte aus seiner Sicht keinen Sinn, lange um den heißen Brei herumzureden.

„Bitte?" Sheza sah ihn irritiert an, er nahm ihr das jedoch nicht ab.

„Hör zu: Es ist mir egal, was du mit Marek machst oder mit mir, aber *sie* darf auf keinen Fall sterben! Sie ist wichtig für diese Welt, verstehst du? Nicht nur für mich, sondern für uns alle. Das weiß ich einfach."

Sheza runzelte die Stirn, musterte ihn kurz, mit einem Hauch von Anerkennung in den dunklen Augen. „Ich wusste nicht, dass du Quavia verstehst."

„Das tu ich nicht", gab er zu. „Ich hab dich nur beobachtet und wusste sofort, dass du über sie sprichst."

Sheza sah ihn ein paar Atemzüge lang schweigend an, dann holte sie Luft. „Sie wird nicht sterben", erklärte sie ruhig. „Jarik wird für eine Weile hier bleiben. Sollten die Quavis sie gefangen nehmen, dann wird er uns zusammen mit ihr folgen."

„Und du denkst wirklich, dass sie und Marek genau hier vorbeikommen?"

„Nein", erwiderte sie. „Aber die Quavis überwachen einen ziemlich großen Bereich des Grenzgebietes. Wenn Marek sich dazu entschlossen hat, ebenfalls nach Trachonien zu reisen – was durchaus denkbar ist – dann ist die Chance, dass die beiden von den Quavis bemerkt und gestellt werden können, relativ hoch."

Leon atmete tief durch die Nase ein und wieder aus. Das alles strengte ihn zu sehr an und seine Kräfte verließen ihn viel zu rasch. „Versprich mir, dass ihr nichts geschieht."

„Das kann ich nicht", war zu seiner Bestürzung die Antwort der Kriegerin. „Ich habe nur geringe Kontrolle über das Vorgehen dieses Volkes und gar keine über Marek. Ich weiß nicht, was er tun wird, wenn er das Gefühl hat, die Quavis könnten ihm seine Beute abjagen. Ihm ist es zuzutrauen, dass er sie selbst tötet, nur damit das nicht geschieht."

Leider musste Leon ihr in dieser Hinsicht zustimmen. Marek war *alles* zuzutrauen – insbesondere wenn er sich unter Druck gesetzt fühlte.

„Dann… dann sag den Quavis, dass sie es lassen sollen", sagte er schnell. „Sie sollen sie ziehen lassen. Wenn sie tatsächlich auf dem Weg nach Trachonien sein sollten, ist es ohnehin viel sinnvoller, wenn Alentaras Truppen sie abfangen."

Shezas Lippen verzogen sich zu einem spöttischen Lächeln. „Du scheinst nicht zu verstehen, wie schwierig die politische Lage hier in Falaysia derzeit ist – für jeden Monarchen, den es noch gibt. Hast du nicht einst im Heer König Renons gedient? Da müsstest du doch etwas über strategisches Denken und den Umgang mit Diplomatie und Kriegsführung gelernt haben…"

„Was willst du mir damit sagen?" Leon zog verärgert die Brauen zusammen. „Dass Marek offiziell an der Grenze abzufangen für einen Eklat sorgen würde, der einen Krieg nach sich ziehen könnte? Ihr sollt ihn ja nicht gleich töten! Und er ist nur *ein* Mann! Nadir wird sich hüten, wegen *eines* Mannes auch noch Alentara gegen sich aufzubringen. Das wäre einfach nur dumm!"

Sheza beugte sich zu ihm vor und das wütende Funkeln in ihren Augen, ließ Leon ein wenig vor ihr zurückweichen. „Dumm ist, was du da von dir gibst! Marek ist einer der wichtigsten und mächtigsten Männer in Nadirs Heer! Er hat sich über die Jahre eine Position an der Seite des Zauberers erkämpft, die augenblicklich kein anderer einnehmen könnte. Es mag sein, dass der gute Mann zurzeit etwas aus dem Ruder läuft und mit seinem absonderlichen, eigenmächtigen Verhalten auch Nadir verärgert – das wird jedoch seinen Wert für den Zauberer nicht mindern. Würde er einen Krieg mit Trachonien anfangen, wenn wir Marek gefangen nehmen?" Sheza zuckte die Schultern. „Ich weiß es nicht. Es kommt wahrscheinlich ganz darauf an, wie derzeit sein Verhältnis zu meiner Königin ist. Aber niemand – *niemand* in dieser Welt wäre so verrückt, dieses Risiko einzugehen, nur um *eine* andere Person zu retten."

Die Kriegerin zog sich wieder zurück, betrachtete ihn mit einem geringschätzenden Ausdruck in den Augen. „Sei froh, dass ich überhaupt versuche, deiner Freundin zu helfen, denn ich persönlich bezweifle, dass sie so wichtig für uns alle ist. Die Quavis gehören nicht zu Alentara. Niemand wird auf die Idee kommen, dass der Angriff auf Marek und das Mädchen aus Trachonien kam. Wenn es ihnen gelingt, den Mann zu töten – wunderbar! Dann sind wir alle eine unserer größten Sorgen los. Wenn nicht…" Sie hob in einer bedauernden Geste die Hände.

„… hat der Angriff zumindest keine Konsequenzen für Trachonien", beendete Leon ihren Satz und schüttelt den Kopf. „Ganz gleich, was passiert, die Vergeltung wird die Quavis treffen und nicht euch."

„Du fängst wieder an mitzudenken", stellte Sheza mit einem kühlen Lächeln fest. „Gut. Denn du wolltest das ja alles. *Du* wolltest, dass ich deine kleine Freundin rette."

„Aber nicht so!" gab Leon aufgewühlt zurück und hatte große Mühe, nicht lauter zu werden und damit das Misstrauen der Quavis zu wecken. „Nicht mit dem Risiko, dass dabei unschuldige Menschen sterben!"

Sheza stieß ein abfälliges Lachen aus. „Grundgütiger, wie kann man in deinem Alter und mit deinen bisherigen Erfahrungen noch solche Sachen sagen?" Sie schüttelte den Kopf. „Gewalt führt immer dazu, dass Unschuldige leiden oder sogar sterben. Das müsstest du doch wissen!"

Leon biss die Zähne zusammen, musste kurz die Augen schließen, um nicht seine Beherrschung zu verlieren. „Wenn Jenna bei dieser Attacke auf Marek stirbt, dann… dann werden diese Leute umsonst gelitten haben."

Sheza stöhnte genervt auf. „Was willst du eigentlich? Dass ich etwas unternehme oder dass ich es nicht tue? Denn soll ich dir mal was sagen? Wenn ich nichts tue, wird sich die Wahrscheinlichkeit, dass sie stirbt, nicht verringern. Trachonien ist ein gefährliches Land und Marek ist ein gefährlicher Mann. Und ganz ehrlich – der Tod wird im Endeffekt für sie besser zu ertragen sein, als weiterhin von diesem Bakitarer misshandelt und missbraucht zu werden!"

Leon wollte noch etwas erwidern, doch Sheza erhob sich schon wieder, stapfte verärgert zurück zu Jarik und ließ sich dann mit grimmigem Gesichtsausdruck neben dem Mann nieder. Also blieb auch Leon nichts anderes übrig, als sich resigniert hinzulegen und die Decke der Höhle anzustarren. Warum nur hatte Sheza so etwas sagen müssen? Bisher hatte er durch seinen eigenen maladen Zustand und die sich überschlagenden Ereignisse ganz gut den Gedanken verdrängen können, dass es Jenna vielleicht sogar schlechter ging als ihm selbst. Warum musste sie ihn nur daran erinnern?

Er seufzte tief und schwer. Jetzt war es sogar seine Schuld, wenn sie starb. Er hatte die Kriegerin schließlich andauernd mit seinen Sorgen um Jenna genervt. Also war er auch daran schuld, wenn sie von Marek oder den Quavis getötet und von diesen zum Abendessen verspeist wurde. Doch vielleicht hatten sie ja auch Glück und die Quavis waren mit ihrer Nachrichtenübermittlung und von daher auch mit der Weitergabe von Shezas Befehl nicht schnell genug, sodass Marek und Jenna unbemerkt über die Grenze kamen.

Eine Bewegung in seiner Nähe ließ ihn den Kopf heben. Die beiden Quavimänner waren aufgesprungen und erst als sie hustend und fluchend zum Eingang der Höhle liefen, bemerkte Leon, dass dicker Qualm in die Höhle drang. Von draußen ertönten verärgerte Anweisungen und weitere Flüche und bald schon verschwand der Rauch wieder. Leon brauchte einen Augenblick, um zu begreifen, was das alles bedeutete. Dann fiel es ihm wie Schuppen vor die Augen: Rauchzeichen! Die Quaviposten verständigten sich mit Rauchzeichen – ein schnelles und effektives Mittel, um Nachrichten weiterzugeben.

Leons neu gehegte Hoffnung wurde im Keim erstickt. Er ließ seinen Kopf deprimiert wieder zurück auf seine Decke sinken und schloss die Augen. Die Hilflosigkeit, die er mit einem Mal wieder spürte, war kaum zu ertragen. Sie brachte ihn sogar dazu, dass er ein weiteres Mal innerhalb weniger Tage begann zu beten. Er betete, dass Marek tatsächlich so intelligent war, wie man sich erzählte, dass Jennas Wert für ihn so groß war, dass er sie nicht töten würde – was immer auch geschah – und dass seine Kampfkunst die junge Frau vor dem Schlimmsten bewahren konnte. Denn das war Jennas einzige Chance.

Sich als Gefangene relativ frei bewegen zu dürfen, hatte so einiges für sich: Keine Druckstellen von Fesseln an den Handgelenken, keine Blutstauung, ein freier Blick auf die Landschaft um sie herum, die Möglichkeit unbewacht seine Notdurft zu erledigen, bequemes Schlafen auf einer eigenen Decke… Andererseits verleitete es einen aber auch dazu, immer mal wieder eine Flucht zu erwägen – die man dann doch nicht umzusetzen wagte. Aus guten Gründen. Dennoch konnte das mitunter recht deprimierend sein. Wie oft Jenna alle Möglichkeiten und Ideen für eine Flucht durchdacht, ihre Chancen berechnet und versucht hatte, die Folgen zu kalkulieren, falls ihr diese misslang – darüber wollte sie schon gar nicht mehr nachdenken, denn letzten Endes war sie bisher immer zu dem Schluss gekommen, sich vorerst damit abzufinden, Mareks Gefangene zu bleiben. Sie mochte zwar ein Feigling sein, doch so lebte sie länger und gesünder. Besser ein lebender Feigling als eine tote Heldin.

Ganz davon abgesehen, dass sie Mareks Wut fürchtete, war es nun einmal so, dass sie sich in dieser Welt ganz gewiss nicht allein zurechtfinden würde. Schon gar nicht in der tückischen Landschaft eines Vorgebirges, in dem, aufgrund der überraschend auftauchenden steilen Hängen, die in tiefe Täler führten, allein das Betreten eines Pfades ein Wagnis war. *Ein* falscher Schritt und sie würde einen jämmerlichen Tod in einer der tiefen Kluften finden – da war sie sich sicher.

Sie setzten ihren Weg jetzt schon seit geraumer Zeit beide zu Fuß fort, weil die Pfade, die sie beschritten, zu steinig und steil und somit zu gefährlich geworden waren, um weiterhin auf dem Pferderücken zu verbleiben. Und es war kalt geworden, richtig kalt. Marek hatte ihr eine fellgefütterte Weste gegeben, und die reichte gerade mal so aus, um sie am Tage zu wärmen. So war sie in der Nacht immer sehr froh, sich an ihr kleines Feuer zu drängen und sich wieder richtig aufzuwärmen – ein Feuer, dass sie allein, so ganz ohne moderne Hilfsmittel wie Feuerzeug oder Streichhölzer ganz bestimmt nicht entfachen würde können.

Ja – Marek besaß derzeit einfach all die Dinge und Eigenschaften, die sie benötigte, um hier zu überleben: Wärmende Kleider, ausreichend Nahrung und eine präzise Orts- und Landschaftskenntnis. Wäre Jenna nicht schon seine Gefangene gewesen und er kein solch gefährlicher Sozialkrüppel, hätte sie sich ihm ganz bestimmt freiwillig angeschlossen, um durch dieses Land geführt zu werden. Außerdem hatte sich seine Laune trotz ihres letzten kleinen Konflikts so erheblich gebessert, dass er zu einem recht angenehmen Weggefährten und Gesprächspartner geworden war – abgesehen von den sexuellen Anspielungen und kleinen Drohungen, die ab und zu fast zwangsläufig in ihre Gespräche einfließen mussten.

Es war erstaunlich, wie viel der Mann von dem Land und seiner Natur zu berichten wusste und welch eine Freude er daran hatte, ihr von den Legenden, die sich um einzelne Orte rankten, zu erzählen. Sie brauchte nur ein klein wenig nachzubohren und schon sprudelte das enorme Wissen des Kriegers aus ihm heraus. Es war manchmal fast so, als hätte er selbst das starke Bedürfnis zu reden, sein Wissen zu teilen, als hätte man ihm das über viel zu lange Zeit verwehrt und endlich war der Bann gebrochen. Aus diesem Grund war Jenna bisher nie langweilig gewesen, weil es immer etwas gab, worüber sie reden konnten, ohne dass sie sich bedrängt oder geängstigt fühlte, und sie war ihm dankbar dafür, dankbar, dass er sie ablenkte, von all den Problemen, die sie beschäftigten – auch wenn er selbst eines davon war.

Leider waren die Gespräche in den letzten Stunden kürzer und seltener geworden. Seit sie höher in das Gebirge hinaufgestiegen waren, fielen seine Antworten auf ihre interessierten Fragen sehr viel knapper aus und ließen immer länger auf sich warten. Irgendetwas schien den Mann zu beschäftigen und ließ seine Gedanken abschweifen, so dass er manchmal einen abwesenden, fast melancholischen Eindruck auf sie machte.

Ihr eigenes Geplapper war bald zu einem endlosen Monolog ausgeartet, bis sie es schließlich aufgegeben hatte, um seine Aufmerksamkeit zu buhlen. Sie hatte nichts gegen Selbstgespräche, die waren ihr in dieser Höhe jedoch zu anstrengend. Und nur daran lag es, dass sie sich wieder mit den Gedanken an eine Flucht herumplagte, die sie nie in die Tat umsetzen konnte und wollte. Wie deprimierend.

Um sich abzulenken, sah sie sich, wie schon viele Male zuvor, ein wenig um und genoss den herrlichen Ausblick. Der Himmel war strahlend blau und die Sonne ließ ihre wärmenden Strahlen in das kleine, wunderschöne Tal tief unter ihnen fallen, ließ den klaren Bergsee in seiner Mitte wie einen glänzenden Silbertaler erscheinen. Warum musste eine so atemberaubend schöne Welt nur so viele Gefahren in sich bergen? Wenn Jenna nur an diese schrecklichen Unaks und Werwölfe dachte, bekam sie schon eine Gänsehaut, ganz zu schweigen von den vielen wilden und mordlustigen Kriegern, die sie bisher gesehen hatte. Dabei war sie erst so kurze Zeit hier und kannte noch längst nicht alles.

Sie wurde aus ihren Gedanken gerissen, als Mareks Pferd plötzlich nervös am Zügel zog und stehenblieb. Es hatte den Kopf hoch aufgerichtet und schnaubte erregt, während es etwas am Himmel fixierten. Jenna kniff die Augen ein wenig zusammen und schirmte diese, so wie auch Marek es tat, mit einer Hand von der Sonne ab. In der Ferne flog etwas am Himmel. Es sah auf den ersten Blick aus wie zwei große Vögel, doch etwas an der Art, wie sie sich bewegten, war befremdlich, so sehr anders, dass es keine Vögel sein konnten. Fasziniert und gleichzeitig entgeistert erstarrte sie nun selbst.

„Sind das…" Sie sprach nicht weiter, denn eigentlich kannte sie bereits die Antwort auf ihre Frage. Dennoch bekam sie sie sofort.

„Drachen, ja…"

Jennas Herz begann schneller zu schlagen. Die Tiere waren nun schon viel näher und machten es ihr möglich, weitaus mehr von ihrer Gestalt zu erkennen. Sie waren groß. Sehr groß. Mindestens so groß wie Elefanten, allerdings sehr viel graziler und eleganter. Fliegende Urzeitechsen mit langen Hälsen, die sie im Flug vorstreckten, und ledernen Schwingen. Sie waren ähnlich gefärbt wie Krokodile oder andere Echsen, die Jenna aus ihrer Welt kannte, jedoch nicht völlig, denn zumindest die Flügel des einen Drachen stachen in einem knalligen Violett heraus, während der untere Teil des Halses in einem wunderschönen Purpurrot schimmerte. Der andere Drache war nicht so bunt, zeigte nur einen Gelbstich an seinem Bauch und den dicht an den Körper gezogenen Beinen. Er flog auch ruhiger und gemächlicher, während der ‚bunte' Drache ab und an einen kleinen Bogen um seinen Gefährten flog und einen seltsamen Laut von sich gab.

Jenna atmete die Luft aus, die sie ganz unbewusst für eine Weile angehalten hatte, denn auf absonderliche Weise war der Anblick, der sich ihr bot, unbeschreiblich schön.

„Sind… sind die gefährlich für uns?" stieß sie etwas atemlos aus, konnte Marek aber nicht ansehen, weil diese Tiere zu faszinierend waren.

„Nur wenn sie jagen."

„Und tun sie das?"

Die Antwort kam nicht sofort und so warf Jenna doch rasch einen Blick auf ihren Begleiter. Der Krieger sah immer noch in den Himmel und beobachtete die Tier mit einem minimalen Lächeln auf den Lippen und derselben Faszination in den Augen, die auch sie empfand.

„Nein", sagte er schließlich und das Lächeln wurde etwas deutlicher. „Das ist ein Hochzeitsflug."

Sie sah wieder die Drachen an. Natürlich! Der bunte Drache musste ein männliches Tier sein, das um das Weibchen warb! Deswegen vollführte er immer wieder diese Bögen um ‚seine Angebetete' herum und – Oh! – flog jetzt sogar in einer Spirale steil in den Himmel, um sich dann fallen zu lassen, dem Weibchen seine schillernde Bauchseite präsentierend. Diese Aktion schien endlich Wirkung zu zeigen, denn das weibliche Tier stieß einen ähnlichen, so zärtlich klingenden Laut aus wie er zuvor, sank selbst ein wenig tiefer und rieb im Flug ihren Kopf gegen die Halsunterseite des Männchens. Den nächsten eleganten Bogen flogen sie gemeinsam, Kopf an Kopf, immer wieder den Körperkontakt zueinander suchend.

Jenna stand mit offenem Mund und völlig unbeweglich da, während sie das Gefühl hatte, dass sich ihr Herz öffnete und ihren ganzen Körper mit zusätzlicher Wärme flutete.

„Wie wunderschön", kam es ihr in einem andächtigen Flüstern über die Lippen und sie atmete tief ein und wieder aus. Sie bedauerte es fast, als die Drachen sich wieder entfernten, denn sie hätte ihnen gerne noch länger zugesehen.

„Das würden die wenigsten bei dem Anblick von zwei so großen Drachen sagen", hörte sie Marek neben sich sagen und zwang sich dazu, ihm wieder ihre Aufmerksamkeit zu schenken. Er lächelte, wärmer als sonst.

„Aber sie *sind* doch schön", verteidigte sie sich. „Ich meine nicht nur ihr Aussehen, sondern die Art, wie sie sich bewegen, wie sie fliegen, als wären sie federleicht und diese Eleganz…"

Er stieß ein leises, dunkles Lachen aus, das einen minimalen Schauer ihren Rücken hinunterjagte. Es war aber auch verflucht kalt in den Bergen!

„Die Luft ist ihr Element", erklärte er und strich Bashin, der immer noch ein wenig nervös war, beruhigend über die Stirn. „Sie sind die Herrscher des Himmels. Wunderschön anzusehen, jedoch auch sehr gefährlich, wenn man ihr Territorium betritt."

„Das kann ich mir vorstellen", stimmte Jenna ihm zu und tätschelte Bashins breiten Hals. Das Tier hatte sich vorbildlich verhalten. Sie kannte kein Pferd aus ihrer Welt, das so einen Anblick ertragen hätte, ohne durchzugehen. Aber wahrscheinlich war der Hengst an das plötzliche Auftauchen solcher Monster gewöhnt und das Vertrauen zu seinem Herrn war grenzenlos. Erstaunlich.

„Trachonien ist nicht mehr weit", meinte Marek und ergriff wieder die Zügel seines Pferdes. „Wir sollten weitergehen, bis wir den Hal-he-Pass erreicht haben."

Jenna warf noch einmal einen letzten Blick auf die Drachen, die jetzt nur noch zwei kleine Punkte am Horizont waren, und nickte dann.

„Gibt es Drachen nur in Trachonien?" erkundigte sie sich, nachdem sie schon ein paar Schritte gegangen waren.

„Nein", antwortete Marek bereitwillig und lief nun rückwärts, um sie beim Reden ansehen zu können. „Drachen leben generell eher an den Felsenküsten oder auf den Dracheninseln im Westmeer. Dort brüten sie auch und ziehen ihre Jungen groß. Die größeren und schwereren Arten fliegen auch in den übrigen Jahreszeiten nicht sehr weit. Es sind die Kleineren, die manchmal sogar bis in die höheren Ebenen Allgrizias vordringen. Trachonien ist allerdings das einzige Land, in dem einige Arten auch in Küstenferne Nester und Höhlen haben."

Jenna sah ihn begeistert an. „Woher weißt du das alles?"

Marek zuckte die Schultern und wich ihrem fragenden Blick aus, indem er hinauf in die schneebedeckten Spitzen der Berge sah. „Ich hab hier mal gelebt", gab er zu, sah sie jedoch immer noch nicht an. „Als ich noch jünger war."

„Ganz allein?" wollte sie wissen. Sie fand die Vorstellung erschreckend.

Seine Augen fanden zurück zu ihren und auch wenn einer seiner Mundwinkel ein wenig in die Höhe zuckte, so blieb der Ausdruck in ihnen ernst und ein wenig… melancholisch?

„Nicht *ganz* allein", gab der Krieger zu. „Aber alles, was ich über Drachen weiß, habe ich allein herausgefunden. Wäre dumm, das nicht zu tun, wenn man längere Zeit hier verbringt, oder?"

Ihr blieb nichts anderes übrig, als zu nicken und Marek wandte sich wieder um und setzte seinen Weg fort. Das konnte sie allerdings nicht davon abhalten, weitere Fragen zu stellen. Sie war so froh, dass er sich endlich wieder auf ein längeres Gespräch mit ihr einließ. „Bist du schon mal von einem Drachen angegriffen worden? Ich meine von so einem großen?"

Marek warf ihr einen etwas konsternierten Blick über die Schulter zu. „Meinst du, dann würde ich noch leben?"

Wahrscheinlich nicht – da hatte er natürlich recht.

„Was fressen die denn normalerweise?"

Mareks Mund verzog sich zu einem schelmischen Grinsen. „Am liebsten junge, saftige Menschenfrauen."

Sie verdrehte die Augen. „Na klar, sehr lustig."

Natürlich musste er jetzt erst recht lachen, um ihr vorzumachen, dass seine Scherze grundsätzlich lustig waren und leider – *leider* musste sie selbst schmunzeln.

„Sie fressen hauptsächlich Fisch in großen Mengen und Meeressäuger", fuhr der Krieger immer noch grinsend fort. „Gelegentlich nehmen sie aber auch Rinder, Pferde, Wild oder auch kleinere Artgenossen. Eigentlich alles, was sich bewegt und größer ist als ein Hund."

„Dann war das mit den Menschen dein Ernst?" fragte Jenna entgeistert.

„Nun ja…" Er genoss sichtlich ihre Angst. „Es ist schon vorgekommen, dass der eine oder andere größere Drache einen Menschen angefallen und gefressen hat, allerdings ist das eher selten der Fall. Wir scheinen nicht besonders gut zu schmecken. In der Regel nehmen sie doch lieber etwas Größeres, Herzhafteres. Man sollte auf jeden Fall nicht zu dicht an sie herantreten oder sich gar mit ihnen anlegen, dann werden sie nämlich richtig garstig – oder besser mörderisch!"

„Ich werd mich hüten!" brachte Jenna im Brustton der Überzeugung hervor.

Marek lachte erneut. Es war wieder dieses vermaledeite Lachen, warm und tief, das aus einem ihr unerfindlichen Grund immer mit dieser verdammten Gänsehaut auf ihren Armen einherging. Sie ärgerte sich furchtbar darüber, ließ es sich jedoch nicht anmerken. Irgendwann, wenn sie ihre Nerven wieder besser im Griff hatte und ihr Köper nicht mehr machte, was er wollte, würde das bestimmt wieder aufhören. Ganz bestimmt! Warum nur musste ein so furchtbarer Mensch wie Marek mit einer solchen Stimme ausgestattet sein? Das war wirklich nicht fair! Und warum nur konnte er nicht mehr in seiner ursprünglichen, kalten Art mit ihr reden? Jeder Funken Wärme mehr machte seine Stimme angenehmer, klangvoller, schöner. Er tat das bestimmt mit Absicht, um sie einzulullen, sie sich gefügig zu machen. Aber das würde ihm nicht gelingen. Niemals!

„Wenn wir Glück haben, werden wir auf unserer Reise nicht allzu vielen von ihnen begegnen", blieb Marek weiter beim Thema und bedachte sie nun auch noch mit einem verflucht sympathischen Lächeln, das diese vielen kleinen Lachfältchen um seine Augen herum entstehen ließ, die sie bei Männern immer so liebte. „Außerdem kenne ich ein paar Tricks, mit denen wir sie überlisten können, sollten wir überraschender Weise doch ihre Aufmerksamkeit auf uns ziehen. Und wir sollten vielleicht einen Weg durch Trachonien nehmen, der nicht genau durch ihr Streifgebiet führt."

„Wie lange wird es denn noch dauern, bis wir die Grenze von Trachonien erreicht haben?" überspielte Jenna gekonnt die Tatsache, dass sie gedanklich gar nicht mehr bei der Sache war.

Er zuckte die Schultern. „Ich denke, nicht länger als vier oder fünf Stunden", sagte er leichthin.

Sie seufzte tief. Es war zwar kürzer, als sie gedacht hatte. Sie fühlte sich jedoch jetzt schon völlig ausgelaugt und die Aussicht, noch weitere fünf Stunden steile Hänge zu erklimmen, hob ihre Laune nicht gerade.

„Siehst du dort oben das Plateau?" fuhr Marek zu ihrer Überraschung fort und wies auf eine nicht weit entfernte Stelle des Vorgebirges, an der ein paar krüppelige Bäume zu wachsen schienen.

Sie nickte.

„Wir werden es in einer Stunde erreicht haben und dort über Nacht bleiben", erklärte er. „Die Dämmerung wird bald einsetzen und in der Dunkelheit würden nur Verrückte weiterklettern."

Jenna lag eine spöttische Bemerkung auf der Zunge, aber sie hielt sich zurück. Schließlich war Marek nicht Leon. Stattdessen lächelte sie ihm zustimmend zu.

„Natürlich müssen wir zuerst versuchen, unsere Verfolger abzuschütteln", setzte Marek beiläufig hinzu und Jennas Lächeln gefror.

„Verfolger?" brachte sie irritiert hervor und sah sich suchend um, ohne zu wissen, ob sie Angst haben oder sich freuen sollte. War es möglich, dass Leon ihnen doch noch hatte folgen können oder waren es nur wieder irgendwelche gefährlichen Wesen, von denen sie gar nicht wissen wollte, wie sie aussahen und was sie am liebsten fraßen?

„Es sind nur unsere alten Bekannten", erwiderte Marek, die Ruhe selbst.

Jenna sah ihn stirnrunzelnd an.

„Tikos", erklärte er und seufzte. „Warum müssen die nur immer so rachsüchtig sein?" Er schüttelte verständnislos den Kopf. „Ich hab nicht damit gerechnet, dass sie uns, im Falle, dass sie unsere Fährte aufnehmen, so weit folgen würden."

„Und jetzt?" fragte Jenna mit Bangen.

„Na ja, Zeit für einen weiteren Kampf haben wir nicht", überlegte er. „Deswegen werde ich sie einfach auf eine falsche Fährte locken."

„Einfach?" wiederholte sie zweifelnd, obwohl sie immer noch keine Menschenseele in näherer Umgebung ausmachen konnte. Doch dann blitzte in weiter Ferne etwas im Sonnenlicht auf. Wahrscheinlich hatten sich die Strahlen der sinkenden Sonne in einer Rüstung gebrochen.

„Ja – einfach", sagte Marek und damit schien das Thema für ihn erledigt zu sein, denn er nahm sein Pferd wieder fester am Zügel und setzte den beschwerlichen Weg den Berg hinauf fort.

Jenna folgte ihm nachdenklich. Ihr behagte die Vorstellung, dass sie verfolgt wurden, gar nicht. Und es war mehr als eindeutig gewesen, dass Marek nicht vorhatte, sie in seinen Plan bezüglich der Tikos einzuweihen. Wenn das bedeutete, dass er sie für einen gewissen Zeitraum allein lassen wollte – allein und ohne Waffen, in dieser von Drachen bewohnten, ungeheuerverpesteten, lebensgefährlichen Gegend – dann... dann durfte er nicht damit rechnen, dass sie brav und artig auf ihn wartete. Wer würde sich solch eine (sie vermutlich ins Verderben stürzende) Fluchtmöglichkeit schon entgehen lassen? Jenna musste über sich selbst lachen, beschloss jedoch diesen Gedanken den Rest des Weges in Erinnerung zu behalten – wenn nicht, um ihn in die Tat umzusetzen, dann wenigstens, um sich eine Weile darüber zu amüsieren.

Magie

Steine mussten ein sehr langweiliges Leben führen. Sie lagen ihr ganzes Leben lang herum und bekamen immer nur dieselbe Gegend zu Gesicht. An ein paar aufregenderen Tagen wurden sie eventuell ein wenig vom Wind bewegt, wenn sie leicht genug dazu waren, oder konnten mal ein Tier beobachten. Wenn sie Glück hatten, stieß dieses sie sogar aus Versehen mit der Pfote an und sie rollten dann einen Hügel hinunter und bekamen somit eine neue fantastische Aussicht. Aber sonst… Nein, mit einem Stein wollte Jenna ganz bestimmt nicht tauschen, auch wenn sie beschlossen hatte, sich in den nächsten Minuten wie einer zu verhalten.

Sie saß mit dem Rücken an eine Felswand gepresst auf ihrer Decke und starrte ängstlich in die Dunkelheit, die ihr kleines Lagerfeuer umgab. Es war schon einige Zeit vergangen, seit Marek losgezogen war, um ihre Verfolger von ihrer Spur abzubringen, und langsam wurde ihr so allein ziemlich mulmig zumute. Ihr Gruselgeschichten von den Wesen zu erzählen, die hier in den Bergen hausen sollten, war kein netter Zug gewesen. Sie war ohnehin kein besonders mutiger Mensch, jedenfalls nicht, wenn sie nicht dazu gezwungen war. Und die Geräusche, die in dieser Gegend, mal aus großer Entfernung, mal ganz in ihrer Nähe ertönten, waren so unheimlich, dass sie es nicht mehr wagte, sich zu regen. Da konnte auch der Dolch nicht helfen, den Marek ihr zum Trost in die Hand gedrückt hatte und den sie nun so fest umklammerte, dass ihre Fingerknöchel weiß unter der Haut hervortraten. Damit konnte sie sich gewiss nicht gegen diese schrecklichen Monster verteidigen. Sie sehnte sich so sehr nach ihrem lieben, guten Zauberstein und sie vermisste ihn schmerzlicher denn je. Es war fast so, als hätte sie ihn erst jetzt, mit Mareks Verschwinden wirklich verloren.

Sie stieß einen kleinen, vorsichtigen Seufzer aus. Nur deswegen war sie darauf gekommen, sich Gedanken über das ‚Leben' eines Steins zu machen, denn auch wenn sie wusste, dass Felsbrocken normalerweise nicht lebten und von daher auch nichts ‚sahen' oder ‚empfanden' – ihr Zauberstein war anders gewesen, irgendwie lebendig… auf seine eigene… steinige Art und Weise. In Mareks Abwesenheit hatte sie viel über die Macht des Amuletts nachgedacht und ihr waren ein paar sehr gute Erklärungen eingefallen, mit denen sie vielleicht sogar Marek überzeugen konnte, dass der Zauberstein manchmal recht eigenmächtig handelte. Die Frage war nur, ob er sie auch verstand und ob ihm ihre Theorien gefielen.

Es knackte wieder im Gebüsch und Jenna zuckte heftig zusammen. Das war doch dumm! Wenn Marek da war, hatte sie Angst vor ihm, und wenn er *nicht* da war, geriet sie noch viel mehr in Panik. Konnte sie sich denn nie normal verhalten? Felsbrocken zum Beispiel hatten keine Angst. Sie hatten *gar keine* Gefühle. Somit gab es wenigstens einen Vorteil im Leben eines Gesteins. Und wenn sie einen Fels darstellen wollte, um für all die Monster dieser Gegend unsichtbar zu sein, musste sie sich endlich mal zusammennehmen. Das war allerdings gar nicht mehr nötig, denn in diesem Moment tauchte zu ihrer Erleichterung endlich wieder Marek im Lichtkegel des Feuers auf. Er schien mit sich und der Welt zufrieden zu sein, denn seine Gesichtszüge waren entspannt und die Andeutung eines Lächelns lag auf seinen Lippen.

„Na? Tausend Tode gestorben?" erkundigte er sich freundlich, legte seine Waffen und die Satteltasche, die er zuvor mitgenommen hatte, ab und ließ sich auf seiner Decke nieder.

„Mindestens", brummte Jenna und sah ihn etwas verärgert an. „Warum hat das so lange gedauert?"

„Hat es das?" fragte Marek vergnügt zurück. „Ich weiß. Wenn man in Panik ist, vergeht die Zeit schleppend langsam."

„Ich war nicht in Panik", log sie. „Du warst in der Tat sehr lange weg."

Mareks Grinsen wurde noch ein kleines Stück breiter, aber er neckte sie nicht weiter. „Ich musste überprüfen, ob die Tikos wirklich auf meine List hereinfallen", setzte er schließlich doch noch zu einer Erklärung an. „Das hat ein wenig gedauert."

„Und sind sie's?" wollte Jenna wissen.

Er nickte. „War auch nicht anders zu erwarten", fügte er hinzu. „Tikos sind gute Kämpfer, sie haben allerdings nicht sehr viel Verstand. Zumindest die meisten von ihnen."

Er schwieg wieder und musterte Jenna mit einem recht sonderbaren Blick. Sie konnte fast fühlen, wie seine Zufriedenheit mit jeder Sekunde, die er sie ansah, mehr dahinschwand. Der grüblerische Ausdruck, der schon seit geraumer Zeit immer wieder einen dunklen Schatten auf sein Gesicht geworfen hatte, erschien erneut und ließ sofort ein mulmiges Gefühl in Jennas Innerem entstehen. Der fröhliche, selbstverliebte Marek gefiel ihr sehr viel besser.

„Ich habe nachgedacht", verkündete er schließlich und seine Stimme klang gefährlich dunkel. „Ich glaube, es ist an der Zeit, dass wir für ein wenig mehr Klarheit in Bezug auf dich und deine Fähigkeiten sorgen. Die Zeit drängt und es ist zu gefährlich für mich, dich in Alentaras Schloss zu schicken, ohne zu wissen, welche Macht du über den Stein besitzt, was du von ihm weißt."

Er griff nach seiner Satteltaschen, kramte darin herum und brachte schließlich ein Seil hervor. Jenna riss entsetzt die Augen auf. Er wollte sie fesseln! Sie hasste das. Wenn sie gefesselt war, konnte er mit ihr machen, was er wollte. Sie wollte das nicht, konnte ihm das nicht erlauben.

„Ich… ich weiß wirklich nicht mehr, als ich dir schon gesagt habe", stieß sie ängstlich aus und rückte wieder näher an ihre Felswand heran, so als könne diese sie vor dem Krieger beschützen. „Ich schwöre es! Du musst mir einfach glauben. Ich hab auch ganz viel nachgedacht, aber es ist so schwer, weil…" Sie stockte. Ihr fehlten die Worte und ihr war schon wieder zum Heulen zumute.

„… weil du den Stein nicht mehr hast", beendete Marek für sie den Satz und stand auf, um zu ihr hinüber zu gehen. „Das sagtest du ja schon."

Jenna riss ihren Dolch hoch und hielt ihn ihm entgegen. „Fass mich nicht an!" stieß sie panisch aus. „Ich weiß nicht mehr, als ich dir schon gesagt habe! Lass mich in Ruhe!"

Marek stutzte, begann dann jedoch zu schmunzeln. „Drohst du mir?" fragte er sichtlich amüsiert und ging vor ihr in die Knie.

Jenna starrte auf das Seil in seiner Hand. „Du wirst mich nicht fesseln!"

„Doch, das werde ich", gab er mit einem bestätigenden Kopfnicken zurück.

„Nein!" erwiderte sie fest. Ihre Angst ging langsam in furchtbare Wut über.

„Widersprich mir nicht! Du weißt, dass ich das nicht ausstehen kann", mahnte er sie und auch er schien langsam böse zu werden. In seinen Augen konnte sie ein verärgertes Funkeln entdecken.

„Niemand würde sich freiwillig fesseln und… und… foltern lassen!" setzte sie ihm aufgebracht entgegen.

„*Foltern*?!" wiederholte Marek erstaunt und stieß ein kurzes Lachen aus. „Ich will dich nicht foltern! Wie kommst du nur immer auf solche Ideen?"

Jenna sah irritiert von seiner Hand mit dem Seil in sein Gesicht. „Aber warum willst du mich dann fesseln?"

„Das ist nur zu meinem eigenen Schutz", erklärte er schmunzelnd.

„Schutz? Vor *mir*?" fragte sie völlig verwirrt.

Marek nickte bestätigend. „Und es soll verhindern, dass du wegläufst. Den Versuch zu machen, mit gefesselten Händen zu fliehen, wäre in dieser Gegend eine große Dummheit. Gerade im Gebirge braucht man seine Hände, um nicht zu verunglücken."

„Ich *will* aber gar nicht fliehen", entfuhr es Jenna. Sie verstand nicht, was das alles sollte. „Ich habe es doch noch nie versucht!"

„Das könnte sich vielleicht in den nächsten Minuten ändern. Also leg deine Hände auf den Rücken und dreh dich um. Und gibt das her!" Er nahm ihr den Dolch aus der Hand und ihr kam noch nicht einmal der Gedanke, sich zu wehren.

„Was… was soll das alles?" stotterte sie. Sie kam sich vor wie der letzte Trottel, denn für sie sprach Marek immer noch in Rätseln.

„Das wirst du gleich sehen", versicherte er ihr ungeduldig. „Tu einfach, was ich dir sage. Ich verspreche dir, dass ich dir nicht wehtun werde."

Jenna zögerte, dann wandte sie sich jedoch schließlich widerwillig um und kreuzte zögerlich die Hände auf dem Rücken. Bisher hatte Marek sie nie belogen. Vielleicht konnte sie ihm auch dieses Mal vertrauen. Dennoch begann ihr Herz sofort schneller zu schlagen, als er ihre Hände mit dem Seil zusammenband. So machte er sie noch hilfloser, als sie ohnehin schon war. Wirklich toll! Es war doch ein Ärgernis, dass sie eine so leicht zu handhabende Geisel war. *Ein* böser Blick und ein paar undurchsichtige Argumente und schon erstarb ihr Protest, bevor er erst richtig begonnen hatte.

Als Marek fertig war, drehte er sie wieder zu sich um und zog sie auf die Füße, um ihr dann fest in die Augen zu sehen.

„Wenn du versuchst, die Situation zu deinen Gunsten zu nutzen, werde ich dich hier allein in der Wildnis zurücklassen", brachte er mit drohendem Unterton hervor. „Ich werde dir nichts hier lassen, keine Nahrung, keine Decken – gar nichts. Du wirst sterben und keine Macht der Welt wird dich retten können. Noch nicht einmal das hier!"

Jenna überkam eine merkwürdige, elektrisierende Vorahnung, als Marek in den Bund seiner Hose griff und etwas hervorbrachte, was die ganze Zeit dort unbemerkt in einem ledernen Beutel versteckt gewesen sein musste. Ihr Herz schlug sofort schneller und eine befremdliche Sehnsucht und Freude machte sich in ihrem Inneren breit, als er schließlich das Amulett mit dem Stein – *ihrem* Stein – aus dem Beutel herausholte und offen in seine Hand legte.

„Das… das…", stammelte sie, konnte ihren Satz aber nicht beenden. Wie gebannt starrte sie auf den dunkelroten, augenblicklich völlig leblosen Stein und konnte kaum ihr dringendes Bedürfnis, ihn an sich zu reißen, niederkämpfen. Sie wollte sich *so* gern wieder beschützt und sicher fühlen.

„Wie… wie ist das möglich?" stotterte sie doch noch und sah Marek völlig fassungslos an.

„Es ist nicht nur deine Schuld", tröstete er sie gnädig. „Leon hat dich zu sehr gehetzt, weil er Angst davor hatte, mit seinen eigenen Trieben nicht mehr klarzukommen."

„Was?" fragte Jenna irritiert, doch im nächsten Moment fiel ihr ein, worauf der Krieger anspielte. Auch sie hatte bemerkt, dass ihr Bad im See nicht ohne Auswirkungen auf Leons Gefühlsleben geblieben war. Es war wahr. Ohne seine Eile beim Aufbruch hätte sie den Stein gewiss nicht vergessen.

„Aber wie konntest du ihn unbemerkt nehmen?" fragte sie dennoch, denn diese Sache wollte ihr einfach nicht in den Kopf gehen. „Du warst gefesselt und wir haben dich kaum aus den Augen gelassen."

„'Kaum' reicht für mich", erklärte er mit einem arroganten Lächeln. „Und ich bin schneller und geschickter als du denkst – auch *mit* gefesselten Händen."

Jenna sah ihn sehr nachdenklich an. An der Geschichte war etwas faul. Sie wusste nur nicht genau was und leider sah es auch nicht danach aus, als würde sich dieses Rätsel bald aufklären. Sie blickte wieder auf den Stein. „Und was willst du jetzt tun?"

„Du sagtest doch, du müsstest ihn wieder in der Hand haben, um beschreiben zu können, was zwischen dir und ihm passiert", meinte Marek und sah sie durchdringend an.

Sie brachte nicht mehr als ein ungläubiges Nicken zustande, war viel zu aufgewühlt.

„Ich werde ihn dir nicht in die Hand geben. Solch ein Risiko kann ich nicht eingehen", erklärte er weiter. „Aber soweit ich es beobachtet habe, reicht es schon, wenn du nur Körperkontakt mit ihm hast."

Wieder nickte sie nur. Sie konnte nicht sprechen. Der Drang, mit dem Stein wieder in Kontakt zu treten, endlich wieder seine Energie zu fühlen, war so groß, so schmerzlich geworden, dass sie noch nicht einmal imstande war, klar zu denken. Sie hatte mit allem gerechnet, jedoch nicht damit. Und schon gar nicht mit diesen intensiven Gefühlen für ein lebloses Objekt!

„Ich sage es dir noch einmal: Du hast keine Chance zu fliehen!" Mareks Augen bohrten sich in ihre. Ihm war anzumerken, dass er das alles nur äußerst ungern tat. „Und du wirst ihn mir zurückgeben!"

Sie nickte erneut und schluckte schwer, als er sich auf sie zu bewegte. Es schien ihn große Überwindung zu kosten, sich ihr mit dem Amulett zu nähern. Angespannt starrte er auf den Stein, dessen Farbe immer intensiver wurde, je näher er ihr kam. Ein paar Sekunden lang verharrte Marek vor ihr, so als wolle er sich das Ganze noch einmal überlegen, aber dann atmete er tief durch, zog das Lederband über Jennas Kopf und brachte sich mit einem großen Schritt in sichere Entfernung. Als der Stein auf ihre Brust fiel, leuchtete er hell auf und schoss eine Woge von Wärme durch Jennas Herz, um dann wieder friedlich vor sich hinzuglühen.

Ohne es wirklich zu wollen, verzogen sich ihre Lippen zu einem beinahe seligen Lächeln und sie schloss die Augen. In ihr breitete sich ein Ruhe und Zufriedenheit aus, die ihr jegliche Angst und Anspannung nahmen und ihr das Gefühl gaben, als wäre sie von einer langen Reise endlich nach Hause gekommen, in einen Hort voller Liebe und Geborgenheit. Gleichzeitig hatte sie das Gefühl, als wäre ein guter Freund zu ihr zurückgekehrt, den sie aufs Schmerzlichste vermisst hatte.

„Was war das?" hörte sie Marek fragen. „ Warum hat er so hell geleuchtet?"

Jenna hob etwas träge ihre Lider. Sie zuckte die Schultern und schenkte ihm dann ein kleines, verschämtes Lächeln. „Ich... ich hatte irgendwie das Gefühl, als hätte er mich wieder erkannt und..." Sie stockte. Sie konnte unmöglich aussprechen, was sie dachte.

„Und was?" drängte Marek.

Sie lächelte verunsichert. „... sich gefreut?"

Der Krieger runzelte die Stirn, seine Skepsis nicht vor ihr verhehlend. „Der Stein hat sich ge... *freut*?"

„Ich weiß, es klingt idiotisch", gab Jenna zu. „Aber dieses Gefühl hatte ich – ja!"

„Das heißt, du hast gerade eben gar nichts gemacht oder gedacht?" hakte er zweifelnd nach. „Das Leuchten kam also von ihm selbst?"

Jenna seufzte. „Ich weiß, du wirst mir nicht glauben, Leon hat es ja auch nicht getan, aber ich glaube, dass dieser Stein in gewisser Weise... lebt."

Ihre Worte schienen ihn zum Grübeln zu bringen. Das war doch schon etwas. Wenigstens lachte er sie nicht aus.

„Wenn er lebt, wieso bist du dann die Einzige, die es fühlen kann?" fragte er schließlich.

Jenna zuckte erneut die Schultern. „Ich weiß nicht. Ich..." Sie hielt inne. Sollte sie Marek wirklich erzählen, auf was für eine Idee sie gekommen war? Wahrscheinlich würde er ihr ohnehin nicht folgen können, schließlich lebte er hier im Mittelalter, hatte noch nie so etwas wie schulische Bildung genossen. Allerdings war er ein intelligenter Mann. Einen Versuch war es zumindest wert.

Er sah sie immer noch erwartungsvoll an, also fuhr sie fort: „Ich habe da so eine bestimmte Vorstellung… Ich…" Sie brach wieder ab. Wie nur sollte sie ihm begreiflich machen, was sie dachte, wenn ihm doch all das Wissen fehlte, auf die sich ihre Theorie stützte? Vielleicht einfach ganz von vorn anfangen?

„Weißt du, es gibt Lebewesen, die so klein sind, dass man sie gar nicht sehen kann", begann sie zu erklären. „Man nennt sie Bakterien und sie haben –"

„Ich weiß, was Bakterien sind", unterbrach der Krieger sie barsch. „Worauf willst du hinaus?"

Jenna brauchte einen Augenblick, um sich wieder zu sammeln. Dass Marek über Mikroorganismen Bescheid wusste, überraschte sie, nein, schockierte sie sogar fast. „Ähm, ja… also…", stotterte sie. „Weißt du auch, was Viren sind?"

Tatsächlich nickte er und Jenna fiel es schwer, ihre Irritation weiterhin vor ihm zu verbergen. Sie musste sich große Mühe geben, die Fragen, die sofort in ihr aufkamen, hinunterzuschlucken. Marek sah nicht danach aus, als würde er sie ihr heute beantworten wollen. Er war mittlerweile viel zu angespannt, um ihn mit neugierigen Fragen nach seinem bisherigen Leben zu provozieren.

„Ja, äh, gut", stammelte sie weiter. „Worauf ich hinaus will, ist… ähm… Viren sind ja Partikel, die nicht richtig lebendig sind. Sie können sich weder eigenständig fortpflanzen noch haben sie einen eigenen Stoffwechsel. So müssen sie sich an den Stoffwechsel der Zellen eines anderen Lebewesens anschließen, um überhaupt aktiv werden zu können." Sie machte eine kurze Pause, um ihre Gedanken noch einmal zu sortieren.

„Ich glaube, dass dieser Stein es genauso macht", fuhr sie fort. „Das Leben in ihm wird durch mich erst geweckt. Er koppelt sich an meine Lebendigkeit, an meine Gefühlswelt. Nur wie das geschieht, was genau ihn weckt, weiß ich nicht. Ich tu es jedenfalls nicht bewusst."

Marek blickte wieder auf den Stein, stumm und sehr nachdenklich, aber etwas an seinem Gesichtsausdruck, an seiner ganzen Körperhaltung verriet Jenna, dass er ihre Theorie ernstnahm, ihr also wahrhaftig glaubte.

Das war wieder etwas, was ihn von Leon unterschied. Wenn Leon etwas zu absurd vorkam, dann weigerte er sich vehement, sich weiter damit zu beschäftigen. Marek setzte sich jedoch damit auseinander, ganz gleich wie verrückt es war. Es war kein Wunder, dass er ein solch brillanter Kriegsherr war. Ihn konnte so kaum etwas überraschen.

„Was geschah damals in meinem Zelt?" fragte er plötzlich und Jenna wäre beinahe zusammengezuckt.

„Ich... ich weiß es nicht genau", gestand sie ein. „Ich hab ihn zu greifen gekriegt und dann ist es passiert. Es war sofort eine Verbindung da. Ich hatte keine Kontrolle darüber. Ich wusste ja gar nicht, wie mir geschah."

„Und damals im Sumpf, als der Werwolf kam?" hakte er nach. „Hattest du auch darauf keinen Einfluss?"

„Jedenfalls nicht bewusst", meinte sie. „Ich habe nicht einmal an den Stein gedacht. Ich hatte nur Angst."

„Das würde bedeuten, dass er von ganz allein auf deine Ängste reagiert", schloss Marek. „Doch wenn das so ist, warum hat er uns dann alle beschützt?"

Jenna dachte rasch nach. „Vielleicht, weil ich um uns alle Angst hatte?"

„Du würdest einem *Stein* so viel eigenmächtiges Handeln zuschreiben?" fragte er zweifelnd. „Das würde ja bedeuten, dass er auch in gewisser Weise denken kann."

„So weit würde ich nicht gehen", erwiderte sie. „Ich... ich glaube, er liest nur meine Gefühle und reagiert darauf. Er schaltet sich zwischen mich und die Welt, in der ich mich bewege."

„Er kontrolliert dich?"

„Nein! Er... er..." Sie seufzte hilflos. Irgendwie fehlten ihr die richtigen Worte – ganz davon abgesehen, dass sie selbst noch nicht so wirklich verstand, was mit ihr und dem Stein passierte. „Ich weiß auch nicht. Ich meine nur, er ist ja nicht ständig aktiv. Bisher hat er nur reagiert, wenn ich Angst hatte oder angespannt war."

Wieder folgte ihren Worten grüblerisches Schweigen.

„Hast du *jetzt* Angst?" fragte er schließlich leise.

Sie schüttelte den Kopf.

„Das würde bedeuten, dass ich mich dir nähern kann, ohne dass etwas passiert."

Sie nickte. Der Krieger nahm einen tiefen Atemzug und machte zögernd einen Schritt auf sie zu. Doch dann blieb er wieder unschlüssig stehen, die Augen auf den Stein geheftet.

„Das kann ziemlich schmerzhaft sein", sagte er leise und sah sie an. „Bist du sicher, dass du dich wohlfühlst?"

„Ja", erwiderte sie. ‚Wohlfühlen' war zwar hier der falsche Ausdruck, schließlich war sie gefesselt, aber sie hatte gerade tatsächlich keine Angst. Verwunderung war eher das dominantere Gefühl in ihrem Gemüt, weil sie eine Regung in Mareks Augen entdeckt hatte, die sie bei diesem Mann nicht für möglich gehalten hatte: Er hatte Angst. Keine große, die einer Panik nahe kam, nein, es war viel mehr eine Art kindlicher Scheu vor etwas Ungewohntem, Unberechenbarem.

Sie lächelte ihm aufmunternd zu und er wagte sich noch einen kleinen Schritt an sie heran. Dann verharrte er erneut mit leichtem Erschrecken in den Augen.

„Was ist das?!" stieß er angespannt aus.

Jenna sah erstaunt an sich hinunter. In dem Stein tat sich etwas und es war wunderschön mit anzusehen. Nebelartige, helle Streifen schlängelten sich langsam durch das dunkle, ab und an heller aufleuchtende, rote Innere des Steines, während eine angenehme Wärme aus ihm herausströmte und in ihre Brust drang.

„Das… das ist zauberhaft", flüsterte sie und sah Marek begeistert an. Es war eindeutig, dass er ihre Begeisterung nicht teilte. Er misstraute der Situation.

„Ich glaube, er hat etwas gegen mich", murmelte er.

„Nein", erwiderte sie und schüttelte zur Verstärkung ihrer Worte den Kopf. „Das hat er vorher noch nie gemacht."

„Und woher willst du dann wissen, dass es keine feindliche Regung ist?" hakte Marek etwas nervös nach, da sie sich ihrerseits ein Stück auf ihn zu bewegt hatte. Er war offenbar zu stolz, um vor ihr zurückzuweichen, aber es war eindeutig, dass er sie nicht gern in seine Nähe ließ.

„Das fühle ich", sagte sie sanft und machte einen weiteren Schritt auf ihn zu. Doch dieses Mal hielt seine Selbstbeherrschung der vermeintlichen Bedrohung nicht stand und er wich ihr aus.

„Es wird nichts geschehen", fuhr sie fort, wohl merkend, dass die Bewegungen in dem Stein stärker wurden, sobald sie Marek nur ein wenig näher kam. Gleichzeitig wuchs auch ihr Bedürfnis möglichst dicht an den Krieger heranzutreten und zu erfahren, was der Stein ihr sagen wollte. Es war wichtig, das fühlte sie, für sie beide.

„Vertrau mir", sagte sie leise und sah ihn fest an.

Große Unsicherheit stand in seine schönen Augen geschrieben, doch dieses Mal ließ er es zu, dass sie an ihn heran trat. Die Wärme, die von dem Stein ausging, wurde noch intensiver und breitete sich, begleitet von wohligen Schauern, in Jennas ganzem Körper aus; und nicht nur dort, auch Marek schien davon erfasst zu werden, denn seine Augen wurden vor Staunen immer größer.

„Was... was ist das?" flüsterte er fasziniert. Er hob seine Hände und nun erst bemerkte auch Jenna, was mit ihm geschah. Ein silbriges Leuchten wanderte über seine Haut, seine Arme hinauf, um sich dann langsam über seinen ganzen Körper auszubreiten. Ein paar Sekunden lang war Marek in einen Kokon aus silbrigem Licht gehüllt. Dann zog sich das Licht wieder zurück, verblasste und verschwand schließlich völlig.

Jenna sah wieder in Mareks Gesicht. Der Ausdruck in seinen Augen hatte sich völlig verändert. Er wirkte entspannt und schien auf einmal wieder völlig in sich zu ruhen. Ja, er wirkte fast wie in Trance, so wie damals am See. Und da war auch wieder diese Wärme in seinen Augen, dieser seltsame, fast zärtliche Ausdruck.

Jenna war überrascht und verwirrt, doch auch ihr eigener Verstand schien plötzlich benebelt. Die Wärme des Steins hüllte sie ein und schirmte sie ab von allen Eindrücken, die von außen auf sie einströmen konnten. Ihre äußeren Sinne schalteten sich einer nach dem anderen ab, während sich in ihrem Inneren eine enorme Energie ansammelte. Und während sie Marek ansah, während sich ihr Blick in diesem leuchtenden, plötzlich so sanften Aquamarin seiner Augen verlor, öffnete sich ein Zugang zu seinem Inneren. Sie konnte seine körperliche und geistige Nähe auf einmal mit einer solchen Intensität spüren, dass sie fast davor zurückschreckte, obwohl sie zur gleichen Zeit von dem starken Bedürfnis befallen wurde, eins mit ihm zu werden, mit ihm zu verschmelzen, zu fühlen, was er fühlte und dachte. Wie damals im See wurde sie wie ein Magnet von ihm angezogen. Sie fühlte seinen Atem auf ihrem Gesicht und dann auf ihren Lippen, als er den Kopf neigte und seine Stirn die ihre berührte.

Der Energiefluss wurde stärker. Jetzt war es nicht mehr nur sie, die nach seiner geistigen Nähe tastete. Sie konnte fühlen, wie auch Marek mental nach ihr griff und die Sehnsucht, die ihn dabei leitete, raubte Jenna den Atem. Sie begann zu zittern und ihr Herz schlug hart in ihrer Brust. Aber sie hatte keine Angst. Nein, sie genoss es. Sie fühlte sich wie berauscht von dem Sog ihrer beider Energien und überall waren so viele Gefühle; Gefühle in einer Intensität, die kaum zu ertragen war, die sie aber dennoch nicht erschreckte. Da war keine Mauer mehr, die Mareks Emotionen vor ihr verbergen konnte, keine Abwehr, keine Verschlossenheit. Seine ganze so angestrengt verdrängte Menschlichkeit lag plötzlich vor ihr brach, all die Trauer und Wut, die er seit Jahren mit sich herumtragen musste, sein Hass, seine Verzweiflung, seine Gier nach Macht und Kontrolle, seine Ruhelosigkeit und sein unterdrücktes Verlangen nach Wärme und Geborgenheit, das doch jedem Menschen zu eigen war. Und sie fühlte seine schier unermessliche Kraft, seine eindrucksvolle Stärke, die ihn immer wieder auf die Beine brachte, mit der er all das ertragen konnte, was jeden anderen Menschen längst umgeworfen hätte; eine Kraft, die über die eines normalen Menschen hinausging.

Verborgen ganz tief in seinem Inneren lag der Ursprung dieser Kraft, zu der sie sich so schrecklich hingezogen fühlte, und sie versuchte weiter vorzudringen, diesen Mann so vollkommen zu durchdringen, dass ihr kein Geheimnis mehr verborgen blieb und die Furcht vor ihm für immer verschwand. Sie fühlte, dass sie zu weit ging, sie war jedoch nicht mehr dazu in der Lage, sich zurückzuhalten. Eine unkontrollierbare Gier hatte sie erfasst, getragen von einer solch starken Energie, dass Marek plötzlich zu zittern begann. Sein Geist begann sich zu winden, zog sich vor ihr zurück, suchte nach einem Fluchtweg, versuchte wieder eine Barriere zwischen sie und sich zu bringen, aber es war zwecklos. Sie war nicht mehr aufzuhalten, drang immer weiter in ihn vor, um das zu ergründen, was er so verzweifelt vor ihr zu verbergen suchte.

Doch plötzlich schoss etwas wie ein gleißend heller Blitz in ihr Inneres vor, begleitet von einem stummen Schrei, der sie bis ins Mark erschütterte und der Bann war gebrochen. Marek riss sich von ihr los und taumelte nach Luft schnappend ein paar Schritte zurück.

„Du… du…" Er brach ab, schüttelte fassungslos den Kopf. Seine Augen spiegelten ein Wirrwarr an Gefühlen wider: Entsetzen, Angst, Verwirrung, Faszination. Und ganz langsam zeigten sich auch erste Züge von Wut und Enttäuschung auf seinem Gesicht. Allerdings schien er noch zu aufgelöst zu sein, um sich richtig artikulieren zu können.

„Wie… was war das?" versuchte er es erneut.

„I-ich... weiß nicht", antwortete sie wahrheitsgemäß. Sie war genauso durcheinander wie er. So etwas hatte der Stein noch nie getan und sie wusste noch nicht einmal, wodurch das alles ausgelöst worden war.

„Soll das heißen, du hattest keinen Einfluss darauf?" hakte er ziemlich skeptisch nach.

Sie nickte schnell, wenngleich sie genau wusste, dass sie dieses Mal aktiver gewesen war als je zuvor. Anscheinend war auch Marek dieser Ansicht, denn die Verärgerung in seinen Augen wurde jetzt sehr viel deutlicher. Er riss sich jedoch zusammen und gab sich damit zufrieden, sie nur weiterhin mit wachsendem Unbehagen zu mustern. Jenna fühlte sich nicht wohl unter diesem Blick. Sie hatte ein schlechtes Gewissen und die Art und Weise, wie er sie ansah, bestärkte sie nur in dem Gefühl, etwas falsch gemacht zu haben. Ganz davon abgesehen, wusste sie nicht, wie sie erklären sollte, was geschehen war, ohne zugeben zu müssen, dass sie doch ein klein wenig Macht über den Stein hatte. Also sagte sie gar nichts mehr, sah stattdessen nur betreten zu Boden.

„Ich… ich denke, du hast den Stein für heute lange genug getragen", hörte sie ihn schließlich sagen und wagte erst dann, wieder aufzusehen.

„Ich nehme ihn dir jetzt wieder ab." Er trat an sie heran, streckte eine Hand aus und zuckte fast im selben Moment wieder zurück. Aus seinen Augen sprach eine Mischung aus Wut und Angst. „Lass das!" stieß er angespannt aus.

Jenna blickte irritiert an sich hinab und musste zu ihrem Leidwesen feststellen, dass der Stein erneut angefangen hatte, seine Farbe zu ändern.

„Das bin ich nicht!" entfuhr es ihr nun auch etwas verängstigt. „Nimm ihn einfach schnell!"

Mareks Brustkorb weitete sich unter dem tiefen Atemzug, den er tat. Dann kniff er die Lippen zusammen, machte einen Schritt auf sie zu, packte den Lederriemen, an dem der Stein hing, und zog ihn dann rasch über Jennas Kopf. Für einen Augenblick verspürte Jenna einen kurzen Stich in ihrer Brustgegend, dann erstarb das Leuchten des Steins und alles war vorbei. Sie war wieder Mareks Gefangene und seinen Launen hilflos ausgeliefert. Dennoch war auch sie froh, dass der Spuk ein Ende hatte. Es war mehr als unheimlich über eine Macht zu verfügen, die man selbst weder einschätzen noch richtig kontrollieren konnte. Sie brauchte dazu mehr Kontakt zu dem Stein und mehr Übung. Doch sie bezweifelt stark, dass Marek ihr den nach dieser Sache gewähren würde.

„Dreh dich um", brummte er und sie gehorchte ihm brav. Es dauerte eine Weile, bis er wieder an sie herantrat, um ihr die Fesseln aufzuschneiden. Jenna war sich sicher, dass er zuvor erneut den Stein versteckt hatte – natürlich an einer anderen Stelle. Als sie sich umdrehte, hatte er sich bereits von ihr entfernt und ließ sich gerade auf seiner Decke nieder, um dann mit einem tief grüblerischen Gesichtsausdruck ein paar mehr Hölzer in das Lagerfeuer zu werfen. Irgendwie wurde sie das Gefühl nicht los, dass das alles noch ein übles Nachspiel für sie haben würde. Eines stand zweifellos fest: Marek würde ihr nie wieder glauben, dass sie keinen Einfluss auf die Magie des Steins hatte – und sie selbst glaubte das auch nicht mehr.

Bedrängnis

Bergsteigen war nie Jennas liebstes Hobby gewesen. Es war nicht so, dass sie sich nicht gern bewegte oder bisweilen sogar exzessiv Sport trieb, doch dann ging sie lieber Joggen oder Schwimmen oder tat beides hintereinander, wenn das Wetter mitspielte und sie nach dem Laufen in einen kühlen Waldsee springen konnte. Aber Bergsteigen bis die Waden schmerzten und die Oberschenkelmuskulatur bei jedem mühevollen Schritt zu zittern begann – nein, das musste wirklich nicht sein. Nur leider hatte sie dieses Mal keine andere Wahl. Ihr Weg führte nun mal durch ein Gebirge und zurzeit ging es noch sehr viel öfter bergauf als bergab. Zudem legte Marek seit dem *kleinen* Vorfall mit dem Stein ein Tempo vor, als wolle er dem Teufel selbst entkommen – ein Tempo, das sie ganz bestimmt nicht mehr sehr lange durchhalten würde.

„Wie weit ist es denn jetzt noch zur Grenze?" keuchte sie, weil sie schon wieder einen kleineren Bergkamm erklommen und hasste sich dabei für ihren quengeligen Tonfall. Es fehlte noch, dass sie anfing alle fünf Minuten „Sind wir schon da?" zu fragen, wie kleinere Kinder das immer gern taten – auch wenn sie allen Grund dazu hatte, unleidlich zu werden. Es war bestimmt schon vier Stunden her, seit Marek hatte verlauten lassen, dass sie bald da sein mussten – was auch immer ‚da' bedeuten sollte. Nun, ‚bald' war zwar ein dehnbarer Begriff, aber ihn auf mehr als vier Stunden zu strecken, machte in ihren Augen keinen Sinn. Dann konnte er auch ‚irgendwann' sagen.

Jenna unterdrückte ein tiefes Seufzen. Sie war mit ihrer Geduld allmählich am Ende. Sie hatte das Gefühl, dass mittlerweile sämtliche Muskeln ihres Körpers bei jedem Schritt, den sie machte, gequält aufstöhnten, und ihre Füße fühlte sie schon seit geraumer Zeit nicht mehr. Stundenlang durch dieses unwegsame und zerklüftete Gelände zu klettern, das Pferd hinter sich her ziehend, war auf die Dauer zu strapaziös. Sie brauchte dringend eine Verschnaufpause oder zumindest ein bald zu erreichendes Ziel vor Augen, das ihr neue Kraft geben würde, sonst würde sie noch zusammenbrechen.

Marek warf ihr einen prüfenden Blick über die Schulter zu und verriet damit, dass er ihre Frage zumindest vernommen hatte. Jedoch ließ er sich nicht dazu herab, mit ihr ein Wort zu wechseln. Na toll! Sie war begeistert! Es war zwar schön, dass der Vorfall mit dem Stein bisher keine unangenehmen Folgen für sie gehabt hatte – abgesehen davon, dass Marek vielleicht ein wenig brummeliger und unnahbarer geworden war – aber seit einer gewissen Zeit hüllte er sich in ein Schweigen, das mehr als unangenehm war. Jenna wusste nicht, was sie mehr verabscheute: Seine aggressiven Schübe oder dieses In-sich-gekehrt-sein.

„Ich habe dich etwas gefragt!" wiederholte sie schärfer, als sie geplant hatte.

„Ja, ich weiß", gab er zurück, ohne sich auch nur nach ihr umzudrehen.

Die leichte Verärgerung über sein Verhalten wandelte sich langsam in richtige Wut. Was bildete sich dieser blöde Kerl eigentlich ein? Nur weil sie sich hier nicht auskannte, brauchte er nicht dieses dumme Ich-weiß-was-was-du-nicht-weißt-aber-ich-werde-es-dir-bestimmt-nicht-verraten-Spiel zu spielen. Wenn sie eines hasste, dann waren das Wichtigtuer.

Endlich erreichten sie den felsigen Hügelkamm, hinter dem sich natürlich eine weitere Felswand auftat, und Marek blieb stehen und wandte sich nun doch endlich zu ihr um.

„Wir machen jetzt erst einmal Rast", bestimmte er und führte sein Pferd auf die Felswand zu.

„Ach, tun wir das, ja?" fragte sie gereizt und blieb dort stehen, wo sie eben stand. Sie war zwar von dem Vorschlag sich endlich mal wieder etwas auszuruhen ziemlich angetan, ihr eigener Starrsinn und ihre furchtbar schlechte Laune verboten es ihr jedoch, seine eigenmächtigen Entscheidungen weiter hinzunehmen. Sie hatte keine Lust mehr, sich ohne Widerworte seinen Befehlen zu fügen. Auch wenn das bisher ihre Abmachung gewesen war – der anstrengende Marsch hatte ihre Vernunft und Vorsicht völlig zerfressen.

Marek hielt kurz inne und sah sie stirnrunzelnd an, so als zweifelte er an ihrer geistigen Verfassung – zu Recht, wie sie meinte – dann lief er wortlos weiter und verschwand, zu Jennas großer Überraschung, in der Felswand. Ihr Mund klappte auf und sie machte automatisch ein paar Schritte auf die Wand zu, bis sie erkannte, dass es dort eine größere Felsspalte gab, die von weitem kaum zu erkennen gewesen war. Offenbar befand sich in dem Berg eine ziemlich große Höhle, in der man selbst Pferde unterbringen konnte.

Wieder blieb sie unschlüssig stehen. Ihr ganzer Körper verzehrte sich nahezu nach Ruhe und Erholung, doch ihr dummer Starrsinn blockierte ihr Denken. Also verschränkte sie bockig die Arme vor der Brust und wartete. Marek würde schon wieder herauskommen.

Das tat er allerdings. Schneller als sie gedacht hatte und mit einem ziemlich verärgerten Gesichtsausdruck. Er trat an sie heran und sah sie streng an. Ihr erster Impuls war, einen Schritt zurück zu machen, doch stattdessen streckte sie ihm trotzig ihr Kinn entgegen.

„Du brauchst eine Pause!" sagte er mit Nachdruck.

„Nein, ich brauche eine Antwort auf meine Frage!" gab sie bockig zurück. Dabei hatte das Wort ‚Pause' doch so einen wunder-*wunder*schönen Klang!

„Erst machen wir eine Pause, dann beantworte ich deine Frage", quälte er sie weiter mit diesem Wort und wollte sich schon von ihr abwenden, Jenna packte ihn jedoch am Arm und hielt ihn mit aller Kraft fest. Der Krieger blickte auf ihre Finger, die sich in den Ärmel gekrallt hatten, und dann in ihr Gesicht. Seine schönen Augen sahen sie irritiert, aber auch etwas verärgert an und ganz langsam wanderte eine seiner dunklen Brauen in die Höhe.

„Ich will es *jetzt* wissen!" hörte sie sich selbst sagen und konnte innerlich nur noch den Kopf über sich selbst schütteln. Was die Erschöpfung aus einem machen konnte…

„Jetzt sofort! Oder ich laufe keinen Schritt mehr weiter. Ich werde nichts essen und nicht schlafen und dann sterben. Es wird ziemlich schwierig werden, den Stein aus Alentaras Schloss zu holen, wenn ich tot bin!"

Mareks Augenbraue sank wieder tiefer, bewegte sich stattdessen auf die andere zu, um seinem Gesicht einen bedrohlichen Ausdruck zu geben. Dieser misslang ihm allerdings ein wenig, da sich ein amüsiertes Funkeln in seine Augen geschlichen hatte und sich einer seiner Mundwinkel verräterisch hob.

„Du bist ziemlich immun gegen meine Drohungen", schmunzelte er. „Widersprichst mir, hältst mich fest... Die meisten Menschen würde sich schon bei der bloßen Vorstellung einnässen."

„Die meisten Menschen würden ja auch wahrscheinlich so einen Horrormarsch gar nicht lange genug überleben, um aufmüpfig zu werden", erwiderte sie jetzt sehr viel kleinlauter und bemühte sich darum, ihn möglichst unschuldig anzublinzeln.

„Ich bin nicht mehr zurechnungsfähig." Sie zuckte hilflos die Schultern und brachte ihn damit endgültig zum Lachen. „Diese Orientierungslosigkeit tut mir einfach nicht gut..."

Er sah sie noch ein paar Sekunden abwägend an, dann nickte er.

„Gut – dann tun wir etwas dagegen", sagte er, ergriff überraschenderweise ihren Arm und zog sie hinter sich her, auf den Berghang zu. Erst dort angekommen ließ er sie wieder los, warf ihr ein beinahe schalkhaftes Lächeln zu und begann dann den Hang behände zu erklimmen.

„Was... ich...", stammelte sie und blinzelte ein paar Mal verwirrt. „Was... was soll *das* denn jetzt?"

Marek sah schmunzelnd zu ihr hinab. „Wir tun etwas gegen deine Orientierungslosigkeit. Na los! Komm schon!" Er wartete gar nicht erst auf eine Antwort, sondern kletterte weiter.

Jenna überlegte einen Augenblick lang, ob sie sich weigern sollte, ihm dort hinauf zu folgen wie ein dummes, kleines Schäfchen – ihr Körper sprach sich deutlich dafür aus – doch sie hatte das dumpfe Gefühl, dass dies *kein* weiterer Versuch Mareks war, ihrer Frage auszuweichen. Vielleicht wollte er ihr etwas zeigen, das diese tatsächlich beantworten konnte. Also sammelte sie noch einmal all ihre Kräfte, holte tief Luft und machte sich an den beschwerlichen Aufstieg. Stück für Stück kämpfte sie sich schnaufend und mit weitaus weniger Anmut als Marek den Hang hinauf, wohl darauf bedacht, keinen Fehltritt zu machen oder sich an einem Vorsprung festzuhalten, der nicht so stabil war, wie er aussah. Aber schon bald rebellierte ihr erschöpfter Körper gegen die Kraftanstrengung, ihre Glieder wurden immer schwerer und ihre Luft knapper. Sie hielt inne und sah hinauf zu Marek, der schon fast den Hügelkamm erreicht hatte, nun aber auf sie zu warten schien.

„Hat… hat das alles auch wirklich einen Sinn?" keuchte sie und versuchte wenigstens für einen kurzen Moment zu verschnaufen.

„Traust du mir zu, dass ich dich nach dort oben klettern lasse, nur um dich zu quälen?" fragte er zurück.

Sie dachte kurz nach. „Ja. Das kann ich mir gut vorstellen." Sie nickte, sich selbst beipflichtend, und hörte ihn lachen.

„Das nächste Mal vielleicht", versprach er großzügig. „Heute habe ich meinen guten Tag und ein wenig Erbarmen mit dir."

„Wie gnädig von dir", murmelte sie, hoffte jedoch, dass er sie nicht hörte. Ihn ständig zu reizen, war nicht die beste Idee. Auch wenn ihn ihre Frechheiten zurzeit eher zu amüsieren schienen – Jenna wusste, wie schnell sich das ändern konnte. Sie ließ ihren Blick bis zum oberen Rand des Hanges schweifen. Allzu weit war er nicht mehr entfernt. Das musste doch zu schaffen sein und sie wollte ganz bestimmt nicht wie ein Schwächling vor Marek dastehen und so kurz vor dem Ziel aufgeben. Sie atmete noch einmal tief ein und wieder aus, biss die Zähne zusammen und kletterte tapfer weiter, die Schmerzen in ihrer überstrapazierten Muskulatur ignorierend.

Auch Marek hatte sich wieder in Bewegung gesetzt und erreichte nun endlich den Bergkamm. Sie war ihm ausgesprochen dankbar, als er ihr eine Hand entgegenstreckte und sie den letzten halben Meter mehr oder weniger auf den Berg hievte. Ihre Beine waren weich wie Gummi, als sie endlich wieder einigermaßen ebenen Boden unter den Füßen hatte und ihr Bedürfnis, sich hinzuwerfen und für eine Weile nur bewegungslos liegen zu bleiben, war so immens groß, dass sie es nur mit Mühe niederkämpfen konnte. Es war nur Mareks Anwesenheit und seinem prüfenden Blick zu schulden, dass sie sich beherrschte und sich stattdessen umsah.

Sie befanden sich auf einem kleinen, mit krüppeligen Bäumen und Büschen bewachsenen Plateau, ähnlich dem, auf dem sie die vorangegangene Nacht verbracht hatten. Felswände ragten rechts und links neben ihr in den bewölkten Himmel und begrenzten die Sicht auf das übrige Gebirge.

„Ja, also… *das* ist wirklich toll", brummte Jenna. „Das hilft mir *enorm* dabei, mich besser zu orientieren!" Sie wollte ihrer Begleitung einen verärgerten Blick schenken, aber Marek stand schon längst nicht mehr neben ihr. Er bewegte sich bereits auf die Bäume zu und verschwand dann auch noch zwischen ihnen.

„So ein…" Sie presste die Lippen zusammen und stürmte hinter ihm her, ärgerte sich über jeden Zweig, der sich in ihrer Kleidung verfing oder gar ihre Haut zerkratzte.

„Geduld ist eine Tugend!" hörte sie ihn feixend rufen und wusste genau, dass er dabei fröhlich grinste.

Dieser Mistkerl! Von wegen Erbarmen! Wahrscheinlich hatte er sich nur für ihre Frechheiten rächen wollen und freute sich jetzt diebisch darüber, dass das dumme Huhn namens Jenna ihm immer noch folgte. Doch dann blieb sie ruckartig stehen, atemlos, beinahe schockiert. Die Felswände hatten sich vor ihr geöffnet und gaben dort, wo das Plateau ein abruptes Ende fand, den atemraubenden Blick auf eine weite, wunderschöne Landschaft tief unter ihr frei. Da waren keine weiteren Berge mehr, vielleicht ein paar Hügelketten, der Rest des Landes zu ihren Füßen bestand jedoch aus Wäldern und sattgrünen Wiesen. Und mitten hindurch schlängelte sich ein breiter Fluss, auf dessen Oberfläche sich das Licht der Sonne brach und so den Eindruck vermittelte, als bestünde der Strom aus geschmolzenem Silber.

Sie trat dichter an den Rand des Plateaus heran, gesellte sich zu Marek, der ihr ein kleines Lächeln schenkte und dann seine Arme in einer präsentierenden Geste öffnete. „Das ist Trachonien. Wir befinden uns direkt an seiner Grenze, doch die Felswände sind hier zu steil, um direkt hinunterzusteigen. Wir müssen von daher einen kleinen Umweg machen."

„*Das* ist Trachonien?" wiederholte sie fasziniert.

„Ja, das Land der Drachen, der Märchen und Legenden", bestätigte er. „Man sagt, dass Ano selbst hier seinen Sitz hatte, als er die Welt noch gestaltete, oben auf dem Berg Kesharu. Wir befinden uns an dessen linkem Ausläufer, wenn du es genau wissen willst. Bist du auch noch an den Breiten- und Längengraden interessiert?"

Sie schnitt ihm eine Grimasse, musste allerdings grinsen. Dann ließ sie ihren Blick wieder über die weite Landschaft schweifen.

„Sehr dicht bevölkert scheint das Land nicht zu sein", stellte sie fest. „Wo ist denn da die nächste Stadt?"

Er trat dichter neben sie und wies dann auf einen gelblich schimmernden Punkt hinter dem Wald und als sie ihre Augen ein wenig zusammenkniff, erkannte sie, dass dies das leuchtende Gelb von Kornfeldern sein musste… und dahinter… Waren das Häuser?

„Das ist Markachtor", erklärte Marek. „Eine der größeren Städte in Trachonien. Doch du wirst sie nicht zu Gesicht bekommen. Alentara hat dort zu viele Krieger – ganz abgesehen davon, dass die Stadt nicht auf unserem Weg liegt. Aber du hast Recht, dicht besiedelt ist das Land nicht."

„Werden wir denn wenigstens durch *irgendeine* Stadt kommen?" fragte Jenna mit Bangen. Es war eine erschreckende Vorstellung, weiterhin in der Einöde herumzuwandern und nicht einen einzigen anderen Menschen zu Gesicht zu bekommen.

„Unser nächstes Ziel ist Anrak. Das ist zwar keine Stadt, jedoch zumindest ein Dorf", informierte er sie. „Schließlich müssen wir uns ja auch mal ausruhen und neuen Proviant besorgen. Von hier aus ist das ein Marsch von sechs Stunden. Da wir aber schon lange Zeit unterwegs sind und es bald dunkel wird, dachte ich mir, wir bleiben über Nacht in der Höhle und ziehen erst am frühen Morgen weiter." Er sah sie an und legte den Kopf schräg. „Zufrieden?"

Sie wollte es nicht, doch sie musste schmunzeln. „Ein bisschen", gab sie zu. „Aber hättest du mir das nicht auch alles unten sagen können?"

„Ich dachte mir, wenn du es mit eigenen Augen siehst, wirst du vielleicht für eine längere Zeit keine nervigen Fragen mehr stellen. Außerdem…" Ein spitzbübisches Grinsen bahnte sich seinen Weg auf Mareks volle Lippen. „… das hier hat doch viel mehr Spaß gemacht, oder?"

„Spaß?" wiederholte sie und hob nachdrücklich die Brauen. „Also, Spaß sieht für mich ganz anders aus. Das hier war Extremsport!"

Er ließ dieses tiefe, warme Lachen vernehmen, das bei ihr nie ohne Wirkung blieb – nur dieses Mal war es leider ein ziemlich intensives Flattern in ihrer Bauchregion... oder eher weiter darunter. Verdammter Mist! Fing das schon wieder an?!

„Ich weiß gar nicht, was du hast", gab er grinsend zurück. „Ich meine, ganz abgesehen davon, dass du wie eine Schnecke hier raufgekrochen bist, hast du eine Zähigkeit an den Tag gelegt, die ich dir nicht zugetraut hätte. Ich hatte fest damit gerechnet, dass du schon nach der Hälfte der Strecke den Hügel wieder hinunterpurzelst."

„*Hügel*?!" wiederholte Jenna fassungslos und Verärgerung stieg in ihr hoch. Oh ja, Verärgerung war gut! *Das* war das passende Gefühl für diesen Kerl! „Das ist ein verdammter Berg! Ich hätte mir bei meinem... ‚Purzelversuch' verflucht nochmal das Genick brechen können!"

Mareks Grinsen wurde noch breiter. „Hast du aber nicht."

„Ja, weil ich nicht gepurzelt bin!"

„Dir scheint das Wort zu gefallen."

Ihre Augen verengten sich und sie presste die Lippen zusammen, um nicht etwas zu sagen, was sie nachher noch bereuen würde. Sie hätte ohnehin keine Zeit mehr dafür gehabt, denn Marek hielt für einen kurzen Augenblick sichtbar inne, um sie darauf blitzschnell am Arm zu packen und mit sich zu ziehen. Sie konnte gar nicht so schnell laufen, wie er zog, stolperte und stürzte schließlich, doch sie schlug nicht auf den Boden auf. Marek nutzte ihren Schwung, um sie geschickt hinter einen großen, von Büschen eingerahmten Felsen zu manövrieren und dort neben sich unsanft auf den Boden zu setzen.

„Was...", war alles, was sie noch hervorbringen konnte, bevor er ihr rasch den Mund mit einer Hand verschloss und nachdrücklich den Kopf schüttelte. Jenna erstarrte und ein flaues Gefühl machte sich in ihrem Magen breit, denn Mareks ganze Körperhaltung verriet ihr, dass sich ihnen eine Gefahr näherte. Er musste etwas wahrgenommen haben, was ihr selbst völlig entgangen war. Vielleicht ein Geräusch oder ähnliches. Sie versteckten sich vor jemandem... oder *etwas*. ‚Jemandem' war ihr allerdings lieber.

Es dauerte nicht lange, bis sie die Geräusche selbst hören konnte: das Prasseln von herabkullernden Steinen, Schritte und das angestrengte Schnaufen von Menschen – so hoffte sie jedenfalls.

Marek war neben ihr in die Knie gegangen und spähte vorsichtig an ihr vorbei, durch die Zweige der Büsche um sie herum. Er schien sehr angespannt, denn sie sah das nervöse Zucken seiner Wangenmuskeln selbst durch seinen dichten Bartwuchs. Seine Unruhe war begründet, wie Jenna schnell feststellte, als sie es nun ebenfalls wagte, einen Blick über die Schulter durch die Büsche zu riskieren. Vom Berghang der gegenüberliegenden Seite sprangen nacheinander zwei sehr merkwürdig aussehende Männer hinab. Sie waren nicht sehr groß, dafür aber sehr kräftig, hatten grobschlächtige, beinahe affenartige Gesichter mit ziemlich ausgeprägten, hervorstehenden Kiefern und lange, zottige Haare und Bärte. Sie trugen dicke Tierpelze am Körper und machten einen sehr primitiven Eindruck, waren jedoch mit Speeren und langen Messern bewaffnet. Sie schienen auf der Suche nach jemandem zu sein, denn sie blieben in der Mitte des Plateaus stehen und sahen sich nach allen Seiten um.

Jenna warf Marek einen ängstlichen Blick zu. Sie wusste zwar, dass er ein hervorragender Schwertkämpfer war, aber höchstwahrscheinlich waren die beiden nicht allein. Wenn sie hier lebten, war es für sie ein Leichtes, nach Verstärkung zu rufen, und ob Marek gegen einen ganzen Stamm dieser Wilden antreten konnte, war wohl äußerst fraglich – auch wenn er sich eindeutig zurück in den gefährlichen Krieger verwandelt hatte, der er eigentlich war. Sein Gesicht war völlig ausdruckslos, der Blick seiner hellen Augen eiskalt und hochkonzentriert und seine Hand ruhte… *nicht* auf seinem Schwert! Denn da war keins!

Jennas Augen weiteten sich in purem Entsetzen und flogen hektisch über seinen Körper, doch so sehr sie sich auch anstrengte, sie konnte nichts an ihm entdecken, was ihm auch nur annähernd als Waffenersatz dienen konnte. Er hatte alles unten bei seinem Pferd gelassen. Er hatte offenbar nicht damit gerechnet, hier oben plötzlich einer Gefahr ausgesetzt zu sein, und so beunruhigt, wie er wirkte, war mit diesem Volk wahrscheinlich nicht zu spaßen. Ihnen blieb nichts anderes übrig, als mit angehaltenem Atem zu hoffen, unentdeckt zu bleiben.

Die beiden Männer wechselten ein paar Worte miteinander, in einer Sprache, die Jenna noch nie gehört hatte, und veranlassten sie dazu, sich wieder zu ihnen umzudrehen. Sie sah, wie sie auseinander liefen, langsam das Plateau abgingen, prüfend in jeden versteckten Winkel blickten. Viele Verstecke gab es allerdings nicht – sie *mussten* früher oder später auch zu ihnen kommen.

Jennas Angst wuchs und sie beobachtete mit Bangen, wie einer der Männer tatsächlich auf sie zusteuerte. Sie sah Marek panisch an, aber der hob nur in einer mahnenden Geste eine Hand und schüttelte den Kopf. Sie schloss die Augen, schluckte den Kloß in ihrem Hals hinunter und versuchte ihr rasendes Herz wieder unter Kontrolle zu bekommen. Doch das war nicht so einfach, weil der fremde Krieger sich nun einen Weg durch die Büsche bahnte und das näher kommende Knacken der Äste, die er dabei zerbrach, sie vor Angst fast wahnsinnig werden ließ. Das konnte nicht gut gehen… konnte nicht.

Sie riss die Augen wieder auf, wollte das nicht blind ertragen. Leider entschied sie sich genau in dem Moment dazu, in dem der Mann seinen Oberkörper über den Felsen schob, um zu ihnen hinunter zu spähen. Für den Bruchteil einer Sekunde starrte sie mit geweiteten Augen in sein verdutztes Gesicht, dann war plötzlich Mareks Körper zwischen ihnen und alles ging blitzschnell. Der Krieger flog über den Felsen, machte einen nicht ganz freiwilligen Salto und krachte zu Boden. Etwas knackte dabei laut und erst als Jenna Marek ansah, bemerkte sie, dass er seine Arme fest um den Kopf des Mannes geschlungen hatte und dieser sich nicht mit dem dazugehörigen Körper gedreht hatte. Hundertachtzig-Grad-Drehung… Gott! Jetzt wusste sie, was da so geknackt hatte! Sie fasste sich an den Hals, um nicht zu würgen. Nicht erst ein Schwert machte Marek gefährlich. Er war selbst eine tödliche Waffe.

Jennas Hand wanderte automatisch von ihrem Hals zu ihrem Magen. Viel Zeit, um sich in ihren Ekel hineinzusteigern, hatte sie allerdings nicht, denn Marek riss sie vom Boden hoch, stieß sie von sich weg, sodass sie auf die andere Seite des Felsens taumelte und nahm das lange Messer an sich, dass der wilde Krieger noch in seiner erstarrten Hand hielt. Keine Sekunde zu früh, denn sein Kamerad brach nun mit einem wutentbrannten Schrei durch das Gebüsch und stürzte sich auf Marek, stieß sofort mit dem langen Speer nach ihm. Marek wich ihm geschickt aus, packte die gefährliche Waffe fast im selben Atemzug und zog daran, sodass der Krieger plump auf ihn zu taumelte, sein Messer hoch erhoben, um auch damit zuzustoßen. Doch Marek tauchte blitzschnell unter dem Arm mit dem Speer hindurch, sodass dieser den Hieb mit dem Dolch blockierte, drehte sich dabei einmal um die eigne Achse und rammte aus derselben Bewegung heraus dem Krieger von unten das lange Messer seines Kameraden in die Kehle. Ein widerliches Gurgeln drang aus dem sich rasch mit Blut füllenden Hals des Mannes und er sackte auf die Knie, ließ seine Waffen fallen und griff sich an die Kehle, bevor er ganz zu Boden ging. Er war nicht sofort tot, zuckte und röchelte noch, während Marek bereits seine Waffen vom Boden aufsammelte.

Der Fremde sah Jenna direkt an, die Augen geweitet, mit dem sicheren Gefühl zu sterben. Sie konnte nicht wegsehen, starrte ihn völlig aufgelöst an. Ihr war schlecht, so furchtbar schlecht, dass sie nun doch anfing zu würgen.

„Bemüh dich nicht. In deinem Magen ist eh nichts drin", hörte sie Marek brummen und dann war er auch schon neben ihr, packte sie mit seinen blutverschmierten Fingern am Oberarm und zog sie mit sich mit. „Wir müssen hier weg!"

„Wer... wer...", stammelte sie, konnte ihren Satz jedoch nicht beenden. Das war alles so schrecklich gewesen. Sie konnte keinen klaren Gedanken fassen, war zu aufgelöst. Sie musste sich unbedingt beruhigen, musste vergessen, was sie gesehen hatte, *musste...*

„Wer die waren?" erriet er ihre Frage. „Quavis. Die bessere Frage ist allerdings, warum die nach uns gesucht haben."

„Ha-haben die das?" brachte sie endlich krächzend heraus und sah sich verängstigt um, blinzelte verwirrt. Marek führte sie eindeutig nicht auf demselben Weg zurück, auf dem sie den Berg erklommen hatten.

„Ja", antwortete er knapp und schob sie vor sich auf den schmalen Pfad, der an der Außenseite des Berges entlangführte. In jeder anderen Situation hätte sich Jenna mit Händen und Füßen dagegen gesträubt, diesen Weg zu betreten, denn zur anderen Seite hin befand sich nur gähnende Leere – es ging tief hinab zu den Wäldern, Wiesen, Flüssen und

Feldern Trachoniens – doch sie wusste, dass ihre Situation ernst war und Marek ganz gewiss nicht aus Spaß einen solch gefährlichen Pfad wählte.

„Das Gebiet hier wird von ihnen gar nicht besiedelt", erklärte er weiter. „Es ist mehr als eigenartig, dass sie hier auftauchen und sich dann so aggressiv verhalten. Also denke ich, dass sie von jemandem geschickt wurden."

„A-aber von wem? Oh-oh!" Sie hatte versehentlich in den Abgrund gesehen, der nur wenige Zentimeter von ihren Füßen entfernt klaffte. Ihr schwindelte etwas und sie zwang sich, ihren Blick auf den steinigen, unbefestigten Pfad entlang der zerklüfteten Bergwand zu heften.

„Und warum?" fügte sie mit dünner Stimme hinzu.

„Um an den Stein oder auch dich heranzukommen?" schlug er vor.

Seine Antwort verstörte sie nur noch mehr. „Aber wer soll das denn wissen? Ich meine, dass du ihn hast und dass ich ihn aktivieren kann?"

„Alentara. Sie hat eines der besten Spionagenetze dieser Welt und ich weiß, dass sie schon seit langer Zeit versucht, das *Herz der Sonne* in ihre Finger zu bekommen."

„Das *Herz der Sonne*?" Sie warf ihm einen fragenden Blick über die Schulter zu. „Ist das der Name für deinen Stein?"

„Sieh auf den Weg!" wies er sie scharf an und sie wandte sich schnell wieder um. Er hatte Recht. Sie konnte auch später noch Fragen stellen. Zurzeit war es wichtiger, dass sie in einem Stück von diesem vermaledeiten Berg herunterkamen. Der Weg beschrieb eine enge Kurve und als sie diese hinter sich gebracht hatten, wurde er endlich wieder breiter und führte zwischen zwei Hängen hindurch. Kein Abgrund mehr. Keine Lebensgefahr durch einen dummen Fehltritt.

Trotz all dem fühlte sich Jenna nicht *so* viel besser, wie sie gedacht hatte. Natürlich war der Weg jetzt befestigter, jedoch auch offener. Vorher hatte die Bergwand sie vor suchenden Augen geschützt – jetzt führte der Weg in eine breite Schlucht, die von vorn und hinten leicht einsehbar war, ihnen allerdings keine Möglichkeit zur Flucht bot. Sie spürte, dass sich auch Marek dessen bewusst war und ihm das nicht gefiel, denn er wirkte angespannter als zuvor, versuchte möglichst leise, aber dennoch zügig vorwärts zu kommen.

„Warum sind wir nicht zur Höhle zurückgegangen?" flüsterte Jenna.

„Weil ich nicht will, dass sie wissen, wo die Höhle ist", erwiderte er knapp, seine Augen starr auf den Weg gerichtet, der in einiger Entfernung vor ihnen steil abfiel. „Wir müssen sie auf eine falsche Spur locken und uns dann irgendwo verstecken."

„Und wenn sie uns vorher finden?"

„Dann müssen wir uns einen anderen Plan ausdenken und zwar schnell."

„Was… was ist mit dem Stein?" fiel ihr plötzlich ein.

„Der ist nicht hier", brummte er sofort zurück und schenkte ihr ein falsches Lächeln. „Glaubst du, ich trag ihn weiter an derselben Stelle mit mir herum, obwohl du jetzt weißt, dass ich ihn habe? Schlau, wie ich bin, habe ich ihn natürlich gut in unseren Sachen versteckt."

Holla, da war aber eine Menge Selbstironie in seiner Stimme zu vernehmen. Gleichwohl zuckte sie heftig zusammen, als er einen Laut ausstieß, der zwischen Frustration und haltloser Wut schwankte, und mit Schwung einen Stein aus dem Weg trat. Die Flüche, die folgten, stammten zwar aus einer anderen Sprache, waren jedoch auch für sie deutlich als solche zu erkennen und sie wurde etwas langsamer, machte sich ganz klein. Im Grunde war es *ihre* Schuld, dass sie in diese missliche Lage geraten waren, denn nur ihr Starrsinn hatte Marek dazu veranlasst, auf diesen vermaledeiten Berg zu klettern. Sie hoffte nur, dass ihm das nicht allzu schnell klar wurde.

„Dumm, dumm, DUMMM!" hörte sie ihn jetzt auch in ihrer Sprache fluchen und er stieß den Speer in die Luft, als würde er damit einen imaginären Feind auslöschen. Er schüttelte den Kopf, doch dann blieb er auf einmal wie angewurzelt stehen, sodass sie beinahe in ihn hineinstolperte.

„Was ist?" fragte sie, als sie ihr Gleichgewicht zurückgewonnen hatte, und betrachtete besorgt sein angespanntes Gesicht. Seine Augen waren auf den Weg gerichtet, dessen Fortlauf man nicht mehr sehen konnte, weil er ein paar Meter vor ihnen viel zu steil abfiel. Ihr Herz begann sofort schneller zu schlagen, denn sie fühlte, dass die nächste gefährliche Situation rasend schnell auf sie zukam.

„Zurück!" stieß Marek aus, packte sie sofort am Arm und eilte mit ihr wieder den Weg hinauf, auf die Schlucht zu. Die Angst ergriff erneut

Besitz von Jenna, ließ dieses hohle Gefühl in ihr aufkommen und ihren Puls rasen.

„Neuer Plan?" keuchte sie.

Marek antwortete nicht. Das war auch gar nicht nötig, denn Jenna vernahm nun selbst aufgebrachte Stimmen und das Scharren und Trampeln von vielen Füßen hinter sich. Marek bremste knapp vor der Schlucht ab und warf einen prüfenden Blick hinunter. Seltsamerweise streckte er auch noch die Hand waagerecht darüber aus, als wolle er etwas in die Schlucht fallen lassen. In seinen Fingern befand sich allerdings nichts.

Jenna sah selbst hinab. Der Hang war steil, fast senkrecht – unmöglich diesen hinunterzuklettern – und ganz unten sprudelte der reißende Fluss, den sie auch schon zuvor gesehen hatte. Sie nahm wahr, dass Marek kurz nickte und sah ihn wieder an. Was gab es da zu nicken? Ihr Begleiter verwirrte sie zusehends. Sie wies auf den Pfad, über den sie gekommen waren, aber der Krieger schüttelte den Kopf.

„Sie wissen, woher wir gekommen sind, sonst würden sie nicht hier herauf kommen", erklärte er. „Sie werden ein paar Männer am anderen Ende des Weges stationiert haben. Wir würden ihnen genau in die Arme laufen."

„Was dann?" stieß sie panisch aus. Doch Marek reagierte nicht mehr auf ihre Frage. Er wandte sich stattdessen um, um ihren Verfolgern in die Augen zu sehen. Jenna tat es ihm mit wild pochendem Herzen nach. Vielleicht hoffte er, mit den Kriegern verhandeln zu können, denn mit seinem Speer und dem Messer konnte er ganz bestimmt nichts gegen so viele Personen ausrichten. Oh, sie hoffte es so. Gewalt würde ganz bestimmt alles nur noch schlimmer machen und im Endeffekt würde auch sie darunter zu leiden haben.

Zunächst waren es nur drei Mann, die mit grimmigen Gesichtern den Weg hinauf kamen. Sie waren, wie ihre Kameraden, in Tierfelle gehüllt, hatten lange, verfilzte Haare und Bärte und grobschlächtige, wulstige Gesichter. Sie erinnerten Jenna an die Nachbildungen von Neandertalern, die sie im Museum gesehen hatte, nur dass diese Männer hier mit ihren Speeren, den anderen gefährlichen Waffen und den bedrohlich funkelnden Augen eine weitaus beängstigendere Wirkung auf sie hatten. Und es blieben nicht nur drei. Über den Kamm des Berges kamen noch vier, nein fünf – Oh Gott! – *sechs* weitere dieser wilden Krieger.

Die ersten drei hatten sie jetzt fast erreicht, blieben jedoch in einem erstaunlich respektvollen Abstand vor ihnen stehen. Der Tod ihrer Kameraden hatte sie anscheinend vorsichtiger gemacht. Ihre tief in den Höhlen liegenden Augen musterten Marek misstrauisch. Jenna schienen sie gar nicht richtig wahrzunehmen, geschweige denn als Gefahr anzusehen.

Marek überraschte sie erneut, als er ihre Hand ergriff und sie dicht an sich heranzog. „Wenn wir hier unbeschadet herauskommen wollen, musst du mir versprechen, genau das zu tun, was ich dir sage", raunte er ihr zu. „Ganz gleich, was passiert – du musst mir bedingungslos vertrauen. Schaffst du das?"

Jenna schluckte schwer und nickte dann. Ihre Kehle war wie zugeschnürt und machte es ihr unmöglich, auch nur eine Silbe herauszubringen. Irgendwie hatte sie nicht das Gefühl, dass sie aus dieser Geschichte mit heiler Haut herauskommen konnten. Doch ganz gleich was geschah, sie würde nicht kampflos aufgeben. Ein schlechter Plan war besser als gar keiner und wie es aussah, war Marek tatsächlich eine Idee gekommen, die sie beide retten konnte. So hoffte sie jedenfalls und der warme Druck seiner Hand gab ihr ein wenig Zuversicht.

Der größere Trupp von Kriegern hatte die Vorhut nun erreicht und einer der Männer schob sich zwischen seinen Kameraden hindurch, wagte es als einziger, etwas dichter an Marek heranzutreten. Er war kleiner als die anderen, aber sehr kräftig. Er hatte einen dunklen Bart, in den Knochen kleinerer Tiere eingeflochten waren. Auf die Stirn hatte er sich merkwürdige Zeichen gemalt und in einer Hand hielt er einen reich verzierten Speer, dessen scharfe Spitze aus reinem Gold zu bestehen schien. Er lächelte sonderbar, als er noch einen weiteren Schritt auf Marek zumachte. Dann sprach er den um mindestens zwei Köpfe größeren Krieger in seiner eigenen fremdartigen Sprache an. Jenna war sich sicher, dass dies kein Zyrasisch war. Es klang ganz anders, besaß mehr gutturale Laute. Umso überraschter war sie, als Marek ihm in derselben Sprache antwortete. Das Lächeln des Mannes erstarb und er funkelte Marek böse an.

„Was… was hast du gesagt?" entfuhr es Jenna entsetzt. In einer Verhandlung, in der es um ihrer beider Leben ging, musste man doch vorsichtig sein und durfte sein Gegenüber auf keinen Fall wütend machen. „Du solltest ihn lieber nicht reizen!"

Der bärtige Krieger war deutlich erbost. Das verrieten nicht nur der Ton, in dem er weitersprach, sondern auch seine Körperhaltung und sein Gesichtsausdruck. Zur Bestärkung seiner Worte fuchtelte er jetzt auch noch mit dem Speer vor Mareks Gesicht herum. Marek trat einen Schritt zurück und Jenna tat es ihm sofort nach. Je weiter sie von diesen Kriegern entfernt waren, desto besser. Dennoch war Mareks Tonfall alles andere als freundlich, als er dem Mann antwortete und eindeutig den Namen Nadir aussprach.

Der wilde Krieger presste die Lippen zusammen und Jenna meinte sogar zu sehen, wie ein paar der anderen Männer sich ein wenig duckten. Selbst in diesem abgelegenen Winkel der Welt besaß dieser Name eine Bedeutung – vermutlich keine positive. Der Anführer des Trosses zeigte sich allerdings nicht lange beeindruckt. Er reckte das Kinn in die Höhe und trat noch einen Schritt näher, funkelte Marek bedrohlich an. Seine nächsten Worte waren zwar leiser gesprochen, jedoch frei von jeglicher Angst und wurden von einer arroganten, wegwerfenden Geste begleitet. Jenna spürte, wie sich Mareks ganzer Leib anspannte, fühlte seinen herausbrodelnden Zorn beinahe körperlich und wunderte sich nicht, als auch seine Wangenmuskeln zu zucken begannen. Das Gespräch der beiden Männer war unmissverständlich auf eine persönliche Ebene gerutscht und das musste bedeuten, dass sie sich von irgendwoher kannten.

Trotz seiner kochenden Wut machte Marek einen weiteren Schritt zurück, gab den Umstehenden die Möglichkeit, dies als Angst vor dem sofort nachrückenden ‚Häuptling' zu interpretieren. Nun konnte Jenna schon das Tosen des Flusses unter ihnen vernehmen und das gefiel ihr gar nicht. Viel Raum zum Ausweichen hatten sie nicht mehr. Wenn Marek so weiter machte, würden sie noch abstürzen. Sie sah ängstlich zu ihm hinauf und fand zu ihrem Erstaunen ein abfälliges Lächeln auf seinen Lippen vor, das eindeutig seinem Gegner gewidmet war. Für seine nächsten Worte brauchte sie keine Übersetzung. Sie wusste auch so, dass es sich um eine derbe Beleidigung handeln musste, denn die Augen des anderen Kriegers weiteten sich und er schnappte hörbar nach Luft.

Viel mehr konnte Jenna jedoch nicht beobachten, denn Marek riss sie auf einmal mit sich herum und sprang. Jenna wusste nicht wieso, aber sie ließ sich widerstandslos mitreißen, ohne überhaupt darüber nachzudenken, was sie beide taten. Erst in der nächsten Sekunde wurde ihr bewusst, dass sie gerade den Freitod gewählt hatte, denn da war nichts mehr unter ihr außer gähnender Leere. Ihr Herzschlag setzte aus und sie hörte auf zu atmen, als die Schwerkraft sie erbarmungslos nach unten riss und sie mit rasender Geschwindigkeit hinabstürzte. Und dann begann sie zu schreien, ruderte verzweifelt und sinnlos mit Armen und Beinen in der Luft herum, während der schneidend kalte Gegenwind ihre Kleider aufblähte und ihr Tränen in die weit aufgerissenen Augen trieb und ihr Magen längst in ihren Hals gehopst war, dort die unangenehmsten Umdrehungen vollführend.

‚Du stirbst! Du stirbst!' hämmerte es in ihrem Kopf, in demselben irrsinnigen Rhythmus, den ihr Herz aufgenommen hatte, während das tosende Wasser des Flusses unaufhaltsam näher kam. Und doch hatte sie ganz unvermittelt das Gefühl, als würde ihre Geschwindigkeit nachlassen, als würde auf einmal von unten ein Gegendruck entstehen, der ihren Fall etwas abbremste. Völlig gestoppt wurde sie allerdings nicht. Ihre Stimmbänder versagten und sie holte nur noch tief Luft.

Der Aufprall war hart. Es fühlte sich an, als würde ihr Körper in tausend Stücke gerissen werden. Tief tauchte sie in das eiskalte Wasser ein, tiefer, als ihr lieb war, und sogleich wurde sie von der starken Strömung mitgerissen. In heller Panik versuchte sie sich an die Oberfläche zu kämpfen, denn die Kälte des Wassers raubte ihr den Atem, alles, was ihre Lunge noch an Luft besaß. Schließlich tauchte sie keuchend auf und ruderte verzweifelt in der Strömung herum, nicht fähig, auch nur einen ordentlichen Schwimmstoß auszuführen. Ihre Kleider hatten sich voll Wasser gesogen und sie verwickelte sich nicht nur immer wieder in diesen, sondern sie zogen auch noch wie Tonnengewichte an ihrem Körper.

Sie musste ans Ufer gelangen oder wenigstens an etwas, an dem sie sich festhalten konnte, einen großen Stein oder Baumstamm… *irgend*etwas… denn die Kälte begann schon jetzt ihre Muskeln zu lähmen, machte es so schwer, zu atmen… Doch solange sie ihren Körper noch fühlte, solange ihr noch alles wehtat, war sie noch nicht verloren. Sie war immer eine gute Schwimmerin gewesen. Sie musste nur weiterkämpfen, durfte nicht aufgeben… Schwimmen… schwimmen… den Kopf über Wasser halten, nicht so viel Wasser schlucken… nach dem Felsen greifen, der sich vor ihr auftat…

Ihre tauben Finger trafen auf das kalte Gestein, versuchten sich festzukrallen, glitten jedoch nur daran ab. Der Fluss riss sie unbarmherzig mit sich wie ein Stück totes Holz. Ihr Körper wurde immer tauber und es fiel ihr immer schwerer, sich zu bewegen. Wasser drang ihr in Mund und Nase und sie hustete und prustete. Sie ging unter, tauchte wieder auf, verzweifelt nach Luft schnappend. Die Strömung zog sie abermals unter Wasser, so als wollte der Fluss sie unbedingt ertränken. Sie schluckte erneut viel zu viel Wasser… keine Luft mehr… keine Kraft… Doch auf einmal wurde sie gepackt und wieder nach oben an die Wasseroberfläche gebracht. Sie fühlte kalten Stein an ihrer Wange, während ihr Körper das Wasser in einem heftigen Hustenanfall wieder aus ihrer Luftröhre hinaustransportierte. Jemand drückte sie von hinten an den Stein, an dem er sich selbst festkrallte.

„Durchhalten", keuchte eine tiefe Stimme dicht an ihrem Ohr und erst in diesem Augenblick fiel ihr wieder ein, dass sie nicht allein gesprungen war. Marek war bei ihr.

„Wir sind hier gleich raus", raunte er ihr zu und ließ zu ihrem Entsetzen den Felsen wieder los. Gemeinsam wurden sie weitergetrieben und erst nach ein paar Sekunden, die Jenna endlos lang vorkamen, begann Marek zu schwimmen, sie mit sich ziehend. Seine Schwimmstöße waren noch unglaublich kräftig. Er versuchte erst gar nicht gegen die Strömung anzukämpfen. Er schwamm *mit* ihr. Dabei hielt er sich schräg an das rechte Ufer. Erst als der Fluss eine Biegung machte, kämpfte er gegen den starken Sog an und konnte sie beide tatsächlich in die seichtere Strömung des Uferrandes bringen.

Jenna fühlte Grund unter sich und kam auf die Knie. Ihr Körper zitterte allerdings so sehr und war so taub, dass sie sich nicht aufrichten konnte, so wie Marek das jetzt tat. Seine Kraft reichte jedoch aus, um auch sie am Arm zu packen und aus dem Wasser zu hieven. Ein Arm schlang sich um ihre Taille, während Marek sich den ihren um die Schultern legte und sie so zum Ufer schleppte. Sie versuchte zu laufen, versuchte es wirklich, aber das, was ihre Beine da unter ihr veranstalteten, konnte man wohl kaum so bezeichnen. Sie bewegten sich zwar, aber viel zu langsam und zu kraftlos, um Marek zu entlasten. Sie konnte nicht mehr, musste sich setzten, sich hinlegen… ausruhen…

„Nein, nein", stieß Marek angespannt aus, so als könne er ihre Gedanken lesen – oder hatte sie vielleicht laut gesprochen? „Wir müssen weiter. Wir müssen weg hier."

Obwohl Marek den größten Teil ihres Gewichtes trug, war es für Jenna die reinste Qual, sich vorwärts zu bewegen. Ihr Herz raste und jede Bewegung stach wie tausend Messer und erforderte so viel Kraft, dass sie bald das Gefühl hatte, auf der Stelle zusammenzubrechen. Sie zitterte nicht nur, ihr ganzer Körper bebte und das Klappern ihrer eigenen Zähne drang hallend in ihre Ohren. Ihr erschöpfter Körper war am Ende und selbst das schnelle, stoßweise Atmen war zu einer Tortur geworden, brannte die kühle Luft doch so sehr in ihrer Brust. Marek nahm jedoch keine Rücksicht auf ihren Zustand, lief einfach weiter und weiter, etwas Unverständliches vor sich hin murmelnd. Sie meinte ein paar Mal das Wort ‚Bashin' zu hören. Was war das nochmal gewesen? … Ach, sie konnte noch nicht einmal mehr klar denken… konnte nicht mehr…

Ihr Körper entzog sich ihrer Kontrolle und sie ging in die Knie, nicht fähig, von allein wieder auf die Beine zu kommen. Marek zögerte nicht lange. Er packte sie und warf sie sich über die Schulter, wie er das schon einmal getan hatte. Er war erstaunlich warm, stellte sie trotz ihres umnebelten Verstandes fest, und hatte noch so unglaublich viel Kraft… genug, um ihr zusätzliches Gewicht zu tragen und sich nun auch noch schneller als zuvor fortzubewegen.

Jenna regte sich nicht mehr, hing schlaff wie ein nasser Sacke über seiner Schulter und ergab sich nur allzu bereitwillig der betäubenden Müdigkeit, die mit aller Macht Besitz von ihr ergriff und ihre Lider schwer werden ließ. Sie riss mühsam ihre Augen auf, konnte aber nichts dagegen tun, dass sich ihre Lider sofort wieder senkten. Dunkelheit umhüllte sie, wohltuende, wunderbare Dunkelheit… Sie fühlte sich wie in einem warmen, sicheren Kokon, abgetrennt von der realen Welt, geschützt vor allen Gefahren...

Es war die Erschütterung ihres eigenen Körpers, die sie nach einer Weile wieder langsam zu Bewusstsein kommen ließ. Sie wurde bewegt, fühlte Finger auf ihrer kalten Haut, fühlte wie ihre eiskalten, nassen Kleider Schicht für Schicht von ihrem Körper abgelöst wurden. Doch sie wollte nicht so richtig erwachen, wollte nicht... und dennoch, als ihr Körper wieder still lag, hoben sich ihre Lider ganz automatisch, so als zwänge ihre Vernunft sie dazu, nachzusehen, was passiert war.

Sie lag am Boden, im Dunkeln... nein, jetzt leuchtete plötzlich ein Licht auf, nicht weit von ihr entfernt. Sie drehte mit großer Kraftanstrengung ihren Kopf und bemerkte, dass ein kleines Feuer neben ihr brannte, eines, das gerade erst entzündet worden war. Nicht gut... Ihr war doch schon so warm, beinahe heiß. Alles war wieder gut... Und wer war dieser nackte Mann, der dort gerade, beladen mit einer Decke, vom Eingang der... der... War sie in einer Höhle? Ja, wahrscheinlich. Das sah ganz so aus... Sie zuckte zusammen, als sie an ihrem Arm gepackt wurde. Der Mann war plötzlich direkt vor ihr, zog sie auf seinen Schoß... legte ihre Arme um seinen Nacken und drückte sie fest an seinen Körper. Sie konnte nichts dagegen tun, weil ihr eigener Leib völlig schlaff war, sie nicht einen Muskel bewegen konnte. Stattdessen sank ihr Kopf sofort schwer gegen seine Brust, dort wo sich Hals und Schulter trafen. Warme, weiche Haut... überall dort, wo sich ihre Körper berührten... Rauer Stoff rieb über ihren Rücken. Er hüllte sie beide in eine Decke, ließ nur ihre Arme und Beine unbedeckt.

„Nicht bewegen", vernahm sie eine tiefe, ihr sehr vertraute Stimme und warmer Atem streifte ihre Schläfe. Marek. Es war Marek, kein Fremder. Sie wusste, dass sie nicht so fühlen durfte, aber sie war zutiefst erleichtert, entspannte sich nun auch innerlich. Sie war sicher und geborgen. Ihr würde nichts mehr zustoßen. Er würde auf sie aufpassen, nicht zulassen, dass sie starb. Das hatte er versprochen... Allerdings war er kein Arzt, konnte nicht wissen, was nach einem Sprung in einen eiskalten Fluss zu tun war. Sie brauchten einen Notarztwagen, mussten beide in ein Krankenhaus und von Fachleuten versorgt werden. Doch wie sollten sie einen rufen?

„W-wir brauchen ein Telefon", murmelte sie gegen Mareks Brust. Sie fühlte sein Lachen eher, als dass sie es hörte. „Müssen den Notarzt rufen..."

„Ich kann mir kaum vorstellen, dass die Quavis als einziges Volk Falaysias so fortschrittlich ausgerüstet sind", hörte sie ihn sagen. Sie schloss müde die Augen und drückte ihr Ohr noch fester an seine Brust. Seine tiefe Stimme vibrierte dort so schön und das regelmäßige Schlagen seines Herzens hatte etwas ungemein Beruhigendes an sich. Sie mochte das.

„Ja...", erwiderte sie träge, „...k-kann mir auch nicht vorstellen, d-dass einer von... denen ein H-handy hat... so mit Sattelitenverbindung und so... Sind lebensnotwendig ge-geworden, die Dinger..."

„So, so", brummte es aus seiner Brust und sie war sich sicher, dass er schmunzelte. Sie wollte ihn gern ansehen, aber sie konnte weder den Kopf heben noch die Lider öffnen. Sie war viel zu müde.

„Weiß... weiß gar nicht, w-wo meins is...", nuschelte sie weiter und hatte das Gefühl, wieder tiefer in der so wohltuenden Dunkelheit zu versinken. „Hab's wohl nich mitgenom'... oder er... er hat's geklaut... d-dieser Mistkerl..."

„Wer?" hörte sie seine Stimme wie aus weiter Entfernung. „Leon?"

„Nein." Das Kopfschütteln gelang ihr nicht wirklich. „Dieser Zauberer... Dem... Demeon..."

Seltsamerweise veränderte sich Mareks Körperhaltung mit ihren letzten Worten. Sie konnte nur nicht mehr richtig erfassen warum, konnte nicht feststellen, was er tat, denn sie versank unaufhaltsam in der Dunkelheit eines tiefen, traumlosen Schlafes.

Unstimmigkeiten

Manchmal hasste Leon seine eigene Unvernunft und sein zu schnelles Mundwerk. Am Morgen hatte er verlauten lassen, dass er wieder gestärkt und ausgeruht genug sei, um ihren Weg fortzusetzen und ein gutes Stück voranzukommen und Sheza hatte ihn natürlich sofort beim Wort genommen und war mit ihm aufgebrochen. Nun, nach nur fünf Stunden Marsch bergauf und bergab, fühlte er sich wie durch die Mangel gedreht und hielt sich nur noch durch seinen unvernünftigen Stolz und schiere Willenskraft aufrecht. Jeder einzelne Muskel seines Körpers schmerzte und zitterte, Schweiß stand ihm auf der Stirn und er musste seine Zähne zusammenbeißen, weil auch sein Arm wieder angefangen hatte schmerzhaft zu pochen.

Er war sich sicher, dass Sheza genau wusste, wie geschwächt er bereits wieder war, was sie dennoch nicht davon abhielt weiterzulaufen, ohne Rücksicht auf ihn zu nehmen. Sie wollte ihn vermutlich für seinen Übermut bestrafen und wartete darauf, dass er etwas sagte, sie darum bat eine Pause zu machen und damit eingestand, dass er sich maßlos überschätzt hatte. Doch diesen Gefallen würde er ihr nicht tun. Ganz bestimmt nicht. So weit kam es noch, dass er anfing, wie ein Jammerlappen zu betteln!

Sie erklommen nun schnaufend eine weitere Anhöhe und das Wunder geschah: Sheza blieb von allein stehen, warf ihm einen kurzen, abschätzenden Blick zu und sah dann hinab in die Schlucht zu ihrer Linken. Leon schloss erleichtert die Augen und konnte sich nur mit Mühe davon abhalten, nicht an Ort und Stelle in die Knie zu gehen und sich der Länge nach auf dem kalten, harten Boden auszustrecken. Eine himmlische Vorstellung, die er leider nicht in die Tat umsetzen konnte.

„Schnell!" vernahm er plötzlich Shezas Stimme dicht vor sich und riss erschrocken die Augen auf. Die Kriegerin war direkt vor ihm, nahm ihm die Zügel seines Pferdes aus der Hand und führte dieses zusammen mit ihrem etwas weiter von dem Abgrund weg. Sie wühlte hektisch in einer der Satteltaschen herum und brachte schließlich eines dieser Teleskop-Fernrohre heraus, die nur wenige Menschen in Falaysia besaßen. Damit eilte sie zurück zum Rand der Schlucht und legte sich dicht davor bäuchlings auf den Boden, sofort das Fernrohr an ihr Auge setzend.

Leon konnte nicht anders – auch wenn es vielleicht besser war, sich tatsächlich hinzusetzen und auszuruhen – er konnte es nicht tun. Seine Neugierde war geweckt und da gegenwärtig alle kuriosen Geschehnisse um ihn herum zusammenzuhängen schienen und er in sie verwickelt war, war er sich sicher, dass auch diese Sache ihn mit betraf. Also torkelte er hinüber zu Sheza und ließ sich schwerfällig und unter Schmerzen neben ihr nieder. Er versuchte sein Gewicht hauptsächlich mit seinem gesunden Arm zu tragen, doch es ließ sich in dieser Haltung nicht vermeiden, dass auch der verletzte Arm belastet wurde. Er presste die Lippen zusammen und versuchte sich von dem Schmerz abzulenken, indem er nach dem Ausschau hielt, was Sheza so faszinierte.

Nach einem kurzen Moment der Suche nahm er Bewegungen am Fuße des gegenüberliegenden Berges wahr. Sheza und er befanden sich selbst seit einer gewissen Zeit nicht mehr so hoch im Gebirge, von daher war es auch nicht mehr so schwer zu erkennen, was sich unter ihnen tat. Er brauchte nur ein wenig die Augen zuzukneifen und sich zu konzentrieren. Ein Trupp von Kriegern marschierte dort den Weg entlang, sogar ein ziemlich großer. Leon versuchte die Männer zu zählen, hörte aber auf, weil er sie zu schlecht erkennen konnte. Stattdessen sah er Sheza von der Seite an. Sie war angespannt, das konnte er an dem Zucken ihrer Wangenmuskeln erkennen. Ihr schien das, was sie da sah, alles andere als zu gefallen, das bezeugte auch ihr sorgenschweres Ausatmen, nachdem sie das Fernrohr wieder abgesetzt hatte.

„Wer sind die?" musste Leon sie fragen, auch wenn er nicht damit rechnete, eine Antwort zu erhalten.

Sheza war jedoch von ihren Gedanken zu weit weggetragen worden, um mit ihrer üblichen schroffen Abwehr zu reagieren. „Bakitarer", stieß sie mit hörbarer Verachtung in der Stimme aus.

Leon hob die Brauen. Das war eine Antwort, mit der er nun wirklich nicht gerechnet hatte. Sie befanden sich inzwischen in Trachonien, das bisher von Nadirs Truppen unangetastet geblieben war.

„Was machen die hier?" warf er die nächste Frage gleich hinterher. Doch Sheza war wach geworden und bedachte ihn mit einem griesgrämigen Blick.

„Was wohl?" knurrte sie. „Sie sammeln sich irgendwo, um ihren Großangriff auf Markachtor einzuleiten."

Leon blinzelte perplex. Sein Mund öffnete und schloss sich wieder, ohne dass er etwas herausbrachte. Nadir wollte Alentara angreifen?! Warum hatte niemand etwas davon mitbekommen? Stattdessen waren die Angriffe der Renon und die Reaktion der Bakitarer darauf das wichtigste Thema der Menschen in Falaysia gewesen. Und warum zur Hölle hatte Marek Jenna und ihn verfolgt, wenn er einen solch großen militärischen Schlag gegen eines der letzten Königshäuser ausführen wollte? Warum ließ er sich von einer solchen Nichtigkeit wie ihnen derart ablenken? Leon verstand die Welt nicht mehr.

„Sieht so aus, als hätten all die Ablenkungsversuche nichts genutzt", setzte Sheza frustriert hinzu und steckte ihr Fernrohr wieder weg.

„Ablenkungsversuche?" wiederholte Leon entgeistert und seine Gedanken machten ein paar turbulente Sprünge, die ihn nur zu *einer* sinnvollen Schlussfolgerung führten. „Meinst du damit die Angriffe der Renon?"

Sheza entschied sich dazu, lieber zu schweigen und stattdessen aufzustehen und wieder zu ihren Pferden zu gehen. Doch so leicht ließ sich Leon nicht abschütteln. Er raffte sich mühsam auf, fest die Zähne zusammenbeißend, um keine Schmerzenslaute von sich zu geben, und eilte ihr hinterher. Er holte die Kriegerin gerade rechtzeitig ein, um sich ihr in den Weg zu stellen, als sie bereits wieder loslaufen wollte.

„Was zur Hölle soll das alles bedeuten?" entfuhr es ihm aufgebracht. „Vor wenigen Tagen sagtest du noch, dass es unbedingt vermieden werden muss, Nadir gegen Trachonien aufzubringen, um keinen Krieg zu riskieren – und nun heißt es plötzlich, dass schon seit langer Zeit ein Angriff auf Markachtor ansteht?"

„Plötzlich?" Sie ließ ein spöttisches Lachen vernehmen. „Meine Güte, du musst schon ziemlich lange aus dem politischen Geschehen heraus sein – oder nie ernsthaft involviert gewesen sein." Sie schüttelte abfällig den Kopf. „Aber das hab ich ja schon vermutet."

„Vielleicht könntest du ja so freundlich sein und mich von meiner so schockierenden Unwissenheit befreien?" schlug er ihr mit einem zuckersüßen Lächeln vor.

„Nein", sagte sie gerade heraus. „Du kriegst aber einen Rat von mir umsonst: Misch dich nicht in Dinge ein, die dich nichts angehen!" Damit schob sie ihn einfach aus dem Weg und lief los.

Leon folgte ihr auf dem Fuße. „Die mich nichts angehen?" wiederholte er und seine Stimme überschlug sich fast. „Renons Scheinangriffe gehen mich sehr wohl etwas an, denn die haben mich ja erst in diese missliche Lage gebracht!"

Wieder reagierte Sheza nur mit einem Lachen und schüttelte auch noch zusätzlich den Kopf, so als hätte er etwas unsagbar Dummes von sich gegeben. Leon begann innerlich zu kochen – und das war gut so, denn es weckte seine Lebensgeister, ließ seinen Körper seine restlichen Kräfte mobilisieren.

„Das heißt dann wahrscheinlich, dass ich hohle Nuss mich schon wieder gewaltig irre", schloss er aus ihrer Reaktion und hatte große Mühe, der Frau vor ihm nicht einen festen Tritt in den Hintern zu verpassen. Gesund würde das bestimmt nicht für ihn sein, doch es würde ihm eine gewisse Genugtuung verschaffen.

„In einer Sache bin ich mir allerdings mehr als sicher", fuhr er fort, weil er weiterhin ignoriert wurde. „Du hast mich bisher von vorn bis hinten belogen – mir etwas vorgespielt, denn dein Auftrag, mich zu Alentara zu bringen, hat garantiert etwas mit diesem Angriff zu tun. War ich auch ein Ablenkungsversuch? Einer der vielleicht ein wenig fehlgeschlagen ist, weil Marek tatsächlich etwas bei mir gefunden hat, was eine Gefahr für Alentara sein könnte?"

Sheza blieb ruckartig stehen und funkelte ihn verärgert an. „Wir *wissen*, dass du deinen Stein nicht mehr besitzt."

Aha! Jetzt hatte er sie!

„Ich rede ja auch nicht von dem Stein", gab er nun schon weitaus ruhiger zurück.

Sheza musterte ihn kurz. „Und was solltest du sonst haben, was von relevantem Interesse sein könnte?"

„Was kann eine mächtige Königin dazu bringen, ihre ursprünglichen Pläne über den Haufen zu werfen und einen völlig unbedeutenden ehemaligen Soldaten König Renons zu sich bringen zu lassen?" fragte Leon zurück und Shezas Blick verfinsterte sich umgehend. Ein sicheres Zeichen dafür, dass er auf der richtigen Spur war. Jedoch sagte die Kriegerin nichts, kniff stattdessen die Lippen so fest zusammen, dass sie nur noch eine dünne Linie bildeten.

„Eine neue Figur im Spiel, mit der niemand gerechnet hat", beantwortete er einfach selbst seine Frage, „und die ganz unvermutet eine Macht entfesselt hat, die für den einen oder anderen eine große Gefahr bedeuten könnte, abhängig davon, auf welcher Seite diese Person am Ende stehen wird."

„*Wenn* das so ist, wieso habe ich dann nicht deine kleine Freundin mitgenommen, sondern dich?" erkundigte sich Sheza mit einem falschen Lächeln.

„Wie hättest du das tun können? Marek war sehr viel schneller und als erfahrene Kriegerin weißt du, dass man sich mit ihm besser nicht allein anlegt. Mich am Ende mitzunehmen, war besser, als mit leeren Händen bei Alentara aufzutauchen. Immerhin kann man über mich einiges an Informationen über Jenna und ihre eigentümlichen Fähigkeiten gewinnen."

Leon war sich sicher, dass er mit seiner so rasch entwickelten Theorie richtig lag – auch wenn Shezas Gesicht bei seinen Worten völlig unbewegt geblieben war.

„So, so", sagte sie schließlich und bemühte sich um ein trockenes Lachen. „Das ist ja eine nette, kleine Idee. Sie hat nur einen Fehler: Sie ist kompletter Blödsinn."

Leon schüttelte den Kopf und erwiderte ihr Lächeln in derselben liebreizenden Art und Weise. „Ist sie nicht."

Sheza lachte erneut. Dieses Mal klang es allerdings ziemlich verkrampft. „Erkläre mir doch mal, warum ich dann Marek und ihr die Quavis auf den Hals gehetzt habe?"

„Um an Jenna heranzukommen, ohne das Risiko einzugehen von Marek erkannt oder gar getötet zu werden", gab Leon ruhig zurück.

„Meinst du nicht, dass es mir viel eher darum ging, Marek ohne viel Aufwand zur Strecke zu bringen? Denn wie soll Nadir seinen Krieg gegen meine Königin führen, wenn sein wichtigster Heerführer nicht mehr am Leben ist? Sieht es nicht eher so aus, als wär mir deine Freundin völlig egal?"

„Das mag so *aussehen*, aber so ist es nicht. Du verfolgst einen anderen Plan."

„Wenn der darin besteht, das Mädchen zu retten und zu Alentara zu bringen, dann ist er gänzlich fehlgeschlagen."

Leon hielt inne. Ein flaues Gefühl machte sich in seinem Magen breit. „Was... was genau willst du damit sagen? Das etwas passiert ist?"

Sie wich seinem Blick aus, sah stattdessen in die Ferne. „Wir sollten weitergehen..." Sie wollte ihren Gedanken sofort in die Tat umsetzen, doch Leon packte sie am Arm und hielt sie fest. Heiße Wut kochte in ihm hoch.

„Wer hat dir die Nachrichten zugetragen?" stieß er unbeherrscht aus, sich wohl bewusst, dass sein Griff ziemlich schmerzhaft für sie sein musste. Allerdings ließ sie sich nichts anmerken.

„Ich kann die Rauchzeichen der Quavis lesen", gab sie ruhig zurück. „Das ist alles."

„Und was haben die dir gesagt?"

„Dass Marek und deine Freundin auf der Flucht vor ihnen in eine Schlucht gestürzt sind."

Leon schnappte nach Luft und ließ Sheza wieder los. Er hatte auf einmal selbst das Gefühl in einen dunklen, schwarzen Abgrund zu stürzen. Vorbei. Alles war vorbei. Alle neu gewonnenen Hoffnungen gestorben. Und das nur, weil Sheza nicht vorsichtig genug gewesen war, weil sie nicht auf ihn gehört hatte!

„Beruhige dich", musste sie nun auch noch sagen. „Es ist nicht sicher, dass sie tot sind."

„Nicht sicher?!" entfuhr es Leon unbeherrscht und das Bedürfnis seine Hände um den Hals der Kriegerin zu legen und zuzudrücken, bis sie keinen Mucks mehr von sich gab, wuchs immens. „SIE SIND VERDAMMT NOCHMAL IN EINE SCHLUCHT GESTÜRZT!!"

Sheza hob Einhalt gebietend die Hände und trat näher an ihn heran. „Sie sagten Uo-ami hätte sich ihrer angenommen."

„Und wer zur Hölle soll das sein? Ein Zauberer, der Tote wieder zum Leben erwecken kann?" Er stieß ein hysterisches Lachen aus.

„Nein, das ist der Flussgott", erklärte Sheza, als würde sie wirklich an diesen Humbug glauben.

„*Bitte*?!" Sein Lachen klang mittlerweile etwas irre.

„Es bedeutet, dass sie in den Fluss gefallen sind", brummte Sheza. „Beruhige dich wieder! Das ist ja nicht zum Aushalten!"

„Aus welcher Höhe denn?" quietschte er und schüttelte den Kopf – auch über sich selbst. „Fünf Meter? *Dann* haben sie bestimmt überlebt. Aber ich dachte wir reden hier von einer *Schlucht* – und das bedeutet für mich mehrere hundert Meter Tiefe!"

„Auch das kann man überleben."

„Ja, wenn man Glück hat!"

„Marek weiß schon, was er tut."

„Ich dachte, sie sind gefallen!"

Sheza musterte ihn kurz. „Glaubst du das ernsthaft?"

Leon sah sie an und schloss dann kurz die Augen, um seine Funken sprühenden Emotionen wieder in den Griff zu bekommen, konzentrierte sich auf seine Atmung, versuchte diese wieder zu regulieren. Sheza hatte Recht. Marek fiel nicht einfach so in eine Schlucht. Sie mussten gesprungen sein, was hieß, dass der Mann sich etwas dabei gedacht hatte, und das vergrößerte die Chancen, dass Jenna den Sprung in den Fluss überlebt hatte, enorm. Die Hoffnung kroch wieder zurück in sein Herz und brachte ein wenig mehr innerer Ruhe mit sich.

Er öffnete seine Augen und war überrascht ein kleines Lächeln auf Shezas Lippen vorzufinden, das aber sofort wieder verschwand.

„Können wir jetzt weiter?" fragte sie, bemüht darum, möglichst genervt zu klingen.

Er zögerte sekundenlang, nickte dann aber. Eigentlich war ihm danach, noch weiter über das zu reden, was passiert war und vor allen Dingen herauszufinden, ob er mit seiner Theorie über Shezas Auftrag und der Wichtigkeit von Jenna in dieser Geschichte richtig lag. Eine innere Stimme sagte ihm jedoch, dass es besser war, für den Augenblick zu schweigen und erst noch einmal selbst alles zu durchdenken, denn im Grunde änderten die neuen Informationen so vieles, dass es dringend notwendig war, einen neuen Plan zu entwickeln.

Wenn Jenna noch lebte und Marek sie noch bei sich hatte, dann würden sie unweigerlich in dieselbe Richtung reisen wie Leon. Schließlich sah es danach aus, als wollte Nadir Alentara tatsächlich mit seinem Heer angreifen. Marek war sein Heeresführer. Er musste sich zwangsläufig bei seinen Soldaten einfinden und er würde Jenna mitnehmen müssen, was hieß, dass er sie wieder in Leons Nähe brachte.

Leon konnte nichts dagegen tun: Als Sheza sich wieder in Bewegung setzte und er ihr folgte, legte sich ein minimales Lächeln auf seine Lippen. Vielleicht, ganz vielleicht, ließ sich doch noch ein Handel mit Alentara herausschlagen, der ihm Jenna wiederbringen und alle Hoffnungen auf einen Sieg über Nadir wieder aufleben lassen würde.

Neue Gesellschaft

Es waren Stimmen, die Jenna aus ihrem seligen und so erholsamen Tiefschlaf weckten. Leise brummelnde, tiefe Stimmen, die Worte formten, die sie nicht verstand – nicht nur weil ihr Geist noch zu umnebelt war, um überhaupt etwas zu verstehen, sondern auch weil sie der Sprache, die sie benutzten, noch nicht so wirklich mächtig war. Moment! *Sie*?

Jenna riss entsetzt die Augen auf, sah aber nur eine graue, rissige Steinwand vor sich. Die Wand der Höhle, in die Marek sie gebracht hatte, kurz nach ihrem Sprung in den Fluss. Sich gleich umzudrehen, wagte sie jedoch nicht. Stattdessen strengte sie ihr Gehör an, versuchte sich mit einer viel zu hohen Pulsfrequenz auf die Stimmen der Männer hinter sich zu konzentrieren – denn dass es Männer waren, war eindeutig.

Mit Erleichterung stellte sie fest, dass eine davon Marek gehörte. Ihr Klang war ihr inzwischen vertraut genug, um ihn sofort zu erkennen: Sehr dunkel und samtig, wenn er leise sprach, nur ein wenig rauer, wenn er lauter wurde. Eine Stimme, die man nicht so schnell vergaß. Er wirkte ruhig und gelassen, also drohte von dem anderen Mann keine Gefahr. Ein weiterer Fakt, der sie ungemein beruhigte. Die andere Stimme war noch ein wenig tiefer und voller und seltsamerweise hatte Jenna das Gefühl, auch diese schon einmal gehört zu haben. Ihr fiel nur nicht ein wann und wo.

Schritte näherten sich von weiter weg her und kündigten eine weitere Person an. Noch ein Mann, wie Jenna feststellte, als auch dieser zu sprechen begann. Sie ging mittlerweile davon aus, dass die Männer zu Marek gehörten und keine Unbekannten waren. Die Frage war nur, wo sie auf einmal alle herkamen. Oder hatte sie länger geschlafen, als es ihr vorkam? Wie lange *hatte* sie überhaupt geschlafen? Langsam wurde es sehr schwierig für sie, still liegen zu bleiben und sich nicht doch umzudrehen.

Sie tat es nur nicht, weil noch eine Person die Höhle betrat und nun nicht nur zwei verschiedene Gespräche im Gange waren, sondern Marek auch mit seinem Gesprächspartner näher rückte. Zu ihrer Überraschung benutzten die beiden nun Englisch, um sich zu unterhalten. Vielleicht wollten sie nicht, dass jemand anderes mitbekam, worüber sie sprachen. Sie konnten ja nicht ahnen, dass Jenna nicht mehr schlief.

„Ich denke, Vichol wird mit seinem Trupp innerhalb von zwei Tagen vor Markachtor sein", gab der andere Mann gerade bekannt. „Es sind genügend Mann, um den Eindruck zu erwecken, dass wir die Stadt tatsächlich angreifen wollen."

„Und ihr habt das Basislager vor Tichuan unbemerkt aufbauen können?" fragte Marek. Der Mann hatte vermutlich genickt, denn es war Marek, der fortfuhr: „Wie viele Soldaten sind bereits dort?"

„An die zweihundert Mann", war die Antwort.

„Ich brauche mehr. Alentaras Heer ist zwar nicht sehr groß, ihre Krieger sind aber gut ausgebildet und gefährlich."

„Ich dachte, wir wollen das Schloss nicht mehr einnehmen."

„Es soll aber weiterhin danach aussehen."

Jenna runzelte die Stirn. Um was zur Hölle ging es hier? Zogen sie in einen Krieg gegen Alentara? War *das* der geniale Plan, den Marek entwickelt hatte, um an den Stein heranzukommen? Ein direkter Angriff? Oh... vielleicht als Ablenkungsmanöver. Wenn alle vor den Toren des Schlosses kämpften, würde wahrscheinlich niemand darauf achten, was innerhalb der Schlossmauern vor sich ging. So dumm war das gar nicht.

„Ich werde sehen, wen ich noch alles zur rechten Zeit herholen kann", sagte der andere Mann. „Ich kann aber keine Wunder versprechen. Sie waren schon alle auf dem Rückweg, als die Meldung kam, dass wir doch angreifen."

„Ja, ich weiß", lenkte Marek ein. „Ich will aber nicht, dass du wieder losreitest. Das macht Siaran. Du musst dich um mein anderes Problem kümmern."

Stille folgte diesen Worten und Jenna hatte das ungute Gefühl, dass man nun sie ansah. War *sie* etwa das andere Problem? Mareks folgende Worte bestätigten leider diese Vermutung.

„Sie sollte noch ein wenig hier bleiben und ausruhen und ich brauche *dringend* Abstand."

Wieso betonte er das so merkwürdig? Und was meinte er damit? Jennas Herz begann wieder schneller zu schlagen.

„Ich muss mir über ein paar Dinge klar werden, von denen mich niemand ablenken sollte – schon gar nicht sie!"

„Ist das…?" fing der andere Mann an, wurde jedoch sofort von einem strengen „Ja!" aus Mareks Richtung abgewürgt.

„Oh. Ich verstehe."

„Nein, das denke ich nicht. Das tut aber auch nichts zur Sache. Wichtige ist nur, dass ich glaube, dass du ganz gut mit ihr umzugehen weißt, Kaamo."

Wie bitte?! Das konnte nicht sein Ernst sein!

„Und was soll ich tun?"

„Warten, bis sie wieder bei Kräften ist, und sie dann ins Lager bei Tichuan bringen."

Nein! Nein, nein, nein, nein! So etwas konnte er nicht mit ihr machen! Er würde sie nicht in die Hände eines seiner Männer geben und verschwinden!

Jenna richtete sich ruckartig auf und drehte sich um, stieß dann aber einen entsetzten Laut aus, weil ihr schlagartig bewusst wurde, dass sie unter der Decke vollkommen nackt war und diese mit ihrer ruckartigen Bewegung bis zu ihren Hüften hinuntergerutscht war. Hastig griff sie wieder danach und zog sich die Decke bis zum Hals hoch, sah voller Scham hinauf in die Gesichter der Männer, die da direkt vor ihr standen, während ihr das Blut ins Gesicht schoss und der ganze Raum begann, sich um sie zu drehen. Ihr wurde schlecht. Sich so schnell aufzurichten, war keine gute Idee gewesen. Ihre Blamage war perfekt, wenn sie sich jetzt auch noch zu Füßen der Krieger übergab. Sie biss die Zähne zusammen und versuchte dennoch, die Männer vor sich anzusehen, versuchte angestrengt, den Schleier vor ihren Augen wegzublinzeln, der ihre Sicht trübte.

„Du bist wach?" hörte sie Marek verblüfft fragen.

Sie konnte sich gerade noch so davon abhalten, zu nicken und damit ihren Schwindel noch zu verstärken. Stattdessen presste sie ein leises

„Ja" heraus. Ihr Blick flog zu dem Mann, der neben ihm stand. Ein bärtiger Riese… Himmel! War das nicht der Kerl, der sie damals im Wald zusammen mit diesem anderen unangenehmen Gesellen gefangen hatte – damals als der Schrecken begonnen hatte? Ein Zittern lief durch ihren Körper und sie sah wieder Marek an.

„Ich… ich komme mit dir", krächzte sie. „Lass mich nicht hier!"

Seine Brauen wanderten aufeinander zu und seine Augen wurden etwas schmaler. „Hast du uns belauscht?"

Sie deutete ein Kopfschütteln an, warf dem anderen Mann einen weiteren ängstlichen Blick zu. „Ich hab nur ein paar Worte aufgeschnappt, als ich wach geworden bin", log sie.

„So, so", meinte er. Ihm war anzusehen, dass er ihr nicht glaubte. Er musterte sie kurz. „Du siehst schlecht aus. Du wirst hier bleiben und dich erst einmal erholen."

„Nein, mir… mir geht es gut!" stammelte sie sofort und sah sich hektisch nach ihren Kleidern um. „Ich zieh mir nur etwas an und dann können wir gleich los."

„Keine Diskussion!" forderte er streng. „Ich kann dich auch hier festketten, wenn es nicht anders geht."

Jenna schüttelte den Kopf, konnte nichts dagegen tun, dass ihr Tränen in die Augen stiegen. Natürlich hatte er Recht. Sie fühlte sich geschwächt und krank. Aber sie wollte nicht schon wieder ihre einzige Bezugsperson verlieren – ganz gleich, ob das jemand war, den sie nicht mögen *durfte*. „Bitte!" stieß sie mit brüchiger Stimme aus. „Bitte nimm mich mit! Lass mich nicht hier zurück!"

Marek sah sie für ein paar endlos lang erscheinende Sekunden schweigend an. Dann wandte er sich ein wenig um und sagte etwas zu den anderen Männern, die sofort die Höhle verließen. Der einzige, der bei ihnen bleiben durfte, war der bärtige Riese. Marek ging vor ihr in die Hocke, sah ihr in die Augen.

„Du bist in einen eiskalten Fluss gesprungen, was du garantiert noch niemals zuvor getan hast, und warst ziemlich unterkühlt", erklärte er nun sehr viel sanfter. „Die Reise durch das Gebirge war ohnehin schon ziemlich strapaziös für dich und dein Körper reagiert darauf mit totaler Erschöpfung. Du hast zwei Tage durch geschlafen und siehst immer noch aus, als wärst du gerade von den Toten auferstanden. Ich lasse dich in diesem Zustand nicht aus dieser Höhle heraus."

„A... aber kannst du dann nicht auch bleiben?" gab sie mit dünner Stimme zurück und wischte sich eine Träne von der Wange, die sich gerade selbstständig gemacht hatte. „Ich werd mich jetzt bestimmt ganz schnell erholen und dich nicht lange aufhalten."

Mareks Gesicht bekam einen deutlich irritierten Ausdruck. „Ich versteh dich nicht. Erst weinst du, *weil* ich dich mitgenommen habe, und jetzt tust du es, weil ich es *nicht* mehr tun will? Du solltest eher froh sein, mich für eine Weile los zu sein."

Sie schüttelte den Kopf und senkte den Blick. „Ich will nicht, dass du gehst."

„Warum nicht?"

Sie atmete stockend ein und aus, versuchte angestrengt, ihre so befremdlichen Gefühle in Worte zu fassen. „Weil diese Welt mir Angst macht. Und ich... ich glaube dir." Sie wischte sich weitere Tränen von den Wangen, ignorierte seinen skeptischen Blick. „Du hast gesagt, dass ich bei dir sicher bin – sicherer als bei jedem anderen. Ich glaube dir das, weil diese Welt sich vor *dir* fürchtet. Wenn du bei mir bist, wird mir niemand etwas antun. Niemand wird es wagen, mich zu bedrohen."

„Außer ich selbst", setzte er leise hinzu.

Sie nickte nur verhalten. „Es ist aber besser, sich nur manchmal vor dir zu fürchten als immer vor allem." Sie wusste selbst nicht genau, was sie da von sich gab, sprach nur aus, was ihr gerade in den Kopf kam, ohne groß darüber nachzudenken. Doch sie fühlte, dass es der Wahrheit entsprach und als sie Marek wieder ansah, fand sie ein kleines Lächeln auf seinen Lippen vor.

„Ich verstehe", sagte er leise. Sein Brustkorb weitete sich sichtbar unter dem tiefen Atemzug, den er nahm. „Ich kann dich dennoch nicht mitnehmen, weil ich mich um ein paar sehr dringende Dinge kümmern muss. Und Kaamo kann genauso gut auf dich aufpassen wie ich."

Sie schüttelte sofort den Kopf, doch Marek hob die Hand und ließ sie gar nicht erst zu Wort kommen. „Keine Widerrede! Dich gesund zu bekommen ist momentan vorrangig und das kann ich nur gewährleisten, wenn du hier bleibst und dich ausruhst. Kaamo ist einer meiner besten und zuverlässigsten Männer. Er wird gut für dich sorgen und dich beschützen. Ihr werdet von hier aufbrechen, sobald er meint, dass du wieder stark genug für den Rest der Reise bist. Vorher nicht. Respekt ihm gegenüber ist angebracht – Angst wäre einfach nur albern. Er wird dir nichts tun, weil er weiß, dass du unter meinem Schutz stehst."

„Aber ich will nicht –"

„Was du willst, spielt keine Rolle!" Er wurde langsam böse, das verriet ihr das bedrohliche Funkeln seiner Augen. „Wann wirst du das endlich einsehen?"

Sie holte Luft, ließ diese jedoch wieder ungenutzt entweichen. Es machte keinen Sinn, noch etwas zu sagen. Er würde nicht auf sie hören, würde keines ihrer Argumente akzeptieren. Er würde nur wütend werden und sie wollte lieber nicht testen, in welcher Form sich sein Zorn in der Gegenwart seiner Männer äußerte. Also senkte sie den Blick und schloss die Augen, schluckte tapfer weitere Widerworte hinunter. Sie fühlte seinen Blick auf sich ruhen, viel zu lange, viel zu eindringlich. Dennoch sah sie ihn nicht an, sagte nichts, regte sich nicht mehr.

„Gut", vernahm sie wenig später seine tiefe Stimme und spürte, dass er sich erhob. „Ich denke, ich muss dir nicht noch einmal sagen, dass in Bezug auf Kaamo dieselben Regeln gelten wie in Bezug auf mich. Ich erwarte, bei unserem Wiedersehen keine Klagen über dich zu hören."

Er machte eine Pause, um ihr Zeit zu geben zu antworten. Doch das tat sie nicht. Sie blieb regungslos sitzen und betrachtete lieber die fleckige Decke, in die sie immer noch eingewickelt war. Sie wollte nicht mehr mit ihm reden, war dafür zu traurig und enttäuscht. Das hatte man davon, wenn man begann, Personen zu mögen, die das nicht verdienten.

„Ich werde bald aufbrechen und würde dir raten, dich noch mal hinzulegen und zu versuchen zu schlafen. Je schneller du dich erholst, desto eher wirst du auch im Lager eintreffen."

Ein weiterer langer Blick folgte seinen Worten, der ebenso unbeantwortet blieb wie der vorangegangene. Stattdessen drehte sich Jenna auf ihrer Schlafstätte um und legte sich tatsächlich hin, ihm in stummer Anklage den Rücken zuwendend. Sie wartete darauf, dass er noch etwas sagte, in irgendeiner Weise auf ihre Provokation reagiert, aber das geschah nicht. Sie hörte, wie er sich umwandte und dann Kaamo ein paar

Worte auf Zyrasisch zuraunte. Nur wenig später verrieten sich entfernende Schritte, dass jemand die Höhle eiligst verließ – und sie war sich sicher, dass dies nicht Kaamo war. Sie schloss die Augen und seufzte tief und schwer und die Erkenntnis, dass sie einen weiteren Kampf mit diesem unmöglichen Mann verloren hatte, sich ein weiteres Mal ihrem ungewissen Schicksal fügen musste, ließ eine letzte warme Träne ihre Wange hinunterlaufen.

Leon mochte keine Schiffe. Er hasste das Auf und Ab der Wellen, und er hasste diese Enge und diesen Geruch nach Salz und Fisch. Überall nur Wasser, nichts als Wasser und das Grau des Himmels, das sich über alles erstreckte. Nur leider hatte Sheza nach der Sichtung der Bakitarer ihre ursprünglichen Pläne völlig über Bord geworfen und sich dazu entschieden, nach Tielhiev, der am nahesten gelegenen Hafenstadt zu reiten, um dann mit dem Schiff weiterzureisen. Das ersparte ihnen eine Menge Zeit, brachte sie allerdings auch wieder weiter von Jenna weg – wenn die junge Frau tatsächlich noch lebte.

Leon fühlte sich scheußlich. Die Schmerzen in seinem Arm waren zwar weniger geworden, sie waren jedoch immer noch stark genug, um ihn daran zu erinnern, dass sein Zustand noch zu wünschen übrig ließ. Selbst der scharfe Wind, der ihm ins Gesicht blies, konnte die Benommenheit nicht von ihm nehmen, die auf ihm lastete und dafür sorgte, dass es ihn, nach der anstrengenden Reise durch die Berge, nicht länger als ein paar Stunden auf den Beinen hielt. Derweil fragte sich Leon, ob nur seine Verletzung und die damit zusammenhängende körperliche Beeinträchtigung an seinem Zustand schuld waren oder ob Sheza ihm nicht irgendwelche Mittel einflößte, die ihn zu diesem schwächlichen, ungefährlichen Tölpel machten.

Für eine Kriegerin ihrer Art war sie einigermaßen freundlich zu ihm, aber sie ließ sich nicht so richtig in die Karten sehen, überraschte ihn immer wieder mit Entscheidungen und Neuigkeiten, mit denen er nicht gerechnet hatte. Fragen beantwortete sie nur sehr selten ausreichend und reagierte mit Verärgerung, wenn er hartnäckig blieb und versuchte mehr aus ihr herauszubekommen, als sie preisgeben wollte. Sie wollte ihn eindeutig in Unwissenheit lassen und ihr war es wahrscheinlich auch angenehmer, wenn sie ihn ruhig stellen konnte. Es gefiel ihr mit Sicherheit nicht, wenn sie erfuhr, dass er sich ein weiteres Mal aus seiner Koje geschlichen hatte und mit viel Anstrengung an Bord gestolpert war. Es war durch den Seegang ein schmerzreicher und kraftaufwendiger Akt gewesen und er hatte sich noch nicht einmal richtig gelohnt.

Leon seufzte innerlich. Nein, ihm ging es nicht gut. Er war nicht nur ein körperliches, sondern auch ein seelisches Wrack. Die Sorgen um Jenna zerfraßen ihn innerlich, denn auch wenn er sich verzweifelt an den Gedanken klammerte, dass sie noch lebte, sicher war das nicht und sie befand sich dann auch weiterhin in Mareks Gefangenschaft, was aus seiner Sicht nicht sehr viel besser war. Selbst wenn Marek sie nicht tötete, würde sie Höllenqualen durchleiden müssen, da war er sich sicher. Dieser Bastard würde sie strafen, für alles, was sie getan hatte und vielleicht sogar für das, was sie nicht getan hatte; für das, was *er*, Leon, vor langer Zeit begangen hatte. Sie würde leiden, solange sie mit diesem Monster zusammen war und vielleicht würde sie sich nach einer Weile den Tod sehnlichst herbeiwünschen. Doch sie durfte nicht sterben. Nicht auch noch sie. Er hatte zwar nicht so viel Zeit mit ihr verbracht wie damals mit Sara, aber sie war ihm ans Herz gewachsen und inzwischen wusste er, dass sie wichtig war – für *alle* Menschen, die unter Nadirs Tyrannei zu leiden hatten. Sie durfte auf *keinen Fall* sterben.

Das Problem war nur, dass es nichts gab, was Leon im Augenblick für sie tun konnte. Er konnte sich ja noch nicht einmal selbst helfen. Er war so hilflos wie noch nie zuvor in seinem Leben und, so wie es aussah, würde sich seine Situation auch nicht so bald ändern. Ihm blieb nichts anderes übrig, als sein derzeitiges Schicksal hinzunehmen und dabei zuzusehen, wie er sich wieder weiter von Jenna entfernte.

Sheza ließ sich einfach nicht dazu bewegen, umzukehren und sie zu retten. Und doch war Leon sich sicher, dass er mit seiner Theorie richtig gelegen hatte, einer Theorie, die in seinem Verstand immer deutlichere Konturen annahm. Nachdem Nadir Alentaras Königreich lange Zeit in

Frieden gelassen hatte und die Königin keinen Finger gerührt hatte, während er ein Königshaus nach dem anderen ausgelöscht und sich deren Länder unter den Nagel gerissen hatte, war Alentara plötzlich zu seinem letzten großen Feind geworden. Was der Auslöser dafür gewesen war, war Leon noch nicht klar, er war sich jedoch sicher, dass er auch das bald herausfinden würde.

In ihrer Verzweiflung schien Alentara heimlich ein Bündnis mit König Renon eingegangen zu sein und dieser hatte sich in der Tat dazu hinreißen lassen, Nadir mit kleinen Anschlägen auf militärische Lager von seiner Großattacke auf Alentara abzubringen. Doch was erhoffte sich der König selbst davon? Was für einen Nutzen zog *er* aus dem Bündnis? Neue Streitkräfte? Einen vereinten Großangriff auf Nadir, sobald Alentara ihre Truppen aufgerüstet hatte? War das denn sinnvoll? Auch daraus war Leon noch nicht schlau geworden.

Was er allerdings nun wusste, war, dass auch er dazu missbraucht worden war, zumindest Marek abzulenken. Er war sich sicher, dass Alentara dem Kriegerfürsten einen Hinweis bezüglich des Steins zukommen hatte lassen, ohne zu verraten, wo sich diese Kostbarkeit tatsächlich befand, und ihr Plan war perfekt aufgegangen – bis zu dem Moment, in dem Jenna aufgetaucht war. Mit ihr hatte die Königin nicht gerechnet. Niemand hatte das. Nun brachte diese junge Frau die mächtigsten Personen dieses Landes völlig durcheinander und das noch nicht einmal mit Absicht. Natürlich nicht allein mit ihrer Anwesenheit, sondern nur in Verbindung mit diesen magischen Steinen. Steine, vor deren Macht selbst die Großen dieser Welt zitterten.

Dies brachte Jenna in eine verzwickte Lage. Jeder der Machthabenden in Falaysia wollte sie jetzt in die Finger kriegen, um herauszufinden, wer sie war und auf welche Weise sie die Magie der Steine nutzen konnte, und wahrscheinlich auch, um diese neue, so starke Macht für sich zu gewinnen. Das schützte Jenna einerseits davor, *sofort* getötet zu werden, konnte sie aber, wenn sie zu sehr mit einem der Machthabenden sympathisierte, jedoch nicht wieder im Besitz eines der Steine war, auch das Leben kosten. Große Macht sorgte für Angst – und leider waren schon zu viele Menschen aus diesem Grund gestorben.

Gelang es Jenna allerdings auch nur einen der Steine wieder in die Hände zu bekommen, war sie plötzlich in der seltsamen Lage, mit ihren Entscheidungen das Schicksal aller Menschen in Falaysia zu bestimmen. Sie selbst wurde zu einer der mächtigsten Personen in diesem ‚Spiel'. Und genau das war es, was Leon vorschwebte. Nur konnte er Jenna nicht helfen den Stein wiederzubekommen, wenn sie nicht in seiner Nähe war. Außerdem war der alte Stein erst einmal verloren. Sie mussten sich auf den konzentrieren, der in Alentaras Besitz war, mussten diese Frau dazu bringen, ihn an Jenna weiterzugeben. Nur wie? *Wie?*

Leon biss die Zähne zusammen und schüttelte den Kopf. Es war verrückt, aber seine einzige Hoffnung darauf, Jenna zu befreien, sie vor Marek zu retten, lag darin, Alentara als Verbündete zu gewinnen – eine Frau, von der man sagte, dass man ihr nicht trauen durfte. Sie hatte bereits zwei ihrer Ehemänner getötet und galt als launisch und unberechenbar. In kriegerischen Zeiten drehte sie ihr Fähnchen nach dem Wind, immer auf ihren eigenen Vorteil bedacht. Trotz all dem war sie für die nächste Zeit Leons einziger Lichtblick. Wenn sie ihn wegen seiner Informationen über Jenna und den Stein empfing und er ihr alles erzählte, dann würde sie bestimmt alles dafür tun, um Jenna zu befreien. Jenna konnte die Rettung für ihr Königreich sein – das würde sie schnell begreifen, *musste* sie einfach begreifen!

Natürlich gefiel es Leon nicht, seine ganzen Pläne auf eine vage Hoffnung zu stützen, ihm blieb jedoch nichts anderes übrig. Es gab nur diesen einen Weg, der nur in die eine Richtung ging und keine Abzweigungen besaß. Ein Weg, den er gezwungen war zu gehen.

Leon seufzte schwer. Zusätzlich zu seinen belastenden Gedanken begann er sich nun schon wieder so schwach und schläfrig zu fühlen. Sämtliche Muskeln seines Körpers flehten ihn an, sich wieder hinzulegen und sich auszuruhen. Nein, das waren zweifellos nicht nur die Nachwirkungen seiner Verletzung. Was für ein hinterhältiges Biest! Wahrscheinlich waren es die Mittelchen, die Sheza ihm einflößte, um seinen Genesungsprozess zu beschleunigen, die ihn so betäubten und es ihm schwer machten, seinen Verstand richtig einzusetzen, um einen genialen Plan zu entwickeln. Dieses unmögliche Mannsweib war schuld, dass Jenna weiterhin leiden musste und vielleicht am Ende doch noch starb.

Seine Hände krallten sich an der Reling fest, um bei dem immer stärker werdenden Seegang nicht das Gleichgewicht zu verlieren. Es war traurig, was man innerhalb weniger Stunden aus einem stattlichen jungen Mann wie ihm machen konnte. Was würde wohl passieren, wenn er über die Reling sprang, einfach so, hinein ins kühle Nass? Vielleicht würde das seine müden Lebensgeister wieder wecken. Er würde dann zurück ans Ufer kraulen und Jenna retten.

Leon musste über sich selber schmunzeln. Ganz davon abgesehen, dass sie schon zu weit auf dem Meer waren, war er mit seiner Verletzung überhaupt nicht fähig, zu schwimmen. Er würde wahrscheinlich jämmerlich ersaufen.

„Was tust du hier?!" ertönte plötzlich Shezas energische Stimme hinter ihm. Wenn er dazu in der Lage gewesen wäre, hätte er sich wahrscheinlich erschrocken herumgeworfen. Stattdessen warf er ihr nur einen müden Blick über die Schulter zu.

„Ich schnappe frische Luft", sagte er leise und fragte sich, ob die Kriegerin tatsächlich befürchtet hatte, er könne von Bord springen. In ihrem Blick lag ein Hauch von Misstrauen.

„Habe ich dir erlaubt an Deck zu gehen?" fragte sie verärgert.

„Du hast es mir jedenfalls nicht verboten", erwiderte er gelassen. Er war zwar ihr Gefangener, aber er wollte sich nicht wie einer behandeln lassen.

Die Kriegerin wusste darauf anscheinend nichts zu erwidern, denn sie sah ihn nur weiterhin grimmig an. Leon atmete einmal tief durch und drehte sich dann vollständig zu ihr um und das war mit diesen weichen Knien gar nicht so einfach. „Wie lange wird es noch dauern, bis wir in Tielhiev sind?" erkundigte er sich, ohne wirklich eine Antwort zu erwarten.

Doch die Kriegerin überraschte ihn. „Wir werden noch fünf Stunden mit dem Schiff unterwegs sein", erklärte sie. „Und dann werden wir noch mindestens einen halben Tagesritt hinter uns bringen müssen, bis wir das Schloss erreichen."

Leon sah sie verblüfft an. So präzise hatte die Frau ihm noch nie geantwortet.

„Können wir jetzt wieder unter Deck gehen?" erkundigte sie sich fast freundlich.

„Äh… ja…", stammelte er und ließ es zu, dass sie sich seinen Arm um die Schultern legte, um ihn zu stützen. Während sie langsam auf die Tür zu den unteren Decks zugingen, fragte er sich, was diese Wandlung bei der Kriegerin hervorgerufen hatte. Vielleicht hatte sie am Ende doch noch Mitleid mit ihm bekommen oder sie hatte Angst gehabt, er könne sich, nach all den schlechten Nachrichten in der letzten Zeit, wahrhaftig ins Meer stürzen. Ganz gleich, was es war, Leon nahm sich vor, die Kriegerin noch einmal auf Jenna anzusprechen. Ein letzter Versuch konnte nicht schaden. Wie hieß es doch so schön im Volksmund? Der stete Tropfen höhlt den Stein.

Legenden

Jennas Körper brauchte weniger Zeit, um sich zu erholen, als Marek vermutet hatte, und mehr als Jenna lieb war. Insgesamt verbrachte sie zwei weitere Tage in der angenehm warmen Höhle, eingepackt in Decken und fürsorglich mit frisch zubereiteter Nahrung – meist gebratenes Fleisch – versorgt. Da sie tatsächlich sehr erschöpft und müde war, schlief sie die meiste Zeit davon und Kaamo war schlau genug, gerade diese Zeiten dafür zu nutzen, jagen zu gehen. An eine Flucht hatte Jenna bisher schon allein aus diesem Grund nicht denken können, ganz davon abgesehen, dass der Krieger durch seine Masse und Körpergröße eine ziemlich einschüchternde Wirkung besaß – auch ohne seine mächtige Stimme einzusetzen. Er war jedoch ein stiller Mann, sprach nur mit ihr, wenn er es musste, und mied sonst eher den Kontakt mit ihr. Die meiste Zeit verbrachte er draußen vor der Höhle und alles, was sie von ihm sah, waren die dunklen Umrisse seines breiten Rückens.

Sie selbst war über diese Distanz froh, hatte sie sich doch ebenfalls vorgenommen, keinen näheren Kontakt mit ihm zuzulassen. Sie wollte den Mann auf Abstand halten, ihn bloß nicht reizen oder zu anderen Dummheiten bewegen. Auch wenn es damals nicht er gewesen war, der ihr wehgetan hatte, sondern sein geisteskranker Freund – ihre erste Begegnung war *zu* traumatisch gewesen. Marek konnte ihr noch so oft versichern, dass Kaamo sein bester Mann und höchstanständig war. Sie traute ihm nicht. Dazu sah er zu sehr nach barbarischem Krieger aus. Und diese riesenhafte Statur… diese massiven Hände… Sie war sich sicher, dass er mit nur einem Schlag einem Menschen den Schädel zertrümmern konnte. Nein. Sie wollte nicht mit ihm reden oder ihn näher kennenlernen. Es war nicht gut, wenn sie ihre Angst, ihre Hemmungen verlor. Das war schon bei Marek gefährlich genug gewesen und wenn

Kaamo in kritischen Situationen ähnliche Aussetzer hatte wie sein Fürst... Eigentlich wollte sie gar nicht darüber nachdenken.

Ihren Vorsatz einzuhalten gelang ihr anfangs ganz gut. Nur als sie nach zwei Tagen endlich aufbrachen, wurde die ganze Angelegenheit für sie beide etwas schwieriger. Es war eine Sache, sich in der Höhle aus dem Weg zu gehen, da der bärenhafte Mann sogar draußen geschlafen hatte, doch eine ganz andere, über Stunden stillschweigend nebeneinander her reiten zu müssen. Sie war nicht der Typ Mensch, der unangenehme Stille lange aushalten, der die Gegenwart eines anderen Menschen ertragen konnte, ohne mit diesem ein Gespräch anzufangen. So etwas fühlte sich fast wie Folter für sie an und sie hatte nach einer Weile wirklich mit sich zu ringen.

Jenna riskierte einen Blick zur Seite. Der Krieger saß etwas zusammengesunken auf seinem Pferd und sah gedankenverloren in die Ferne, bemerkte nicht, dass sie sich ihm zugewandt hatte. Sie betrachtete seine Züge eingehender. Er war nicht mehr der Jüngste. Zumindest war sein Gesicht von vielen Falten und ein paar Narben gezeichnet. Er besaß eine ziemlich hohe Stirn und eine breite Nase, die ihm etwas Sympathisches verlieh. Er sah müde aus, jedoch auch entspannt und keineswegs wie ein Krieger, der bereit war, sich jederzeit in eine blutige Schlacht zu werfen. Er wirkte so ganz anders als Marek, von dem irgendwie immer eine gewisse Unruhe und Anspannung ausging. Und seine braunen Augen waren nicht kalt, sondern warm, spiegelten das kleine Lächeln auf seinen Lippen, das er ihr schenkte, während er sie ansah.

Ach du meine Güte! Er sah sie an! Sie zuckte heftig zusammen und rutschte vor Schrecken beinahe aus dem Sattel, hielt sich aber noch rechtzeitig am Sattelknauf fest, um sich wieder ordentlich hinzusetzen. Kaamo hatte sich schnell wieder abgewandt, sah mit eingezogenen Schultern wieder nach vorn und... stahl sich da nicht eine leichte Rötung auf seine vom blonden Bart halb zu gewucherten Wangen? War es dem Mann tatsächlich unangenehm, sie so erschreckt zu haben? Vielleicht war er doch kein so übler Kerl. Besser nicht weiter darüber nachdenken. Sie *durfte* ihn nicht mögen, musste sich ihm gegenüber weiterhin vorsichtig verhalten.

Jenna sah sich selbst ein wenig um. Sie hatte zu ihrer Freude schon früh nach ihrem Aufbruch festgestellt, dass sie sich, aufgrund ihres Sprunges in den Fluss, am Fuße der Berge befanden und weiter in die ebeneren Regionen Trachoniens hinein ritten. Nun hatten sie die Berge schon längere Zeit hinter sich gelassen und die Landschaft um sie herum hatte sich deutlich verändert. Nach ein paar grünen Wäldern und Wiesen passierten sie eine Ebene, die von ihrem Pflanzenwuchs her wieder erstaunlich karg war. Statt saftig grüner Gräser wuchsen hier nur bräunlich-gelbliches Steppengras, runzelige Bäume und stachelige Büsche. Der Weg war steinig und der Boden sehr trocken, so als ob es schon sehr lange nicht mehr geregnet hatte und die kühle, trockene Luft es der Natur schwer machte, sich in ihrer üblichen Pracht zu zeigen. Der Wind, der ab und an durch ihre Kleider fuhr, war frisch und brachte einen sonderbaren Geruch mit sich, den Jenna noch nicht so wirklich einordnen konnte. Überhaupt besaß diese Gegend eine befremdliche Atmosphäre: mysteriös, bedrückend, melancholisch...

Jenna war, als ob ihr eine leise Stimme zuflüsterte, dass hier einst etwas passiert war. Etwas Schlimmes. Ihr schauderte und sie sah Kaamo doch wieder an, räusperte sich sogar verhalten, um seine Aufmerksamkeit zu erlangen. Der große Mann wandte sich erstaunt zu ihr um.

„Wo sind wir hier?" fragte sie zaghaft.

„Das ist die Taikrunja – die Todessteppe", gab er ihr zur Antwort und seine tiefe Stimme ließ den Namen noch unheimlicher erscheinen, als er an sich schon war.

Ihre Augen weiteten sich. „Todessteppe?" wiederholte sie.

Kaamo nickte bestätigend. „Sie heißt so wegen des großen Kampfes, den es hier einst gegeben hat. Man sagt, es gab kaum einen, der blutiger war und mehr Menschenleben gekostet hat als dieser. Aus diesem Grund gedeiht hier auch nichts mehr. Der Tod hält alles Leben fest in seinen knochigen Fingern und lässt es nicht mehr los." Er zuckte die Schultern. „Ist nur eine Legende."

„Was für eine Legende?" hakte sie nach, ohne weiter darüber nachzudenken.

Kaamo runzelte die Stirn. „Willst du das wirklich wissen?"

Sie zuckte die Schultern. „Na ja, ich denke, wir werden noch eine Weile reiten müssen und Marek meinte, wenn ich in dieser Welt überleben wolle, dann müsse ich versuchen, sie zu verstehen."

„Und du meinst die Legenden dieses Landes können dir dabei helfen?"

Sie nickte nach kurzem Zögern. Sich Geschichten von dem Mann erzählen zu lassen, um die Langeweile zu vertreiben, war ja kein richtiges Kontaktknüpfen.

Kaamo betrachtete sie noch ein paar Sekunden lang, dann nickte auch er und holte tief Luft.

„Es begab sich alles zu einer Zeit, in der sich die ersten Königshäuser bildeten, ungefähr vor zweihundert bis dreihundert Jahren. Es gab viele Kriege zwischen denen, die nach Macht und Reichtum strebten, viele Kriege, in denen viele Menschen starben und Recht und Ordnung nur im Geiste einiger Weisen existierte. In dieser Zeit gab es ein Königshaus, das besonders mächtig war und schnell ein Land nach dem anderen einnahm. Es schreckte nicht vor Sklaverei und Zwangsdiensten zurück und erschuf mit seinen Intrigen und hinterhältigen Anschlägen auf andere Königshäuser eine Atmosphäre des Misstrauens und der Feindlichkeit in ganz Falaysia. Man nannte die Königsfamilie die Tracharo und ihr Reich erstreckte sich nicht nur über ganz Trachonien, sondern auch über Yanta, Xobien und große Teile des damaligen Piladomas. Damit beherrschte diese Familie fast den ganzen Süden Falaysias und war das einflussreichste Königshaus, das es in der Geschichte je gegeben hat." Kaamo machte eine kleine Pause, um sich mit der Zunge die trocken gewordenen Lippen zu befeuchten. Dann fuhr er fort.

„Zu verdanken hatten sie diese mächtige Stellung, neben ihrer hohen Bereitschaft Kriege gegen andere Länder zu führen, dem simplen Fakt, dass sie in enger Beziehung zu dem *Zirkel der Magier* standen. Diese Gruppe von Zauberern, die in der Rangfolge der Mächtigen noch über allen Königsfamilien standen, hielten sich aus den meisten politischen Konflikten heraus, waren jedoch sehr gefürchtet und besaßen einen großen Einfluss in der Welt. Niemand weiß genau, warum sie sich auf die Seite des trachonischen Königshauses schlugen. Es ist gleichwohl bekannt, dass sie selbst dessen unmenschlichste Taten tolerierten und nur einschritten, wenn sie ihre eigenen Belange bedroht sahen. So ließen sie es auch zu, dass das trachonische Königshaus die Versklavung und Unterdrückung anderer Völker immer weiter ausweitete. Seine Opfer wurden vor allen Dingen Volksstämme, die sich nicht anpassen, die sich nicht der Herrschaft der Könige fügen wollten: die Steppen-, Berg- und Waldvölker. Als das Leid zu groß wurde, taten sich diese Volksstämme zusammen und rebellierten gegen die Herrschaft der Tracharo. Unterstützt wurden sie dabei von anderen Königen, die bis dahin auf der Verliererseite geblieben waren. Mit vereinten Kräften gelang es ihnen, die Truppen des trachonischen Königshauses bis in diese Ebene zurückzudrängen. Doch bald schon mussten sie feststellen, dass sie in einen Hinterhalt gelockt worden waren. Das riesige Heer des königlichen Familie griff sie auf einmal von allen Seiten an, unterstützt von der Magie des *Zirkels der Magier*, und allen wurde bald schon klar, dass die feindlichen Krieger keinen Überlebenden zurücklassen wollten."

„Wie furchtbar", entwischte es Jenna betroffen.

Kaamo nickte. „Niemand rechnete mehr damit, dem Tode zu entkommen. Der Legende nach konnte Ano das Elend in dieser Welt nicht mehr mit ansehen. Er fuhr in den Körper eines jungen Mannes, der mitten im Schlachtgetümmel auf die Knie fiel, die Arme zum Himmel reckte und anfing, eine Beschwörungsformel in einer befremdlichen Sprache hinauf zu rufen. Es heißt, aus seiner Brust sei ein helles Licht geschossen, das sich über das ganze Schlachtfeld ausgebreitet und alle dazu gebracht hätte, in ihrem Kampf innezuhalten. Es wurde totenstill in dieser Ebene und dann hätte man die ersten Schreie gehört. Nicht die Schreie von Menschen oder die von gewöhnlichen Tieren. Unbekannte Schreie von Wesen aus der Unterwelt; Wesen, die diese Welt bis dahin noch nie gesehen hatte. Sie stiegen vom Himmel herab, brachen aus der Erde und fuhren aus dem Ozean. Riesige, geschuppte und gehörnte Kreaturen, mit scharfen Zähnen in den Mäulern, rasiermesserscharfen Klauen und ledernen Flügeln, die zehn Häuser umspannen konnten…"

„Drachen!" hauchte Jenna und wieder musste Kaamo nicken.

„Sie kamen als Rächer Anos und fuhren in die Menge der schreienden Krieger wie Furien. Doch sie töteten nur die Soldaten des trachonischen Königshauses und einige der Magier. Bald schon war der Boden von ihrem Blut getränkt, brannte die Ebene in dem Feuer, das aus ihren Mäulern brach. Zurück blieb nur Zerstörung und Tod... und die kläglichen Reste des Heeres der Rebellen."

„Was geschah mit der Königsfamilie?" hakte Jenna atemlos nach.

„Sie zog sich aus den übrigen Ländern endgültig zurück und verhielt sich für eine lange Zeit sehr still. Alentara ist eine der letzten Nachfahrinnen dieses Hauses – und noch nicht einmal eine direkte."

„Und der *Zirkel der Magier*?"

„Er wurde nie mehr so mächtig, wie er es vor der großen Schlacht gewesen war. Die Könige vertrauten nicht mehr auf seine Macht und irgendwann löste er sich auf."

Ein paar Herzschläge lang herrschte Stille zwischen ihnen. Jenna musste diese Geschichte erst einmal verarbeiten, sich überlegen, was sie davon für wahr erachten sollte.

„Die Drachen sollen also damals bei der Schlacht nach Falaysia gekommen sein?" ließ sie Kaamo schließlich an ihren Gedanken teilnehmen.

„So heißt es", gab er ihr Recht. „Und sie sollen nie wieder gegangen sein."

„Glaubst du das auch?"

Er sah sich in der Ebene um und zuckte dann die Schultern. „Ich weiß nicht so recht... wohl eher nicht. Legenden besitzen meist nur einen kleinen Anteil an Wahrheit. Aber sie eignen sich gut dafür, sich die Langeweile zu vertreiben."

Sie schmunzelte. „Allerdings", stimmte sie ihm zu und brachte damit auch ihn zum Lächeln. Sympathisch. Ja. Das traf es auch dieses Mal. Jennas Vorsicht trat gegen ihren Willen den Rückzug an. „Kennst du viele solcher Legenden?"

„Einige", gab der große Mann zu.

„Gibt es auch schon welche über Marek?" Sie wusste nicht genau, warum sie das fragte. Es war einfach so aus ihr herausgeplatzt.

„Legenden?" Er schenkte ihr einen erstaunten Blick.

„Na ja, oder halt Geschichten, die man sich über ihn erzählt."

Kaamo stieß einen Laut aus, der wie ein unterdrücktes Auflachen klang. „Davon gibt es eine ganze Menge. Eigentlich viel zu viele – und die meisten sind nicht sehr schön."

„Sind sie denn wahr?"

„Ein paar…" Er sah sie nicht mehr an, starrte stattdessen in die Ferne. Er wollte ihr vermutlich damit zeigen, dass er nicht willens war, ihr diese Geschichten zu erzählen.

Hm. Wie konnte man ihm wohl die Zunge lockern? Einfach so tun, als kenne sie schon die meisten dieser Geschichten? Einen Versuch war es wert.

„Stimmt es, dass er vor einer großen Schlacht in dem Blut von Pferden badet, um deren Kraft zu gewinnen?" dachte sie sich eine Geschichte aus – mit dem gewünschten Erfolg.

Kaamos Kopf flog zu ihr herum und er sah sie entgeistert an. „Was? Marek? Niemals! Pferde sind für uns Bakitarer etwas Unantastbares! Und er würde niemals in… in *Blut* baden!"

Sie zuckte die Schultern und musste sich zusammenreißen, um nicht zu grinsen. „Na ja, immerhin soll er ja auch die Herzen seiner stärksten Gegner nach einem siegreichen Kampf essen."

Kaamos Augen weiteten sich und sie meinte jetzt sogar einen Funken von Verärgerung in diesen aufblitzen zu sehen.

„Wo hast du *das* denn alles her?!" Er stieß ein verärgertes Lachen aus. „Ich hab ja schon vieles über Marek gehört, aber das…" Er schüttelte den Kopf. „So ein Monster ist er nicht."

„Ist er nicht?" fragte sie rasch. Der Krieger schien auf ihren kleinen Trick hereinzufallen.

„Nein! Er mag zwar eine gefährliche, unberechenbare Seite haben und zu Recht hier in Falaysia so gefürchtet sein – doch er ist kein Monster!"

„Du hast also keine Angst vor ihm?"

„Nein, weil ich ihn kenne, seit wir beide Jungen waren und ich einfach weiß, dass…" Kaamo brach ab. Ihm schien gerade im rechten Moment aufgefallen zu sein, dass er anfing, ziemlich private Dinge über Marek auszuplaudern – in Jennas Augen leider viel zu früh.

„Heißt das, er war früher anders?" hakte sie dennoch nach.

Kaamo senkte den Blick auf seine Hände, fummelte etwas nervös an den Zügeln herum und nickte dann verhalten. „Jeder verändert sich, während er erwachsen wird. Das ist der Lauf des Lebens…"

„Aber nicht aus jedem wird ein gefürchteter Krieger wie Marek", fügte sie rasch hinzu. „Nicht jedem hängt man solch grausame Geschichten an."

„Mich scheren diese Geschichten nicht", gab Kaamo etwas unwirsch zurück. „Und den meisten anderen Männern in unserem Heer geht es genauso. Er ist ein großartiger Heeresführer und er wird es uns ermöglichen, zu siegen. Die Götter haben ihn uns gesandt, um uns von dem Joch der Königshäuser zu befreien. Das ist alles, was zählt."

„Marek wurde von den Göttern gesandt?" fragte Jenna vorsichtig und runzelte nachdenklich die Stirn. Da war ein befremdlicher Gedanke, der an einer Ecke ihres Verstandes begann zu nagen. „Ich dachte, Marek ist der Sohn dieses großen Bakitarerfürsten, dieses Matzteko… schano…"

„Matztikshor?" half Kaamo ihr und sie nickte erfreut. „Ja, das ist richtig. Er ist jedoch nicht sein leiblicher Sohn. Die Götter sorgten dafür, dass er ihn am Rande des Latan-Gebirges fand, mit einigen Knochenbrüchen und anderen schweren Verletzungen. Als er ihn ins Lager brachte, sagte der Schamane, der Junge würde die Nacht nicht überleben. Er irrte sich, wie so viele sich schon in Marek geirrt haben. Die Kraft, die ihn ihm schlummert, ist einzigartig – ein Geschenk der Götter. Matztikshor hatte das von Anfang an gespürt. Die Götter wollten, dass der Fürst einen Sohn bekommt, einen Nachfolger, der seiner mehr als würdig ist. Und so geschah es dann auch. Marek ist Matztikshors Sohn, aber auch ein Geschenk der Götter an uns alle."

Kaamos Augen leuchteten vor Bewunderung und Stolz. Doch alles, was Jenna für ihn übrig hatte, war ein mehrfaches Blinzeln und ein offen stehender Mund. Ihr war nämlich einer der absonderlichsten Gedanken gekommen, den sie je gehabt hatte, seit sie sich in dieser Welt befand. Was war, wenn nicht die Götter Marek nach Falaysia gebracht hatten, sondern jemand anderes, viel weniger imposantes? Ein Zauberer… wie Demeon. Was war, wenn Marek ebenfalls ursprünglich aus ihrer Welt gekommen war? Das würde so vieles erklären. Sein Vermögen ihre Sprache zu sprechen, als hätte er das ein Lebtag getan, seine relativ hohe

Bildung – Welcher Krieger wusste schon etwas über spezielle Vorgänge im menschlichen Körper? – sein Wissen über die ‚Verirrten' aus der anderen Welt, sein Interesse an ihr und an der Magie der Steine… Er konnte wie Leon ebenfalls bereits als Kind hierher gebracht worden sein und war dann den Bakitarern in die Hände gefallen.

Andererseits war es schwer vorstellbar, dass Marek jemals etwas anderes als ein Krieger gewesen war. Konnte ein Mensch, der in einer modernen Zivilisation geboren und sicherlich auch zivilisiert erzogen worden war zu so einem… ‚Tier' werden? Ging nicht nur wieder ihre Fantasie mit ihr durch?

Kaamos Blick hatte sich verändert. Er sah ein wenig besorgt aus, als er sich zu ihr vorbeugte und sie vorsichtig an der Schulter berührte. „Geht es dir gut?"

„Ja, ja, natürlich!" gab sie sofort zurück und bemühte sich um ein möglichst überzeugendes Lächeln.

„Du bist nur gerade so blass geworden", erklärte der große Mann seine Besorgnis.

„Ja?" tat sie unschuldig. „Mir ist vielleicht ein wenig schlecht – von den Anstrengungen des langen Ritts." Das war noch nicht einmal gelogen. Ihre Gedanken hatten für ein leicht mulmiges Gefühl in ihrer Magenregion gesorgt.

„Vielleicht sollten wir langsam mal eine Pause einlegen", meinte Kaamo sofort. Er sah sich kurz um. „Da vorn endet die Taikrunja." Er wies mit dem Finger auf eine deutlich grünere Region in etlicher Entfernung. „Was hältst du davon, wenn wir dort Rast machen und uns stärken?"

„Das wäre wundervoll!" gab Jenna mit echter Begeisterung zurück. Sie brauchte tatsächlich eine Pause, nicht nur weil sie noch nicht ganz wieder auf dem Posten war, sondern auch weil sie ihre Gedanken sortieren musste. Und vielleicht ergab sich bei einem netten Essen und etwas Smalltalk ja auch noch mal die Gelegenheit, mehr Informationen über Marek aus Kaamo herauszuquetschen.

Der bärenhafte Mann lächelte sanft und trieb sein Pferd zu einem etwas schnelleren Tempo an, nicht ahnend, in welche Falle er sich so rasch bewegte. Denn eines hatte Jenna nun gelernt: Kaamo mochte gefährlich aussehen und mit seiner Körperkraft einiges an Schaden anrichten können. Die Kraft seines Verstandes ließ allerdings etwas zu wünschen übrig und war keine wirkliche Herausforderung für sie. Er konnte versuchen sich ihr zu entziehen, seine kleinen Geheimnisse für sich zu behalten – am Ende würde sie doch erfahren, was sie zu wissen benötigte.

Recht zu haben, ging nicht immer mit einem guten Gefühl einher. In Leons Fall waren der Preis dafür dröhnende Kopfschmerzen und schwere, fast taube Glieder – Nachwirkungen, die dem ‚Genuss' von Drogen zuzuschreiben und alles andere als angenehm waren. Dass Leon diese Drogen nicht freiwillig zu sich genommen hatte, setzte dem Ganzen noch die Krone auf und sorgte dafür, dass sich brennende Wut in seinem Körper und seinem verhangenen Verstand breit machte. Das Adrenalin, das sein Körper daraufhin auszuschütten begann, gab ihm genügend Kraft, um sich aufzusetzen und umzusehen.

Er befand sich nicht mehr an Bord eines Schiffes, aber auch nicht wieder in Shezas Zelt, sondern in einem spärlich eingerichteten, ranzigen Zimmer und saß auf einer Art Bett – ein großer, mit Stroh gefüllter Sack über den eine löchrige Decke gezogen worden war. Es gab ein kleines Fenster an einer Wand, dessen Läden geschlossen waren. Jedoch fiel helles Licht durch die Ritzen zwischen Wand und Läden, was ihm verriet, dass die Nacht noch nicht hereingebrochen oder sich gerade erst verzogen hatte.

Durch die dünnen Holzwände seines ‚Zimmers' tönten die unterschiedlichsten Geräusche: Straßenlärm von der Fensterseite her, das Schnauben von Pferden von einer der anderen Wände und Stimmen – Stimmen von Männern, die sich lautstark unterhielten. Leon war sich sicher, dass auch Sheza bei diesen Männern war, immer nah genug bei ihm bleibend, damit er nicht auf dumme Ideen kam und vielleicht floh. So ein Witz. In seinem gegenwärtigen Zustand würde er kaum ein paar Meter weit kommen, ohne eine andere Person oder Sache mit Schwung zu rammen und somit aller Welt Aufmerksamkeit auf sich zu ziehen. Allerdings hatte er auch keine Lust weiter herumzusitzen und darauf zu warten, dass er wieder klar im Kopf wurde. Eine viel bessere Idee war es, aufzustehen und ein wenig herumzulaufen, um seinen Kreislauf wieder in Schwung zu bringen.

Er straffte die Schultern – Oh! Das tat sehr viel weniger weh als gedacht! – und richtete sich vorsichtig auf, den stechenden Schmerz in seinen Schläfen ignorierend. Seine Beine zitterten ein wenig unter der Last seines Körpers, doch sie trugen ihn. Das war doch schon mal etwas! Er visierte die Tür an, holte tief Luft und machte dann die ersten wankenden Schritte darauf zu. Wirklich gerade lief er nicht, jedoch weitaus besser, als er gedacht hatte. Er war fast stolz auf sich selbst, als er die Tür erreichte, ohne besonders viel seiner wiederkehrenden Kraft verbraucht zu haben. Die Bewegung tat ihm gut, half ihm – wie vermutet – zu seiner alten Form zurückzufinden.

Er drückte die rostige Klinke hinunter und öffnete vorsichtig die Tür. Dann hielt er erstaunt inne. Das Gebäude, in dem sie untergekommen waren, war unter Garantie kein Gasthaus. Wenn Leon sich nicht irrte, war es viel eher der große Stall einer der Garnisonen von Alentaras Truppen, denn neben der üblichen Ausrüstung eines Stalles, hingen auch Rüstungen, Helme und Waffen an Haken in dem offenen Gang, in den er gewankt war. Sheza hatte ihn vermutlich in einer der kleinen Kammern der Stallknechte untergebracht, die gerade dabei waren einige der Pferde zu putzen und zu füttern und ihn in der Dunkelheit des Ganges kaum bemerkten.

Leon sah in die andere Richtung. Das Tor hinaus auf die Straße stand einen Spalt weit offen, ließ die Freiheit verlockend zu ihm hineinwinken. Für einen Augenblick spielte Leon mit dem Gedanken, hinaus zu gehen und im Trubel der geschäftigen Hafenstadt zu verschwinden, doch er verwarf diese Idee rasch wieder. Zum einen machte sein derzeitiger Zustand diesen Gedanken zu einer wirklichen Schnapsidee und zum anderen… War es nicht immer sein Plan gewesen mit Alentara zu sprechen? Sheza würde ihn direkt zu ihr bringen und sehr wahrscheinlich würden auch Marek und Jenna sich dann in diesem Land und somit in Alentaras

Reichweite befinden. Warum alles erst durch eine Flucht verkomplizieren?

Dennoch setzten sich seine Füße von ganz allein in Bewegung, trugen ihn ein wenig näher an das Tor heran. Er wollte wenigstens hinaussehen, um festzustellen, ob er noch in der Hafenstadt war, die Sheza ihm genannt hatte. Doch als er eine vertraute Stimme aus einer anderen, ein wenig offen stehenden Kammer vernahm, hielt er inne.

„Bist du dir da ganz sicher?" Das war Sheza – eindeutig! Sie klang angespannt, fast besorgt.

Eine tiefere Stimme antwortete, allerdings sprach der Mann zu leise, um seine Worte zu verstehen. Leon trat näher an die angelehnte Tür heran, darauf bedacht, möglichst kein Geräusch zu machen.

„Ich verstehe das nicht", sagte Sheza. „Alles wies darauf hin, dass sich die Truppen vor Markachtor sammeln. Was für einen Sinn macht es, das Schloss anzugreifen? Sie werden es nicht einnehmen können. Das hat noch niemand geschafft."

Leons Brauen bewegten sich in die Höhe. Die Bakitarer wollten Tichuan angreifen? War das auf Mareks Mist gewachsen? Anscheinend, denn Leon meinte nun genau diesen Namen aus dem Mund des Fremden zu vernehmen. Leider nicht mehr als das.

Sheza stieß ein verärgertes Lachen aus. „Er ist größenwahnsinnig geworden, wenn er das denkt! Aber das wundert mich nicht. Irgendwann *musste* er überschnappen, bei dem übermäßigen Vertrauen, das Nadir in ihn setzt. Er hat in den letzten Jahren viel zu viel Macht gewonnen. Ich verstehe nur nicht, warum Nadir nicht endlich einschreitet. Er und Alentara hatten bisher nie Probleme miteinander – und nun das!"

Da lief etwas nicht ganz so wie geplant – mal wieder. Leon wusste nicht genau, ob ihn das beunruhigen oder eher erfreuen sollte, denn wenn Marek tatsächlich das Schloss Alentaras angriff, hieß das wahrscheinlich, dass auch Jenna dort sein würde – oder zumindest in der Nähe des Schlosses.

Sheza sagte für eine Weile nichts mehr und Leon vernahm nur noch das leise Gemurmel ihres geheimnisvollen Gesprächspartners. Wer war das überhaupt? Einer von Alentaras Superspionen? Leon schlich sich vorsichtig noch etwas näher heran und versuchte durch den Spalt zwischen Tür und Wand zu erkennen, wer diese Person war. Er sah nichts von Sheza, dafür gleichwohl den Arm und die Schulter des Mannes, mit dem sie sich unterhielt. Er trug einen dunklen Umhang, so viel konnte er sehen. Keine Abzeichen oder Wappen. ‚Spion' war offenbar kein schlechter Tipp.

„Nein – das halte ich für ausgeschlossen", sagte jetzt Sheza wieder. „Die meisten der Zauberer waren früher Sympathisanten der Königshäuser. Der Zirkel hatte sogar eine sehr enge Bindung zu den machthabenden Königen und ich bezweifle auch, dass die Verfolgung und Vernichtung der Königshäuser jemals von Nadir ausgegangen ist. Das war das Ziel der Bakitarer, nicht seines. Er hat es nur zu seinem eigenen gemacht, um einen noch engeren Bund mit ihnen zu schließen. Inzwischen ist er jedoch mächtig genug, um dem ganzen Schrecken Einhalt zu gebieten. In den letzten Jahren hat er das doch auch getan! Er hat das freundschaftliche Band zwischen sich und Alentara aufrechterhalten und gestärkt. Es gab überhaupt keinen Anlass für diesen beginnenden Krieg."

„Vielleicht ist Marek mittlerweile mächtiger als er", konnte Leon endlich die Antwort des Fremden verstehen. Der Mann drehte sich ein wenig und Leon konnte sogar einen Blick auf seinen Nacken und Hinterkopf erhaschen. Sein Kopf war komplett kahlrasiert und direkt über seinem Hals befand sich eine Tätowierung, verschlungene Linien, die sich um eine Art Dreieck schlossen.

Sheza lachte böse. „Nadir ist einer der mächtigsten Zauberer, die diese Welt je hervorgebracht hat. Ich glaube kaum, dass ein simpler Kriegerfürst wie Marek sich mit ihm messen kann. Vielleicht hat er vor, Nadir zu hintergehen und die Macht über diese Welt am Ende ganz allein an sich zu reißen, aber das wird ihm nicht gelingen, da bin ich mir ganz sicher. Und es gibt noch andere, die rechtzeitig einschreiten könnten."

Leon runzelte erneut die Stirn. Sheza hatte die letzten Worte so seltsam betont.

„So schnell wird das nicht geschehen", erwiderte der Mann beinahe sanft. „Wir werden nur im äußersten Notfall eingreifen und ich glaube kaum, dass eine Königin in Not der rechte Anlass ist, der Welt zu offenbaren, dass wir noch existieren."

Leon wurde ein wenig anders zumute. Wovon zur Hölle sprachen die beiden da? Von einem mächtigen Geheimbund? Hatte dieser etwa bei all diesen politischen Intrigen und Problemen seine Finger im Spiel? Das war alles andere als eine angenehme Vorstellung und machte es umso dringender notwendig, mit König Renon in Kontakt zu treten. Auf keinen Fall durfte dieser Mann, wenn er wahrhaftig zu einer Art Geheimbund gehörte, bemerken, dass Leon ihn belauschte. Vielleicht war es besser sich zurückzuziehen, bevor das Gespräch beendet war.

„Sie ist nicht *irgendeine* Königin und das weißt du genau!" hörte er Sheza knurren, während er sich langsam und sehr vorsichtig rückwärts bewegte. „Sie darf nicht gestürzt werden!"

„Manchmal muss man die Dame opfern, um das Spiel zu gewinnen." Die Worte waren leise gesprochen, Leon verstand sie dennoch und sie veranlassten ihn dazu, wieder stehen zu bleiben – auch wenn es gefährlich war.

„Und sagtest du nicht Tichuan sei uneinnehmbar? Du bist doch selbst eine mächtige Heerführerin und hast jetzt die nötigen Informationen, um deine Königin zu retten. Geh und tu das, bevor es zu spät ist."

„Das werde ich auch!" brummte Sheza zurück und die Tür wurde aufgestoßen. Leon setzte sich sofort in Bewegung und war gerade rechtzeitig vor der Tür *seines* ‚Zimmers', als Sheza aus der Kammer trat. Er taumelte ein wenig zur Seite und blinzelte übertrieben, um ihr weiszumachen, dass er gerade erst aus seinem Schlaf erwacht war, bemerkte aber, dass sie sofort misstrauisch die Brauen zusammenzog.

„Wo… wo bin ich?" stieß er aus, bewusst ein wenig lallend.

Shezas Gesichtszüge entspannten sich und sie kam direkt auf ihn zu. Hinter ihr verschwand der unheimliche Fremde durch die offen stehende Tür ins Freie, die Kapuze seines weiten, dunklen Mantels wieder tief ins Gesicht gezogen.

„In einer der Garnisonen Alentaras in Thieliev", erklärte Sheza ihm in ihrer typisch ruppigen Art. Sie musterte ihn von oben bis unten. „Wie fühlst du dich?"

„Als hätte man mir heimlich Drogen eingeflößt", erwiderte er mit einem aufgesetzten Lächeln.

Shezas rechter Mundwinkel zuckte ein wenig, sie schmunzelte jedoch nicht wirklich. Wahrscheinlich wollte sie ihn nicht noch weiter provozieren.

„Ich hatte keine andere Wahl. Ich wollte nur, dass du ausgeruht und wieder bei Kräften bist, wenn wir in Tichuan ankommen, und da du selbst dir die dafür notwendige Ruhe nicht gönnen wolltest…" Sie zuckte die Schultern.

„Ich verstehe", erwiderte er kühl.

„Gut", gab sie doch tatsächlich zurück. „Die Nachwirkungen werden in den nächsten Minuten rasch nachlassen und dann sollten wir schnellstmöglich aufbrechen. Es haben sich ein paar Dinge entwickelt, die es notwendig machen, schneller zu reiten als geplant. Denkst du, du bist gestärkt genug, um einen harten Ritt durchzuhalten?"

„Habe ich eine Wahl?" fragte er zurück.

Dieses Mal *konnte* sich das Schmunzeln auf das Gesicht der Kriegerin kämpfen. „Nein."

„Dann bin ich wohl gestärkt genug."

Sheza nickte zufrieden. „Dann lass uns aufbrechen", sagte sie und lief entschlossen auf die Stallungen zu. Leon folgte ihr mit einem flauen Gefühl im Bauch. Tichuan schneller als geplant zu erreichen, hieß auch, Alentara sehr viel rascher zu begegnen. Und er wusste nicht, ob er genügend auf diese Begegnung vorbereitet war.

Drachen

Kaamo war, entgegen seines wilden Aussehens und der Vorstellungen, die dieses zwangsläufig in anderen Menschen hervorrufen musste, ein furchtbar netter Kerl. Er besaß eine unermessliche Ruhe und Gelassenheit, die sich sehr bald auch auf Jenna übertrug und dafür sorgte, dass sie sich wohl und sicher in seiner Gesellschaft fühlte. Doch sie war nicht die einzige, die ihre gemeinsame Reise nach einer gewissen Zeit fast zu genießen schien. Das sagte ihr das Strahlen seiner Augen, wenn er sie ansah, und das warme Lächeln, das er ihr immer mal wieder während ihrer Gespräche schenkte.

Im Gegensatz zu Marek war Kaamo sehr um ihr Wohlergehen bemüht. Er achtete pingelig genau darauf, während ihrer Reise genügend Pausen einzulegen und sie mit ausreichend Nahrung zu versorgen. Er zeigte ihr, wie man auch in einer wilden Welt wie dieser für ausreichende Hygiene sorgen konnte (zu ihrer Überraschung erzählte er ihr, dass jeder Krieger immer ein Beutelchen mit Zahnpulver und einem ausgefransten Holzstäbchen zum Putzen der Zähne, sowie Seife mit sich herumtrug, um sich in einer freien Minute der Körperhygiene zu widmen) und war darum bemüht, ihr Nachtlager so bequem wie möglich herzurichten. Wenn sie nachts von Alpträumen heimgesucht wurde, tröstete er sie und wenn sie sich tagsüber in melancholischen Gedanken und einem tiefen Gefühl von Heimweh verfing, versuchte er sie abzulenken. Kurzum: Jenna begann den guten Mann wirklich ins Herz zu schließen – bärenhafter, feindlicher Krieger hin oder her.

Was sie ganz besonders genoss, waren ihre Pausen, die sie einlegten, um zu essen oder zu schlafen oder auch beides zu tun. Dann erzählte er ihr neue Geschichten über die Länder Falaysias, über alte Zeiten und wunderliche Wesen, die hier einst gelebt hatten, und schien es inzwischen selbst richtig zu genießen. Nur bei ihren immer wieder aufkommenden Fragen in Bezug auf Marek hielt er sich weiterhin bedeckt – soweit er das konnte. Er war nicht so intelligent wie sein Fürst, erkannte ihre Fangfragen oft zu spät und hatte dann meist schon viel mehr verraten, als es ihm lieb war, jedoch oft weniger, als sich Jenna erhofft hatte. Trotz all dem war er ihr nie wirklich böse. Er grummelte nur kurz vor sich hin und schwieg für eine Weile – bis sie ihn erneut geschickt zum Schwatzen anstachelte.

Irgendwann gab er ihr gegenüber zu, dass er unter den Männern von Mareks Eliteeinheit als ‚der Geschichtenerzähler' bekannt war. Man holte ihn gern heran, wenn man entspannt am Feuer saß und die Zeit dazu hatte, einer seiner vielen Erzählungen gebannt zu lauschen. Gebannt war man immer – diese Erfahrung hatte Jenna schnell gemacht – denn Kaamo war ein unglaublich guter Geschichtenerzähler. Er hatte nicht nur eine tolle Stimme, sondern trug die Legenden auch noch so leidenschaftlich und aktiv vor, dass man sofort gepackt war und Jenna oft das Gefühl hatte, selbst mitten im Geschehen zu stecken. Es waren diese Geschichten, die ihr diese Welt langsam näher brachten, sie ihr verständlicher machten und es ihr erleichterten, sich an ihr Schicksal zu gewöhnen, und Jenna war Kaamo unendlich dankbar dafür.

Trotz des großen Unterhaltungswertes ihres neuen Freundes erwischte sich Jenna erstaunlich oft dabei, dass sie an Marek dachte, sich überlegte, was er gerade tat und wann sie ihn wiedersehen würde und vor allen Dingen, wo er ursprünglich hergekommen war. Der Gedanke, dass er möglicherweise aus ihrer Welt kam, ließ sich nicht so leicht abschütteln, auch wenn sie sich sehr darum bemühte, sich selbst immer wieder sagte, dass es eine dumme Idee war und es gewiss andere Gründe für seine eigenartige Herkunftsgeschichte und sein Wissen gab. Marek passte so gar nicht in die Welt, aus der sie kam. Es war absurd, ihn sich dort vorzustellen, stellte er doch das perfekte Bild eines archaischen Kriegers dar, dem ziviles und soziales Verhalten ein völlig fremder Begriff war. Und dennoch ließ sich dieser aberwitzige Gedanke nicht völlig verbannen, schwelte in einem versteckten Winkel ihres Verstandes vor sich hin und ließ sie immer wieder in tiefes Grübeln verfallen, wenn Kaamo sie nicht durch etwas anderes ablenkte.

Es war schrecklich, aber sie dachte sogar häufiger an Marek als an Leon – und sie schämte sich sehr dafür. Abstellen konnte sie es jedoch nicht. Oft sann sie auch über ihre bisherige Reise mit Marek nach, über die abenteuerliche Flucht vor den Quavis, über diesen wahnsinnigen Sprung in den Fluss, der sie beide durchaus das Leben hätte kosten können. Wut – das war es, was sie empfinden hätte müssen. Wut darüber, dass er ihr Vertrauen so missbraucht, so waghalsig ihr Leben aufs Spiel gesetzt hatte. Doch da war noch nicht einmal ein Funken Zorn in ihrem Inneren zu finden. Nur dieses seltsame Sehnen danach, Marek endlich wiederzusehen. Furchtbar! Diese Welt hatte sie komplett irre gemacht!

„Weißt du, was ich nicht verstehe", sprach sie Kaamo an, neben dem sie nun schon eine Zeit lang still einher geritten war. Ihre Pferde erklommen gerade schnaufend einen etwas steileren Hügel und sie lehnte sich im Sattel nach vorn, um ihrem Reittier den Aufstieg wenigstens ein kleines bisschen zu erleichtern. „Wieso hat Marek diesen Sprung in den Fluss mit mir gewagt? Er ist doch so wichtig für Nadir und für euch alle. Und er weiß das. Wieso tut er dann so etwas?"

Kaamo wich ihrem Blick aus, ein sicheres Zeichen dafür, dass er sich mit ihrer Frage nicht so wohl fühlte. Inzwischen war es für sie ein Leichtes seine Mimik und Gestik zu lesen, zu erkennen, welche Gefühle sich dahinter verbargen.

„Er weiß immer, was er tut", ließ sich der Krieger schließlich doch noch dazu hinreißen, ihr zu antworten. „Es war wahrscheinlich nicht so gefährlich wie es aussah."

Sie schenkte ihm einen zweifelnden Blick. „Wie soll er das einschätzen können, wenn er oben auf einem Berg steht? Da hätten auch Felsen sein können, auf die wir hätten fallen können."

„Dann wär er nicht gesprungen." Kaamo sah tatsächlich so aus, als würde er das glauben. „Marek kennt sich in den Bergen sehr viel besser aus als jeder andere. Er hat dort lange gelebt. Also kennt er auch den Fluss und seine Tücken. Und er hat ein besonderes Gespür für die Natur um ihn herum. Das war schon immer so. Glaub mir, er konnte das Risiko sehr gut einschätzen."

Sofort knüpfte sich eine unendliche Anzahl an Fragen gedanklich an diese Worte an und Jenna hatte große Mühe, die wichtigste von ihnen herauszupicken. „Wann hat er denn in den Bergen gelebt? Bevor er Matztikshors Sohn wurde?"

Kaamo nickte, ohne zu zögern, hielt dann jedoch erschrocken inne und schüttelte schließlich resigniert über sich selbst den Kopf.

„Dann war er noch ein Kind, als er dort gelebt hat?" fragte sie gnadenlos weiter. „Er hat mir so etwas Ähnliches erzählt. Doch er sagte, er war nicht allein. Wer war bei ihm, wenn es nicht Matztikshor war?"

Kaamo zuckte die Schultern und wich erneut ihrem Blick aus. „Ich kenne nicht seine ganze Lebensgeschichte. Das musst du ihn schon selbst fragen."

Jenna kniff die Lippen zusammen und schwieg erst einmal. Sie würde mit direkten Fragen nicht weiterkommen. Besser war es, nun einen Umweg zu gehen und später wieder auf das Thema zurückzukommen. Vielleicht ließ er sich dann noch einmal austricksen.

„Auf jeden Fall ist Marek hart im Nehmen", merkte sie an, nachdem ein paar Sekunden des Schweigens vergangen waren. „Er ist schließlich auch in diesem eiskalten Wasser gewesen und war trotzdem noch dazu in der Lage, mich da herauszuholen und zur Höhle zu tragen."

„Das Wasser, in dem wir gewöhnlich baden, ist selten warm", erwiderte Kaamo mit einem milden Lächeln. „Solche Temperaturen sind für uns etwas Alltägliches und unsere Körper sind ganz gut daran gewöhnt."

Jenna runzelte die Stirn. „Du meinst, ihr springt öfter in solches Eiswasser?" Die Vorstellung allein ließ sie erschauern, doch der Krieger nickte bestätigend.

„Im Winter müssen wir an manchen Tagen sogar Löcher in die Eisdecke hacken, um überhaupt an Wasser zu kommen", setzte er erklärend hinzu. „Und wie du siehst, ist es manchmal recht vorteilhaft so abgehärtet zu sein."

„Grauenvoll!" stieß Jenna entsetzt aus und schüttelte sich.

Kaamo lachte laut, verstummte dann aber rasch wieder, nachdem sein Blick kurz zum Horizont gewandert war. Sie folgte seinem Blick mit Unbehagen und entdeckte nicht allzu weit von ihnen entfernt einen Drachen am Himmel. Es war keiner von der ganz großen Art, allerdings auch kein Trachje. Gefährlich genug, um sich vorsehen zu müssen. Er flog sehr niedrig und kam direkt auf sie zu. Sein schuppiger Körper glänzte in einem schönen Rotbraun und die ledrigen Häute seiner Schwingen leuchteten in einem dunklen Lila, wie das bei fast allen Drachen der Fall war. Kaamo hatte ihr eine Menge über die Drachen und ihr Verhalten erzählt, hatte ihr erklärt, dass der beste Schutz gegen diese Tiere darin bestand, immer den Himmel im Auge zu behalten. Man konnte an der Art, wie sie flogen, genau erkennen, in welcher Stimmung sie waren, und das war mitunter lebensrettend. Wenn sie auf der Jagd waren oder angreifen wollten, senkten sie ihren Kopf im Flug meist sehr weit nach unten, bewegten sich nicht gradlinig, sondern eher in einer Flugbahn, die auf und ab ging... genau wie dieser Prachtbursche hier! Und er war schon sehr nah. Viel zu nah!

„Ach du Schande!" stieß Jenna entsetzt aus und wollte schon ihr Pferd herumreißen, um in wilder Panik davon zu galoppieren, aber Kaamo griff ihr schnell in die Zügel.

„Ganz ruhig!" raunte er ihr zu. „Ich hab dir doch gesagt, dass sie zu zweit jagen."

Das hatte er tatsächlich, trotzdem konnten seine Worte sie noch nicht so wirklich beruhigen.

„Sie haben ihre Beute schon längst gerissen", setzte er hinzu. „Sieh hin! Er zieht immer enger werdende Kreise. Wahrscheinlich hockt sein Partner schon am Boden und frisst."

Jenna versuchte den dicken Kloß in ihrem Hals hinunterzuschlucken und betrachtete den Drachen mit anhaltendem Argwohn. Er sank immer tiefer und verschwand schließlich hinter dem Hügel, den sie noch nicht ganz erklommen hatten. Erst dann wagte sie es wieder, Atem zu holen und sich etwas zu entspannen – auch wenn die Gefahr in ihren Augen noch nicht gebannt war. Dazu waren die Drachen zu nahe.

Kaamo sah sehr nachdenklich und ein wenig besorgt aus, kratzte sich unentschlossen den dichten Bart. „Unser Problem ist nur, dass wir weiter in diese Richtung müssen", ließ er sie an seinen Gedanken teilhaben.

Jennas Augen weiteten sich. „Du... du willst weiter da lang reiten? Die könnten direkt hinter dem Hügel sein!"

„Ich weiß", gab er zu. „Sie werden uns aber auch wittern, wenn wir einen größeren Bogen um sie herum machen. Sie haben einen ausgezeichneten Geruchssinn und wahrscheinlich reagieren sie aggressiver, wenn sie uns nicht sehen können und nicht genau wissen, wer sich ihnen nähert."

„Du *willst*, dass sie uns *sehen*?" Jenna hatte große Mühe damit, nicht zu laut zu werden und nicht zu hysterisch zu klingen. Gut, sie hatte schon einmal einen Drachen von Nahem gesehen, doch der war weitaus kleiner und ungefährlicher gewesen – und dennoch war sie sich sicher, dass er sie mühelos hätte töten können.

Kaamo nickte, von ihrer Panik gänzlich unbeeindruckt. „Wenn ihre Beute groß genug ist, werden sie kaum auf uns achten."

„Und wenn nicht?"

Der Krieger zuckte hilflos die Schultern. Eine Antwort, die sie so gar nicht zufriedenstellen konnte. Warum nur hatte Marek ihr nicht den Stein dagelassen? Gut, das war eine dumme Frage. Aber momentan war ihre Sehnsucht nach diesem wundervollen Schutzschild einfach zu groß!

„Bist du überhaupt schon mal dicht an einem Drachen vorbei geritten?" fühlte sie sich gezwungen zu fragen, weil Kaamo tatsächlich schon wieder sein Pferd vorwärts trieb und ihr nichts anderes übrig blieb, als ihm zu folgen.

„Ja", gab der Mann offen zurück und das beruhigte sie ein wenig. „Mehr als einmal. Sie sind nicht gefährlicher als andere Raubtiere und auch nicht unberechenbarer. Ein Kampf ist für jedes Raubtier eine große Kraftanstrengung und sie überlegen es sich gut, ob es Sinn macht, so viel kostbare Energie zu verschwenden. Und *wenn* sie wütend werden, wird bestimmt nur einer angreifen. Der andere bleibt bei der Beute und der Angreifer würde uns auch nicht zu weit folgen, was heißt, dass wir immer noch eine Chance hätten, zu entkommen."

Jenna sah nach vorn. Die Hügelkuppe kam viel zu rasch näher. In wenigen Sekunden würden sie für die Drachen sichtbar werden.

„Und wenn wir uns verstecken und warten, bis sie weggeflogen sind?" schlug sie hastig vor.

„Das könnten wir machen", gab Kaamo zu, „aber vermutlich würde das noch gefährlicher für uns werden, weil sie dann nicht mehr beschäftigt sind und neugierig werden könnten."

Mist! Daran hatte sie natürlich nicht gedacht!

„Glaub mir, jetzt ist der beste Zeitpunkt, um ungeschoren an ihnen vorbei zu kommen", fuhr ihr bärtiger Freund fort und schenkte ihr einen bemüht zuversichtlichen Blick. „Sie werden es nicht riskieren, dass ihnen vielleicht ein anderer Artgenosse ihre Beute wegschnappt, nur um uns halbe Portionen auch noch zu fressen."

Jenna bemühte sich mit aller Macht, ihm zu glauben. Was blieb ihr auch anderes übrig, denn mittlerweile hatten sie den Hügelkamm erreicht und es gab kein Zurück mehr. Ihr Herz klopfte schon wieder viel zu schnell, als sie ihren Blick über die nähere Umgebung gleiten ließ. Das Gelände fiel nach dem Hügel nur ein wenig ab und bestand hauptsächlich aus Wiesen. Ein paar wenige Bäume säumten den Weg, auf dem sie ritten. Er führte auf ein kleines, nicht sehr dichtes Wäldchen zu und genau dort, zwischen den schmalen Bäumen bewegte sich etwas. Etwas ziemlich Großes. Jenna war sich sicher, dass dies die Drachen waren. Die Bäume versperrten die direkte Sicht auf sie, aber das, was Jenna erkennen konnte, genügte schon, um ihren Puls noch weiter zu beschleunigen und ihre Kehle zuzuschnüren. Alles in ihr sträubte sich weiterzureiten und auch ihr Pferd wurde zusehends nervöser. Kaamo jedoch ritt unbeirrt weiter und zwang sie so, sich ebenfalls auf diesen Irrsinn einzulassen.

Je näher sie den Tieren kamen, desto deutlicher konnte Jenna sie erkennen. Sie ähnelten einander sehr. Allerdings war einer der beiden Drachen ein wenig größer und ihm war ein Horn auf der Stirn gewachsen. Dennoch hatte eindeutig der kleinere das Sagen, denn er war derjenige, der fraß, während der andere nur mit gesenktem Haupt daneben saß und geduldig wartete. Jenna und ihr Pferd zuckten heftig zusammen, als der kleinere Drache seinen Kameraden anfauchte, und sie konnte nur mit Kaamos Hilfe das aufgeschreckte Tier im Zaum halten.

„Du musst dich beruhigen!" raunte ihr der Krieger zu und sah sie drängend an. „Deine Angst überträgt sich auf dein Pferd. Das ist nicht das erste Mal, dass diese Tiere Drachen sehen. Sie *können* daran vorbeigehen, wenn man sie nicht nervös macht."

Jenna nickte beklommen und versuchte, sich zu entspannen, nicht daran zu denken, was alles passieren konnte. Sie hatte mit Marek zusammen einen Drachen gerettet und der hatte ihnen auch nichts getan. Diese beiden waren zwar sehr viel größer – Himmel, waren die groß! – aber sie fraßen und beachteten sie gar nicht weiter. So würde das bestimmt auch bleiben. Ganz bestimmt!

Jenna versuchte ruhig und gleichmäßig zu atmen, um ihre Verkrampfung zu lösen, doch das war leichter gesagt als getan. Ihr Herz pochte immer noch viel zu schnell und sie war furchtbar nervös. Umso mehr bewunderte sie ihr Pferd dafür, dass es tapfer weiter lief, die großen Augen ängstlich auf die Bestien gerichtet, die so furchtbar nahe waren. Jeder Muskel des Tieres war angespannt und es vermied sogar zu schnauben. Stehen blieb es jedoch nicht und es machte auch keine Anstalten durchzugehen. Bewundernswert! Aber es war ja bekannt, dass auch Zebras in der Nähe von Löwen grasten, wenn sie wussten, dass diese gesättigt waren.

„Siehst du, wie er den Kopf und seine Flügel hält?" flüsterte Kaamo ihr zu, als sie mit den Drachen auf einer Höhe waren. „Er unterwirft sich dem Weibchen völlig."

Jenna sah zögerlich genauer hin. Der große Drache hatte seinen Kopf so tief gesenkt, dass sein Maul fast den Boden berührte. Seine Flügel waren ausgestreckt, aber auch abgesenkt und unterstrichen somit die Demut dieser Geste. „Wirbt er um sie?" wisperte Jenna zurück.

„Das muss nicht sein", erwiderte Kaamo leise. „Diese Geste ist kein typisches Balzverhalten. Sie ist auch bei Drachen gleichen Geschlechts zu finden. Es ist ein Unterwerfungszeichen. Er akzeptiert damit den anderen Drachen als Anführer und wird sich seiner Führung völlig anpassen. Was für uns heißt, dass wir eher das Weibchen im Auge behalten müssen."

Jenna nickte einsichtig. Der kleinere Drache fraß glücklicherweise genüsslich und schien die beiden Reiter und ihre Pferde gar nicht wahrzunehmen. Und das war auch gut so, denn der Abstand zu ihnen war nicht allzu groß. Er betrug zwar etliche Meter, die Drachen würden allerdings gewiss nur wenige Schritte brauchen, um sie zu erreichen. Jennas Herz machte einen Satz, als das Weibchen nun doch den Kopf hob und zu ihnen hinüber sah.

„Einfach weiterreiten", raunte Kaamo ihr zu. „Tu so, als würdest du dich nicht um sie scheren."

Natürlich würde sie weiterreiten! Sie würde ganz bestimmt nicht auf die Idee kommen, in einer solchen Situation auch noch stehenzubleiben.

Die gelben Augen des Drachen fixierten sie und Jenna spürte, wie ihr der Angstschweiß aus allen Poren brach.

‚Oh, Gott! Bitte nicht!' flehte ihre innere Stimme, doch der Gott aus *ihrer* Welt schien *hier* nicht zu existieren, denn der Drache riss sein mit langen, scharfen Zähnen ausgestattetes Maul auf und ließ ein ohrenbetäubendes Brüllen vernehmen.

Jennas Pferd machte einen Satz nach vorn, sodass sie fast aus dem Sattel rutschte, und auch das von Kaamo konnte nicht länger ruhig bleiben und sprang zur Seite. Es kostete sie beide eine Menge Kraft und kostbare Zeit, um die Tiere wieder unter Kontrolle zu bringen, vor allem da der größere Drache jetzt ebenfalls brüllte und sogar ein paar Schritte auf sie zumachte. Doch schließlich gelang ihnen dieses Kunststück und sie bewegten sich in einem einigermaßen gesitteten Tempo weiter. Zu ihrem Erstaunen, jedoch auch zu ihrer großen Erleichterung, bewegte sich keiner der beiden Drachen weiter auf sie zu. Das Weibchen zischte ihr Männchen sogar an, sodass dieses sich demütig zurück auf seinen alten Platz bewegte. Dann durfte sich auch das männliche Tier endlich über die Beute hermachen und zeigte den beiden Menschen die kalte Schulter.

„Das war nur eine kleine Drohung, um uns zu zeigen, dass wir nicht näher kommen dürfen", erklärte Kaamo leise, als sie sich langsam wieder von den Drachen entfernten.

Jenna nickte verängstigt. Ihr war ein wenig schwindlig, weil sie für einen Augenblick aufgehört hatte zu atmen, ihr Herz jedoch weiter raste. Sie schluckte schwer und konzentrierte sich auf ihre Atmung. Ein. Aus. Ein. Aus. Sie warf einen Blick über ihre Schulter. Die Drachen fraßen immer noch. Sie würden ihnen nicht folgen. Jenna schloss die Augen und fasste sich mit einer Hand an ihr wild hämmerndes Herz.

„Gott! So was mach ich nie wieder!" stieß sie aus, als sie die Lider wieder geöffnet hatte. „Ich hab noch nie in meinem Leben solche Ängste ausstehen müssen!"

„Gibt es dort, wo ihr herkommt denn keine Drachen?" fragte Kaamo erstaunt.

„Nur sehr kleine. Und die leben auch nicht dort, wo ich wohne." Wenn sie so darüber nachdachte, kamen ihr Krokodile und Warane jetzt eher wie kleine Schoßhündchen vor.

„Wie dem auch sei", meinte Kaamo mit einem kleinen Lächeln. „Ich denke, die beiden haben noch für eine ganze Zeit genug zu tun und werden für uns keine weitere Gefahr sein. Das Schöne ist, dass sie bestimmt keine anderen Artgenossen in ihrem Jagdgebiet dulden und wir somit vor weiteren Begegnungen mit Drachen geschützt sein sollten. Ihre Reviere sind nämlich immer ziemlich groß und grenzen meist nicht an die von Menschen stärker besiedelten Gebiete."

„Das klingt auf jeden Fall sehr tröstend", gab Jenna erleichtert zurück und konnte nun erst sein Lächeln erwidern. Dann runzelte sie die Stirn. „Was haben die eigentlich gefressen?"

„Einen kleineren Artgenossen."

Jenna verzog angewidert das Gesicht und schüttelte sich. Kaamo lachte. „Tja, das Leben ist hart und gefährlich – selbst für große Raubtiere."

‚Hart' war ein gutes Stichwort, denn jetzt, da die Gefahr gebannt war, spürte Jenna ganz deutlich, dass ihr Hintern schon wieder anfing, von dem langen Ritt zu schmerzen. Sie hatten schon eine ganze Weile keine Pause mehr gemacht. Das war für Kaamo ungewöhnlich. Nicht, dass ihr danach war, in der Nähe der Drachen zu rasten und sich somit als nette kleine Nachspeise anzubieten, aber normalerweise gab der gute Mann darauf Acht, ihre Kräfte zu schonen und sich ab und an zu stärken. Im Grunde konnte das nur eines bedeuten…

„Sind wir bald da?" fragte sie völlig unvermittelt.

Kaamo sah sie an, antwortete gleichwohl nicht sofort auf ihre Frage. Stattdessen musterte er sie kurz und es flackerte ein Hauch von Besorgnis in seinen Augen auf. Merkwürdig. „In ein oder zwei Stunden", sagte er knapp und wich ihrem fragenden Blick aus.

Warum machte er sich jetzt noch Sorgen, wo sie das Lager der Bakitarer fast erreicht hatten? Oder war gerade *das* der Grund, warum er sich sorgte? Auch wenn sie in ein Lager voller wilder und eventuell gefährlicher Krieger ritten – sie stand doch unter seinem und Mareks Schutz. Was sollte ihr passieren?

Seltsamerweise wurde diese Frage von einem unangenehmen Gefühl in ihrem Bauch begleitet, von der bedrückenden Ahnung, dass die geruhsame, friedliche Zeit nur allzu bald ein jähes Ende finden würde. Sie wusste auch woher dieses Gefühl kam: Da gab es noch diesen Plan bezüglich der Steine und Alentara und Jenna konnte sich beim besten Willen nicht vorstellen, dass Marek diesen in der Zeit ihrer Trennung verworfen hatte. Sie hoffte es ein klein wenig – wirklich glauben konnte sie es nicht.

Ankunft

Das Knirschen von Sand unter den Füßen. Das Knistern einer Fackel. Das Echo der Schritte, die sie machten… ja, sie befanden sich eindeutig in einem Gang. Ob dieser geheim war und unter der Erde lag, konnte Leon nicht sagen, da Sheza ihm die Augen verbunden hatte, bevor sie sich auch nur in der Nähe des Ganges befunden hatten. Kein Fremder durfte wissen, wo sich die geheimen Tunnel in das Schloss hinein befanden. Nur ganz wenige ausgewählte Personen waren in dieses Geheimnis eingeweiht und wenn jemand davon erfuhr, dem es nicht erlaubt war, so wurde er sofort getötet. Sheza hatte ihm dies überaus deutlich erklärt und Leon hatte nicht lange mit ihr argumentiert, sondern das Anlegen der Augenbinde widerstandslos über sich ergehen lassen.

Wenn er ehrlich war, hätte er auch gar nicht mehr die Kraft gehabt, sich dagegen zu wehren. Der harte, schnelle Ritt hatte ihn furchtbar erschöpft und noch jetzt fühlte er sich matt und kraftlos, sehnte sich nach einem Stuhl oder Bett, um sich wenigstens für ein paar Minuten auszuruhen, ein wenig mehr Kraft zu mobilisieren. Er wollte gern Shezas Drogen die Schuld an seinem geschwächten Zustand geben, doch insgeheim wusste er, dass dieser den Nachwirkungen seiner schweren Verletzung zu zollen war. Er hatte nicht genug Zeit gehabt, sich vollständig zu erholen und natürlich konnte er noch nicht so viel leisten wie ein völlig gesunder Mensch. Es war nur so furchtbar schwer, sich das einzugestehen.

„Warte", hörte er Sheza leise sagen und blieb brav stehen. Sonderbare Geräusche waren zu hören, so als würde sich eine schwergängige Mechanik in Bewegung setzen. Dann schien sich etwas ächzend über den Boden zu bewegen, feinen Sand unter sich zermahlend.

Sheza packte Leon an seinem gesunden Arm und schob ihn vorwärts. Es wurde heller um ihn herum – so viel konnte er noch durch die Augenbinde erkennen. Flackerndes Licht. Wahrscheinlich das von Kerzen oder weiteren Fackeln. Ihre Schritte klangen jetzt gedämpfter, obwohl er meinte, dass die Wände um sie herum weiter weg waren, sie einen größeren Raum betreten hatten. Sheza öffnete eine Tür und dirigierte ihn in einen weiteren Gang hinein, das konnte er hören und fühlen. Erstaunlich, wie schnell sich seine anderen Sinne umgestellt hatten, um den Verlust der Sehfähigkeit auszugleichen.

Sie eilten eine Zeit lang durch den Flur, bis Sheza vor einer weiteren Tür anhielt und ihn in den Raum dahinter führte. Feuchtwarme Luft schlug Leon entgegen und er vernahm deutlich das Tropfen von Wasser. Er zuckte ein wenig zusammen, als Sheza ihn packte und herumdrehte. Doch sie öffnete nur den Knoten der Binde und befreite ihn so aus dem künstlichen Zustand der Blindheit.

In dem Raum, in dem sie sich befanden, war es nicht sonderlich hell. Dennoch kniff Leon zuerst die Augen zu und blinzelte ein paar Mal, bevor er sich an das Licht der Öllampen gewöhnt hatte und sich genauer umsehen konnte. Er befand sich in einer Waschkammer. Lange Leinen, an denen eine Unmenge an Wäsche hing, waren quer durch den Raum gespannt worden. Es gab mehrere Waschzuber, aber auch Wannen für Menschen und es roch angenehm nach Seife und frisch gewaschener Wäsche.

„Komm mit!" kommandierte Sheza und lief geradewegs auf eine Wanne zu, die mit dampfenden, seifigen Wasser gefüllt war. „Zieh dich aus und steig da rein."

Leon sah sie perplex an, musste erneut blinzeln. „Was?"

„Du stinkst nach Schweiß und Krankheit. Du willst doch wohl nicht *so* vor die Königin treten?!"

„Ich… also…" Über seine Körperhygiene hatte er sich bisher am wenigsten Gedanken gemacht. „Natürlich nicht… aber…"

„Herrje – genierst du dich?" spöttelte Sheza und musterte ihn von oben bis unten. „Ich denke nicht, dass du so sehr anders gebaut bist als die meisten anderen Männer, mit denen ich zu tun habe, aber ich kann dich beruhigen: Ich hatte nicht vor, dir dabei zu helfen, dich zu waschen."

Sie schüttelte lachend den Kopf und wandte sich von ihm ab, ein leises, aber dennoch gut hörbares „Männer!" murmelnd. An der Tür wandte sie sich jedoch noch einmal zu ihm um. „Ich hole dich in ungefähr einer Stunde wieder ab. Bis dahin sollte sich auch die letzte Dreckkruste von deinem Körper gelöst haben."

Sie wartete nicht auf eine Antwort, sondern verließ den Raum und schloss die Tür hinter sich. Einen Moment lang blieb Leon etwas unschlüssig und steif stehen. Dann schüttelte er den Kopf über sich selbst und kleidete sich rasch aus. Nur ein Verrückter würde ein warmes, erholsames Bad mit duftender Seife ausschlagen. Normalerweise musste man sich mit kaltem Wasser aus dem See oder Brunnen begnügen, weil man selten die Zeit hatte, das Wasser zu erhitzen und nur wenige Menschen einen Waschzuber besaßen.

Leon hielt den Atem an, als er in das fast heiße Wasser glitt – wohl darauf bedacht, seinen noch bandagierten Arm nicht nass werden zu lassen und vorsichtig auf den Rand der Wanne zu legen – und ließ die Luft erst wieder hinaus, als er sich entspannt zurückgelehnt und die Augen geschlossen hatte. Tat *das* gut! Die Wärme ließ seine Muskeln erschlaffen und angenehm wohlige Schauer durch seinen Körper wandern. Er fühlte sich immer noch müde und erschöpft, jedoch wunderbar entspannt und warm … beinahe benebelt. Nur sein Arm war leider weiterhin viel zu kalt und die Wunde begann bei all der Feuchtigkeit um ihn herum wieder zu kribbeln. Eigentlich hatte er das dringende Bedürfnis auch seinen verletzten Arm mit ins Wasser zu nehmen. Er bezweifelte allerdings, dass das gut für die Wunde war. Andererseits… sagte man nicht immer, dass ein Bad in warmem Seifenwasser die Wundheilung sogar vorantrieb?

Ein kühler Luftzug ließ ihn ein weiteres Mal erschauern und das Bedürfnis mit seinem ganzen Oberkörper unterzutauchen wurde noch stärker. Sollte er es einfach wagen? Natürlich musste er dazu erst einmal den Verband abnehmen – was hieß, dass er gezwungen war, sich seine Verletzung anzusehen. Er tat das nicht gern, denn so wirklich schön sah das immer noch nicht aus und er bekam jedes Mal Angst, dass später furchtbar hässliche Narben zurückbleiben würden.

‚Sei nicht so eine Mimose, Leon', rügte er sich innerlich selbst und öffnete entschlossen die Augen. Er zuckte heftig zusammen, als er auf einmal in das Gesicht einer jungen Frau blickte, die vor seiner Wanne stand – so heftig, dass ein nicht geringer Schwall Wasser aus der Wanne schwappte.

Die Frau hob sofort beschwichtigend die Hände und sah ganz unglücklich aus. „Nicht! Oh, bitte nicht erschrecken", sagte sie und trat rasch näher, sodass ein wenig mehr Licht in ihr Gesicht fiel. „Man hat mir gesagt, ich solle Euch beim Baden helfen und Eure Wunde versorgen. Mein Name ist Girala."

Sie bemühte sich um ein freundliches Lächeln, doch Leon starrte sie weiterhin nur mit offenem Mund an. Es war nicht so, dass er Angst vor ihr hatte. Nein. Er hatte nur noch nie in seinem Leben eine derart schöne Frau gesehen. Große, braune Augen, eine zarte Nase, volle rote Lippen. Ein makelloses Gesicht, wie in Marmor gemeißelt, umrahmt von dunklen, schweren Locken, die sie sich gerade etwas verlegen zu einem strengen Knoten hochsteckte – und dennoch tat dies ihrer Schönheit keinen Abbruch. Sie trug die schlichten Kleider einer Magd, jedoch konnten auch diese nicht verbergen, wie makellos auch ihr Körper geformt war. Unglaublich feminin trotz schmaler Taille und schlanker Arme. Und ihr Dekolletee, das durch den Schnitt des Kleides noch betont wurde…

Leon senkte beschämt den Blick. Warum nur konnte er momentan nicht seine Fassung behalten, sobald er mit sexuellen Reizen konfrontiert wurde? Verdammte Enthaltsamkeit! Wieso hatte er damit so übertrieben?!

„Darf ich?" hörte er sie viel zu dicht an seinem Ohr fragen und erst als er wieder aufsah, bemerkte er, dass sie sich zu ihm hinuntergebeugt hatte, um mit flinken Fingern den Verband um seinen Arm zu lösen.

Leon brachte nichts heraus, starrte nur auf den Ansatz ihrer vollen Brüste, die sich nun beinahe direkt vor seinem Gesicht befanden. Sein Mund wurde ganz trocken und er schluckte schwer. Er musste sich geradezu dazu zwingen, wieder wegzusehen und versuchte mit aller Macht die deutlichen Regungen in seiner Lendenregion niederzukämpfen. Das war doch nicht zum Aushalten mit ihm! Hatte Sheza ihm vielleicht auch noch eine Art lang anhaltendes Aphrodisiakum in den Trank gemischt?

Lächerlich! So lange konnten die Wirkungen von Drogen gewiss nicht fortbestehen und warum sollte sie so etwas tun? Er war selbst an seiner Misere schuld. Wie immer.

„Man sagte mir, Ihr habt eine lange, anstrengende Reise hinter Euch", hörte er die Magd sagen. Wie war noch gleich ihr Name gewesen? Ah, ja! Girala.

Er nickte, ohne sie dabei anzusehen.

„Woher kommt Ihr?"

Smalltalk? Hm... Vielleicht war das keine schlechte Idee, um sich ein wenig abzulenken.

„Von überall und nirgends", erwiderte er und sah nun doch wieder auf. Girala hatte sich zu seiner Erleichterung derweil neben die Wanne auf den Boden gekniet und wickelte gerade die letzte Lage des Verbandes ab. Leon hob beeindruckt die Brauen. Die Wunde sah erstaunlich gut aus. Sie schien endlich richtig zu heilen.

„Heißt das, Ihr habt kein richtiges Zuhause?" fragte die schöne Magd mit hörbarem Mitleid in der Stimme. Er sah sie an. Meine Güte – wie konnte ein normaler Mensch solche Augen haben? Und diese endlos langen Wimpern! Viel zu spät brachte er ein weiteres Nicken zustande.

„Ich... ich ziehe die meiste Zeit durch die Länder, immer dorthin, wo es gerade Arbeit für mich gibt."

Giralas Gesichtsausdruck wechselte von mitleidig zu beeindruckt. „Ihr müsst schon unglaublich viele aufregende Dinge erlebt haben. Ich beneide Euch."

„Das solltest du nicht", gab er sofort zurück. „Mein Leben ist viel zu oft alles andere als angenehm."

Sie musterte ihn kurz, machte sich dann jedoch daran, seine Wunde mit einem Schwamm vorsichtig zu waschen. Das warme Wasser fühlte sich auch dort angenehm an. Nur dass Girala den Schwamm viel zu nahe an seinem Schoß immer wieder ins Wasser tunkte, machte Leon etwas nervös.

„Aber Euer Leben ist wenigstens nicht langweilig", setzte sie nach einer kleinen Gesprächspause nach. „Zauberer und ihre Lehrlinge führen *nie* ein langweiliges Leben."

Leon stutzte. „Wie bitte? Ich... ich bin kein Zauberer."

„Nicht?" Sie schien erstaunt, hielt sogar für einen Augenblick in ihrer Arbeit inne. „Es ging das Gerücht um, dass unsere Heeresführerin einen Mann mitbringen würde, der einst der Lehrling eines mächtigen Zauberers war."

Leon konnte nicht anders – er musste lachen. „Nein, das bin ich bestimmt nicht."

Doch Girala nickte bestätigend. „Er soll das *Herz der Sonne* zum Leben erwecken können."

„Das was?" Leons Irritation wuchs.

„Das *Herz der Sonne*", wiederholte sie und dabei erschien ein eigenartiges Lächeln auf ihren Lippen. Sie tunkte den Schwamm wieder ins Wasser, tiefer als zuvor und Leon hielt den Atem an – bis ihre Hand erneut in der Luft schwebte und der Schwamm auf seine Schulter traf.

„Kennt Ihr die Legende nicht?" fragte sie und ließ den Schwamm über sein Schlüsselbein und schließlich auch über seine Brust gleiten. Anscheinend hatte sie sich dazu entschlossen, nicht nur seinen verletzten Arm, sondern seinen ganzen Körper zu waschen. Leon wurde heiß und kalt zur selben Zeit.

„Ich kenne eine ganze Menge Legenden", gab er etwas kurzatmig zurück. „Aber ich habe noch nie von etwas gehört, das ‚Herz der Sonne' heißt."

„*Cardasol* ist ein anderer Name für diesen magischen Schatz", erklärte Girala bereitwillig. Ihre Augen begannen vor Begeisterung zu leuchten. „Für uns gewöhnliche Menschen sieht es aus wie ein trüber Schmuckstein, aber in den Händen eines begabten Magiers kann es zu einer Macht werden, die die ganze Welt in ihren Bann schlagen könnte."

Leon hob die Brauen. Das klang eindeutig nach dem Stein, den Jenna Marek gestohlen hatte.

„Es wurde einst zerstört, als die Völker dieser Welt damit begannen, sich gegenseitig zu bekämpfen", fuhr die schöne Magd fort, ihn an ihrem erstaunlichen Wissen teilnehmen zu lassen. Ihre Hand glitt tiefer über Leons Bauch und sein Herz begann schneller zu schlagen. Wenn er ehrlich war, war das nicht der einzige Teil seines Körpers, der auf die Berührungen Giralas immer intensiver reagierte und es ihm unglaublich schwer machte, sich auf das zu konzentrieren, was sie sagte.

„Die Teilstücke wurden aber von einer Gruppe Magier gerettet und über Jahrhunderte bewacht. Sie gaben sie nur an ihre vertrauenswürdigsten Lehrlinge weiter."

„Lehrlinge?" stieß Leon einigermaßen beherrscht aus. „Nein – ich habe meinen Stein von einem alten Mann bekommen, den ich noch nicht einmal besonders gut kannte."

Warum sagte er das jetzt? Sie hatte doch gar nicht direkt von den Steinen gesprochen, wusste nicht, dass er wahrscheinlich einen dieser kostbaren Bruchteile besessen hatte.

Sie sah ihn erstaunt an und hielt erneut in ihrer ‚Folter' inne. „Dir hat tatsächlich eines dieser Bruchstücke gehört? Also *bist* du ein Zauberlehrling."

„Nein!" protestierte er. „Ich habe nur für den Alten gearbeitet, weil er so krank war, dass er sein eigenes kleines Feld nicht mehr bestellen konnte. Er erholte sich jedoch nicht mehr und gab mir, als er im Sterben lag, dieses sonderbare Amulett mit dem Bruchstück in der Mitte."

Leon blinzelte. Was war nur mit ihm los? Er war doch sonst nicht so redselig und gab so schnell wichtige Informationen preis. Gut, die Magd war auch keine wirkliche Gefahr, aber sie konnte durchaus alles weitergeben, was sie gerade gehört hatte. Vielleicht hatte man sie sogar zu ihm geschickt, damit sie ihn aushorchte.

Girala beugte sich weiter zu ihm vor, ihm erneut ihr Dekolletee großzügig präsentierend, und betupfte nun sein Gesicht sanft mit dem Schwamm. „Und wie sah es aus? Ich hab noch nie einen Blick auf so etwas Kostbares werfen können."

„Keine Ahnung…" Leon kniff die Augen zu und öffnete sie wieder, blinzelte ein paar Mal. Er fühlte sich langsam ziemlich benebelt, mit dem heißen Dampf, der ihm die ganze Zeit ins Gesicht stieg, und den sexuellen Reizen, denen er ununterbrochen ausgesetzt war. Irgendetwas stimmte hier nicht. Etwas Seltsames ging hier vor sich.

„Es war nur ein simples Amulett…"

„Hat der Alte noch etwas zu Euch gesagt, bevor er starb?" hakte Girala weiter nach. Der Schwamm glitt über seinen Hals und erneut seine Brust hinab.

Leons Atmung beschleunigte sich wieder und er zwang sich dazu, der jungen Frau ins Gesicht zu sehen. Sie lächelte. Es war ein eigentümliches Lächeln und dennoch antwortete er ihr, ohne weiter zu zögern. „Er sagte, ich solle gut darauf Acht und es niemals in die falschen Hände geben. Es würde mir selbst zeigen, welcher Mensch es wert sei, es zu tragen."

Giralas Gesicht kam noch näher und der Blick, den sie ihm schenkte, war mehr als anrüchig. „Sagte er noch etwas anderes", hauchte sie. „Tat er etwas? Etwas, das dir merkwürdig vorkam."

Ihr warmer Atem blies über seine Lippen und Leon verspürte auf einmal das drängende Bedürfnis, die junge Frau zu packen und zu küssen. Oh, er wollte noch so viel mehr mit ihr tun…

„Er sagte etwas in einer anderen Sprache", wisperte er zurück. „Einer Sprache, die ich nicht verstand und er… er bat mich darum, meine Stirn an die seine zu legen. Ich… ich weiß nicht wieso."

Ihr Finger waren wieder bei seinem Gesicht angelangt, jedoch dieses Mal ohne den Schwamm. Sie glitten an seinem Kinn entlang, wanderten dann zu seinen Lippen und zeichneten deren Konturen sanft nach.

„Und *hat* der Stein dir gezeigt, zu wem er gehört?" fragte sie in diesem Tonfall, der so viel mehr versprach, als nur mit ihm zu reden.

„Dieser nicht, aber der von Marek."

„Marek?" fragte sie schneidend und richtete sich ruckartig wieder auf, riss Leon damit aus der sonderbaren Trance, in die er gefallen war. „Marek hat einen der Steine?!"

„Hatte", verbesserte Leon und blinzelte verwirrt.

„Das heißt, der Stein, den du zuletzt hattest, war gar nicht der, den du von Narian bekommen hast? Es war ein Amulett, das in Mareks Besitz gewesen ist?"

Leon antwortete nicht auf ihre Fragen. Er war zu schockiert über die plötzliche Wandlung der Magd. Was zur Hölle ging hier vor sich? Er musterte sie ein weiteres Mal. Sie sah auf einmal ganz anders aus. So erhaben und stolz.

„Wo ist es hin?" fragte sie weiter und sah ihn eindringlich an.

Leon reagierte immer noch nicht, schüttelte stattdessen nur fassungslos den Kopf. „Wer… wer bist du?" Er hatte da eine ganz böse Vermutung.

Sie zwang sich zu einem gezierten Lächeln und beugte sich wieder zu ihm hinab. Doch dieses Mal streckte er abwehrend eine Hand aus.

„Wer – bist – du?" widerholte er überdeutlich.

Ihr Lächeln wurde zu einem Schmunzeln und schließlich lachte sie hell auf. „Es ist doch immer wieder unglaublich", stellte sie fest und richtete sich auf, die Hände in die Hüften stemmend. „Keiner kann mich so aus der Fassung bringen, wie dieser schreckliche Kerl! Der schöne, so wunderbar funktionierende Plan – mit einem Wort – nein, mit einem *Namen* zunichte gemacht!" Sie seufzte tief und schwer.

Leon war schlecht. Und nicht nur das. Er war so wütend, so furchtbar wütend auf sich selbst. Wie hatte er nur so dumm sein, sich dermaßen blamieren können?! Natürlich hatte er keine einfache Magd vor sich, sondern eine von Alentaras Spioninnen. Man hatte ihn ausgetrickst, ihn erneut unter Drogen gesetzt, ohne dass er es bemerkt hatte, und ein böses Spiel mit seinen Sinnen getrieben. Wahrscheinlich wäre das noch eine Weile so weitergegangen und er hätte der Frau alles – wirklich *alles* – erzählt, was sie wissen wollte. Nur, warum war Marek ein solch rotes Tuch für sie?

„Sind die Drogen in dem Wasser?" fragte er resigniert.

Sie lächelte ihn sanft an. Verflucht, war sie schön!

„Gut – dein Verstand setzt wieder ein. Aber Drogen ist ein zu hartes Wort dafür." Sie ging vor der Wanne in die Hocke und lehnte sich auf den Wannenrand. „Es ist nur ein harmloses Aphrodisiakum. Oh, und dann war da noch ein kleines Mittelchen im Schwamm, das deine Zunge ein wenig gelockert hat. Bist du jetzt böse?"

Sie hob neckisch eine ihrer fein geschwungenen, dunklen Brauen. Er schenkte ihr allerdings nur einen verärgerten Blick.

„Ist doch besser als diese schmuddelige und unschöne Folterei, denkst du nicht auch?"

Er versuchte es sich nicht anmerken zu lassen, aber ihre letzten Worte jagten sofort einen unangenehmen Schauer über seine Wirbelsäule. Drohte sie ihm nun damit?

„Vielleicht hätte auch ein simples Gespräch direkt mit der Königin genügt?" schlug er freundlich vor. Irgendwie war es überhaupt kein angenehmes Gefühl mehr, nackt vor dieser Frau in der Wanne zu sitzen. Er wollte nur noch raus hier und sich ordentlich anziehen. Dann würde es weitaus weniger schlimm sein, noch weiter gedemütigt zu werden. Das hoffte er zumindest.

Sie legte ein wenig den Kopf schräg. „Meinst du?"

„Ja, meine ich", gab er mit Nachdruck zurück.

„Du würdest der Königin alles erzählen, was sie wissen will – auch ohne den Einsatz von Drogen und der Androhung von Folter?"

„Ja, würde ich, denn ich denke, dass wir beide dasselbe Problem haben."

„Marek?" fragte sie und lächelte nicht mehr nur – sie grinste regelrecht. Das passte so gar nicht in dieses makellose Gesicht.

„Ganz genau", erwiderte er und stutzte. Moment. Marek war ein Problem für *Alentara*, das wusste er – aber Girala hatte ganz ähnlich reagiert... Meine Güte, was war wenn...

„Gut – eine Audienz mit der Königin soll es also sein", unterbrach die schöne Frau seinen erschreckenden Gedankengang. „Du verzeihst doch, wenn ich dich noch einmal für ein paar Minuten verlasse, um mich umzuziehen? Diese Kleider sind für eine Audienz so schrecklich unangemessen..."

Sein entsetztes Gesicht brachte sie erneut zum Lachen, es verstummte jedoch sofort wieder, als auf einmal die Tür zur Waschkammer aufgerissen wurde und ein Soldat hineinstürmte. Er beugte demütig sein Haupt vor der ‚Magd'.

„Es gibt neue, erschreckende Nachrichten, Eure Hoheit", stieß er angespannt aus und bestätigte damit Leons grausige Vermutung. „Nachrichten, die dringender Handlung bedürfen."

‚Girala' seufzte tief und schwer. „Nie kommt man hier dazu, das zu tun, was man möchte." Sie warf einen bedauernden Blick auf den völlig erstarrten Leon und seufzte. „So wie es aussieht, müssen wir unsere kleine Privataudienz auf unbestimmte Zeit verschieben. Ich hoffe, du kannst damit leben. Bade noch ein wenig – das kann dir nur gut tun."

Leon konnte dieses Mal noch nicht einmal mehr nicken. Er war sich sicher, dass sein Gesicht inzwischen puterrot angelaufen war. Schlimmer konnte es kaum noch kommen.

‚Girala' schritt erhaben auf die Tür zu. „Schickt ihm in ein paar Minuten ein paar richtige Mägde hinein, die sich um ihn kümmern", hörte er sie noch sagen, als sich die Tür langsam schloss. Dann war er allein. Allein mit sich selbst und der schockierenden Erkenntnis, dass er soeben nackt in einer Wanne vor der Königin des Landes gesessen hatte und ihr nicht nur ohne weiteres sein Wissen, sondern auch seine menschlichsten Reaktionen offenbart hatte. Wunderbar! Was für ein fantastischer Start in die so entscheidenden Verhandlungen mit Alentara. Jenna würde sich gewiss freuen davon zu hören.

Der Anblick des Lagers verschlug Jenna schon von weitem die Sprache. Es war weitaus größer, als sie es sich vorgestellt hatte. In der hereinbrechenden Dämmerung sah es fast so aus wie eine kleine Stadt. Überall zwischen den Zelten leuchteten Feuer, an denen sich die Krieger wärmten, aßen und tranken oder einfach nur in Gespräche vertieft waren. Ab und an durchschnitt ein kehliges Lachen die kalte Abendluft und von irgendwoher war das rhythmische Schlagen von Metall auf Metall zu vernehmen. Entweder war hier ein Schmied an der Arbeit oder aber ein paar der Krieger übten sich noch am späten Abend in der Kampfkunst. Eigentlich war auch beides möglich und so strengte sich Jenna nicht weiter an, die verschiedenen Geräusche zu identifizieren. Sie konzentrierte sich stattdessen darauf, sich einen noch besseren Eindruck über den Aufbau des Lagers zu verschaffen. Allein anhand der vielen Zelte war zu erkennen, dass es sich nicht um einen kleinen Trupp von Kriegern handelte. Es war ein richtiges Heer. Dafür sprachen auch die vielen Pferde in den Gattern am Rande des Lagers.

Jennas Aufregung wuchs mit jedem Meter, den sie näher an das Lager heranrückten, und ihr Puls nahm viel zu rasch eine schnellere Frequenz an. Sie hatte Angst vor dem, was ihr bevorstand, vor ihrem ungewollten Auftrag, aber auch vor den Reaktionen dieser Männer. Eine Frau inmitten einer Horde von wilden, barbarischen Kriegern – das konnte gar nicht gutgchen! Hoffentlich hatte Marek tatsächlich so viel Macht über die Männer, wie es bisher den Anschein gehabt hatte. Und hoffentlich war ihr Wohlergehen ihm immer noch so wichtig wie an dem Tag, als er sie verlassen hatte.

Sie hatte in den letzten Stunden so sehr gegen ihre Ängste angekämpft, sie mit aller Macht verdrängt, aber nun waren sie zurück und ließen sich nicht mehr vertreiben. Ihre Zukunft war einfach zu ungewiss und lag im Grunde in den Händen eines Mannes, der unberechenbar war, der von ihr verlangte, in ein schwerbewachtes Schloss einzudringen und eine Königin zu bestehlen, die den Ruf hatte, hinterhältig und gefährlich zu sein. Es war durchaus möglich, dass sie entdeckt wurde, *bevor* sie den Stein fand, und dann eiskalt getötet wurde.

Na wundervoll! Jetzt schlug ihr Herz noch eine Spur schneller und ihr Inneres zog sich schmerzhaft zusammen. Wer brauchte schon den Anblick von fauchenden Drachen, um vor Angst zu sterben, wenn man das so schön selbst mit den düstersten Zukunftsprognosen besorgen konnte?

Kaamo schien ihre Verspannung zu bemerken, denn er lenkte sein Pferd näher an sie heran und bedachte sie mit einem sanften Lächeln.

„Dir wird dort nichts geschehen", sagte er und die Zuversicht in seiner tiefen Stimme beruhigte sie ein wenig. Er hatte Recht. Mit diesem Hünen an ihrer Seite würde es bestimmt niemand wagen, sich ihr auf unangenehme Weise zu nähern. Solange *er* bei ihr blieb, konnte ihr nichts geschehen.

An diesen Gedanken klammerte sie sich, als sie in das Lager hineinritten und sie wagte es sogar, sich noch ein wenig mehr umzusehen. Überall zwischen den Zelten waren hölzerne Ständer vorzufinden, an die Waffen gelehnt und an denen Rüstungen aufgehängt waren. Das hier war eindeutig ein Kriegslager und Jenna war sich jetzt sicher, dass Marek plante Alentaras Schloss anzugreifen, während sie sich zur selben Zeit in das Innere des Schlosses schlich. Er würde einen Krieg anzetteln, nur um diesen Stein in seine Hände zu bekommen. Menschen würden sterben. Viele Menschen. War es das in seinen Augen wirklich wert? Konnte ein magischer Stein *so* wertvoll sein? Ihrer Meinung nach nicht, es war jedoch leider nicht sie, die hier die Entscheidungen traf, und Marek war mit Sicherheit ganz anderer Ansicht.

Kaamo und sie waren nicht unbemerkt geblieben. Die Männer, an denen sie vorüberritten, reagierten mit Erstaunen und Irritation auf ihr Auftauchen. Bald schon fand sich ebenso deutliche Missbilligung auf ihren Gesichtern wieder und Jenna wünschte sich sehnlichst ihre alte, kratzende Verkleidung zurück, die ihr die finsteren Blicke zweifellos erspart hätte.

Als sie in der Mitte des Lagers ihre Pferde zügelten und abstiegen, gesellten sich sofort die ersten neugierigen Krieger zu ihnen. Jenna gefielen die Blicke, mit denen sie gemustert wurde, gar nicht. Sie schwankten zwischen lüstern und verachtend und sorgten dafür, dass sich ihre Nackenhaare aufstellten und ihr Blutdruck in einen ungesunden Bereich abzuwandern begann. Sie kam sich vor, wie ein Schaf inmitten eines ausgehungerten Wolfsrudels. Überlebenschancen gleich Null.

Kaamo sagte etwas zu einem der Männer und dieser nahm ihr darauf das Pferd ab, führte dieses zusammen mit Kaamos Reittier davon. Dann wandte sich ihr bärtiger Freund an einen anderen Mann und begann leise mit ihm auf Zyrasisch zu reden, dabei immer wieder auf sie weisend. Jenna meinte ab und an Mareks Namen zu hören, doch ihr zyrasisches Vokabular war noch so lückenhaft, um zu verstehen, worum es ging.

Weil sie nichts anderes zu tun hatte und auch nicht den Eindruck erwecken wollte, dass sie die beiden Männer belauschte, sah sie in eine andere Richtung und zuckte heftig zusammen. Einer der fremden Krieger stand direkt neben ihr und starrte sie grinsend an. Sie kannte dieses Gesicht, die krumme Nase mit dem Nasenring, dieses befremdliche, gefährliche Lächeln und diesen Hauch von Wahnsinn in den grauen, schmalen Augen des Mannes. Sie verband eine überaus unangenehme Erinnerung damit.

Er sagte etwas zu ihr und sein Grinsen wurde noch ein wenig breiter. Sie wich einen kleinen Schritt vor ihm zurück und brachte ihn damit zum Lachen. „Du verstehst mein Sprach nicht", stellte er fest.

Sie reagierte nicht auf ihn, aber das hielt ihn nicht davon ab, fortzufahren. „Ich wussten, dass du bist Frau sein, die kommen hier soll. Wer sonst? Ich mich schon gefreut habe. Wo ist dein Mannkostüm?"

Sein Blick wanderte viel zu langsam ihren Körper hinab und wieder hinauf, blieb dann an ihren Brüsten hängen, sodass sie sich gezwungen fühlte, schützend die Arme vor ihrer Brust zu verschränken.

„Du gefallst mir aber viele besser so", grinste sie der widerliche Kerl an. Er ließ seinen Blick erneut gierig über ihren Körper gleiten. „Vielleicht kann ich testen dein Qualitäten später, wenn du für Marek zu langweilig wirst."

Jenna verzog angewidert das Gesicht und trat einen weiteren Schritt zurück. Doch der Kerl ließ sich nicht abschütteln, rückte stattdessen dreist nach. „Wir werden viel Spaß haben, wir beide", setzte er hinzu und machte Jenna damit furchtbar wütend.

„Lieber sterbe ich!" gab sie giftig zurück, wenngleich sich ihr Magen bereits bei der Vorstellung, diesem Mann ausgeliefert zu sein, qualvoll um die eigene Achse drehte. Das würde nicht passieren. Marek würde das niemals zulassen. Nicht der Marek, den sie während ihrer gemeinsamen Reise kennengelernt hatte. Sie war zu wertvoll für ihn. Er *brauchte* sie… und vielleicht mochte er sie sogar ein klein wenig. Zumindest genug, um sie zu beschützen.

Ihr Gegenüber schien das allerdings anders zu sehen, denn der Widerling beleckte sich nun auch noch provokant die Lippen und brachte damit ein paar der anderen geifernden Männer zum Lachen. Glücklicherweise lenkte genau dieses Lachen Kaamos Aufmerksamkeit auf das Geschehen. Er trat sofort an Jennas Seite und maß den aufdringlichen Krieger mit einem drohenden Blick.

„Verschwinde, Orel", knurrte er. „Du solltest besser nicht unangenehm auffallen, solange Marek so schlechte Laune hat."

Orels Stimmung änderte sich sofort. Sein Gesicht verfinsterte sich und er kniff die Lippen fest zusammen, wohl um sich selbst davon abzuhalten, noch etwas zu sagen. Stattdessen schenkte er Jenna einen letzten abfälligen Blick und zog sich dann tatsächlich zurück, gefolgt von den meisten der anderen umstehenden Krieger.

Kaamo packte sie am Arm und lief mit ihr los. Er wirkte nun leider noch angespannter als zuvor.

„Halte dich von ihm fern", raunte er ihr zu. „Er ist der Sohn eines Stammesfürsten, hat es aber im Heer Nadirs noch nicht sehr weit gebracht und das zermürbt ihn. Er kritisiert Marek, wo er nur kann und versucht andere gegen ihn aufzuwiegeln, weil er selbst gern Mareks Position einnehmen möchte. Natürlich muss er sich da auch an dich heranmachen. Er weiß, dass du wichtig für unseren Fürsten bist. Also –" Er sah ihr direkt in die Augen. „Fernhalten! Verstanden?!"

Sie nickte rasch. Das Tempo, das Kaamo vorlegte, machte sie etwas atemlos, weil sie bei ihrer geringeren Körpergröße sehr viel mehr Schritte machen musste als er. „Du… du sagtest, Marek habe schlechte Laune. Wolltest du dem Mann nur Angst einjagen oder –"

„Er *hat* leider schlechte Laune", fiel Kaamo ihr sofort ins Wort. „Von der übelsten Sorte, wie man mir gerade gemeldet hat. Also würde ich dir raten, dich ganz, ganz vorsichtig zu verhalten."

Na das konnte ja heiter werden!

„W-wie wär's, wenn wir dann *nicht* gleich zu ihm gehen", schlug sie rasch vor, weil ihr eigenes Bauchgefühl ihr riet, in diesem Fall das Wiedersehen mit Marek vielleicht doch etwas aufzuschieben. „Wir könnten erst einmal etwas essen und dann ein wenig warten, bis –"

„Er hat mir ausrichten lassen, dass ich dich sofort nach unserem Eintreffen zu ihm bringen soll", würgte Kaamo sie ab. „Und das werde ich jetzt tun. Es tut mir leid. Ich werde seinen Befehlen *immer* Folge leisten. Und jetzt lächle!"

„Was?" Sie blinzelte irritiert, bis sie bemerkte, dass sie sich geradewegs auf eine kleine Gruppe von Kriegern vor einem der größeren Zelte des Lagers zubewegten. Es waren vier Männer: Ein kleiner, rothaariger, ein größerer blonder, ein dunkelhaariger, der mehr Kind als Mann war und… Marek.

Jenna brauchte ihn nicht lange zu mustern, um zu wissen, dass er es war, auch wenn er mit dem Rücken zu ihr stand. Groß, lockiges, zusammengebundenes Haar, breite Schultern, schmale Taille und eine kerzengerade, stolze Haltung, die kaum ein anderer besaß.

Jennas Herz machte einen kleinen Hüpfer, einen Hüpfer, der eindeutig freudiger Natur war und raste dann weiter. Da war auf einmal wieder dieses seltsame Sehnen nach Mareks Nähe, das sich neben ihrer Angst viel zu viel Raum in ihrem Verstand verschaffte, ihn lähmte und behinderte. Sie begann tatsächlich zu lächeln.

Als sie auf wenige Meter heran waren, wandte er sich um. Sein Blick flog kurz über Kaamo und blieb dann an ihr hängen. Jennas Lächeln erstarb. Zu kalt war der Ausdruck in seinen hellen Augen… beinahe feindlich, so als hätte sie ein Verbrechen begangen, für das er sie strafen wollte. Sie wusste nur nicht, was sie getan haben sollte. Eines stand jedoch fest: Sie würde es ziemlich bald erfahren, denn Marek kam mit grimmigem Gesicht rasch auf sie zu.

Machtkampf

Es gab einige Verhaltensweisen, die Jenna wütend machten. Unbegründete Aggression gegen sie war eine davon. Wenn jemand auf sie wütend war, dann hatte sie auch das Recht darauf, zu erfahren warum und es ganz bestimmt nicht verdient, in ein Zelt geworfen zu werden und darin allein vor sich hin zu schmoren!

Zugegeben – sie war nicht ‚geworfen' worden. Marek hatte Kaamo darum gebeten, sie hierher zu bringen, und dieser hatte dies natürlich auf seine auch sonst so nette Art und Weise getan und sich sogar vielmals für das rüpelhafte Verhalten seines Fürsten entschuldigt. Doch Marek selbst, dieser verdammte, ungehobelte Kerl, hatte nicht *ein* Wort mit ihr gewechselt! Er hatte sie nur mit diesem bösen Blick bedacht, der ganz deutlich so etwas wie ‚Warte nur, bis ich mit dir allein bin!' sagte, und war dann zurück zu seinem ‚wichtigen' Gespräch gekehrt, während sie sprachlos mit Kaamo mitgestolpert war.

Es machte sie schier wahnsinnig, nicht zu wissen, was plötzlich los war, warum er auf einmal einen solchen Gram gegen sie hegte. Soweit sie sich erinnern konnte, waren sie in Frieden auseinander gegangen. Gut – er war vielleicht ein wenig angespannt und kühl gewesen, aber das konnte ja kaum an ihr gelegen haben. Sie hatte schließlich nichts getan, was ihn provozieren hätte können und seine Wut auf sie rechtfertigte. Eigentlich hatte sie selbst viel eher einen Grund, wütend auf ihn zu sein. Schließlich wollte *er* sie zwingen, in das Schloss einzudringen und ihr Leben zu riskieren. Ha! Das konnte er mit einem solchen Verhalten vergessen!

Jenna gab einem in ihrer Nähe liegenden Kissen eine solch festen Tritt, dass dieses hoch durch die Luft flog, mit einem lauten Klatschen an die Zeltwand prallte und dann auf Mareks mit Fellen und Decken hergerichtete Schlafstätte fiel. Sie *vermutete* zumindest, dass es sich bei dem Zelt, in das er sic hatte bringen lassen, um seines handelte. Vielleicht irrte sie sich aber auch und er hatte sie gleich als Geschenk an Orel weitergeben.

Jenna wollte lachen, der Gedanke war jedoch so erschreckend, dass sie nur ein leises Würgegeräusch herausbrachte. Widerlich. Nein, so etwas würde er ihr nicht antun, ganz gleich, wie wütend er auf sie war. Oder?

Sie sah hinüber zum Zelteingang. Als sie das letzte Mal hinausgespäht hatte, hatten dort zwei Wachen gestanden und sie mit misstrauischen Blicken gemustert. Sie hatte sich mit einem verschämten Lächeln sofort ins Innere des Zeltes zurückgezogen und zum ersten Mal seit langer Zeit wieder das Gefühl gehabt, eine Gefangene zu sein. Seitdem waren schon ein paar Stunden vergangen – so glaubte sie zumindest. Stunden, die sie damit verbracht hatte, im Zelt auf und ab zu gehen und darüber nachzudenken, was zur Hölle mit Marek geschehen war.

Glücklicherweise hatte sie ja jetzt einen neuen ‚schönen' Gedanken gefunden, mit dem sie sich beschäftigen konnte: War sie in Orels oder in Mareks Zelt? Wunderbar! Sich selbst Angst zu machen, war doch schon immer ihre große Stärke gewesen!

Sie zuckte heftig zusammen, als sich der Zelteingang auf einmal öffnete und ein riesiger Mann eintrat. Erst nach ein paar Sekunden, in denen sie tatsächlich ein paar Schritte zurück machte – wie peinlich! – registrierte sie, dass es Kaamo war, der in einer entschuldigenden Geste eine Hand hob.

„Es tut mir leid – ich wollte dich nicht erschrecken", sagte er sofort und blieb in einem respektvollen Abstand zu ihr stehen. „Ich dachte mir nur, dass du vielleicht Hunger hast."

Erst jetzt bemerkte sie, dass er einen Holzteller mit ein paar Äpfeln, Wurst und etwas, das aussah wie Brot, in der anderen Hand hielt.

„Oh", war das einzige, was sie zunächst herausbrachte. Doch das genügte Kaamo schon, um näher zu treten und den Teller auf einen Hocker in ihrer Nähe zu stellen.

„Die Äpfel hab ich gerade selbst gepflückt", erklärte er voller Stolz. „In der Nähe des Lagers gibt es nämlich ein paar wilde Apfelbäume."

„Die sehen wirklich gut aus", ließ Jenna ihn wissen und schenkte ihm ein dankbares Lächeln, auch wenn sie so etwas wie Hunger noch nicht konkret fühlte. Dafür war sie zu nervös und gedanklich zu sehr mit anderen Dingen beschäftigt. Dennoch tat es gut, nicht mehr allein zu sein. Kaamo brachte ihr in gewisser Weise das Gefühl der Sicherheit zurück, das ihr in den letzten Stunden völlig verlorengegangen war. Lange auskosten konnte sie es leider nicht, denn erneut wurde der Eingang des Zeltes aufgeschlagen und eine weitere Person trat ein. Eine, die gegenwärtig nicht gerade besonders positive Gefühle in Jenna hervorrief.

Kaamo versteifte sich sofort und trat einen großen Schritt von Jenna zurück, seine Augen beinahe ein wenig ängstlich auf das Gesicht seines Fürsten gerichtet. Der war sofort am Eingang stehengeblieben und musterte sie beide mit zusammengezogenen Augenbrauen.

„Was genau machst du hier?" wandte er sich an Kaamo und seine Lippen hoben sich zu einem ziemlich falschen Lächeln.

„Ich wollte ihr eine Kleinigkeit zu essen bringen, weil sie schon lange nicht mehr dazu gekommen ist, etwas zu sich zu nehmen", erklärte der deutlich kräftigere und größere Krieger hastig.

„Ach?" Marek entschied sich nun doch dazu, näher zu kommen. „Hab ich dir gesagt, dass du dich noch weiter um sie kümmern sollst?"

Kaamos Adamsapfel bewegte sich sichtbar unter der Haut auf und ab, als er schwer schluckte. „Nein, Che Batan", gab er demütig zurück. „Es ist mir aber auch nicht verboten worden."

Wut loderte in Mareks Augen auf und seine Wangenmuskeln zuckten für einen Moment bedrohlich, sodass Jenna sich schon darauf einstellte, eingreifen zu müssen. Allerdings geschah nichts weiter, als dass sich die beiden Männer starr in die Augen sahen.

„Verschwinde!" kam es schließlich kaum hörbar, aber in einem Ton, der keinen Widerspruch duldete, über Mareks Lippen. Kaamo nickte knapp und verließ eiligen Schrittes das Zelt, ließ sie allein mit diesem missgestimmten, unberechenbaren Raubtier.

Jenna hatte sich zwar vorgenommen Marek gegenüber keine Angst mehr zu zeigen, doch irgendwie nahm Kaamo, als er ging, ihren ganzen Mut mit sich und sie verspürte den enormen Drang, ihm sofort zu folgen. Nur war sie nicht dazu in der Lage. Ihre Füße waren am Boden festgewachsen und ihr Herz pumpte das Blut bereits viel zu schnell durch ihren Körper.

Marek tat zunächst so, als wäre sie gar nicht da, betrachtete stattdessen scheinbar interessiert den Teller mit den Leckereien, die Kaamo zusammengestellt hatte. Er nahm einen Apfel in die Hand und drehte ihn zwischen den Fingern. Er biss jedoch nicht hinein, wie sie erst angenommen hatte, sondern legte ihn wieder ab und wandte sich ihr zu.

„Und? Eine angenehme Reise gehabt?" fragte er mit einer unangenehmen Katzenfreundlichkeit.

Sie schluckte und beantwortete seine Frage mit einem stummen Nicken. Es fiel ihr schwer, sich nicht anmerken zu lassen, wie sehr sein Verhalten sie beunruhigte.

„So viel Zeit zum Nachdenken… Hast du neue Pläne entworfen, wie du mir entkommen und zurück in Leons Arme kehren kannst?" Er kam näher, dieses widerlich falsche Lächeln auf den Lippen, das kaum seine Feindlichkeit ihr gegenüber verbergen konnte. „Oder eher, wie du an den Stein herankommen kannst? Denn das ist doch sehr viel wichtiger, meinst du nicht auch?"

Sie runzelte verwirrt die Stirn. „Was genau ist hier los?" brachte sie endlich heraus.

„Oh! Ja, natürlich! Ich vergaß: Du bist ja das arme, unschuldige Mädchen, das völlig unbeabsichtigt in diese Welt geraten ist", lenkte er sofort ein und nickte mit gespieltem Verständnis. „Entschuldige."

„W-wie bitte?" stotterte sie. Seine Worte machten für sie genauso wenig Sinn wie sein plötzlicher Hass auf sie.

Marek ließ ihr allerdings nicht viel Zeit weiter nachzudenken, denn er zischte plötzlich ein leises „Komm her!", packte ihren Arm und zog sie zu sich heran. Er drehte sie dabei und zog ihren Arm nach unten, so dass sie sich zwangsweise vorbeugen musste, ihren Rücken zu ihm gekehrt. Eine Chance, sich zur Wehr zu setzen, hatte sie nicht. Dazu war sie auch viel zu überrascht. Sie schnappte lediglich nach Luft und riss entsetzt die Augen auf, als er grob an ihrem Haar zog. Nein, er zog nicht daran, er legte ihren Nacken frei, schien dort etwas zu suchen. Erfolglos – wie ihr der verärgerte Laut verriet, den er ausstieß. Dann ließ er sie auch schon wieder los.

Sie taumelte etwas atemlos ein paar Schritte zurück und starrte ihn fassungslos an. Was zur Hölle war *das* denn gewesen?!

Marek machte jedoch nicht den Eindruck, als wollte er ihr sein Handeln erklären. Er kreuzte die Arme vor der Brust, kniff die Augen ein wenig zusammen und musterte sie mehr als gründlich.

„Dann ist es also doch nur Demeon", sagte er leise. „Und ich muss sagen, ihr beide wart richtig gut. Ich hab dir die Geschichte von dem armen Ding, das ganz zufällig nach Falaysia gekommen ist und nur wieder zurück nach Hause will, tatsächlich abgekauft. *Ich*!"

Er wies auf seine Brust und lachte laut und unecht auf, gab sich keine Mühe, zu verbergen, wie enttäuscht er über sich selbst war. „Hättest du nach dem Sprung in den Fluss nicht diesen Patzer gehabt, wär ich bestimmt noch für eine ganze Weile deinem Schauspiel aufgesessen. Du bist *wirklich* gut!"

Jenna blinzelte. Das, was er da von sich gab, war kompletter Unfug und dennoch schälte sich dabei für sie eine Wahrheit heraus, die sie innehalten und ihre Angst und Verwirrung beinahe vergessen ließ.

„Du… du kommst aus meiner Welt", hauchte sie. Sie hatte mit ihrer Vermutung Recht gehabt – und trotzdem war es unvorstellbar, erschreckend… verstörend…, weil dieser Mann nicht danach aussah, so sehr anders war als die meisten Menschen, die in einer modernen Gesellschaft lebten. Auch wenn sie mit dem Gedanken gespielt hatte, dass er vielleicht aus ihrer Welt kam – sie hatte sich nicht dazu bringen können, es wirklich zu glauben. Bis zu diesem Augenblick.

Er lachte erneut und schüttelte den Kopf. „Du kannst damit aufhören. Ich weiß jetzt, wer du bist und wer dich geschickt hat."

„Wer hat dich hierher gebracht? Und wann?" fragte Jenna ganz atemlos, seinen letzten Worten keine Beachtung schenkend. So viele Fragen schwirrten plötzlich in ihrem Kopf herum, so viele neue Gedanken…

Mareks dunkle Brauen wanderten aufeinander zu und er legte ein wenig den Kopf schräg. „Wieso tust du das? Ich meine, das alles. Warum lässt du dich von Demeon so benutzen?"

„Ich… ich lass mich nicht von Demeon benutzen", verteidigte sie sich gegen seine Anschuldigung. „Du glaubst, ich bin seinetwegen hier?"

„Bist du das nicht?"

„Nein! … Doch… Aber nicht freiwillig." Toll! Das klang *sehr* überzeugend! Er war nun schon der zweite, der glaubte, dass sie für diesen furchtbaren Mann arbeitete – nur weil sie ihn mal erwähnt hatte.

„Ooh…" Marek setzte ein mitleidiges Gesicht auf und schüttelte in gespielter Fassungslosigkeit den Kopf. „Er zwingt dich also dazu, das alles zu tun."

„*Was* alles?" Sie sah ihn verständnislos an.

Er lachte nur wieder boshaft. „Dich an mich heranzuschleichen und mir den Stein zu entreißen. Mir vorzuspielen, dass du ja ein ach so guter Mensch bist, um an weitere Informationen über das *Herz der Sonne* heranzukommen und auch noch das Bruchstück von Alentara in die Finger zu bekommen."

Jennas Mund öffnete und schloss sich ein paar Mal, bis sie dazu in der Lage war, ein paar Worte herauszubringen. „Ich hab mich nicht an dich herangeschlichen! Ich hatte überhaupt keine Ahnung, dass du existierst und so… so einen… komischen Zauberstein besitzt! Ich wusste überhaupt nicht, wer du bist!"

„Ja, natürlich, deswegen hast du mich ja auch so seltsam vor den Toren Xadreds angesehen." Er nickte völlig uneinsichtig.

„*Was*?!" entfuhr es ihr nun doch etwas heftiger und sie schnappte nach Luft. Sie kam jedoch nicht dazu, diese auch zu nutzen.

„Hast du geglaubt, ich erinnere mich nicht mehr daran?" fragte er mit vor Verachtung funkelnden Augen und trat wieder einen Schritt näher an sie heran, beugte sich bedrohlich zu ihr vor. „Ich vergesse *nichts*! Ich weiß nicht, wer dir verraten hat, dass ich in der Stadt sein werde, aber ich bin sicher, du hast damals schon nach dem Amulett Ausschau gehalten, hast mich gesucht."

„Das hab ich nicht!" widersprach sie ihm rigoros. „Ich wusste weder etwas über dich noch über den Stein noch über irgendetwas anderes! Ich kenne nicht einmal Demeon wirklich – im Gegensatz zu dir, wie es scheint. Ich hab ihn nur einmal kurz bei meiner Tante getroffen und dann… dann hat er mich entführt und hierher gebracht. Ich kenne den Grund dafür nicht. Ich weiß nur, dass es etwas mit meiner Tante zu tun hat. Ich… ich selbst habe *überhaupt* keinen Plan, außer dass ich wieder zurück nach Hause will! Dein Stein ist mir doch scheißegal!"

Sie holte tief Luft, weil ihr diese beim Sprechen leider abhandengekommen war und auch Marek sagte erst einmal nichts mehr. In seinen Augen war der erste Funken von Zweifel zu erkennen, Zweifel an der von ihm selbst aufgestellten Theorie über sie, wie auch immer diese lauten mochte. Seine Augen wanderten über ihr Gesicht, suchten nach Anzeichen dafür, dass sie log. Das spürte sie genau. Sie war sich jedoch sicher, dass es keine gab. Er *musste* das einfach sehen, musste erkennen, dass er sich völlig in ihr täuschte! Vielleicht tat er das auch, ein Teil von ihm wollte es jedoch nicht akzeptieren, konnte es nicht. Warum nicht? *Warum?*

„Ist das so, ja?" hakte er schließlich noch einmal nach und griff in den Ausschnitt seines Hemdes, brachte zu ihrer Überraschung das Amulett hervor. Ihr Herz machte einen Sprung und sie verspürte sofort wieder dieses Sehnen in sich; dieses Sehnen, nach dem Stein zu greifen und ihn an sich zu reißen. Fast glaubte sie, ihre Finger kurz zucken zu fühlen, doch sie regte sich nicht, starrte nur mit großen Augen auf das kostbare Schmuckstück.

„Na? Immer noch derselben Meinung?" erkundigte sich Marek gespielt freundlich und sie sah ihn wieder an. Seine hellen Augen blickten fast abfällig auf sie hinab. „Gar nicht mehr so einfach in der Rolle zu bleiben, wenn man plötzlich das vor sich hat, was man so schrecklich begehrt."

„Ich spiele keine Rolle", zischte sie zurück. „Und ich begehre hier *gar nichts*!"

„Ach so?" Er hob die Brauen. „Na, dann…"

Sie glaubte ihren Augen kaum trauen zu können, als er das Amulett in einer beinahe neckischen Geste nicht weit von ihr entfernt auf den Boden warf. Seine Augen bohrten sich in die ihren. „Na los! Hol es dir! Du willst es doch."

Es kostete sie viel Kraft, Mareks eindringlichem Blick standzuhalten, dennoch gelang es ihr. Sie schüttelte den Kopf, brachte aber nichts heraus, weil ihre Kehle wie zugeschnürt war und sie alle Hände voll damit zu tun hatte, ihr Bedürfnis seiner Aufforderung tatsächlich nachzukommen, niederzuringen. Ihre Verweigerung schien Marek jedoch nicht zu besänftigen, sondern erst richtig in Rage zu bringen. Zorn loderte in seinen Augen auf.

„Hör auf dich zu verstellen!" presste er mühsam beherrscht zwischen den Zähnen hervor. „Hol dir, was du willst!"

Sie schüttelte wiederholt den Kopf, fühlte nun aber deutlich Angst in sich aufsteigen. Es war bisher noch nie gut für sie gewesen, wenn Marek ernsthaft wütend wurde, und ihre Verweigerung, sein Bild von ihr zu bestätigen, schien eindeutig genug Anlass dazu zu geben.

Er stieß einen frustrierten Laut aus, packte sie am Arm und schubste sie dann so hart in Richtung des Steins, dass sie ihr Gleichgewicht verlor und der Länge nach hinschlug. Für einen Moment blieb sie einfach nur starr und mit geschlossenen Augen liegen, wartete mit rasendem Herzschlag darauf, dass er ihr nachsetzte, um sie weiter einzuschüchtern. Doch nichts geschah. Um sie herum war es unangenehm still geworden.

Als Jenna vorsichtig die Augen öffnete und den Kopf ein wenig hob, wusste sie auch, was der Grund dafür war. Nur eine Armlänge von ihr entfernt lag das Amulett. Sie brauchte nur ihre Hand danach ausstrecken und war gerettet. Niemand würde ihr mehr etwas antun können. Sie war dann frei und musste noch nicht einmal mehr in Alentaras Schloss gehen. Sie konnte davonreiten und nach Leon suchen… und Marek hatte den Beweis für seine merkwürdige Theorie über sie. Sie fühlte, dass er sie anstarrte, darauf wartete, dass sie ihm bewies, dass auch sie hinterhältig und verlogen war, dass auch sie nur ihre eigenen Interessen oder gar die Demeons verfolgte. Aber war das so schlimm? War ihre Freiheit nicht wichtiger als die Meinung eines Mannes über sie, der ohnehin nur ständig ihr Leben bedrohte?

Sie schloss erneut die Augen, um das Gefühlschaos in ihrem Inneren besser in den Griff zu bekommen, versuchte tief und ruhig zu atmen und auf einmal wusste sie, dass sie den Stein nicht anfassen würde. Ein drängendes Gefühl tief in ihr drin sagte ihr, dass sie das nicht tun durfte. Sie hob die Lider, nahm einen weiteren Atemzug und stemmte sich dann auf ihre zitternden Arme, um sich in eine sitzende Position zu bringen.

„Ich… ich will das Amulett nicht", kam es ihr nur ganz leise über die Lippen und sie wagte es dabei nicht, Marek anzusehen.

„Was?!" stieß er sofort aus und dann war er auch schon wieder bei ihr, ging vor ihr in die Knie und beugte sich vor, um ihr Gesicht genau zu studieren. „Was zur Hölle versprichst du dir von *diesem* Starrsinn? Du glaubst doch nicht, dass ich dir das glaube, oder?"

„Es ist aber die Wahrheit!" setzte sie ihm entgegen und ärgerte sich, dass ihre Stimme so sehr dabei zitterte. „Ich *habe* kein Interesse an dem Stein! Das hatte ich noch nie!"

Marek entfuhr ein Laut, der vermutlich so etwas wie ein Lachen darstellen sollte. „Ach ja? Dann hast du Leon also davon abgehalten, mich zu töten, weil du mich so furchtbar gern hast und nicht, um mehr Informationen über die Steine zu bekommen!"

„Ich *wollte* keine Informationen!" stieß sie verstört aus. Wo hatte er das nur her?! „Ich... ich wollte nicht, dass du stirbst, weil..."

„... weil ich so ein netter, charmanter Kerl bin und der Stein dir ja *so* egal ist", spöttelte er.

„Ich will den Stein nicht!" bekräftigte sie erneut und nun schon sehr viel lauter. Das war doch zum aus der Haut fahren!

„Ja, natürlich – denn eigentlich willst du nur mich." Er nickte mit einem boshaften Lächeln. „Das kannst du gern haben."

„Wa..." Weiter kam sie nicht, denn Marek packte sie plötzlich und zog sie mit solchem Schwung an seine Brust, dass ihr die Luft wegblieb.

„Deine Entscheidung", knurrte er dunkel und dann pressten sich seine Lippen auf ihren Mund. Es war kein wirklicher Kuss, eher eine Bestrafung und dementsprechend grob und unangenehm fühlte es sich an.

Jenna stemmte sofort ihre Hände gegen seine Brust und versuchte von ihm loszukommen, aber sein Griff wurde nur noch fester und der Kuss noch härter. Dennoch wuchs Jennas Angst nicht an. Sie wurde eher schwächer, weil sich heiße Wut in ihrem Körper ausbreitete. Erst recht, als er sie auf den Boden zwang und nicht nur seine groben Küsse, sondern auch das Gewicht seines Körpers es ihr erschwerte, weiterhin ruhig zu atmen.

Wie konnte er es wagen, ihr erstes traumatisches Erlebnis mit ihm dazu zu nutzen, sie sich gefügig zu machen, sie dazu zu bringen, doch noch den Stein zu nehmen? Denn das war es, was er bezweckte, ließ er ihrem linken Arm doch viel zu viel Spielraum – dem Arm, der dem Stein immer noch zum Greifen nah war. Gut – er wollte diesen Machtkampf, dann bekam er ihn auch! Er würde sich noch wundern!

Jenna bekam ihren Arm tatsächlich mit Leichtigkeit frei, aber anstatt nach dem Stein zu greifen, schlang sie ihn um Mareks Nacken und erwiderte den Kuss, gerade als er sich, in der falschen Annahme er habe sein Ziel erreicht, zurückziehen wollte. Sie fühlte, wie ihn seine eigene Überraschung erstarren ließ, fühlte seine Verwirrung und konnte nur mit Mühe ein triumphierendes Lachen zurückhalten.

Marek befreite sich von ihren Lippen, indem er den Kopf hob, und auch wenn Jenna froh darüber war, endlich wieder zu Atem zu kommen, bemerkte sie zu ihrem eigenen Erschrecken, dass ein Teil von ihr enttäuscht war. Was war nur los mit ihr??!!

Dasselbe fragte sich wohl auch Marek, denn er hatte die Brauen zusammengezogen und seine hellblauen Augen wanderten irritiert über ihr Gesicht, versuchten darin zu lesen, was in ihr vorging. Nur ein paar Atemzüge später presste sich sein Mund wieder auf den ihren, gierig und besitzergreifend, und dieses Mal versuchte sich auch seine Zunge zwischen ihre Lippen zu schieben.

Das Ganze sofort zu beenden wäre das Vernünftigste gewesen, aufzugeben, ihn anzuflehen aufzuhören oder gar den Stein doch noch zu greifen – aber Jenna wollte nicht vernünftig sein, wollte diesen Machtkampf nicht verlieren und so öffnete sie nicht nur bereitwillig ihre Lippen, sondern ließ seine Zunge auch noch mit der ihren kollidieren. Womit sie nicht gerechnet hatte, war, dass ihr ganzer Körper bei diesem intimen Kontakt erschauerte und sich Hitze in einer Region ihres Körpers ausbreitete, deren Beteiligung an diesem Machtkampf sie nicht erwartet, nicht gewollt hatte.

Marek stieß einen Laut aus, der zwischen Erregung, Überraschung und Verärgerung schwankte und natürlich versuchte er, den innigen Kuss unangenehm tief und fordernd werden zu lassen. Jenna ließ sich jedoch weder davon noch von den Reaktionen ihres eigenen Körpers einschüchtern. Sie schlang stattdessen auch noch ihren anderen Arm um seinen Nacken und vergrub eine Hand in seinem lockigen Haar, erwiderte die fordernden Liebkosungen seiner Zunge mit einer Intensität, die sie beinahe selbst erschreckte. Ihr war furchtbar heiß und ihr Herz raste – umso mehr als Marek sich von ihren Lippen löste und die seinen auf ihren Hals presste, an der zarten Haut unter ihrem Ohr saugte. Verflucht! Erogene Zone! Ein Stöhnen entkam ihren brennenden Lippen und schockierte sie selbst so sehr, dass sie für einen Augenblick erstarrte.

Mareks selbstgefälliges Lachen war kaum zu vernehmen, doch sie spürte es an ihrem Hals, fühlte den heißen Atem über ihre Haut fahren, denn er dabei ausstieß, und ärgerte sich furchtbar über den wohligen Schauer, der ihr sofort den Rücken hinunterrieselte. Nur deswegen und um ihm zu zeigen, dass sie sich noch lange nicht geschlagen gab, schlang sie ihre Beine um seine Hüften und führte ihre Körper an der Stelle noch dichter zusammen, an der sie beide am sensibelsten waren. Mit Erfolg: Auch Marek reagierte auf diesen intensiven Reiz mit einem Laut tiefster Erregung und dieses Mal konnte sie sich ihr breites Grinsen nicht verkneifen – auch wenn es sofort wieder erstarb, weil sie selbst nun fühlen musste, dass ihr kleines Machtspiel mehr als deutliche Auswirkungen auf seinen Körper hatte. Und nicht nur auf den seinen.

Grundgütiger! Es war wahr – sie war ebenso erregt und Marek konnte das genau in ihrem Gesicht lesen, als sein Blick ein weiteres Mal den ihren suchte. Seine Augen schienen auf einmal sehr viel dunkler zu werden und die Begierde, die in ihnen flackerte, hätte ihr an und für sich Angst machen müssen. Doch das tat sie nicht. Stattdessen sorgte sie dafür, dass ihr Puls sich noch weiter beschleunigte und die Hitze in ihrem Unterleib anwuchs, ein Ziehen hervorrufend, das ihren Verstand immens schwächte. Und als er sich vorbeugte und seine Nase auffordernd gegen die ihre stupste, kam sie ihm entgegen und küsste ihn von sich aus – nicht vorsichtig oder zaghaft, nein, mit derselben Gier und Unverfrorenheit, die er bisher gezeigt hatte.

Sie *küsste* ihren und Leons Feind auf intimste Art und Weise! Es war ganz klar: Sie hatte ihren Verstand verloren… und machte sich noch nicht einmal Sorgen darüber. Nein. Ihre niederen Triebe hatten die Kontrolle über ihr Handeln übernommen, erstickten jedweden Anflug von Vernunft oder Angst im Keim – selbst als Mareks Hand zwischen ihre Körper wanderte, sich um ihre Brust schloss und sein Daumen über ihre Brustwarze rieb, konnte sie das dieses Mal nicht erschrecken. Es brachte sie nur dazu, in seinen Mund zu stöhnen und ihren Rücken durchzudrücken, um ihn dazu aufzufordern weiterzumachen. Denn das war es, was sie wollte.

Ein Brummen drang aus Mareks Kehle und er riss sich von ihren Lippen los, presste seinen Mund stattdessen ungestüm auf ihr Dekolletee. Seine Hände zerrten an dem Ausschnitt ihres Kleides, rissen es eher auseinander, als dass sie es öffneten. Für ein paar Sekunden strich kühle Luft über ihre entblößten Brüste, dann waren auch schon Mareks Lippen da, schlossen sich um eine der harten Spitzen und sogen sie gierig in seinen heißen Mund.

Jenna stöhnte laut auf und bog sich ihm reflexartig entgegen, vergaß völlig, wo sie war und *wer* diese Wollust in ihr entfachte. Sie wusste nur eines: Sie wollte mehr davon, *viel* mehr. Wollte ihn spüren. Überall. Seinen Körper ertasten, seine nackte Haut fühlen... schmecken... Ihre Finger krallten sich in seinen Rücken, zerrten an seinem Hemd. Aus. Er musste es ausziehen... irgendwie. Viel zu viel Stoff, der ihr im Weg war. Und endlich... ja... warme, straffe Haut, die sich über harte Muskeln spannte, ihren Fingerspitzen nur minimal nachgab. Wie konnte sich ein Männerkörper nur *so* gut anfühlen?

Der nächste Laut, der Jenna entwischte, hatte schon beinahe Ähnlichkeiten mit einem Wimmern. Mareks Lippen waren zu ihrer anderen Brust gewandert und reizten die empfindliche Spitze mit Hilfe seiner Zunge und seiner Zähnen. Ihr Becken zuckte ihm von selbst entgegen, sorgte für einen mehr als intensiven Kontakt mit seiner Erektion und ließ ihren Unterleib mit einem Ziehen reagieren, dessen Intensität sie einen weiteren wollüstigen Laut ausstoßen ließ. Ihr Sehnen nach sexueller Befriedigung wandelte sich in unersättliche Gier und nahm ihr jegliche Fähigkeit klar zu denken. Sie reagierte nur noch instinktiv auf seine Berührungen und ihre eigenen Impulse. Und so kam es fast einem Schock gleich, als der Vorhang des Zeltes auf einmal aufflog und jemand eintrat.

Eigentlich bekam sie das zunächst gar nicht so genau mit, dazu waren ihre Sinne viel zu benebelt. Sie spürte nur einen kalten Luftzug und vernahm das flatternde Geräusch des Vorhangs. Doch als Marek plötzlich innehielt und zum Eingang hinübersah, kam sie wieder zu Sinnen. Sie blinzelte und drehte ihren Kopf in dieselbe Richtung, um dann entsetzt die Luft anzuhalten.

Der Krieger stand gut sichtbar im Zelteingang und sagte nun etwas zu Marek. Er wirkte angespannt, beinahe aufgeregt und Marek richtete sich auf. Jenna schlang sofort ihre Arme um ihren entblößten Oberkörper, fuhr ebenfalls hoch und wandte dem Mann den Rücken zu. Mit zitternden Fingern und immer noch etwas paralysiert von dem, was gerade geschehen war, knöpfte sie sich rasch wieder das Kleid zu – soweit das noch möglich war, denn Mareks Ungeduld hatte dort irreparable Schäden hinterlassen. Sie fühlte, wie ihr das Blut ins Gesicht schoss. Nicht nur vor Scham, sondern auch vor Wut auf sich selbst. Wie hatte das nur passieren können? Wie hatte sie sich selbst und jeden Anstand so vergessen können?

Marek war auf den Krieger zugegangen, sich dabei ebenso rasch wie sie sein Hemd richtend, und sprach jetzt leise mit ihm. Sie nutzte diese Gelegenheit, um auf ihre ziemlich wackeligen Beine zu kommen und sich in die dunkelste Ecke des Zeltes zu verkrümeln. Sie brauchte noch etwas, das sie sich überwerfen konnte, etwas wie… ja, wie diese Decke dort. Sie nahm sie schnell an sich und legte sich diese, nachdem sie den Gedanken, sich die Decke gleich über den Kopf zu werfen und sich ganz klein zu machen, tapfer verdrängt hatte, um die Schultern. Sich zu Marek und dem anderen Mann umzudrehen, wagte sie nicht, dafür war sie immer noch viel zu aufgelöst und verunsichert.

Erst das Flattern des Zeltvorhanges veranlasste sie dazu, einen zaghaften Blick über die Schulter zu werfen. Sie stutzte. Der fremde Krieger war verschwunden und hatte Marek gleich mitgenommen! Seltsamerweise fühlte sich das nicht so gut an, wie sie vermutet hätte. Es war plötzlich so erschreckend still und sie war so… so allein. Nichtsdestotrotz bemühte sie sich darum, erleichtert aufzuatmen. So ganz überzeugend klang es nicht, aber das war auch ein bisschen zu viel verlangt, bedachte man, in welch aufgewühltem Zustand sie sich befand.

Jenna schüttelte den Kopf über sich selbst und zog die Decke noch enger um ihren Schultern, so als könne dies ihr dabei helfen zu vergessen, wie sehr ihr eigener Körper sie gerade eben verraten hatte. Sie war nicht mehr sie selbst gewesen, war total durchgedreht – in einer äußerst… ungewöhnlichen Art und Weise. Warum nur reagierten ihre niederen Instinkte immer so intensiv auf diesen Mann, auf seine Nähe? Das war doch nahezu krankhaft!

Sie schluckte schwer. Sie war sich sicher, dass noch viel mehr passiert wäre, wenn nicht dieser Krieger aufgetaucht wäre. Wahrscheinlich hätte sie sogar mit Marek geschlafen. Pah! *Geschlafen*! Sie wären wie Tiere übereinander hergefallen – widerlich! Jenna verdrehte die Augen, weil bei diesem Gedanken sofort wieder Hitze durch ihren Unterleib schoss, und konnte nur wiederholt den Kopf schütteln. So war sie doch sonst nicht. Sie brauchte normalerweise immer sehr viel Zeit, um mit einem Mann überhaupt intim werden zu können, Vertrauen und die Gewissheit, dass er sie liebte und schätzte. Marek tat das ganz bestimmt nicht und trotzdem begehrte sie ihn mehr, als sie jeden anderen Mann zuvor begehrt hatte – zumindest wenn er ihr nahe kam.

Sie stutzte. Moment! War bisher nicht immer der Stein in ihrer Nähe gewesen, wenn diese Gefühle aufgekommen waren? *Das* musste es sein! Der Stein hatte nicht nur positive Effekte. Er ließ sie manchmal auch dumme Dinge tun! War es nicht so, dass sie erst den Verstand verloren hatte, *nachdem* Marek das Amulett hervorgeholt und auf den Boden geworfen hatte?

Jennas Augen weiteten sich. Das Amulett! Ihr Blick flog über den Boden. Da lag es noch! Marek hatte es in seiner Eile tatsächlich vergessen! Der Stein, der sie schützen, ihr das Leben hier so viel einfacher machen konnte, war noch da! Ha! Sie war nicht die einzige, die in der Hast nachlässig wurde!

Sie flog nahezu darauf zu, bückte sich und hob das kostbare Schmuckstück mit einem glücklichen Lachen auf. Jedoch blieb ihr dieses sofort wieder im Halse stecken, denn es geschah nichts. Kein Wiedererkennen, kein Kribbeln, keine Wärme. Jenna starrte den Stein in ihrer Hand entsetzt an. Das stumpfe Dunkelrot blieb trüb, regte sich nicht.

Sie zog die Brauen zusammen und inspizierte das Amulett genauer. Die silberne Einfassung war ziemlich schlampig gefertigt worden, so als wäre der Schmied in Eile gewesen, und sie sah auch relativ neu aus. Jennas Mund öffnete und schloss sich wieder. Der Stein war auch kleiner und stumpfer! Hitze wallte in ihr auf, nur dieses Mal wurde sie von Zorn verursacht. Marek, diese miese Ratte! Natürlich war es nicht schlimm, *dieses* Amulett liegenzulassen, denn es war eine billige Kopie – allein dafür gefertigt, sie zu prüfen! Sie schnappte nach Luft und warf das Schmuckstück einmal quer durch das Zelt. Dieser hinterhältige Mistkerl! Er hatte sich gar nicht in Gefahr gebracht, als er das Amulett hingeworfen hatte. Er war die ganze Zeit auf der sicheren Seite gewesen! Was hätte er wohl mit ihr gemacht, wenn sie den Stein genommen hätte? So wütend, wie er gewesen war, hätte er sie vielleicht sogar getötet.

Jenna hatte begonnen, im Zelt auf und ab zu laufen. Sie schäumte vor Wut und dennoch wurde ihr ein wenig leichter ums Herz. Mit der neuen Erkenntnis war es genau genommen sogar gut, dass sie sich so hatte gehen lassen. Es hatte verhindert, dass sie ernsthaft in Gefahr geraten war. Und vielleicht war ja auch genau das der Grund gewesen, warum sie sich so sonderbar verhalten hatte. Vielleicht hatte ein innerer Instinkt die Gefahr gespürt und sie diese dummen – *dummen* Dinge tun lassen... die ja dann im Endeffekt gar nicht so dumm gewesen waren. Sie war noch am Leben und Mareks Vertrauen in sie vielleicht wieder hergestellt.

Sie blieb stehen. Wo hatte sie den Stein gleich nochmal hingeworfen? Es war besser, ihn auf den alten Platz zurückzulegen, wenn sie ihm weismachen wollte, dass sie nicht daran interessiert war und seinen Trick auch nicht durchschaut hatte. Irgendwo sah sie ihn funkeln, eilte hinüber, hob ihn auf und brachte ihn schnell zurück an seinen alten Platz, denn draußen vor dem Zelt waren auf einmal wieder Geräusche zu vernehmen.

Sie flog hinüber zu Mareks Bett und warf sich schnell darauf, die Decke fest um den Körper gewickelt. Nur wenig später öffnete sich der Zelteingang und ein Mädchen, bestimmt nicht älter als sechzehn Jahre, betrat das Zelt. Sie trug die schlichten Kleider einer Magd und hatte ein größeres Bündel in den Armen. Jenna richtete sich erstaunt auf.

„Mein Name ist Nula", sagte die junge Frau und kam zögerlich näher. „Ich soll Euch diese Kleider bringen und Euch dann ins Schloss mitnehmen."

Jenna blinzelte erstaunt, erhob sich aber dennoch. Ins Schloss mitnehmen? Hieß das, dass Marek weiterhin an seinem heiklen Plan festhielt? Obwohl er ihr nicht mehr vertraute? Und das alles sollte auch noch jetzt *sofort* stattfinden?

„Ich... ich verstehe das nicht", stammelte Jenna. Gleichwohl nahm sie der jungen Magd das Bündel Kleider ab.

„Das Lager hier wurde entdeckt", erklärte Nula. „Sie müssen *jetzt* angreifen, wenn sie nicht selbst zur Zielscheibe von Alentaras Armee werden wollen."

Jenna nickte verständnisvoll. Das flaue Gefühl, das sie bezüglich Mareks Plan schon immer gehabt hatte, war zurück – stärker als jemals zuvor. Trotzdem wandte sie sich um und begann sich umzuziehen. Natürlich wollte sie nicht wirklich Mareks Plan in die Tat umsetzen, doch andere Kleider anzuziehen, war ohnehin notwendig.

„Ihr... ihr *müsst* das tun", vernahm sie nach einer Weile Nulas zarte Stimme, als könne diese ihre Gedanken lesen.

Jenna wandte sich zu ihr um, während sie die vorderen Knöpfe ihres Kleides schloss. „Was muss ich tun?"

„Holen, was die Bakitarer brauchen."

Jenna runzelte die Stirn. „Du willst das auch?"

Das Mädchen nickte.

„Warum?"

„Weil die Könige lange genug ihr Unwesen in den Ländern Falaysias getrieben haben."

Jenna war überrascht. Das war das erste Mal, dass ein Bewohner dieser Welt vor ihr positiv über das Vorgehen der Bakitarer sprach und den Königen deutliche Verachtung entgegenbrachte. Im Grunde war das jedoch nicht weiter verwunderlich. Das Mädchen half Marek, also war sie eine Verräterin. So sah es zumindest aus, wenn man nicht genauer hinsah und die Motive hinter bestimmten Handlungen nicht erfragte. Normalerweise hasste Jenna ein solches Verhalten. Sie war immer dafür, sich die Gründe für das Handeln der Menschen genauer anzusehen, bevor man sie verurteilte. Nur hatte sie augenblicklich nicht das Gefühl, dass ihr die Zeit dafür gegeben war.

„Ist Alentara keine gute Königin?" hakte sie dennoch nach.

„Sie ist eine *Königin*", erwiderte das Mädchen mit einem kleinen, unglücklichen Lächeln und setzte Jenna die hässliche, aber für Mägde so typische Haube auf. „Zu viel alleinige Macht tut niemandem gut."

Mehr konnte sie dazu nicht sagen, denn der Zelteingang flog schon wieder auf und ein sichtlich angespannter Marek eilte auf sie zu. Sein Blick blieb für den Bruchteil einer Sekunde erstaunt an dem am Boden liegenden Amulett hängen, dann war er auch schon bei ihnen, musterte Jenna kurz und nickte zufrieden. „Das wird so gehen." Er wandte sich Nula zu. „Verlasse das Zelt und warte davor."

Das Mädchen nickte demütig und kam seinem Wunsch sofort nach. Jennas Puls begann sich wieder zu beschleunigen.

„Wir haben nicht viel Zeit", mahnte Marek sie. „Nula wird dich ins Innere des Schlosses bringen und zu den Gemächern der Königin führen. Wenn du gefunden hast, was wir suchen, solltest du besser hierher zurückkommen. Ich weiß, dass du es nicht tun wirst, aber du könntest uns – oder zumindest mir – damit eine Menge Zeit und Arbeit ersparen. Deswegen rate ich es dir hiermit noch einmal. Ganz gleich, was dein eigener Plan ist und ob du mit Demeon zusammenarbeitest oder nicht – ich bekomme den Stein früher oder später ohnehin in die Hände."

Sie holte Luft, um etwas zu erwidern, doch Marek hob sofort abwehrend die Hand. „Wir haben keine Zeit für klärende Gespräche oder Diskussionen über unser Vorgehen. Wir müssen das wie geplant durchziehen, sonst haben wir *alle* bald ein ziemlich großes Problem – oder willst du ungeschützt mitten in eine Schlacht geraten?"

Sie schüttelte sofort den Kopf.

„Alentara wird durch den Angriff so abgelenkt sein, dass sie dich nicht bemerkt", bemühte sich Marek darum, ihr ihre Ängste zu nehmen. „*Niemand* wird dich bemerken – was für dich bedeutet, dass du im Schloss weitaus sicherer bist als hier."

Das klang logisch und im Schloss gab es diesen Widerling Orel nicht. Allerdings gab es dort auch niemand anderen, den sie kannte und den sie um Hilfe bitten konnte, wenn sie den Stein *nicht* fand…

„Du *wirst* den Stein finden", unterbrach Marek ihren Gedankenfluss mit genau den richtigen Worten. „Wenn du dich entspannst, wirst du fühlen, wo er ist. Es heißt, dass das *Herz der Sonne* denjenigen ruft, der dazu bestimmt ist, seine Kräfte zu nutzen."

Schon wieder dieser Name. „Aber…", begann sie besorgt, doch auch dieses Mal ließ Marek sie nicht zu Wort kommen.

„Der Stein in meinem Amulett ist ein Teil von ihm", erklärte er rasch. „Und er hat bereits auf dich reagiert, was bedeutet, dass das andere Bruchstück es auch tun wird – darauf kannst du dich verlassen. Es wird dich rufen, ganz gleich wie gut es versteckt ist."

Bruchstück? *Herz der Sonne?* Jenna war verwirrt, aber Marek hatte es so eilig, dass er auf ihre Gefühle keine Rücksicht nehmen wollte. Stattdessen packte er sie bei den Schultern und schob sie zum Ausgang des Zeltes.

Jennas Angst wuchs. „Was mache ich, wenn sie mich doch entdecken, bevor ich den Stein habe?" stammelte sie und versuchte sich zu ihm umzudrehen, um zu sehen, ob er sie anlog.

„Das wird nicht passieren", sagte er fest. „Und wenn doch – sag Alentara, dass du die letzte Schülerin Nadirs bist, dass du gelernt hast, wie man das *Herz der Sonne* aktivieren kann, und dass du mich beeinflussen kannst. Dann wird sie dir unter Garantie nichts antun."

Ach ja? Sie konnte ihn beeinflussen? Davon war allerdings gerade nichts zu bemerken. Es war eher so, dass Marek *ihr* seinen Willen aufzwang und nicht umgekehrt. Aber immerhin klang das nicht allzu sehr an den Haaren herbeigezogen und so gewann sie etwas Zuversicht, als sie in die Dämmerung des heranbrechenden Abends trat.

Die Atmosphäre im Lager hatte sich verändert. Unruhe war ausgebrochen. Alles schien in Bewegung zu sein. Pferde wurden gesattelt, Rüstungen überprüft und Waffen zusammengesammelt. Die ersten Krieger saßen auch schon schwer bewaffnet auf ihren nervös auf der Stelle tänzelnden Pferden und in anderen Bereichen des Lagers wurden bereits Truppen zusammengestellt. Die allgemeine Unruhe übertrug sich rasch auf Jenna. Ihr Herz begann heftiger zu klopfen und ihre Hände wurden ganz klamm. Sie bemerkte, dass Nula neben sie trat.

„Können wir los?" fragte das Mädchen vorsichtig.

Jenna sah zu Marek hinauf, der neben ihr stehengeblieben war und dessen Augen vermutlich schon eine Weile auf ihr ruhten, und erst in diesem Augenblick bemerkte sie, dass seine Feindseligkeit ihr gegenüber aus seinem Gesicht verschwunden war. Stattdessen hatte sich wieder ein wenig Wärme in dem hellen Blau seiner Augen eingefunden und ein kleines, aufmunterndes Lächeln spielte um seine Lippen.

„Wir sehen uns gleich wieder", versprach er und zwinkerte ihr doch tatsächlich zu.

Sie konnte nicht anders. Trotz ihrer Anspannung gluckste ein leises Lachen aus ihr heraus. „Sicher", gab sie in einem Ton zurück, der ihm genau verriet, dass dies ganz bestimmt nicht ihr Plan war. Dennoch wurde aus Mareks Lächeln ein breites Grinsen, das Jenna nur allzu gern erwiderte. Er würde sich noch wundern!

„Lass uns losgehen", forderte Jenna Nula auf, die ein wenig verwundert von einem zum anderen gesehen hatte, und holte einmal tief Luft. Sie war sich sicher, dass sie die noch brauchte… und ganz, ganz viel Mut und Kraft dazu.

Tichuan

Jennas Herz schlug hart und schnell in ihrer Brust, als sie der Magd durch die Dunkelheit des unterirdischen Ganges folgte, der sie in das Innere der schlossähnlichen Festung Alentaras führen sollte. Die Laterne, die die junge Frau mit sich trug, spendete nur wenig Licht und Jenna hatte Angst zu stolpern und hinzufallen und dann allein in diesem kalten, gewiss von abertausenden von Spinnen und Kakerlaken besiedelten Tunnel zurückzubleiben. Bei dem Tempo, das Nula vorlegte, würde diese bestimmt erst viel zu spät bemerken, dass sie ihre Begleitung verloren hatte, und Jenna hätte sich dann längst in einem Seitengang verirrt, musste erbärmlich verhungern und verdursten.

Gut, sie war bisher noch nicht auf einen Seitengang gestoßen, der Tunnel war jedoch an sich schon gruselig genug. War der überhaupt richtig befestigt? Sie warf einen Blick nach oben. Sehr vertrauenerweckend sah diese Konstruktion aus Holzbalken und Steinen nicht gerade aus. Je eher sie wieder draußen waren, desto besser und vielleicht war ja auch genau das der Grund, warum Nula es so eilig hatte.

„Wir sind gleich da", warf die junge Magd ihr über die Schulter zu und verschaffte Jenna somit ein wenig Erleichterung.

Sie hatte nicht gelogen. Nur wenige Minuten später blieb Nula vor einer massiven Steinwand stehen und griff in eine Einbuchtung zu ihrer Rechten, bevor sie rasch die Laterne löschte. In dem Loch musste sich eine Art Hebel befinden, denn auf einmal begann sich die Wand vor Jenna zu bewegen, nicht viel, aber zumindest war der Spalt in der Wand groß genug, dass sie beide bequem hindurchschlüpfen konnten.

Der Raum, den sie betraten, war kein gewöhnlicher Kellerraum. Es sah viel mehr wie die saubere Stube eines wohlhabenden Bürgers aus – immer noch mittelalterlich, allerdings vornehmer und gemütlicher als die

Räume, die Jenna bisher gesehen hatte. An einer Wand stand ein großes, kostbares Bett mit einem Baldachin. Edle Teppiche verzierten den Steinboden und ein schwerer Eichentisch, nebst einem mit rotem Samt gepolsterten Stuhl, und ein großer Kleiderschrank schlossen die Ausstattung des Zimmers ab.

„Wo sind wir hier?" raunte Jenna der Magd zu, die gerade den Geheimgang schloss, indem sie an einem Kerzenleuchter neben dem Bett zog.

„Das ist der Raum, in den sich die Königin zurückzieht, wenn sie ihre Ruhe haben will", flüsterte Nula und lief eiligst hinüber zur Zimmertür, ihr einen auffordernden Blick schenkend. „Niemandem ist es erlaubt, sie hier zu stören. Noch nicht einmal in einem Notfall."

Jenna war überrascht. „Weiß sie von dem Geheimgang?" fragte sie, als sie zu der Magd aufgeschlossen hatte.

Die junge Frau nickte. „Sie hat diesen und ein paar andere eigens für sich anlegen lassen, damit sie das Schloss auch einmal verlassen kann, ohne dass es jemand bemerkt. So kann sie sich unauffällig unter das Volk mischen und auf diesem Weg erfahren, wie die Stimmung ist."

Das war schlau – und gefährlich für Menschen wie Nula, die der Königin nicht so wohlgesonnen waren. Rebellionen waren so sehr viel leichter bereits im Keim zu ersticken.

„Und du bist sicher, dass die Königin gerade keine Lust hat, sich hierher zurückzuziehen?" erkundigte sich Jenna leise, als Nula die Tür bereits öffnete. „Nicht dass sie uns gleich direkt gegenüber steht."

Was für eine schreckliche Vorstellung!

Die junge Magd schüttelte sofort den Kopf. „Ich sagte doch, dass das Bakitarerlager entdeckt wurde. Sie ist viel zu sehr damit beschäftigt, ihre Truppen zusammenzuziehen und eine gute Verteidigung aufzubauen. Wir sollten dennoch leise sein und uns möglichst unauffällig verhalten. Es gibt hier einige Wächter, die uns hören könnten."

Jenna diesen mahnenden Blick zukommen zu lassen, war an und für sich gar nicht mehr nötig, sondern gab ihr nur das Gefühl ein ganz, ganz dummes Huhn zu sein. Sie hatte jedoch nicht die Nerven, sich lange darüber zu ärgern. Dazu war sie viel zu aufgeregt, denn sie traten nun in den langen Gang, der hinter der Tür verborgen gelegen hatte. Er war durch

Fackeln an den Wänden auf beiden Seiten erleuchtet, wirkte aber dennoch beängstigend dunkel auf sie. Mittelalter. Ja. Sie befand sich im tiefsten Mittelalter – das wurde ihr wieder einmal auf schmerzliche Weise bewusst.

Jennas Angst wuchs, als Nula sie weiter schob. Hier gab es überhaupt keine Versteckmöglichkeiten. Keine Schränke, keine weiteren Türen… nichts. „Was machen wir, wenn tatsächlich ein Wachposten kommt?" raunte sie der Magd zu.

„Nichts", war die simple Antwort. „Es ist ganz normal, wenn hier ein paar Mägde herumlaufen. Schließlich müssen Betten gemacht und die eher ‚speziellen' Gäste versorgt werden."

„Spezielle Gäste?" wiederholte Jenna verständnislos.

„Ja, diejenigen von den Gefangenen, die für Alentara einen gewissen Wert haben. Sie werden besser behandelt als gewöhnliche Gefangene."

„Also politische Gefangene?"

„Oder auch besonders attraktive Übeltäter…"

Jenna öffnete den Mund und schloss ihn wieder, ohne etwas gesagt zu haben. Die Gedanken, die ihr kamen, ließen sie sogar ein wenig langsamer werden. Nula konnte nicht wirklich meinen, was sie glaubte, verstanden zu haben… Nein. Das war zu absurd! Sie schloss rasch wieder zu ihr auf. Im Grunde war das alles ja auch gar nicht weiter wichtig. Alles, was zählte, war, in Alentaras Privatgemächer zu gelangen und den zweiten magischen Stein zu finden.

Jenna zuckte fast zusammen, als sie Geräusche ganz in ihrer Nähe vernahm; Schritte, die sich ihnen näherten, und nur Sekunden später warf ein hünenhafter Mann seine Schatten in den Gang. Er sah ganz anders aus als die Krieger, die Jenna bisher begegnet waren, machte einen sauberen und gepflegten Eindruck. Der Bart war gestutzt und die Haare ordentlich unter seinem polierten Helm verborgen. Er trug nur eine leichte Rüstung, ein Kettenhemd, in dem sich das flackernde Licht der Fackeln brach, und darunter Kleider aus weichem, fließendem Stoff. Auf dem ledernen Brustharnisch über dem Kettenhemd prangte ein Drache, der seine Flügel schützend über einer Krone ausbreitete.

Jenna schlug das Herz hart gegen die Rippen. Auch wenn sie sich die größte Mühe gab, ganz normal weiterzugehen, einfach Nula zu folgen, rechnete sie dennoch damit, jeden Moment angesprochen und festgehalten zu werden. Doch der Wächter nahm gar keine Notiz von ihnen, eilte grußlos an ihnen vorbei. Jenna verkniff sich ein erleichtertes Aufatmen. Sie musste ihre Angst unbedingt besser in den Griff bekommen, sonst verriet sie sich dadurch noch. Nervosität war immer verdächtig.

„Ihr solltet mir mehr vertrauen", raunte Nula ihr über die Schulter zu. „So, wie Ihr verkleidet seid, wird Euch nichts zustoßen – das verspreche ich Euch."

Jenna nickte einsichtig. Sie nahm sich fest vor, nicht weiter darüber nachzudenken, was alles schief gehen konnte und wie man sie beide dann bestrafen würde. Besser war es, zu versuchen, sich zu orientieren, sich einzuprägen, wo sie entlangliefen, damit sie eventuell auch wieder allein den Weg zurück fand. Man wusste ja nie…

„Auf welcher Seite des Schlosses befinden wir uns eigentlich?" fragte sie Nula, als sie begannen eine schmale, dunkle Wendeltreppe aus Stein hinaufzusteigen.

„Auf der Westseite", ließ das Mädchen sie wissen. Auch wenn ihr das nicht besonders viel sagte, fühlte sich Jenna trotzdem ein wenig besser. Es war zumindest eine kleine Orientierungshilfe.

Die Treppe endete in einem weiteren langen Flur, der mit einem schmalen, roten Teppich ausgelegt war. Kostbare Stickereien und Wandteppiche schmückten die Wände und auch hier sorgten die in kurzen Abständen angebrachten Fackeln für ausreichend Licht, um sich rasch und ungehindert fortbewegen zu können.

Jenna bemerkte schnell, dass es hier ein paar schmale Fenster gab, durch die der Tumult auf den Mauern der Burg und im Hof drang, der durch den nahenden Angriff der Bakitarer entstanden war: Das Klirren von Rüstungen, Truppen, die im Gleichschritt liefen, Geschrei – Aufregung, die sich leider auch wieder auf Jenna übertrug. Bald schon würde dort draußen eine Schlacht entbrennen – eine *wirkliche* Schlacht. Menschen würden sterben und auch wenn Jenna dies hier im Inneren des Schlosses nicht würde mitansehen müssen, so würde sie dennoch das Klirren der Schwerter, das Schreien der Kämpfenden und Sterbenden hören… all die schrecklichen Geräusche, die Menschen verursachten, wenn sie in blinder Wut und in der Absicht zu morden aufeinanderprallten.

Sie schüttelte sich innerlich, versuchte die Beklommenheit, die sich in ihr ausbreiten wollte, wieder abzuschütteln, doch es gelang ihr nicht vollständig. Vielleicht konnte sie den Kampf da draußen ja auch irgendwie beeinflussen, ihn zumindest verkürzen, wenn sie Marek ein Signal gab, dass sie das Amulett hatte. Dazu musste sie es natürlich erst einmal finden. Ihr Bedürfnis sich noch mehr zu beeilen wuchs und sie versuchte, Nulas Tempo besser zu halten, keine Zeit mehr darauf zu verwenden, sich umzusehen oder sich mit ihren Ängsten zu beschäftigen.

„Wo liegen denn die Gemächer Alentaras?" flüsterte sie der Magd zu, die mittlerweile einen beinahe verbissenen Gesichtsausdruck angenommen hatte.

„Direkt über uns", gab sie angespannt zurück. Ihr Blick war jedoch auf die schwere Eichentür gerichtet, die sich direkt vor ihnen auftat. Der Lärm, der durch die Fensteröffnungen hallte, schwoll an und Jenna wusste genau, was das bedeutete: der Kampf begann. Fast im selben Atemzug flog die Flügeltür vor ihnen auf und eine Gruppe schwer bewaffneter Krieger in voller Kampfmontur stürmte heraus.

Jenna reagierte instinktiv. Sie machte einen großen Schritt zur Seite und presste sich der Länge nach an die Wand, es Nula gleichtuend. Die Männer stürmten an ihnen vorbei, ohne ihnen Beachtung zu schenken, wild entschlossen, sich dem herannahenden Feind entgegenzuwerfen. Zu Jennas Überraschung befanden sich auch Frauen in diesem Pulk, durch die Rüstungen und ihre eher kräftigen, muskulösen Staturen schwer von den Männern zu unterscheiden. Ihre Gesichter waren hart und markant, ihre Blicke wild und entschlossen. Jenna war sich sicher, dass diese Kriegerinnen durchaus dazu in der Lage waren, den ein oder anderen starken Mann niederzustrecken, und sie brachte diesen Frauen denselben Respekt entgegen wie ihren männlichen Kameraden.

Sie warf Nula einen verunsicherten Blick zu, als der größte Teil der Truppe an ihnen vorüber war und nur noch vereinzelt Krieger aus dem Saal eilten, und das Mädchen trat vorsichtig auf die offen stehende Tür zu. Das hätte sie lieber nicht tun sollen, denn nur einen Herzschlag später wurde sie mit Schwung von einem Krieger umgerannt. Er kam dabei selbst aus dem Gleichgewicht und rammte die Wand, bevor er seinen Körper wieder unter Kontrolle bekam. Zornig wandte er sich zu dem noch am Boden liegenden Mädchen um. Jenna erstarrte. Das war kein Mann, sondern eine Frau. Eine Frau, der Jenna schon einmal begegnet war, damals in Vaylacia. Sie senkte rasch den Blick, zupfte sich die Haube ein wenig tiefer ins Gesicht.

„Was habt ihr hier noch zu suchen?!" schnauzte die Kriegerin jetzt Nula an und warf zu Jennas Glück nur einen flüchtigen Blick auf sie. „Alentara hat ausdrücklich befohlen, dass sich alle Dienstboten und Mägde in das Kellergewölbe zu begeben haben!"

Nula nickte demütig und erhob sich rasch. „Ja, Herrin", stammelte sie mit gesenktem Blick. „Wir waren schon auf dem Weg dorthin."

„Dann seid ihr nicht schnell genug! Los! Beeilt euch!" Sie machte eine ungeduldige Handbewegung in die Richtung, aus der sie gekommen war. Nula setzte sich sofort in Bewegung und Jenna folgte ihr, das Haupt weiterhin gesenkt. Die Frau hatte sie nicht erkannt! Das Glück schien heute auf ihrer Seite zu sein!

„Wer war das?" raunte sie Nula zu, als sie noch einmal einen Blick hinter sich in den nun leeren Flur geworfen hatte, um sicherzustellen, dass die Kriegerin auch wirklich gegangen war.

„Sheza C'el Skelargo", flüsterte die junge Frau. Jetzt erst fiel Jenna auf, wie blass sie geworden war. „Sie ist Alentaras engste Beraterin und Befehlshaberin der königlichen Garde."

„Ich glaube, ich hab sie in Vaylacia gesehen", erklärte Jenna ihre Neugierde, während sie den riesigen Saal durchqueren, in dem sich die Soldaten zuvor versammelt hatten –wahrscheinlich um ihr Vorgehen gegen die Bakitarer zu besprechen. Ein großer Kamin an einer der Wände spendete Wärme und Licht und überall standen lange Tische und Bänke, auf denen teilweise noch Teller, Becher und Essen vorzufinden war. Der Angriff der Bakitarer war vermutlich überraschender gekommen, als sie alle angenommen hatten.

„Das kann gut sein", lenkte Nula ein. „Sie ist erst gestern von einer Reise zurückgekehrt, mit einem Fremden an ihrer Seite. Ich denke, er ist ein Gefangener."

Jenna horchte auf. „Ein Fremder?" fühlte sie sich gezwungen, sofort zu fragen und ihr Herz machte einen kleinen Hopser. Konnte es sein…?

„Ja, aber er ist kein Bakitarer", erklärte Nula. „Er sieht auch nicht wie ein Verbrecher aus. Und er ist an seinem Arm verletzt worden."

Jenna presste fest die Lippen zusammen, um nicht den Freudenschrei auszustoßen, der aus ihr herausdrängen wollte. Leon! Leon war hier! Diese Kriegerin hatte ihn gefunden und hierher gebracht – so musste es einfach sein! Er lebte nicht nur, er war jetzt sogar ganz in ihrer Nähe und wenn sie sich klug anstellte, würde sie ihn sehr bald wiedersehen, ihn wieder in ihre Arme schließen können. Sie würde den Palast nicht ohne ihn verlassen! Ganz bestimmt nicht! Wenn sie den Stein fand, dann würde es ihr auch gelingen, ihn zu befreien und mitzunehmen.

Nula war noch schneller geworden. Die Begegnung mit Sheza hatte ihren inneren Druck offenbar verstärkt und Jenna musste beinahe rennen, um mit ihrem Tempo mithalten zu können. Meine Güte, war dieses Mädchen fit! Sie selbst hatte schon Seitenstechen und keuchte vor Anstrengung, als sie die nächste steile Treppe erklomm. Ein weiterer Flur, noch kostbarer ausgestattet als der letzte… Sie eilten an einigen kunstvoll verzierten Türen vorbei und blieben schließlich vor der prunkvollsten davon stehen. Die Magd holte ein paar Mal tief Luft – anscheinend hatte auch ihre Kondition Grenzen – und drehte sich dann zu Jenna um.

„Das sind Alentaras Privatgemächer", erklärte sie leise. „Die Wächter, die normalerweise hier stehen, folgen ihr auf dem Fuß. Also können wir mit Sicherheit davon ausgehen, dass sie nicht hier ist. Beeilt Euch dennoch. Wir wissen nicht, wie sich die Schlacht da draußen entwickelt und ob sie nicht doch einen Anlass findet, hierher zu kommen."

Nula öffnete die Tür zu den Gemächern und nickte Jenna auffordernd zu. Doch die rührte sich nicht, sah das Mädchen nur mit großen Augen an. „Ich soll da *allein* reingehen?" kam es ihr entgeistert über die Lippen.

Die Magd nickte ungeduldig und begann nun Jenna sogar gegen ihren Willen in den dahinter liegenden Raum zu schieben. Sie war erstaunlich stark. „Ich warte hier draußen, damit ich Euch noch rechtzeitig warnen kann, wenn jemand kommt."

Natürlich war das ein guter Gedanke, aber Jenna behagte es nicht, ganz allein für die Suche nach dem Stein verantwortlich zu sein. Ihr blieb jedoch nichts anderes übrig, denn Nula schloss die Tür wieder hinter sich, bevor sie auch nur zum Sprechen ansetzen konnte.

Für einen Augenblick stand Jenna einfach nur da und starrte die Tür an, tapfer das Unbehagen niederkämpfend, das sie erneut packen wollte. Dann besann sie sich wieder ihres Auftrages und wandte sich um, um sich in dem Raum, in dem sie sich nun befand, genauer umzusehen. Es war ein großes Zimmer, dessen marmorner Boden mit edlen Teppichen ausgelegt war. An den Wänden hingen ein paar große Gemälde, auf denen prunkvoll gekleidete Menschen – vermutlich Könige – in überheblichen Posen dargestellt waren, ebenso wie weitere fein gestickte Wandteppiche, Mosaike und seidene Tücher. Die Königin schien den Anblick von kahlen Steinwänden nicht zu mögen.

In der Mitte des Raumes stand ein mit Gold verzierter, gläserner Tisch, auf dem sich eine ebenfalls goldene Schale mit frischen Früchten befand und der von zwei mit rotem Samt bezogenen Sesseln und einem Kanapee umgeben war. Ein großer Eichenschrank und ein Regal mit schweren, alten Büchern ergänzten die Einrichtung des Zimmers. Natürlich gab es eine Flügeltür am anderen Ende des Raumes, die zweifellos in ein weiteres Zimmer führte. Nula hatte ja auch ‚Gemäch*er*‘ und nicht ‚Gemach‘ gesagt. Jenna beschloss, sich erst einmal auch dieses Zimmer anzusehen, bevor sie mit der Suche anfing, und setzte den Gedanken sofort in die Tat um. Die Zeit drängte.

Es überraschte sie nicht, hinter der Tür das Schlafzimmer der Königin vorzufinden. Es war in einem ähnlichen Stil wie das… nun ja… ‚Wohnzimmer‘ eingerichtet, nur befanden sich hier zwei Schränke mehr, ein Wandschirm, hinter dem sich die Königin umkleiden konnte, sowie ein riesiges Himmelbett mit schweren, bestickten Vorhängen. Zu Jennas Freude gab es nur eine kleine weitere Tür zur Außenseite des Raumes hin, die sicherlich nur auf einen Balkon führte, was wahrscheinlich hieß, dass sich die Privatgemächer der Königin auf diese zwei Räume beschränkten. Wunderbar – das vereinfachte die Suche nach dem Stein zumindest ein wenig. Dennoch stand Jenna ein paar weitere kostbare Minuten lang nur regungslos im Raum und wusste nicht, was sie tun sollte.

Wo mit der Suche anfangen, wenn man die Person, die man berauben sollte, gar nicht kannte, nicht wusste, wie sorgsam sie wertvolle Dinge normalerweise versteckte, wie vorsichtig sie war? Erschwerend kam hinzu, dass es Jenna bei dem Schlachtlärm, der von den Fenstern her zu ihr hinaufhallte, außerordentlich schwer fiel, sich zu konzentrieren. Sie war das Klirren von Schwertern, die Kampf- und Schmerzensschreie noch zu wenig gewohnt, um sie vollständig zu ignorieren. Diese Geräusche würden jedoch ganz gewiss nicht verstummen, solange sie den Stein nicht gefunden hatte.

Jennas Blick flog ein weiteres Mal durch den Raum. Truhe! Da lugte eine Truhe hinter dem Wandschirm hervor. Sie eilte darauf zu. Kein Schloss! Was für ein Glück! Sie hob den schweren Deckel und ließ sofort enttäuscht die Schultern sinken. Stoffe – kostbare Stoffe, jedoch nichts anderes, wie sie beim raschen Durchwühlen feststellte. Sie ließ den Deckel wieder zufallen und lief hinüber zum Schrank.

Natürlich befanden sich auch darin nur kostbare Kleider und Schuhe… eine Ersatzdecke… Oh! Eine geheimnisvolle Schatulle!… Mit weniger geheimnisvollem Schmuck. Wieder ein Reinfall. War das antikes Schminkzeug? Keine Zeit. Jenna verstaute alles wieder ordentlich im Schrank und seufzte tief. Weiter im Takt. Auch der nächste Schrank bot leider nichts Neues. Kleider, Schmuck, Schuhe, verschiedene Salben und Parfüms in einer größeren Holztruhe. Keine wahren Schätze. Kein magischer Stein.

Jenna trat wieder in die Mitte des Raumes und sah sich noch einmal gründlich um. Eigentlich war es unwahrscheinlich, dass die Königin eine solch kostbare Sache wie einen Zauberstein sorglos in einem Schrank oder einer Truhe aufbewahrte. Also brachte es wohl kaum etwas, die übrigen Schränke und Regale im anderen Raum zu durchsuchen. Sie hatte den Stein bestimmt in einem Geheimversteck untergebracht, das sich an und für sich *überall* befinden konnte. Hinter jedem Mauerstein, jedem Schrank… im Boden… in der Matratze des Bettes…

So schlau Marek sonst auch sein mochte, *diesen* Teil des Plans hatte er nicht richtig durchdacht. Marek… der dort draußen mit seinen Männern kämpfte, in Gefahr war… sein Leben verlieren konnte… Was hatte er noch gleich zu ihr gesagt? Der Stein würde sie rufen, ganz gleich wie gut er versteckt war. Bisher hatte sie noch keinen Ruf vernommen. Allerdings war sie auch mit ihrer Sucherei sehr abgelenkt, war aufgeregt und angespannt gewesen.

Jenna atmete tief durch die Nase ein und aus, marschierte auf das Bett der Königin zu und ließ sich darauf nieder. Oh! Weich. Wundervoll weich. Wie lange schon hatte sie nicht mehr auf einer solch himmlischen Matratze…

‚Reiß dich zusammen, Jenna!' vernahm sie ihre innere Stimme der Vernunft. ‚Konzentrier dich! Da draußen sterben Menschen – ganz umsonst, wenn du nicht endlich deinen Auftrag erfüllst!'

Sie schloss die Augen, versuchte noch mehr belebenden Sauerstoff mit weiteren tiefen Atemzügen in ihre Lunge und schließlich auch in ihr Gehirn zu transportieren. Sie bewegte ihre Schultern, versuchte diese zu lockern und ganz langsam begann sie sich etwas zu entspannen. Dennoch nahm sie nichts wahr, was Ähnlichkeit mit einem Rufen hatte. Vielleicht musste ja auch *sie* damit anfangen, sich für den Stein bemerkbar machen. Ihr entwischte ein kleines Lachen. Das war völlig blödsinnig… einfach nur albern. Wie sollte sie das auch tun? Melina konnte vielleicht mentale Botschaften aussenden und nach anderen Menschen ‚tasten', aber sie selbst doch nicht.

Gut, sie konnte versuchen an den Stein zu denken, sich ihn vorzustellen. Das war nicht weiter schwer, hatte sie ihn doch noch so gut in Erinnerung… diesen wundervollen, rot glühenden Stein, der ihr so viel Sicherheit schenkte, sie beschützte, ihr dabei half, sich nicht mehr ganz so hilflos zu fühlen. Das Prickeln seiner Energie… ja, das fehlte ihr auch, diese Wärme, die er immer durch ihren Körper sandte, durch jede Ader, jede Sehne, jeden Muskel… wie sehnte sie sich danach, es wieder zu fühlen…

Da war es. Ein kaum spürbares Prickeln in ihrer linken Schläfe, so als würde ein winzig kleines Insekt ganz zaghaft seine Fühler nach ihr ausstrecken. Sie riss die Augen auf und fuhr sich mit einer Hand an die Stirn. Da war jedoch kein Insekt. Sie blinzelte. Hatte sie sich das nur eingebildet? Nein, sie fühlte es immer noch. Es fühlte sich an, als würde etwas ihre feinsten Nervenenden berühren und auf diese Weise… nach ihr *rufen*! Marek hatte Recht gehabt!

Ihr Puls beschleunigte sich, als sie sich erhob. Ihr Blick heftete sich auf die Wand neben dem Bett. Dort musste etwas sein, versteckt, für das bloße Auge auf den ersten Blick nicht zu entdecken. Sie brachte ihr Gesicht dicht an die Wand heran, verfolgte die Rillen zwischen den einzelnen Steinen und hielt inne, als sie bemerkte, dass eine davon nicht gefüllt war – nicht nur eine, wie sie schnell feststellte. Die ungefüllten Rillen gingen bis zum Boden und bildeten… den rechteckigen Umriss einer Geheimtür! Himmelherrgott!

Jenna drückte gegen die Wand, doch sie bewegte sich nicht. Ihr Blick flog zu dem Kerzenleuchter direkt neben ihr. Sie griff danach und zog und tatsächlich setzte sich der Mechanismus der Tür endlich in Bewegung, öffnete diese knarrend und ächzend. Jenna war ein wenig zittrig zumute, als sie in den kleinen Raum trat, der sich dahinter befand. Soweit sie es durch das hereinfallende Licht erkennen konnte, war der Raum mit Kisten und Regalen voller Bücher und merkwürdigen Utensilien vollgestopft worden. Mitten in dem Chaos standen ein gemütlich aussehender Sessel und ein kleiner Tisch, auf dem mehrere aufgeschlagene Bücher lagen. Sie trat rasch näher heran und warf einen Blick darauf. Sie waren in einer anderen Sprache geschrieben – vermutlich Zyrasisch – und es befanden sich fremdartige Zeichen auf einigen der aufgeschlagenen Seiten. Manche davon kamen Jenna bekannt vor. Sie hatte sie schon einmal auf den Runen gesehen, die ihre Tante besaß – Zeichen der Zauberei. Leon hatte richtig gelegen: Alentara interessierte sich eindeutig für derlei Dinge und zwar in einem nicht zu unterschätzendem Maße.

Nicht ablenken lassen! Jenna konzentrierte sich auf den deutlich stärker werdenden Sog in ihrem Inneren, der sie schließlich fast wie in Trance auf eines der Regale zulaufen und dann ein paar der Bücher zur Seite schieben ließ. Dahinter befand sich nur die blanke Steinwand – so sah es zumindest aus. Doch auch die Rillen um einen der Steine *dort* waren nicht gefüllt. Jennas Aufregung wuchs weiter an. Sie drückte ein wenig auf eine Seite des Steins, sodass sich die andere Seite ein Stück weit aus der Mauer hob und sie den Stein gut greifen und herauslösen konnte. Der Sog verstärkte sich weiter und ein Gefühl von nervöser Vorfreude ergriff von Jenna Besitz. In dem Geheimversteck befand sich eine samtbezogene Kiste, die sie nun mit zitternden Fingern herausholte und dann hinüber zu dem Tisch trug.

„Bitte sei da drin, bitte sei da drin…", wiederholte sie wie ein inneres Mantra, öffnete den goldenen Verschluss und hob dann den Deckel an. Sie vergaß für einen Augenblick zu atmen. Dort, in Samt und Seide gebettet, befand sich eines der schönsten Amulette, die Jenna jemals in ihrem Leben gesehen hatte. Ein zweiköpfiger, geflügelter, goldener Drache umfasste mit seinen Pranken und seinen zwei langen Schwänzen den glänzenden roten Stein in seiner Mitte. Jedes einzelne der vier Augen bestand aus einem kleinen Rubin und die Krallen der Pranken aus glitzerndem Kristall.

Jenna atmete zittrig ein und wieder aus, dann erst wagte sie es, die Hand nach dieser Kostbarkeit auszustrecken und den Stein mit ihren Fingerspitzen zu berühren. Es prickelte und der Stein glühte kurz auf, aber mehr geschah nicht. Jenna runzelte die Stirn. Das *war* der magische Stein. Sie wusste es, fühlte es und dennoch reagierte er nicht so, wie sie es sich erhofft hatte. Sie zog ihre Hand zurück und versuchte es ein weiteres Mal. Wieder geschah dasselbe – vielleicht war die Reaktion auch ein wenig stärker als zuvor, jedoch noch nicht mit der Reaktion zu vergleichen, die von Mareks Stein ausging. Vielleicht war er… kaputt? Blödsinn! Wie sollte Magie kaputt gehen? Das ging doch nicht… oder?

Sie schüttelte den Kopf über sich selbst und nahm das Amulett heraus, schlüpfte mit dem Kopf vorsichtig durch die lange Kette. Sie hatte jetzt keine Zeit weiter darüber nachzudenken, warum alles so anders war. Es zählte nur, dass sie den Stein gefunden hatte. Nun musste sie so schnell wie möglich verschwinden, damit Marek sich mit seinen Truppen ebenfalls zurückziehen konnte.

Sie eilte aus der Kammer, schloss sie rasch wieder hinter sich und… zuckte heftig zusammen. Ein ohrenbetäubender Krach schlug ihr durch die Fensternischen entgegen und ließ sie in ihrer Bewegung gefrieren. Sogar ihr Herzschlag setzte für wenige Sekunden aus, denn sie hatte das Geräusch schon einmal vernommen, hatte denselben Schrecken gefühlt. Es war noch gar nicht so lange her. Nur war es nicht ganz so laut gewesen. Das war kein normaler Schlachtlärm mehr – obwohl auch dieser immer noch zu hören war. Es war ein Brüllen, ein Brüllen, das ihr durch

Mark und Bein ging; das Brüllen eines Drachens. Es musste ein *riesiges* Tier sein, größer als die, die Jenna bisher gesehen hatte, und sehr viel wütender. Und es musste *sehr* nah sein.

Jenna wusste nicht genau, warum sie es tat, aber sie lief wieder los, nicht hinaus aus den Gemächern, sondern hinüber zu der Tür, hinter der sie den Balkon vermutet hatte. Sie *musste* einfach sehen, was da draußen vor sich ging, konnte diese Ungewissheit nicht ertragen. Sie riss die Tür auf und trat hinaus, mit rasendem Herzschlag und zugeschnürter Kehle. Schon bevor sie die Balustrade des Balkons erreicht hatte, konnte sie große Teile des Untiers erkennen, das Alentara vor dem Schloss auf das angreifende Heer der Bakitarer losgelassen hatte. Es *war* riesig. Das größte Tier, das sie jemals in ihrem Leben gesehen hatte. So groß, dass es den Balkon sogar ein gutes Stück überragte.

Es sah den Trachjen nicht unähnlich, besaß jedoch einen sehr viel massiveren Körperbau. Zwei stattliche Hörner prangten auf seiner Stirn, dicht über den gelben Augen, in die rasende Wut und Verzweiflung geschrieben standen. Sein Körper schillerte in den Farben des Meeres, während die mit dicken Ketten an den Körper gebundenen Flügel dasselbe satte Lila besaßen, das fast allen Drachen zu eigen war. Kopf, unterer Halsbereich, Brust und Bauch waren von dickeren Hornhäuten überwuchert, die das Tier größtenteils vor den Pfeilen der angreifenden Krieger schützten und es ihm möglich machten, sich ungehindert weiter auf das stattliche Heer der Bakitarer zuzubewegen. Immer wieder holte es mit seinen mit scharfen Krallen bewaffneten Pranken nach den zurückweichenden Männern aus oder schnappte mit seinem riesigen Maul nach ihnen, während die Truppen Alentaras von der anderen Seite angriffen und die Männer Mareks damit in ziemlich große Bedrängnis brachten. Wirklich schnell konnte sich der Drache jedoch nicht bewegen. Zusätzliche Ketten an jedem einzelnen seiner Beine behinderten ihn. Ketten, die seine Beine wund gescheuert, sich über die Zeit seiner Gefangenschaft tief ins Fleisch gegraben hatten.

Jenna nahm nun auch Männer hinter dem Drachen wahr, mit schweren Rüstungen gepanzert und Fackeln und Spießen in den Händen, mit denen sie das Tier reizten, es vor sich her trieben und dazu zwangen, sich den angreifenden Bakitarern entgegenzuwerfen. Im Grunde kämpfte der

Drache nicht gegen die Bakitarer, er kämpfte für sich selbst, um sein Leben, war genauso in die Enge getrieben wie Mareks Heer, und irgendwie empfand Jenna neben ihrer Angst plötzlich auch tiefstes Mitleid für das Tier. Selbst wenn es den Kampf gewann, so würde es doch nur wieder zurück in seinen Kerker kehren, sein tristes Leben in Fesseln fortführen müssen. Da war es kein Wunder, dass es so verbissen kämpfte. Wahrscheinlich hatte es schon lange kein Tageslicht mehr gesehen und hoffte, jetzt freizukommen… oder endlich zu sterben. Es kämpfte mit der Kraft eines Verzweifelten und dennoch hatte es noch nicht viele Männer zu Fall gebracht. Dazu waren die Bakitarer zu vorsichtig, schienen sich der Überlegenheit des Untiers zu sehr bewusst zu sein und nichts riskieren zu wollen. Sie bewegten sich rückwärts von einer Seite auf die andere – hörten genau auf die lauten Kommandos des Mannes an ihrer Spitze.

Jenna war nun nah genug an die Balustrade getreten, um alles genau verfolgen zu können und zu erkennen, wer dieser Mann war. Was genau Marek mit seiner Strategie bezweckte, verstand sie jedoch erst, als bei dem nächsten Ausweichmanöver ein Teil seiner Männer plötzlich in die entgegengesetzte Richtung lief, direkt auf eine der am Boden schleifenden Ketten zu, während der Drache sich wie gewohnt in die andere Richtung warf. Die Männer waren schnell. Sie packten die Kette und zogen mit aller Kraft. Der Drache verlor durch seine eigene Bewegung auf einmal das Gleichgewicht und ging mit einem lauten Brüllen direkt vor Marek in die Knie.

Jenna wusste, dass dies ein tödlicher Fehler war, denn als das Tier versuchte, wieder auf die Beine zu kommen, reckte es dabei seinen Hals in die Höhe und entblößte seine empfindliche Kehle. Jenna hatte auf einmal das Gefühl, als würde die Zeit stehenbleiben. Sie sah Mareks Pferd steigen, sah wie er mit dem Schwert ausholte, mit tödlicher Präzision die Kehle seines so überlegenen Gegners anvisierte und… inne hielt. Der Mann, der niemals zögerte, tat dies auf einmal. Es waren nur Sekunden, doch sie waren entscheidend. Der Drache bewegte seinen Hals aus der Gefahrenzone und riss seine Pranke hoch, zielte damit nach Bashin und hätte den Hengst ohne jeden Zweifel getroffen, wenn Marek ihn nicht ruckartig zur Seite gerissen hätte. Stattdessen trafen die scharfen Krallen nun Marek selbst, rissen ihn mit niederschmetternder Wucht aus dem Sattel und brachten Jenna dazu, einen spitzen Schrei auszustoßen. Sie schlug sich die Hände vor den Mund, die Augen entsetzt aufgerissen und kaum fähig zu atmen.

Einige der anderen Krieger griffen jetzt an, in dem Versuch, ihren am Boden liegenden Anführer zu beschützen. Nur einen Wimpernschlag später wurde der erste von ihnen schrill schreiend durch die Luft geschleudert. Ein weiterer wurde von einem der Hörner des Drachens aufgespießt und das was er von sich gab, bevor auch er wie eine leblose Puppe fortgeschleudert wurde, konnte man nicht mal mehr als Schreien bezeichnen. Es war nur noch ein Gurgeln, das jeden wissen ließ, dass er nicht wieder auf die Beine kommen würde.

Jenna konnte nicht mehr richtig atmen, sie war wie schockgefroren und ihr ganzes Inneres hatte sich so verkrampft, das es fast wehtat. Ihr angstgepeinigter Blick ruhte auf Marek, der soeben von zwei Männern gepackt wurde, die ihn offenbar aus der Reichweite des Drachens ziehen wollten. Doch das Tier raste vor Wut und schnappte dieses Mal zu, erwischte einen der Helfer und zerteilte ihn in der Mitte, sein Blut in das Gesicht seines Kameraden spritzend.

Jenna wusste, dass die nächste Attacke des Untiers Marek und dem anderen Helfer gelten würde, wusste, dass es sie beide töten würde, und auf einmal war sie auf der Mauer und schrie, schrie aus Leibeskräften, schrie das riesige Tier vor ihr an. Der Drache hielt inne. Sein Kopf drehte sich, seine gelben Augen richteten sich auf sie. Er öffnete das Maul und brüllte. Sie hatte fast das Gefühl davon umgeworfen zu werden und weil ihr Herz aussetzte und ihr die Luft wegblieb, fasste sie sich an die Brust, berührte den kühlen Stein des Amuletts, das dort hing. Plötzlich war sie da, die Energie, die sie vermisst hatte, schoss mit der Wucht eines 100.000 Volt Stromschlages durch ihren Arm, in ihr Herz und rauschte durch alle Adern ihres Körpers, erfüllte sie selbst für ein paar Herzschläge mit einem heißen Glühen.

Und dann war auf einmal alles vorbei, waren alle negativen Gefühle ausgelöscht. Tiefe Ruhe kehrte in Jenna ein. Eine Ruhe, die selbst der sich ihr weiter nähernde Drache nicht verscheuchen konnte. Alles war still geworden. Sie vernahm nicht mehr die Schreie der Krieger, hörte nicht mehr das Brüllen und Schnaufen des Drachens, fühlte keine Angst mehr, keine Verzweiflung, keine Sorge. Da war nur dieses tiefe Verständnis für alles und jeden um sie herum und die Gewissheit, dass sie all dem Leid und kräftezehrenden Chaos ein Ende setzen musste. Jetzt. Hier. Ihre Augen fixierten die Stirn des Untiers und sie streckte ihre Hände nach ihm aus… nicht nur ihre Hände, auch ihren Geist, ließ ihn anteilnehmen an dem, was sie empfand.

Dicht vor ihr blieb der Drache stehen, immer noch schnaufend, aber er schnappte nicht nach ihr, brüllte nicht mehr, reckte nur den Hals und brachte seinen massiven Kopf ganz nah an sie heran. Er war so schön, so wunderschön…

Ein Raunen war unter ihr zu vernehmen, als sie ihre Hände noch weiter ausstreckte, doch sie achtete nicht weiter darauf, legte stattdessen eine Hand auf die Stirn des riesigen Reptils, das sich nicht mehr rührte. Sie schloss die Augen und atmete tief ein… die Nähe des Drachens… seine Energie… seine Empfindungen. Da war Wut… so groß, so wild, aber auch Verzweiflung, tiefer als sie selbst sie jemals gefühlt hatte… und eine schmerzhafte Sehnsucht; Sehnsucht nach der Weite des Horizonts, nach der kühlen Luft des Windes unter den Schwingen, nach dem Geschmack von kristallklarem Wasser, nach der Wärme der Sonnenstrahlen, dem Geruch und der Nähe eines Artgenossen. Begleitet wurde dieses unendliche, unerfüllte Sehnen von der tiefen Trauer darüber, all dies so lange nicht mehr gespürt zu haben und stattdessen die Qualen einer Gefangenschaft erdulden zu müssen, die die Menschen ihm auferlegt hatten.

Jenna bemerkte ihre eigenen Tränen erst, als sie ihre Lider wieder hob, und diese ihre Wangen hinunterrollten. Sie holte bebend Luft und sah dann sich selbst dabei zu, wie sie dem Drachen mit beiden Händen sanft und anteilnehmend über die verhornte Haut strich.

„Nie wieder", hörte sie sich wie aus weiter Ferne sagen und das Tier holte nun selbst tief Luft und stieß sie wieder aus, dabei einen Laut von sich gebend, der wie ein trauriges Seufzen klang.

Wieder bewegte sich Jenna eher von selbst, als dass ihr Verstand den Befehl dazu gab. Sie hielt sich an einem der Hörner fest und setzte erst einen und dann auch den andern Fuß auf den Bereich über den Nüstern des Drachen.

‚Die Ketten… die Ketten… die Ketten…', dröhnte es in ihrem Kopf und der Drache bewegte auf einmal seinen Kopf, führte ihn über seine Schulter bis hin zu seinem Rücken. Jennas Herz klopfte wieder schneller und dennoch fühlte sie keine wirkliche Angst, ließ sich nur von den seltsamen Eingebungen leiten, die auf einmal die Kontrolle über ihren Verstand und ihren Körper übernommen hatten. Sich weiter an einem Horn festhaltend streckte sie sich, streckte sie ihre Hand zu den Ketten aus, die die Flügel des Drachen festhielten. Sie wusste nicht warum, sondern nur, dass es das war, was sie tun musste. Als sie das kühle Metall zu fassen bekam, schoss ein weiterer Energieschwall durch ihren Arm, dieses Mal aus ihm hinaus, in ihre Finger und von da aus in die Ketten. Für einen Augenblick geschah nichts. Doch dann begann das harte Metall unter ihren Fingern zu zerbröseln. Ihre Augen weiteten sich, denn der Zerfall breitete sich aus, ließ die Ketten, die den Drachen festhielten zu Staub zerfallen.

Das Tier schrie wieder. Dieses Mal war es jedoch ein Schrei der unfassbaren Freude, der ihren ganzen Körper durchschüttelte und sie dazu veranlasste, sich fest an die Hörner des Drachen zu klammern. Wenn er jetzt abhob, war sie verloren – sie würde sich mit Sicherheit nicht auf ihm halten können. Aber das Tier tat nichts dergleichen. Nein. Es senkte seinen mächtigen Schädel ganz behutsam hinab zum Boden, sodass Jenna mit etwas weichen Beinen absteigen konnte, selbst immer noch nicht so recht begreifend, was mit ihr los war.

Der Drache schüttelte sich mit einem wohligen Brummen, spannte die riesigen Flügel auf und bewegte sie, zunächst etwas steif, doch dann immer schneller und kräftiger und das riesige Tier erhob sich langsam. Der kräftige Schlag seiner Flügel peitschte Sand und Steine auf, sodass Jenna schützend ihre Arme vor ihr Gesicht halten musste, bis der Drache mit einem weiteren beglückten Schrei hinauf in die unendliche Weite des Himmels flog und rasch in der Dunkelheit des Abends verschwand.

Jenna sah ihm noch eine kleine Weile atemlos nach. Sie konnte selbst kaum fassen, was sie da gerade eben getan hatte. Es war so sonderbar gewesen, so gar nicht… sie. Sie hatte in einen Kampf eingegriffen, einen gefährlichen Drachen gezähmt und befreit. Grundgütiger! Sie befand sich ja immer noch mitten auf einem Schlachtfeld. Sie sah sich um. Niemand kämpfte mehr. Sie hatte mit ihrer Tat die Schlacht völlig zum Erliegen gebracht und alle, die noch anwesend waren – und das waren sehr viel weniger als zuvor – starrten sie an, entgeistert, fassungslos, ja, fast ängstlich. Sie verstand diese Männer – das alles war in gewisser Weise… gruselig. Ihr Blick fiel auf den Stein, der vor ihrer Brust hing. Nun leuchtete er in demselben kräftigen Rot wie Mareks Stein, flimmerte in dem Rhythmus ihres raschen Herzschlags.

Marek! Sie sah wieder auf, sah sich um. Er war verschwunden. Wahrscheinlich hatte man ihn rasch fortgebracht, als sie mit dem Drachen beschäftigt gewesen war, um seine Wunden zu versorgen. Sie wollte sich gerade an die Krieger vor ihr wenden, als sie bemerkte, dass die meisten von ihnen nicht mehr sie ansahen, sondern hinauf zum Schloss blickten. Sie folgte den Blicken der Männer und entdeckte auf einem der Balkone eine Frau, mit langem, dunklem Haar, in ein kostbares Gewand gekleidet.

Einer der Männer, die neben der Frau standen, erhob jetzt seine Stimme und gab strikte Anweisungen auf Zyrasisch. Zu Jennas Erleichterung war die Bewegung, die daraufhin in die Krieger kam, nicht feindlicher Natur. Sie packten ihre Sachen zusammen, halfen ihren verwundeten Kameraden auf die Beine oder trugen sie gleich und zogen sich eindeutig zurück – und was das Wichtigste war: Sie wurden von Alentaras Kriegern nicht daran gehindert.

Jenna bewegte sich jedoch nicht vom Fleck, hob erneut ihren Blick zu der Frau auf dem Balkon und bemerkte, dass auch diese sie betrachtete. Es war merkwürdig, aber Jenna hatte nicht das Gefühl, dass ihr Blick feindlich oder verärgert war, und sie wusste, dass ihr Gefühl sie nicht täuschte, als nun auch ein Lächeln auf den Lippen der Frau erschien: ein Lächeln voller Anerkennung. Jenna schluckte schwer. Sie wollte etwas sagen, wusste aber nicht was, weil die ganze Situation immer noch zu wundersam und unklar war. Eine wirkliche Chance dazu hatte sie auch nicht, denn die sonderbare Frau wandte sich auf einmal um und verschwand wieder im Schloss, ließ Jenna allein mit ihrer Verwirrung und Hilflosigkeit. Sie wusste nicht, was sie davon halten sollen. Einer Sache war sie sich allerdings ganz sicher: Die Frau auf dem Balkon war Alentara, die Königin selbst, gewesen.

Heilende Hände

Jenna war sich darüber im Klaren, dass das, was sie tat, alles andere als vernünftig war. Sie hatte ursprünglich andere Pläne gehabt. Leon suchen. Ihn befreien. Mit ihm gemeinsam aus dieser Hölle verschwinden. Es wäre klug gewesen, die Atmosphäre der allgemeinen Aufregung dazu zu nutzen, sich klammheimlich zu verdrücken – mit oder ohne Leon. Geschützt war sie ja jetzt wieder, mit dem magischen Amulett an ihrem Körper. Vielleicht sogar geschützter als jemals zuvor, weil sie das Gefühl hatte, dass dieser Stein eventuell sogar mächtiger war als der, den Marek besaß. Und dennoch konnte sie es nicht tun, konnte nicht gehen, ohne Klarheit darüber zu haben, wie es Marek ging.

Es war verrückt. Warum war ihr dieser Kerl so wichtig, dass sie sich seinetwegen durch ein Schlachtfeld voller Toter kämpfte und einen stundenlangen Marsch in der Dunkelheit hinter sich brachte, um schließlich völlig erschöpft sein Lager zu erreichen? Hatte sie völlig den Verstand verloren? Die Aktion mit dem Drachen hatte das ja schon vermuten lassen… auch wenn sie sich nicht sicher war, inwieweit sie selbst gehandelt hatte. Das Amulett hatte einen beängstigenden Einfluss auf sie gehabt und sie fragte sich inzwischen, ob die Steine nicht doch in gewisser Weise ein Eigenleben besaßen, einen eigenen Willen, den sie ihrem ‚Wirt' aufzwangen… Steine. Leblose Objekte…

Sie schüttelte den Kopf über ihre eigenen Gedanken und versuchte sich wieder auf das zu konzentrieren, was vor ihr lag – und das hieß momentan, jemanden zu finden, der sie zu Marek führen konnte. Dies war allerdings schwieriger als geahnt, denn jeder Krieger, dem sie sich näherte, wich umgehend ihrem Blick aus und musste plötzlich ganz dringend in eine andere Richtung eilen, dabei einen großen Bogen um sie machend. Es wirkte fast so, als würden diese starken, gefährlichen Männer Angst vor ihr haben.

Nach ein paar Minuten der erfolglosen Annäherung blieb Jenna einfach in der Mitte des Lagers stehen und sah sich gründlich um. Sie stellte schnell fest, dass es nicht so war, dass die Männer sie vollkommen ignorierten. Ganz im Gegenteil – die meisten der Krieger in ihrer Nähe behielten sie im Auge. Argwöhnische, besorgte, bisweilen sogar feindliche Blicke folgten ihr, sobald sie sich bewegte. Köpfe wurden zusammengesteckt und wenn sie sich anstrengte, konnte sie die Männer sogar flüstern hören. Leider beherrschte sie deren Sprache noch nicht gut genug, um zu verstehen, *worüber* sie sprachen – aber sie konnte es sich ungefähr vorstellen. Was gab es wohl Einschüchterndes für einen Krieger als eine Magierin, die riesige Drachen besänftigen konnte? Denn das war es vermutlich, was die Männer von ihr dachten, dass sie eine Zauberin war… eine Hexe. Sie konnten ja nicht ahnen, dass sie selbst gar keine magischen Kräfte besaß.

Jenna straffte entschlossen die Schultern und bewegte sich dann so rasch wie möglich auf einen Krieger zu, der ihr in seiner scheelen Neugierde etwas zu nahe gekommen war. Die Augen des Mannes weiteten sich und er hielt damit inne, seine Rüstung abzulegen, doch er bewegte sich zumindest nicht vom Fleck.

„Quet… ido Marek?" stammelte Jenna in ihrem armseligen Zyrasisch zusammen.

Der Mann schien sie verstanden zu haben, denn er wies nach einem Augenblick des Zögerns auf ein größeres Zelt, nicht weit von ihnen entfernt. Gerade wurde ein vor Schmerzen stöhnender Krieger dort hinein getragen. Natürlich! Das musste das Zelt sein, in dem die Verwundeten versorgt wurden. Marek *war* durch den Drachen verletzt worden. Warum war sie nicht gleich einem der vielen Verletzten gefolgt? Das hätte ihr einiges an Zeit erspart.

Sie murmelte ein knappes ‚Danke' and eilte dann auf das Zelt zu. Ihr Puls beschleunigte sich sofort. Nicht nur, weil sie wusste, dass es nicht ungefährlich war, sich in ein Zelt voller verletzter und dadurch sicherlich nicht besonders gut gelaunter Krieger zu begeben, sondern auch, weil sie sich davor fürchtete, dass es um Marek schlechter stand, als sie bisher gewagt hatte anzunehmen. Vor dem Zelteingang blieb sie erst einmal stchen und holte tief Atem. Dann trat sie ein.

Stickige Luft schlug ihr entgegen; Luft, die nach Schweiß, Blut und verbranntem Fleisch roch und sie dazu veranlasste, das Gesicht zu verziehen und sofort eine Hand vor Mund und Nase zu pressen. Woher der Geruch kam, war nicht schwer zu erraten. Das Zelt war mit verletzten Kriegern überfüllt, die man, da es zu wenige Liegen gab, teilweise auch auf dem Boden abgelegt hatte. Die Heilkundigen unter den Kriegern eilten von einem zum anderen, legten Verbände an und stoppen zu starke Blutungen mit den glühenden Klingen der Dolche, die man zu diesem Zweck in das einzige Feuer in der Mitte des Zeltes gelegt hatte. Die Männer stöhnten oder schrien sogar vor Schmerzen, während sie diese antiquierten Behandlungsmethoden über sich ergehen lassen mussten. Niemand nahm in dieser Hektik von Jenna Notiz. Sie selbst verspürte jedoch bald das dringende Bedürfnis, so schnell wie möglich wieder aus dem Zelt herauszustürmen und sich zu übergeben. Sie kämpfte es tapfer nieder und sah sich stattdessen genauer um.

In einer etwas entfernteren Ecke hatten sich mehrere Männer um eine Liege versammelt. Sie diskutierten lautstark und gestikulierten hektisch und Jenna stellte bald fest, das auch die Blicke der anderen Krieger – ob nun Heilkundige oder Verwundete – immer wieder besorgt zu dieser kleinen Ansammlung hinüberflogen. Jenna schluckte schwer. Sie war sich mit einem Mal sicher, dass Marek dort auf der Liege lag und dass *ihm* die Besorgnis der Männer galt.

Sie setzte sich in Bewegung, ihren Blick starr auf die dort liegende Person gerichtet. Sie konnte nicht viel von ihr erkennen. Einen Arm. Die Beine. Einer der Krieger, die vor der Bahre standen, machte jetzt einen Schritt zur Seite und Jenna blieb wie angewurzelt stehen. Es *war* Marek! Er war allerdings kaum wiederzuerkennen. Sie hatte vom Balkon aus nicht sehen können, wo der Drache ihn getroffen hatte, aber nun gewann sie den Eindruck, dass das Tier ihm die komplette rechte Seite seines Oberkörpers in Fetzen gerissen hatte. Er lag auf seiner unverletzten Seite und das Blut lief ihm über Brust und Bauch, ließ kaum einen Zentimeter seiner Haut unbefleckt. Er war aschfahl, sein Blick weggetreten und er atmete nur flach und stoßweise. Zwei Krieger hockten hinter ihm und versuchten die Blutungen zu stillen – oder nähte bereits einer der Männer die Wunden? Nur – was gab es da noch zu nähen? Alles, was Jenna sehen konnte, war rohes, stark blutendes Fleisch.

Die Übelkeit wurde größer, doch sie war nicht stark genug, um Jennas ebenfalls rasch wachsende Angst um Marek zu überlagern. Sie hatte das Gefühl, als hätte eine stählerne Hand ihr Herz gepackt und würde es langsam zusammendrücken. So gefährlich und unberechenbar dieser Mann auch war, so verwunderlich sich ihre Beziehung zu ihm entwickelt hatte – ein Gedanke schälte sich ganz klar aus ihrem überforderten Verstand: Er durfte auf keinen Fall sterben!

Wie in Trance bewegte sich Jenna weiter auf ihn zu. Ihr Herz pochte hart gegen ihren Brustkorb und das Bedürfnis etwas zu tun, ebenfalls zu helfen, wurde so stark, dass es ihren Körper fast zum Zittern brachte. Leider bemerkten die anderen Krieger, die an Mareks Bahre standen, sie nun, raunten sich gegenseitig etwas zu, die misstrauischen, aufgewühlten Blicke auf sie gerichtet. Nur wenig später drehte sich auch der große Kerl, der sich zuvor immer wieder in ihr Sichtfeld geschoben hatte, zu ihr um.

Kaamo! Ihr Herz machte einen erfreuten Sprung, während er sie verblüfft musterte. Mit zwei raschen Schritten war sie bei ihm, ergriff ihn am Arm und sah ihn drängend an.

„Ich… ich möchte helfen", stammelte sie. Ihr Blick fiel auf Marek, der sich jetzt dicht vor ihr befand. Sie brauchte nur eine Hand auszustrecken, um ihn zu berühren. Doch dazu kam sie gar nicht, denn Kaamo packte sie am Arm und zog sie zur Seite.

„Du solltest nicht hier sein", raunte er ihr zu. „Wieso bist du zurückgekommen?"

„Ich… ich wollte sehen, wie es ihm geht", erklärte sie rasch. Sie konnte ihren Blick einfach nicht bei ihm behalten, musste wieder zu Marek sehen und riss entsetzt die Augen auf, als einer der ‚Heilkundigen' auch ihm eine glühende Klinge auf eine der tiefen, stark blutenden Wunden drückte. Der Schmerz musste enorm sein, denn plötzlich kehrte Leben zurück in Mareks Körper. Eine Mischung aus einem schmerzerfülltem Brüllen und Stöhnen entrang sich seiner Kehle und sein Körper bog sich, um dem Schmerz zu entkommen. Aber er hatte keine Chance, weil ihn sofort mehrere Männer festhielten.

Jenna machte einen Schritt nach vorn, wollte einschreiten, konnte das nicht mehr mitansehen, doch Kaamo hielt sie fest.

„Nicht!" raunte er ihr zu. „Sie müssen die Blutungen endlich stoppen, Jenna. Sie *müssen* das tun!"

Sie schlug sich die Hände vor den Mund und presste die Lippen zusammen, gegen die Tränen ankämpfend, die sofort in ihre Augen steigen wollten. Marek in solchen Qualen zu sehen, tat ihr selbst schrecklich weh, schnürte ihre Kehle zusammen und sorgte für diesen unerträglichen Druck in ihrer Brust.

Sie war allerdings nicht die einzige, der nicht gefiel, was die Männer da taten. Eine andere Person schob sich fluchend durch die umstehenden Männer und stieß schließlich den Mann mit dem glühenden Dolche grob beiseite. Der Neuankömmling sah nicht aus wie ein gewöhnlicher Krieger. Er war kleiner und zarter gebaut, war kahl geschoren und besaß einen ziemlich hellen Hautton. Er trug sehr schlichte Kleidung und einen langen Mantel und hatte ein paar Beutel bei sich, aus denen so etwas wie Moos und frisch gepflückte Kräuter herausschauten. Aber auch wenn er den anderen Kriegern gegenüber körperlich unterlegen schien, so hatten sie deutlich Respekt vor ihm, ließen sich sogar beschimpfen und schubsen. Wenn das mal kein wirklicher Heilkundiger war…

„Komm, ich bringe dich raus", hörte sie Kaamo leise neben sich sagen und er versuchte sie zu drehen, um sie zum Ausgang des Zeltes zu schieben. Doch sie wich ihm aus.

„Ich will helfen", wiederholte sie.

„Wir schaffen das schon allein", versicherte er ihr und versuchte sie erneut zu packen. Aber auch dieses Mal hatte er keinen Erfolg.

„Sag mir wenigstens, wie es um ihn steht!" verlangte sie.

„Er… wird es mit Sicherheit schaffen."

Er log. Man brauchte noch nicht einmal ein besonders guter Beobachter zu sein, um das zu erkennen. Jedoch galt sein nervöser Blick nicht ihr, sondern dem Heiler, der damit begonnen hatte, Mareks Wunden mit den Pasten und Kräutern zu bestreichen, die er mitgebracht hatte, jetzt aber zu ihnen hinüber sah. Seine Augen fixierten Jenna – oder viel eher das

Amulett, das sie immer noch um ihren Hals trug. Jennas Hand fuhr sofort zu dem kostbaren Schmuckstück hinauf, umschloss es, in der Angst, dieser Mann könne versuchen, es ihr abzunehmen. Sie fühlte das warme Pulsieren ihres Herzschlags in dem Stein. Er war aktiv, würde sie beschützen.

Der Heiler wandte sich an Kaamo. Er hatte eine dunkle, angenehme Stimme, doch die Sprache, in der er sich artikulierte, war Jenna gänzlich unbekannt. Es war weder Englisch noch Zyrasisch. Kaamo presste die Lippen zusammen. Ihm schien nicht zu gefallen, was er da hörte. Seine Augen huschten zu Jenna und dann wieder zurück zu dem Heiler. Wieder wurden ein paar Worte in dieser fremden Sprache ausgetauscht, für Jenna spielten sie allerdings keine Rolle mehr, als ihr Blick zurück auf Marek fiel. Er sah noch schlechter aus als zuvor, starrte mit schweren Lidern blicklos ins Leere. Er atmete so schwer und unregelmäßig wie jemand, nach dem der Tod schon seine gierigen Finger ausgestreckt hatte. Schweiß stand ihm auf der Stirn und immer wieder jagte ein Zittern durch seinen geschwächten Körper.

Jennas Sorgen um ihn vermengten sich mit tiefem Mitgefühl. Sie konnte nicht mehr nur daneben stehen und nichts tun. Also schob sie sich an Kaamo vorbei und berührte Marek sanft an der Schulter, um ihm wenigstens zu zeigen, dass er nicht allein war, dass es Menschen um ihn herum gab, die ihm helfen wollten und konnten. Seine Haut war so furchtbar heiß, dass sie das Prickeln, das durch ihre Finger lief, zunächst gar nicht bemerkte. Erst als es stärker wurde, wurde sie sich der Tatsache bewusst, dass sich der magische Stein aktiviert haben musste. Und mit dieser Erkenntnis kamen auf einmal die Gefühle, schienen sie durch ihre kribbelnden Finger in ihren Geist zu strömen: Unerträgliche Schmerzen, Angst, Hilflosigkeit, Erschöpfung, das brennende Sehnen danach, das alles hinter sich zu lassen, endlich wieder entspannen und ausruhen zu können, seinen Frieden zu finden.

Sie holte keuchend Luft, war jedoch nicht dazu in der Lage, den Kontakt mit Marek zu unterbrechen, nicht nur, weil sie es nicht wollte, sondern auch, weil der Heiler plötzlich seine Hand auf die ihre legte und sie festhielt.

Das energetische Kribbeln wurde noch intensiver, erfasste ihren ganzen Körper und schob alle schrecklichen Gefühle mit einer Wucht zurück, dass sie anfing zu zittern. Die Energie begann in eine andere Richtung zu fließen, aus ihren Fingern hinaus, hinein in Mareks geschwächten Körper und Geist. Für den Bruchteil einer Sekunde fühlte sie einen schwachen Gegendruck, einen Widerwillen, dies weiter geschehen zu lassen, doch er erstarb umgehend. Stattdessen griff etwas gierig nach ihrer Energie, sog an der Kraft, die ihr durch den Stein geschenkt wurde.

Ihr Herz schlug schneller und schneller und ihre Atmung beschleunigte sich, während Marek ruhiger und gleichmäßiger zu atmen begann. Sie nährte ihn mit ihren Kräften, dessen wurde sie sich rasch bewusst, gab seinem Körper das, was er brauchte, um sich zu erholen, sich ganz langsam heilen zu können. Bald hatte sie das Gefühl, sich mitten in einen mehrstündigen Marathonlauf zu befinden. Sie schwitzte, keuchte und zitterte, doch sie ließ Marek nicht los, auch wenn der Heiler sie längst wieder freigegeben hatte und in einem beruhigenden Tonfall mit ihr sprach. Erst als ein Summen in ihren Ohren zu vernehmen war, ihr Blickfeld sich verdunkelte und ihre Beine begannen, dem Gewicht ihres eigenen Körpers nachzugeben, löste sie ihre Hand von Mareks Schulter und unterbrach den Kontakt.

Es war seltsam, aber sie taumelte rückwärts, so als hätte sie plötzlich ihren Halt verloren. Dass sie nicht zu Boden ging, verdankte sie nur dem hünenhaften Mann neben ihr, der sie rasch auffing. Das Summen in ihren Ohren wurde noch lauter und die Welt begann sich um sie herum zu drehen. Sie kniff die Augen zusammen und bewegte den Kopf, versuchte die Benommenheit, die sie befallen hatte, abzuschütteln. Die Bewegung machte jedoch alles nur noch schlimmer und holte die Dunkelheit noch näher an sie heran. Durch das laute Pochen ihres Herzschlags und das Summen in ihren Ohren vernahm sie gedämpft Kaamos Stimme, verstand allerdings nicht, was er sagte. Sie fühlte nur, dass er sie fester packte und vorwärts schob. Schemenhaft nahm sie die Umrisse anderer Menschen wahr... und dann wurde es schwarz um sie herum.

Das nächste, was sie wieder bewusst fühlte, war kalte, frische Luft, die sie sofort gierig in ihre Lunge sog. Das tat gut! Oh, und noch viel wunderbarer war es, nur wenig später eine feste Unterlage unter ihrem

Po zu haben und ihre weichen Beine nicht belasten zu müssen. Sie war sich sicher, dass diese ihr Gewicht ohnehin nicht halten konnten. Sie schloss die Augen und konzentrierte sich darauf, tief und ruhig zu atmen. Ganz langsam klärte sich ihr Geist, kamen ihre Kräfte zurück.

„Du siehst nicht gut aus", vernahm sie Kaamos tiefe Stimme neben sich.

Jenna musste sich dazu überwinden, die Augen zu öffnen und ihn anzusehen. Sie war so erschöpft. Brauchte ein Bett. Musste schlafen.

Ihr Freund sah ähnlich müde aus, wie sie sich fühlte, musste sie feststellen. Und er war besorgt. Dieses Mal offenbar um sie.

„Mir… mir geht's gut", erwiderte sie matt.

Er schenkte ihr ein warmes Lächeln. „Nein, aber daran lässt sich jetzt auch nichts mehr ändern." Er seufzte, bedachte sie dabei jedoch mit einem merkwürdig ehrfurchtsvollen Blick. „Du bist also tatsächlich eine Skiar."

Sie dachte über seine Worte nach und zuckte dann die Schultern. „Ehrlich gesagt, weiß ich nicht, was ich bin. Ich… ich hab eigentlich da drinnen nicht sonderlich viel gemacht…" Sie hielt inne, wurde ihr doch erst jetzt bewusst, dass sie gar nicht wusste, wie es Marek nun ging.

„Hat es geholfen?"

Kaamo nickte. Sein Lächeln wurde eine deutliche Spur dankbarer. „Es war das Unvernünftigste und Gruseligste, das ich je einen Menschen habe tun sehen – aber es hat in der Tat geholfen. Die Wunden haben aufgehört zu bluten und sein Kreislauf hat sich stabilisiert. Hast du es nicht selbst gesehen?"

Sie schüttelte zögernd den Kopf. Sie hatte es nicht gesehen, nur in gewisser Weise gefühlt.

Kaamo stieß ein leises Lachen aus. „Jetzt bist du unter den Kriegern nicht nur als Drachenbetörerin verrufen, sondern als richtige Hexe. Du solltest das als Vorteil ansehen. Es wird dich zumindest vor Angriffen schützen."

„Ich bin keine Hexe", widersprach ihm Jenna sofort. „Das… das Amulett hat Marek gerettet."

„Meinst du, ja?" Kaamo sah sie zweifelnd an. „Jarej ist da wahrscheinlich ganz anderer Meinung."

Sie runzelte die Stirn. „Jarej? Ist das der Heiler?"

Kaamo nickte. „Er ist hier der einzige, den man so nennen kann. Er hat heilende Hände, allerdings hätte er Marek nicht ohne Magie retten können – eine Magie, die nur du besitzt."

Sie schüttelte erneut den Kopf. „Der *Stein* besitzt die Magie, nicht ich."

„Er sagt, du seist eine Skiar – eine besondere Skiar, weil du magische Dinge zum Leben erwecken kannst."

Jenna fügte dem nichts mehr hinzu. Sie schloss stattdessen die Augen, und fuhr sich mit einer Hand erschöpft über Stirn und Wange. Sie wollte jetzt nicht darüber nachdenken, wollte sich nicht mit diesen belastenden Gedanken befassen. Alles, was zählte, war, dass Marek nicht sterben würde.

„Kann... kann ich jetzt wieder zu ihm?" wandte sie sich wieder an Kaamo. Ihr Bedürfnis danach war so groß. Sie musste selbst sehen, dass es ihm besser ging, dass sie ihm wirklich geholfen hatte.

„Du siehst immer noch nicht gut aus", gab Kaamo sofort zu bedenken und sie brauchte nur in sein Gesicht zu sehen, um zu wissen, dass er sie nicht so schnell wieder ins Zelt zurückgehen lassen würde.

„Du solltest dich auf keinen Fall weiter überanstrengen und glaube mir: Er wird es jetzt schaffen. Auch ohne dich. Einem Mann, der gesund werden *will*, gelingt dies schneller als jedem anderen."

Sie nickte zustimmend. Sie war sich sicher, dass Marek leben wollte. Auch das hatte sie gefühlt. Und er war ein Kämpfer. Das waren beides sehr gute Voraussetzungen dafür, dass er sich schnell wieder erholen würde – nun ja, so schnell, wie das bei einer solchen Verletzung möglich war.

„Auch wenn Marek später sehr wütend darüber sein wird, Jenna", fuhr Kaamo nun sehr viel leiser fort. „Du solltest gehen, solange er noch nicht wieder auf den Beinen ist. Er hat momentan nicht die Möglichkeit und die Kraft, dich aufzuhalten oder dir gar zu folgen. Du könntest einiges an Abstand zwischen dich und ihn bringen. Das gibt dir eine Menge Zeit, um mehr über die Magie des Steines zu erfahren und dich besser gegen Marek zu schützen."

Sie holte Luft, um etwas zu erwidern, doch Kaamo ließ sie nicht zu Wort kommen.

„Ich weiß, dass du ihn magst und ich verstehe wieso, aber du darfst nie vergessen, dass da eine sehr dunkle, sehr gefährliche, manchmal beinahe besessene Seite in ihm schlummert, der eine außergewöhnlich zerstörerische Kraft innewohnt. Du *musst* dich dagegen wappnen! Hörst du?! Du musst anfangen, deine eigene und die Magie des Steins zu erforschen und zu trainieren, damit du Marek und seinen inneren Dämonen bei eurer nächsten Begegnung auf Augenhöhe begegnen kannst. Denn ihr *werdet* euch wiederbegegnen, so viel ist sicher. Bis dahin musst du gelernt haben, dich selbst vor ihm zu schützen."

Sie starrte Kaamo mit großen Augen an, blinzelte ein paar Mal und nickte dann etwas verzögert. „Ich… ich werde es versuchen", stammelte sie, obwohl sie nicht genau wusste, *was* sie da versprach.

„Gut." Kaamo nickte. Er sah erleichtert aus. „Dann werde ich dir ein Pferd und alles andere besorgen, was du für deine Reise brauchst."

Er erhob sich, hielt dann aber inne. Sein Blick hatte sich auf etwas in der Ferne gerichtet. Seine buschigen Brauen bewegten sich aufeinander zu, gaben seinem Gesicht einen missbilligenden Ausdruck.

Jenna stand ebenfalls auf und trat, leider immer noch etwas wankend, neben den großen Mann, um seinem Blick zu folgen. Da war ein Pulk von Kriegern, nicht weit von ihnen entfernt, der sich um einen Reiter gescharrt hatte; einen Reiter, der ein gesatteltes Pferd mit sich führte. Der Mann sah nicht wie ein Bakitarer aus. Seine Rüstung war zu glatt poliert und zudem trug er eine weiße Fahne bei sich. War das einer von Alentaras Soldaten? Was wollte er hier?

Jenna folgte Kaamo sofort, als dieser sich in Bewegung setzte und auf den sichtlich nervösen Fremden zueilte. Sie konnte die Angst des Mannes durchaus nachvollziehen, denn die Krieger um ihn herum machten einen aufgeregten bis gereizten Eindruck und sprachen mit dem Mann in einem Ton, der alles andere als freundlich war. Einer von ihnen hatte jetzt Kaamo entdeckt und lief sofort auf ihn zu.

Jenna verstand keines der hektisch gesprochen Worte, da jedoch sein Blick auch immer wieder zu ihr hinüberwanderte, glaubte sie, dass es bei diesem ganzen Tumult auch um sie ging. Kein schönes Gefühl – vor allem, da der Krieger von Alentara gesandt worden war. Das verriet das Wappen auf seinem Brustharnisch, das Jenna auf die nun geringere Entfernung gut erkennen konnte. Alentara, der sie das Amulett gestohlen hatte. Wahrscheinlich forderte sie es jetzt zurück, drohte mit einem erneuten Angriff oder anderen schlimmen Sanktionen. Was sollte sie dann nur tun? Was?

Als Kaamo sich ihr zuwandte, schnürte sich Jennas Brust unangenehm zusammen, ließ ihrem Herzen kaum Platz, um schneller zu schlagen. Er räusperte sich und auch in seine Augen hatte sich wieder Sorge eingefunden. „Alentara schickt diesen Boten, um dich um eine Audienz in ihrem Schloss zu bitten."

Jenna öffnete den Mund und schloss ihn wieder. Sie schüttelte den Kopf. „*Sie* bittet um eine Audienz bei *mir*?" wiederholte sie verblüfft, als es ihrem Verstand endlich gelungen war, diese Worte zu verarbeiten.

Kaamo nickte. „Auch sie hält dich für eine große Zauberin. Sie lässt dir ausrichten, dass sie dir die Entwendung ihres Amuletts nicht übel nimmt und dir friedlich und freundlich begegnen wird. Sie habe keine Hintergedanken, außer vielleicht den, deine Freundschaft zu gewinnen."

„A-aber wieso?" stammelte Jenna verstört.

„Das kann nur sie dir sagen", gab Kaamo mit einem kleinen Seufzen zu.

„Kann man ihr trauen?"

„In Bezug auf ihre Einladungen: ja", war die beruhigende Antwort. „Sie hat noch niemanden hintergangen, den sie zu einer Audienz geladen hat – auch nicht in Kriegszeiten. Sie hält, was sie verspricht. Das ist bekannt. Aber natürlich wird sie versuchen, einen Nutzen aus der ganzen Sache für sich herauszuschlagen – und wenn es nur erst einmal darum geht, ihr Schloss vor weiteren Angriffen zu schützen."

„Durch *mich*?!"

Kaamo lachte. „Du hast einen riesigen Kampfdrachen bezwungen. Die Menschen haben jetzt Angst vor dir. Auch wenn niemand dich aus demselben Grund gern gehen lassen will, wie du siehst."

Er nickte in die Richtung seiner Kameraden und auf einmal verstand Jenna die Verkniffenheit und die Aggressionen der Männer. Sie befürchteten, man könne ihnen *das* wegnehmen, wodurch sie im Augenblick am besten geschützt wurden.

Jenna sah wieder zu Kaamo hinauf. Sie war verunsichert, auch wenn sie insgeheim schon wusste, was sie tun wollte. Leon war noch in Alentaras Schloss und ohne ihn konnte sie nicht gehen. Der große Mann schien jedoch auch ohne dieses Wissen derselben Meinung wie sie zu sein, denn er nickte ihr auffordernd zu.

„Ich denke, sie wird uns eher in Ruhe lassen, wenn sie bekommt, was sie will", erklärte er und das genügte, um auch sie nicken zu lassen.

Dennoch fühlte sie sich nicht wirklich wohl, als sie auf den sehr erfreut aussehenden Boten zuging, die Zügel des Pferdes, das er mitgebracht hatte, ergriff und aufstieg. Das, was vor ihr lag, war schon wieder so schrecklich ungewiss, so undurchschaubar, dass sich ihr ganzes Inneres verkrampfte. Noch viel schrecklicher fühlte sie sich, als sie noch einmal in Kaamos Gesicht blickte, spürte, wie er sich dazu zwingen musste, ihr aufmunternd zuzulächeln. Auch er war sich nicht sicher, dass sie das Richtige tat, und diese Gewissheit verursachte ein hohles Gefühl in ihrem Bauch. Sie wollte nicht gehen, wollte weder ihn noch Marek verlassen. Nicht jetzt. Nicht in dieser ungewissen Situation. Doch was blieb ihr anderes übrig?

„Sehen wir uns wieder?" fragte sie mit dünner Stimme.

Kaamo nickte, schien alle Zuversicht, die er noch besaß, in seinen Blick legen zu wollen. „Ganz bestimmt!" versprach er lächelnd.

Jenna warf einen langen Blick zurück zu dem Zelt, in dem Marek immer noch liegen musste. Erst dann nickte sie dem Boten zu und ritt gemeinsam mit ihm los. Die Krieger um sie herum traten auf Kaamos Kommando mürrisch zur Seite und der Weg war frei. Der Weg weiter hinein in eine noch so verschwommene Zukunft.

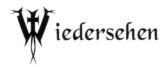

Wiedersehen

Als Jenna das Schloss betrat, hatten sich ihre Angst und innere Unruhe glücklicherweise ein wenig gelegt. Sie war *nicht* von einem Trupp Soldaten empfangen worden, der ihr doch noch den Stein entreißen wollte, sondern konnte das Schloss – dieses Mal durch den prunkvollen Haupteingang – unbehelligt betreten. Die Menschen, die ihr begegneten, reagierten mit einem höflichen Kopfnicken auf sie und da es auch nicht danach aussah, als würde man sie sofort direkt zum Thronsaal führen, entspannte sich Jenna sogar einigermaßen. Es hatte ganz den Anschein, als würde die Königin ihr noch ein wenig Zeit zum Ausruhen gewähren wollen, bevor die Audienz begann.

Jenna musste feststellen, dass das Schloss Alentaras bei ihrem zweiten Besuch noch beindruckender wirkte als zuvor. Wahrscheinlich hing dies damit zusammen, dass sie nun auch mehr Zeit hatte, sich genauer umzusehen – oder dass sie sich vielleicht in einem anderen Teil des Schlosses befand. Was es auch war, es war mehr als deutlich, dass dieses Schloss an Prunk kaum zu überbieten war und in Jennas Augen einen erkennbar orientalischen Einschlag besaß – wenn man das in einer Welt wie dieser so sagen konnte. Die Säulen, die goldenen Ornamente und Wandteppiche, alles wirkte wie ein bunter Mix aus mittelalterlicher und orientalischer Ausstattung und Baukunst. Beindruckend. Ein bisschen überladen, aber beeindruckend.

Jennas Unbehagen kehrte leider ruckartig zurück, als der Bote auf einmal vor einer Tür stehen blieb und diese öffnete. Er machte eine auffordernde Geste in ihre Richtung und sie trat zögerlich in den Raum dahinter. Es war ein geräumiges, hübsch ausgestattetes Zimmer… mit einem Himmelbett! Kein Audienzzimmer. Ihr Gefühl hatte sie also nicht betrogen. Die Königin wollte ihr tatsächlich ein wenig Ruhe gönnen.

Oh, wie gern hätte sich Jenna sofort in die kostbaren Kissen geworfen und sich in die sicherlich wunderbar weiche Decke gekuschelt. Sie war so furchtbar müde und erschöpft, doch natürlich konnte sie das nicht tun, musste erst für Klarheit sorgen, wissen, was als nächstes anstand. Ohnehin war es viel zu gefährlich in einer Umgebung einzuschlafen, die man nicht kannte. Wie leicht konnte man ihr dann den Stein abnehmen – ihr einziges Druckmittel in den Verhandlungen mit Alentara.

Jenna wandte sich zu dem Boten um und stellte mit Erstaunen fest, dass ganz unbemerkt eine ältere Magd eingetreten war, die sie kritisch musterte.

„Ihre Hoheit lässt Euch ausrichten, dass Ihr Euch ein wenig ausruhen und frisch machen sollt, bevor Ihr zu ihr geführt werdet", erklärte die Frau auf ihren fragenden Blick hin. Sie sah den Boten an, der kurz seinen Kopf in Jennas Richtung neigte und dann aus dem Zimmer verschwand.

„Und wann genau *werde* ich sie sehen?" fragte Jenna nach.

„Das hat Ihre Hoheit mir nicht gesagt", war die nicht gerade zufriedenstellende Antwort. „Die anderen Mädchen und ich sollen Euch dabei helfen, Euch zu waschen und umzukleiden. Alles weitere wird Euch danach mitgeteilt."

Sie klatschte kurz in die Hände und ein paar weitere Mägde traten ein, bepackt mit Kleidern, Handtüchern und anderen Waschutensilien. Ihnen folgten Männer, die eine goldene Wanne und Eimer mit teilweise dampfendem Wasser trugen. Jenna war viel zu verblüfft, um etwas anderes zu tun, als mit offenem Mund beiseite zu treten, um der kleinen Gruppe den Raum zu gewähren, den sie brauchte, um alles für das ‚Bad' herzurichten. Die Männer gingen wieder, nachdem sie Eimer und Wanne abgestellt hatten. Die Frauen, vier an der Zahl, blieben jedoch. Jennas Blick flog über die demütig geneigten Gesichter der Mädchen und dann wieder zurück zu der älteren Magd. Sie schluckte schwer. Die erwarteten doch nicht etwa, dass sie sich vor ihnen auszog?!

Die Magd gab den Mädchen einen Wink. Drei davon machten sich rasch daran die Wanne mit dem Wasser zu füllen, während das vierte mit der Magd zusammen an Jenna herantrat und sie gemeinsam begannen, die Verschlüsse von Jennas Kleid zu öffnen.

„Oh... nein, also, i-ich kann das allein", protestierte sie und versuchte die Hände der Frauen wegzuschieben. Doch diese waren zu schnell. Das Oberkleid fiel so rasch zu Boden, dass Jenna noch nicht einmal einen Zipfel davon zu fassen bekam, und das Unterkleid folgte ihm gleich nach. Wenigstens bei dem korsagenartigen Oberteil und der antiken Unterhose konnte sich Jenna durchsetzen und diese selbst ablegen.

Es war kein angenehmes Gefühl völlig entblößt vor den Frauen zu stehen. Jenna schlang reflexartig ihre Arme so um ihren Körper, dass sie ihre Intimbereiche und das Amulett damit abdeckte. Natürlich brachte dieses Verhalten die Mädchen zum Kichern oder zumindest zum Schmunzeln, aber Jenna war das egal. Sie besaß nun mal kein besonders großes Selbstbewusstsein, was ihren Körper betraf und das würde auch diese Welt nicht ändern. Umso erleichterter war sie, als die Mädchen endlich ihr Bad fertig bereitet hatten und von der Wanne wegtraten. Sie schenkte ihnen ein dankbares Lächeln – sicherlich mit puterrotem Gesicht, so wie ihre Wangen brannten – und kletterte dann etwas ungelenk in die Wanne. Das Wasser war angenehm warm, fast ein wenig heiß und so hielt Jenna einen Moment inne, bevor sie vorsichtig ins Wasser glitt, wohl darauf bedacht, nichts von dem kostbaren Nass über den Rand schwappen zu lassen. Angenehme Schauer wanderten durch ihren ganzen Körper und sie fühlte sich versucht, die Augen zu schließen, als sie sich zurückgelehnt hatte, denn ihre verkrampften Muskeln begannen sich durch die Wärme sofort zu entspannen.

Das Wasser duftete wunderbar und die ölige, leicht schaumige Schicht auf der Oberfläche ließ darauf schließen, dass die Mädchen irgendetwas zuvor ins Wasser gegeben hatten, was sie vielleicht zusätzlich entspannen ließ. Beunruhigt war sie darüber nicht, denn sie fühlte sich nicht betäubt. Nur wunderbar ausgeglichen. So störte es sie auch nicht, als eines der Mädchen damit begann, ihr Haar mit einer seifigen Mixtur einzureiben – einer Mixtur, die ebenfalls zauberhaft roch und schnell zu schäumen begann. Gab es hier etwa so etwas wie Haarwaschmittel? Sie war im Paradies!

Die Mädchen und die ältere Magd ließen Jenna für eine Weile allein in der Wanne dösen. Zwei von ihnen verließen sogar gänzlich den Raum, während die anderen die Kissen und Decken ihres Bettes aufschüttelten und ihre neue Kleidung ordentlich über einem kunstvoll verzierten Kleiderständer drapierten. Erst danach traten sie wieder an Jenna heran, nun bewaffnet mit Waschlappen. Die Magd nickte Jenna zu und sie verstand sofort, richtete sich bereitwillig auf, damit die Mädchen ihren Rücken sauber schrubben konnten, während die Magd selbst ihr den Schaum aus den Haaren wusch. Auch wenn sie es nicht mochte, von Fremden angefasst zu werden, kam sie nicht umhin zuzugeben, dass dieser Säuberungsakt ihr gut tat. Sie schloss sogar ein paar Herzschläge lang selbstvergessen die Augen und riss sie erst wieder auf, als die Frauen nicht nur ihre Schultern, sondern auch ihr Dekolletee und ihre Brüste bearbeiten wollten.

„Nein, das genügt!" stieß sie schnell aus und riss einem der erschrockenen Mädchen den Lappen aus der Hand. „Den Rest kann ich selbst machen!"

Ihr Ton war streng genug, um auch die anderen Frauen abzuschrecken und diese dazu zu veranlassen, brav von der Wanne zurückzutreten. Jenna beeilte sich damit den Rest ihres Körpers zu säubern, damit niemand mehr auf die Idee kam, ihr doch noch zu helfen, und wies dann schließlich auf eines der großen Handtücher, die die Frauen mit den anderen Sachen hereingebracht hatten.

Ihrem Wunsch wurde sofort nachgekommen und nur wenig später, stand sie, frisch gebadet und eingewickelt in ein wärmendes, weiches Tuch vor dem Bett, das sie vermutlich in dieser Nacht ihr Eigen nennen durfte. Natürlich halfen ihr die Frauen auch dabei sich anzukleiden und dieses Mal war Jenna ihnen sogar dafür dankbar. Diese mittelalterliche Kleidung hatte so ihre Tücken und an feinere Kleider wie die, die sie jetzt tragen sollte, war sie noch gar nicht gewöhnt… wenngleich sie sich nicht vorstellen konnte, dass das Gewand, in das sie gehüllt wurde, ein normales Kleid war. Das schlichte weiße Unterkleid, fühlte sich gut auf ihrer Haut an, aber die dunkelrote, samtige Robe darüber, war viel zu schwer und so gar nicht ihr Ding. Allerdings wagte sie es auch nicht, sich zu beschweren. Nicht dass man dann auf die Idee kam, sie wieder aus- und anzuziehen wie eine Barbiepuppe.

Die Frauen trockneten ihr Haar gründlich, kämmten es und machten sich dann daran, ihr Gesicht mit einer Salbe einzukremen und an ihren

Augenbrauen herum zu zupfen. Jenna hielt brav still. Sie war inzwischen zu müde, um sich auch nur gegen *irgend*etwas aufzulehnen, und eigentlich war es auch keine so üble Sache, dass man sie wieder zu einem wenigstens halbwegs ansehnlichen Menschen machte.

Nach einer gewissen Zeit kamen die anderen beiden Frauen zusammen mit den Männern wieder und holten Wanne und Waschutensilien ab. Mit ihnen verließen dann auch die anderen Mädchen das Zimmer.

„Ich werde Euch gleich Euer Abendmahl bringen lassen", wandte sich die ältere Magd an sie. „Wenn Ihr noch etwas anderes braucht, benutzt die Klingel dort."

Sie wies auf eine Kordel, die an einer kompliziert aussehenden Konstruktion angebracht war und Jenna fiel nichts Besseres ein, als zu nicken. Die Magd schenkte ihr ein nicht sehr überzeugendes Lächeln, verschwand dann ebenfalls aus dem Zimmer und schloss die Tür leise hinter sich.

Jenna stieß ein tiefes Seufzen aus und ließ sich vorsichtig auf dem Bett nieder. Oh! Mit was auch immer diese Matratze gefüllt war – es war wunderbar weich und kam damit den Schlafunterlagen, die Jenna aus ihrer Welt gewohnt war erstaunlich nahe. Tja, Königinnen konnten sich schon einen gewissen Luxus leisten. Jenna streckte sich vorsichtig aus, schloss die Augen und seufzte erneut. Dieses Mal jedoch eher beglückt als niedergeschlagen. Wie lange hatte sie sich nach einem solchen Bett gesehnt! Sie streckte eine Hand nach einem der vielen Kissen aus und seufzte erneut, als es ihren Fingern sofort nachgab. Federn! Es war eindeutig mit Federn gefüllt! Sie zog es zu sich heran und bettete ihren Kopf darauf. Ja, das alles versprach einen wirklich angenehmen Schlaf. Leider gab es ein kleines Problem. Um es sich erlauben zu können zu schlafen, musste sie sich in einer sicheren Umgebung befinden und das war definitiv nicht der Fall.

Alentara war eine listige Frau. All diese Nettigkeiten hatten wahrscheinlich nur ein Ziel: Sie dazu zu bringen einzuschlafen und ihr dann einfach das Amulett wieder abzunehmen. Wenn sie nur tief genug schlief, würde das ein Kinderspiel sein. Sie war schließlich ganz allein und hatte niemanden, der über ihren Schlaf wachen konnte. Jenna wurde ganz mulmig zumute und sie richtete sich wieder auf. Irgendwann *würde* sie einschlafen. Sie war am Ende ihrer Kräfte und todmüde – ihr Körper würde mit Sicherheit nicht mehr allzu lange durchhalten. Und wenn sie nun auch noch etwas aß, würde die Schläfrigkeit noch schlimmer werden. Wahrscheinlich würde Alentara sie gar nicht erst zu sich holen. Sie würde nur abwarten und dann aus dem Hinterhalt zuschlagen.

Jenna stand auf und lief ein wenig im Zimmer auf und ab. Sie brauchte einen neuen Plan. Der einzige Mensch, dem sie vertrauen konnte, war Leon und zu ihrem Glück war er ja hier, in diesem Schloss. Sie musste dafür sorgen, dass man ihn zu ihr brachte, was hieß, dass sie darauf drängen musste, Alentara jetzt gleich zu sehen. Ja. Genau das würde sie tun. Sie würde die Person, die ihr das Essen brachte, darum bitten, der Königin auszurichten, dass sie sie jetzt sofort sehen wollte. Das war zwar wahrscheinlich eine ziemlich dreiste Forderung, aber noch hatte Jenna den Stein, noch war sie geschützt genug, um sich so verhalten zu können.

Sie zuckte heftig zusammen, als jemand an die Tür klopfte. Du liebe Güte, *das* war ja schnell gegangen! Sie straffte die Schultern und forderte die Person dazu auf, hereinzukommen. Es war ein junger Mann, vermutlich einer der vielen Diener, und er war nicht allein. Jennas Augen weiteten sich und ihr Mund klappte auf, als seine Begleitung sich einfach an ihm vorbei schob, einen ebenso überwältigten Eindruck machend wie Jenna selbst.

„Jenna?"

Sie blinzelte und dann kehrte wieder Leben zurück in ihre schlaffen Muskeln, ließ sie mit einem erfreuten Aufschrei losstürzen und sich in die Arme ihres einzigen wahren Freundes in ganz Falaysia werfen. Leon! Sie hatten ihren Leon wieder!

Sekundenlang fühlte sich Leon mit der Situation, in der er sich auf einmal befand, völlig überfordert. Er hatte nicht damit gerechnet, Jenna so schnell zu sehen, so plötzlich, so unvermutet. Schon gar nicht nach dem großen Fauxpas nach seiner Ankunft. Er hatte sich auf größere Schwierigkeiten und harte Verhandlungen sowohl mit Alentara als auch mit Marek eingestellt. Und nun flog ihm Jenna einfach in die Arme, ohne dass jemand sich zwischen sie beide stellte, sie daran hinderte, wieder zusammen zu sein. Er konnte es kaum glauben. Doch dann überfiel ihn ein Gefühl größter Freude und er schlang seine Arme um Jenna und drückte sie fest an sich, während sein Herz hin und her hüpfte und er Mühe damit hatte, nicht einen ähnlich beglückten Laut wie sie auszustoßen. Jenna lebte, war gesund und munter, wie es schien! Keine gebrochene Seele, keine verstörte, traumatisierte Frau.

„Gott! Ich kann das kaum glauben", stieß er mit belegter Stimme aus.

„Ich auch nicht", hörte er sie ebenso bewegt murmeln. Er packte sie bei den Schultern und schob sie ein Stück von sich weg, um sie auf Armlänge zu betrachten. Ihr schien es nicht nur gut zu gehen – sie sah fantastisch aus. Ein wenig erschöpft, aber irgendwie... wunderschön. Oder waren das noch die Nachwirkungen seines Bades in Aphrodisiakum?

„Du... du siehst gut aus", stammelte er ein wenig verlegen.

Ihr Haar war gewaschen worden und fiel ihr in weichen Wellen über die Schultern, ihre Gesichtsfarbe war rosig und der kostbare Morgenmantel, den sie trug, stand ihr unglaublich gut, zeichneten sich doch ihre weiblichen Kurven verführerisch durch den weichen Stoff. Sie hatte noch weiter abgenommen, der Verlust ihrer überflüssigen Pfunde hatte jedoch eine durchaus positive Wirkung. Ihre Augen wirkten durch das schmalere Gesicht und die deutlicher sichtbaren Wangenknochen noch größer und ihre Lippen voller.

„Du auch", gab sie sofort zurück. Ihre Augen glitzerten verdächtig und er war nicht überrascht, als sie ihn noch einmal fest in die Arme schloss. „Du kannst dir gar nicht vorstellen, wie glücklich es mich macht, dich wiederzuhaben."

„Doch, glaub mir, das kann ich", gab er zurück und drückte sie kurz an sich, bevor sie sich beide wieder losließen. Ihr Blick wanderte zu seinem Arm. Der Verband ließ sich auch durch den weichen Stoff seiner Tunika erkennen, so war es kein Wunder, dass sie ihm sofort einen um Verzeihung bittenden Blick schenkte.

„Hab... hab ich dir wehgetan? Ich hatte völlig vergessen –"

Er brachte sie mit einer abwinkenden Geste zum Schweigen. „Ist nur noch halb so wild. Es heilt ganz gut ab und ich werde bald wieder der Alte sein. Viel wichtiger ist, dass es *dir* gut geht und –" Er brach ab. Sein Blick war auf das Amulett gefallen, dass Jenna trug, und sein Mund öffnete sich in sprachlosem Staunen.

„Komm! Ich muss dir so viel erzählen!" Jenna ergriff seine Hand und zog ihn mit sich mit, hinüber zu einem kleinen Sofa.

„Das… das… ist das…?" stammelte Leon, als er seine Sprache wiedergefunden und Jenna ihn dazu gebracht hatte, sich neben sie zu setzen.

Sie nickte. „Das ist der magische Stein, der in Alentaras Besitz war."

Er schluckte schwer. „Und sie hat ihn dir sicherlich gegeben."

Natürlich schüttelte sie jetzt den Kopf. Was hatte er auch anderes erwartet? Wer einmal damit angefangen hatte magische Steine zu stehlen…

„Ich denke, ich erzähle dir die ganze Geschichte lieber gleich von Anfang an", setzte sie ihrer stummen Geste hinzu. Und das tat sie dann auch. Im Grunde war es eine unglaubliche Geschichte, aber da Leon meinte, Jenna gut genug zu kennen, um zu wissen, dass sie nicht log, blieb ihm nichts anderes übrig, als ihr zu glauben – und vielleicht ab und an die Augen aufzureißen oder den Mund weit zu öffnen, ohne etwas zu sagen. Als sie mit ihrem Bericht fertig war, fühlte er sich ähnlich gerädert wie sie und lehnte sich erschöpft auf dem Sofa zurück. Er schloss sogar kurz die Augen und atmete tief durch.

„Man hat mir nicht viel erzählt, als der Kampf losging", erklärte er schließlich. „Ich wurde in ein Zimmer eingesperrt und man sagte mir, ich solle mir keine Sorgen machen. Das Schloss sei uneinnehmbar. Ich wusste nur, dass Marek mit seinen Truppen angreift. Warum und wie war mir völlig schleierhaft. Und dann hörte ich den Drachen und wusste, dass etwas passieren wird. Später erzählte mir jemand, Marek hätte eine Zauberin ins Schloss geschmuggelt, die das Unmögliche vollbracht und den Drachen bezähmt und befreit habe. Ich hatte keine Ahnung, dass du das bist."

Er musste lachen. „Verstehe einer die Bösewichte dieser Welt", bemerkte er kopfschüttelnd und sah sie dann wieder an, ein kleines Lächeln auf den Lippen. „Was immer Marek auch geritten hat, diesen absurden

Plan zu entwickeln – er hat sich gründlich verrechnet und dich maßlos unterschätzt."

Sie senkte den Blick und errötete ein wenig. Leon konnte nicht anders: Er zog sie noch einmal in seine Arme und drückte sie fest an sich.

„Jetzt wird alles wieder gut", murmelte er in ihr Haar. „Wir haben einen der Steine und sind damit erst einmal ziemlich gut geschützt. Und wir sind wieder zusammen und können aufeinander aufpassen."

Er fühlte sie nicken und auf einmal begannen ihre Schultern zu zucken. Oh, je! Er hatte sie zum Weinen gebracht. Aber vielleicht war das auch gut so. Sie hatte so viel durchgemacht, hatte sicherlich in ihrer Erzählung die schlimmsten Dinge ausgelassen, um ihn zu schonen, und jetzt, hier in seinen Armen, kam alles wieder, ließ sich ihr Kummer nicht mehr zurückhalten. Er drückte einen sanften Kuss auf ihre Schläfe und bewegte seine Hände in beruhigenden Kreisen über ihren Rücken. Natürlich begann sie dadurch erst recht zu weinen und es dauerte eine ganze Weile, bis sie sich wieder beruhigte und sich vorsichtig aus seiner Umarmung löste.

„Tut… tut mir leid", schniefte sie und wischte sich die letzten Tränen von den Wangen.

Er schenkte ihr sein mitfühlendstes Lächeln. „Nach allem, was du durchgemacht hast, ist das sehr verständlich", sagte er sanft und versuchte ihr nur mit Blicken klarzumachen, dass sie mit ihm über alles, wirklich *alles* reden konnte, dass er ein Ohr für sie hatte und eine Schulter zum Ausweinen. Oh ja, und ein Schwert, dass er Marek eines schönen Tages in sein eiskaltes Herz stoßen würde.

Jenna blinzelte ihn verständnislos an. „Was… was ist?"

„Na ja, ähm…" Er räusperte sich verlegen, wusste nicht, wie er das sagen sollte, ohne unsensibel zu wirken. „Hast du… also vielleicht hast du mir ja nicht ganz alles erzählt?"

Ihre Wangen schienen noch ein wenig roter zu werden und sie sah auf ihre Finger, die sich deutlich verkrampft in den Stoff ihres Mantels gegraben hatten. Das arme Mädchen! Was hatte der Teufel nur mit ihr gemacht?

„Ich… also, eigentlich schon", stotterte sie.

Aha! Da war das verräterische Wort! *Eigentlich.*

„Manche Dinge können so schrecklich sein, dass man sie nur noch vergessen und nie wieder darüber reden will", versuchte er weiter ihr zu helfen. „Aber das ist nicht gut. Glaub mir, ich weiß das."

Ihre Augen suchten wieder den Kontakt zu den seinen, doch sie runzelte erneut die Stirn. Verstand sie tatsächlich nicht, worauf er hinaus wollte? Er räusperte sich noch einmal. „Hat… hat Marek…?" Er konnte das nicht aussprechen, hoffte, dass sie ihn auch so verstand – und das tat sie.

„Oh! Nein! Mach dir keine Sorgen, das hat er nicht!" Sie legte ihre Hand auf die seine und lächelte. Sie log nicht, das konnte er ihr ansehen und sein Herz machte einen erfreuten Sprung.

„Hat er nicht?" stieß er mit einem erleichterten Lachen aus.

Sie nickte eifrig. „Sein einziges Interesse lag daran, mich dazu zu bringen, in das Schloss zu gehen und den Stein zu holen."

„Du glaubst gar nicht, wie glücklich ich darüber bin!" stieß er aus und seufzte. „Und wenn uns das Schicksal wohl gewogen ist, dann verreckt der Mistkerl an seinen Verletzungen und wir sind ihn für immer los. Du hättest die Schlacht erst beenden sollen, nachdem der Drache Marek gefressen hat, dann wüssten wir jetzt mit Sicherheit, dass er tot ist."

Er lachte und ärgerte sich ein wenig, dass Jenna nicht in sein Lachen mit einfiel, sondern nur verhalten lächelte. Sie würde sich vermutlich nie ändern und immer dieser Gutmensch bleiben, für den ein jedes Leben kostbar war.

„Jetzt will ich aber auch *deine* Geschichte hören", meinte sie. „Wie bist du hierhergekommen? Ich hab gehört, eine Kriegerin hat dich hierhergebracht."

Er nickte und berichtete brav, wie es ihm ergangen war und was er alles erlebt hatte, und Jenna schien ähnlich beeindruckt wie er zuvor bei ihrer Geschichte. Als er den Part erzählte, wie er Alentara zum ersten Mal begegnet war, wurde sie ganz aufgeregt.

„Nula, die Magd, mit der ich hierher kam, hat mir davon erzählt, dass die Königin sich gern verkleidet, um die Bevölkerung auszuspionieren. Die Frau scheint mit allen Wassern gewaschen zu sein, was heißt, dass wir uns auch weiterhin sehr vorsehen müssen."

„Ja", erwiderte Leon sofort, „allerdings denke ich nicht, dass sie uns schaden will oder wütend auf dich ist, Jenna. Ich meine, hätte sie mich sonst jetzt schon zu dir gelassen? Sie will, dass du dich bei ihr sicher fühlst. Sie will dein Vertrauen und das ist ein ziemlich gutes Zeichen!"

Jenna sah ihn abwägend an. „Aber warum?"

„Du bist die einzige, die die magischen Steine aktivieren kann. Die Sache mit dem Drachen hat ihr das gezeigt. Und wenn die Kraft in den Steinen tatsächlich so enorm ist, wie ich inzwischen glaube, dann ist es ein kluger Zug von ihr, deine Sympathie für sich zu gewinnen. Du könntest zu einer überaus mächtigen Magierin werden und jeder Machthaber hier in Falaysia, der dich an seiner Seite wähnt, kann sich glücklich schätzen."

„Ich bin keine Magierin", bockte Jenna schon wieder herum.

„Noch nicht, du könntest jedoch eine werden", redete er ihr zu. „Mit der richtigen Fachliteratur und ein wenig Übung…"

„Ich will das aber nicht!" protestierte sie. „Mir reicht es, wenn der Stein meine Freunde und mich beschützt!"

Leon versuchte seine Verärgerung über diese Worte nicht zu deutlich für sie sichtbar werden zu lassen. Es ging hier nicht nur um sie, sondern um sie alle. „Tu mir einen Gefallen und äußere dich nicht so vor Alentara, ja? Sonst können wir jede Verhandlung mit ihr vergessen!"

Jenna presste die Lippen zusammen, nickte dann jedoch einsichtig. „Ja, ich weiß", murmelte sie. „Ich… ich hab einfach nur genug von… von… allem. Alles, was ich will, ist meine Ruhe zu haben, wenigstens für eine kleine Weile."

Er lächelte verständnisvoll. „Ich denke, das ist machbar."

„Wie denn?" fragte sie verzweifelt. „Ich soll doch gleich mit Alentara sprechen!"

Er runzelte die Stirn. „Das kann ich mir nicht vorstellen. Wozu hat man mich dann erst hergeholt? Außerdem sieh dich mal an: Du trägst eine Art Morgenrock und darunter bestimmt nichts weiter als Wäsche zum Schlafen."

Sie blinzelte erstaunt und sah an sich hinab. „*Das* ist ein Morgenrock?!"

Er musste schmunzeln. „Ja – Könige kleiden sich offenkundig etwas anders. Selbst wenn sie nur schlafen gehen."

Sie schüttelte verständnislos den Kopf. „Und du meinst, sie haben mir das angezogen, um mir durch die Blume zu sagen, dass ich schlafen gehen soll?"

„Ich finde, es sieht zumindest danach aus", erwiderte er. „Zudem ist es schon sehr spät und gewöhnlich finden Audienzen eher am Vormittag statt. Und selbst, wenn sie dich noch heute zu sich rufen lässt, es kann nicht schaden, wenn du dich vorher aufs Ohr legst und ein wenig erholst. Meinst du nicht auch? Ich bin ja da und kann wachbleiben."

Jenna sagte ein paar Atemzüge lang nichts mehr. Sie sah ihn nur mit großen Augen an. „Ich darf schlafen?" hauchte sie schließlich.

Er nickte lächelnd und ließ es über sich ergehen, dass sie erneut ihre Arme um seinen Hals warf und ihn lachend an sich drückte. Im nächsten Augenblick war sie auch schon auf den Beinen und eilte hinüber zu ihrem Bett, hielt davor jedoch wieder inne. „Du sagst mir aber Bescheid, wenn du auch schlafen willst, ja?"

Er nickte. Mehr brauchte er nicht zu tun, um sie dazu zu bringen, unter die Decke zu schlüpfen. Er grinste zufrieden und lehnte sich selbst entspannt auf der Couch zurück. Es war ein unglaublich gutes Gefühl, Jenna wiederzuhaben, denn mit ihrem Auftauchen hatte sich die größte Last seiner Sorgen erst einmal verflüchtigt, vor allen Dingen, weil sie beide wieder im Besitz eines der magischen Steine waren. Was konnte jetzt noch schiefgehen?

„Leon?" riss Jennas schon sehr schläfrig klingende Stimme ihn aus seinen Gedanken.

„Ja?"

„Passt du auch wirklich auf, solange ich schlafe?"

Er lächelte erneut, auch wenn sie es aus ihrer momentanen Position heraus vielleicht nicht sehen konnte. „Ja. Versprochen."

Er meinte es so. Er würde auf sie aufpassen – von nun an viel besser als jemals zuvor. Das schwor er sich.

Zukunftspläne

In einem prunkvollen Bett zu schlafen und mit wunderbar schmeckenden Speisen versorgt zu werden, hatte einiges für sich, wenn man versuchte, wieder zu Kräften zu kommen und innerlich ins Lot zu finden. Doch auch diese Dinge konnten nicht die Aufregung bekämpfen, die Jenna sofort am Morgen befiel, als ihr verkündet wurde, dass die Königin nun bereit dazu war, mit ihr zu sprechen.

Noch stärker wurde diese, als man ihr und Leon ausrichtete, dass Alentara wünschte, nur Jenna zu sehen und sie ihren Freund auch noch beruhigen musste, weil dieser daraufhin einen regelrechten Wutanfall bekam – er hatte vermutlich wesentlich schlechter geschlafen als sie, auch wenn sie sich das Bett später in der Nacht geteilt hatten. Er verlangte sogar von ihr, von Alentara *einzufordern*, dass er mitkommen durfte, was sie allerdings selbst für keine gute Idee hielt, und so gerieten sie darüber beinahe in einen handfesten Streit. Am Ende fügte sich Leon nur mit Murren ihrer Entscheidung und blieb schmollend auf dem Zimmer zurück.

Natürlich versuchte Jenna auf ihrem Weg zum Audienzzimmer der Königin auf alle anderen Personen um sie herum einen selbstbewussten und ruhigen Eindruck zu machen. In Wahrheit schlug ihr Herz jedoch bereits viel zu schnell und sie machte sich alle möglichen Gedanken darüber, was alles schief gehen konnte. Nur das Amulett, das sie bei sich trug und um das sie immer wieder ihre Hand schließen musste, um sich zu vergewissern, dass es noch da war, konnte sie ein wenig beruhigen.

Der Diener, der sie abgeholt hatte, nachdem sie sich die ihr gebrachten Kleider angezogen hatte, führte sie in einen kleinen, aber prunkvoll ausgestatteten Raum. Dann zog er sich mit gesenktem Haupt zurück und schloss die Tür leise hinter sich. Jennas Aufregung stieg weiter an und sie versuchte, sich darauf zu konzentrieren, tief und ruhig zu atmen, während sie sich im Zimmer umsah. Wie in den anderen Räumen, die sie bisher gesehen hatte, hingen auch hier wieder kostbare Wandteppiche an den Wänden und Gemälde von verschiedenen Personen in prachtvollen Gewändern – wohl die verstorbenen Regenten dieses Landes.

Eines der Gemälde zog Jennas Aufmerksamkeit besonders auf sich. Dargestellt war eine junge Frau, die eine Krone trug und ein Zepter in der Hand hielt. Ihre Haltung unterschied sich deutlich von denen der anderen Personen, stand sie doch ein wenig seitlich und blickte mit einem lasziven Lächeln über ihre Schulter. Schwarzes, gewelltes Haar fiel ihr fast bis zum Po über den Rücken und bildete einen starken Kontrast zu dem roten Mantel, den sie trug, und ihrer elfenbeinfarbenen Haut. Sie war atemraubend schön und Jenna war sich auf einmal sicher, dass es sich bei der Frau um Alentara selbst handeln musste. Sie hatte die Königin zwar nur kurz und auf etliche Entfernung auf dem Balkon gesehen, dies hatte jedoch genügt, um sie nun wiederzuerkennen.

„Es ist ziemlich schmeichelhaft, nicht wahr?" ertönte plötzlich die Stimme einer Frau hinter ihr und Jenna zuckte heftig zusammen, fasste sich sogar erschrocken an die Brust, als sie sich rasch umdrehte. Vor ihr stand die Schönheit aus dem Gemälde, gekleidet in ein Kleid aus fliederfarbenem Samt und Flügelärmeln aus feinster Spitze, das sie raffen musste, um nicht auf den kostbaren Saum zu treten, als sie auf Jenna zutrat. In ihrem dunklen, hochgesteckten Haar steckte ein glitzerndes Diadem, dessen Edelsteine sich auch in dem zarten silbernen Gürtel wiederfanden, der die schmalen Hüften der Königin schmückte.

„Der Maler hatte ausgesprochen talentierte Finger", fuhr sie fort und ihre Mundwinkel hoben sich zu einem verschmitzten Lächeln. „Nicht nur in künstlerischer Hinsicht."

Jenna wusste nicht, was sie sagen oder tun sollte, und entschied sich schließlich dazu, einen etwas unbeholfenen Knicks zu machen und den Kopf zu senken, so wie die Diener und Mägde um sie herum das immer taten. Sie hörte die Königin leise lachen und wagte es dann erst wieder aufzusehen. Die schöne Frau stand direkt vor ihr und musterte sie von oben bis unten.

„So gefallt Ihr mir schon viel besser", meinte sie lächelnd. „Wie ist es, sich wieder wie eine richtige Frau zu fühlen?"

Jenna versuchte, den dicken Kloß in ihrem Hals hinunterzuschlucken, und räusperte sich dann.

„Wunderbar!" gab sie etwas zu überschwänglich zurück, obgleich das noch nicht einmal gelogen war. Schon als sie am Morgen nach ihrem seligen Schlaf in das Kleid geschlüpft war, hatte sie sich wie ein neuer Mensch gefühlt. Die Stoffe der Unterkleider, die sie trug, fühlten sich wunderbar weich auf ihrer Haut an, engten sie weder ein, noch kratzten sie. Und als sie in den Spiegel gesehen hatte, nachdem die Mägde sie frisiert und geschminkt hatten – ja, selbst in dieser mittelalterlichen Zeit gab es so etwas wie ‚Schminkzeug' – hatte sie sich kaum noch wiedererkannt. Sie hatte ausgesehen wie eine Prinzessin, gekleidet in diesen seidenen Traum in Manganblau. *Und* sie hatte festgestellt, dass sie durch die anstrengende Reise sehr viel Gewicht verloren hatte, fast zart aussah. *Sie – zart!*

„Das freut mich", erwiderte die Königin. „Ihr seht erholt aus. Habt Ihr gut geschlafen?"

Jenna nickte verhalten. Alentara gab sich zwar große Mühe, ihr die Angst zu nehmen, jedoch konnte sie sich nicht wirklich entspannen. Die Königin war einfach *zu* freundlich – vor allem wenn man bedachte, welchen Schaden Jenna ihr zugefügt hatte.

Alentara lächelte – ein wenig seltsam, wie Jenna fand – und lief auf einen der mit rotem Samt bezogenen Sessel zu, die in der Mitte des Raumes standen, um sich anmutig darauf niederzulassen.

„Kommt, setzt Euch zu mir", sagte sie und wies mit einer einladenden Geste auf den Sessel neben sich.

Jennas Puls begann sich wieder zu beschleunigen. Dennoch tat sie, worum sie von der schönen Frau gebeten wurde und ließ sich mit etwas weichen Beinen neben ihr nieder.

„Ihr wundert Euch gewiss, warum ich Euch wie einen Gast empfangen und behandelt habe, obwohl Ihr mir nicht nur meinen besten Kampfdrachen genommen, sondern auch eines meiner wertvollsten Schmuckstücke gestohlen habt", griff die Königin Jennas Gedanken auf und ihr blieb wieder nichts anderes übrig, als bedrückt zu nicken.

„Dies zeigt wieder, wie wenig Ihr über jenes Schmuckstück und offenbar auch über Euch selbst wisst", fuhr sie fort. „Was ein Drama in sich ist und Euch das Leben kosten könnte, wenn Ihr an *wirklich* böse, machthungrige Menschen geraten würdet. Aber lasst uns zunächst zwei sehr wichtige Dinge klarstellen, damit Ihr Euch ein wenig entspannen und Euch auf dieses mir sehr wichtige Gespräch einlassen könnt. Ihr und Euer Freund seid meine Gäste und Euch droht damit keine Gefahr von meiner Seite. Ihr braucht also auch keine Angst vor einer Bestrafung oder einem Racheakt haben. Was das Amulett angeht... Ich schenke es Euch – wenn ich das überhaupt sagen kann, denn genau genommen gehört es dem, den es sich selbst als Besitzer erwählt."

Jennas Augen wurden ganz groß und ihr Mund klappte in sprachlosem Staunen auf. Alentara *schenkte* ihr den Stein?! Das konnte nicht ihr Ernst sein! Sie hatte sie bestohlen!

Die Königin stieß ein glockenhelles Lachen aus und schüttelte den Kopf. „Nun macht nicht so ein dummes Gesicht! Ihr werdet das bald verstehen. Alles, was Euch fehlt, sind Informationen, die man bisher bewusst vor Euch verborgen hat – oder eher *ein* gewisser Mensch."

Die Königin holte sichtbar Luft. „Fangen wir am besten damit an, aufzuklären, was gestern passiert ist. Ich habe ein paar Vermutungen, die ich gerne bestätigt sehen würde. Ihr seid mit Marek hierhergekommen?"

Jenna nickte nur wieder.

„Ich vermute, er hat Euch dazu verleitet, Euch in das Schloss zu schleichen und das Amulett zu stehlen."

Zu nicken war weiterhin leichter als etwas zu sagen, denn auch wenn Jenna sich langsam entspannte, so war ihre Kehle immer noch sehr trocken und eng.

„Es ist erstaunlich, welche Wirkung Ihr nach so kurzer Zeit auf diesen Mann entwickelt habt", stellte Alentara lächelnd fest.

Jenna schenkte ihr einen verblüfften Blick. „Ich... ich... hab überhaupt keine Wirkung auf ihn. Er hat mich nur benutzt."

Alentara hob nachdrücklich ihre fein geschwungenen Brauen. „Hat er das? Dann erklärt mir doch einmal, warum er Euch allein in das Schloss geschickt hat, um den Stein zu holen. Warum ist er nicht *mit* Euch gegangen, um Euch gar nicht erst an den Stein heranzulassen und stattdessen nur als Spürhund zu benutzen?"

„Er... er musste die Schlacht anführen", stammelte Jenna.

„Gut, aber dann hätte er auch einen anderen Krieger mit Euch gehen lassen können", wandte Alentara ein. „Das hat er jedoch nicht getan. Er *wollte*, dass Ihr den Stein an Euch nehmt, weil er wusste, dass Ihr dann am besten geschützt seid."

„A-aber warum sollte er das tun?"

Alentara zuckte lächelnd die Schultern. „Vielleicht habt Ihr auch für ihn einen größeren Wert, als Ihr annehmt. Oder Euch ist gelungen, was bisher noch keiner anderen Frau gelungen ist: Ihr habt ihn bezaubert."

Jennas skeptischer Blick sprach allem Anschein nach Bände, denn Alentara lachte erneut und legte ihr eine Hand auf die Schulter. „Ihr seid zu köstlich!"

Sie holte tief Luft und bemühte sich darum, wieder ernst zu werden. „Gut – kommen wir zurück zum eigentlichen Thema: Wie seid Ihr in mein Schloss gekommen? Durch einen der unterirdischen Geheimgänge? Wer hat Euch geführt?"

Dieses Mal reagierte Jenna gar nicht. Sie fühlte sich äußerst unwohl in ihrer Haut. Zum einen wollte sie die Königin nicht verärgern, zum anderen war ihr jedoch ganz klar, dass sie Nula nicht verraten durfte.

Alentara sah sie noch ein paar Sekunden lang fragend an, dann begann sie zu schmunzeln. „So loyal? Das erstaunt mich. Ihr werdet den Verräter ja wohl kaum besonders gut kennen und dennoch schützt Ihr ihn."

„Zu Recht, denke ich", entwischte es Jenna nun doch etwas vorlaut. „Ihr würdet diese Person kaum am Leben lassen."

„Kann Euch das nicht egal sein?"

„Nein. Niemandem sollte das Leben eines anderen Menschen egal sein."

Alentaras Schmunzeln wurde zu einem aufrichtigen, beinahe anerkennenden Lächeln. „Ich verstehe", sagte sie und machte dabei den Eindruck, als würde sie über weitaus mehr sprechen, als nur Jennas letzte Bemerkung. „Die Frage ist nur, ob *Ihr* das auch tut."

Jenna runzelte die Stirn. „Wie meint Ihr das?"

Die Königin musterte sie ein weiteres Mal, dieses Mal weitaus länger und eingehender. „Hat Marek Euch erklärt, warum ausgerechnet Ihr den Stein für ihn holen sollt?"

Jenna dachte rasch nach. „Ich denke schon. Er sagte so etwas wie, dass das *Herz der Sonne* nach mir rufen würde, wenn ich in seiner Nähe bin."

Alentara zeigte sich überrascht. Ihre Augen weiteten sich sogar für den Bruchteil einer Sekunde, dann fand sie wieder zu ihrer Fassung zurück und schüttelte lächelnd den Kopf. „Ich hätte nicht gedacht, dass er Euch tatsächlich verrät, worum es sich bei den Steinen handelt."

„Das hat er auch nicht wirklich", lenkte Jenna sofort ein. „Er hat nur diesen Namen erwähnt und gesagt, dass die Steine Teile eines Ganzen sind. Was es genau damit auf sich hat, ist mir noch nicht klar."

„Aber Ihr wisst, dass es nur sehr wenige Menschen gibt, die diese Bruchstücke aktivieren können?" hakte die Königin nach.

„Das habe ich so langsam verstanden." Jenna seufzte tief. „Ich bin anscheinend etwas… Besonderes."

„Das seid Ihr allerdings", stimmte Alentara ihr zu. Ihr Blick war dabei auf das Amulett gerichtet, das wie gewöhnlich nur ganz sanft von innen her zu glühen schien und das Pochen von Jennas Herzen dadurch für andere Personen nach außen hin sichtbar machte. Sie mochte das nicht, jedoch war es eine Sache, die sich nicht ändern ließ.

„Ano selbst hat Euch zu einer Hüterin der weißen Magie auserwählt und Euch die Fähigkeit in die Wiege gelegt, die Kraft eines der mächtigsten magischen Dinge in dieser Welt zum Leben zu erwecken", erklärte die Königin feierlich. „Nur ganz wenige vor Euch waren jemals dazu in der Lage und seit langer, langer Zeit gab es keinen mehr, der auch nur die kleinste Regung in den Steinen hervorrufen konnte."

„Was genau ist das *Herz der Sonne*?" wollte Jenna wissen.

„Das weiß niemand *genau*", gab Alentara zurück, „gleichwohl gibt es da diese uralte Legende, die besagt, dass der Sonnengott Ano den Kindern dieser Welt einst einen Teil seines Herzens schenkte, um seine Liebe unter diesen zu verbreiten und sie vor allen Gefahren zu schützen. Als sich die Völker stritten und anfingen gegeneinander zu kämpfen, sich gegenseitig zu töten, da gefror das Herz zu Stein und zerfiel in mehrere

Teilstücke. Die Herrscher der verschiedenen Völker nahmen diese an sich, weil sie glaubten, damit große Macht zu gewinnen, doch die Kraft des Herzens war gebrochen und die Teilstücke blieben nur kaltes, regloses Gestein in den Händen derer, die zu gierig waren. Einzig die Zauberer der verschiedenen Völker, die ein reines, gutes Herz besaßen, konnten die Teilstücke wieder zum Leben erwecken und die Macht, die in ihnen wohnt, nutzen. Sie wurden damit zu den mächtigsten und einflussreichsten Personen, die es in dieser Welt gab und waren für lange Zeit Berater und Richter der Herrscher Falaysias."

„Gab es viele von ihnen?" fragte Jenna nachdenklich.

„Viele Zauberer? Ja. Viele Zauberer mit Fähigkeiten wie der Euren? Nein. Und ich denke, heute und hier seid Ihr ziemlich einzigartig."

Jenna schluckte schwer. Irgendwie machte ihr das alles immer noch ziemliche Angst.

„Die Zauberer, die die Hüter der Steine waren, waren früher ständig auf der Suche nach Menschen wie Euch. Sie suchten nach würdigen Nachfolgern, die später ihre Aufgabe übernehmen konnten und die Macht der Steine sinnvoll und weise einsetzen würden. Sie nahmen sie als Lehrlinge auf, bildeten sie aus, übermittelten ihr Wissen und ihre Weisheiten, bis sie dann verstarben. Wenn ein Zauberer keinen Lehrling fand, der die Macht der Steine nutzen konnte, dann zog er sich zumindest einen heran, der über den Stein wachte und an seiner Stelle weiter nach einem Erwählten suchte. So wanderten die Steine über die Jahre von Hand zu Hand, einige in die Schatzkammern von Königen oder, wie im Falle Eures Freundes, sogar in die Hand eines einfachen Soldaten. Dies liegt dem Anschein nach daran, dass es über die Jahre immer weniger Zauberer gab und die Menschen sogar begannen, magisch begabte Personen zu verfolgen und zu töten. Heute gibt es nur noch sehr, sehr wenige von ihnen und die meisten halten ihre magischen Fähigkeiten geheim, aus Angst verfolgt oder missbraucht zu werden. Es sei denn, sie haben sehr viel Macht – so wie Nadir."

Jenna versuchte weiterhin so gelassen wie möglich auszusehen, doch innerlich jagte ein Gedanke den nächsten, denn die ganze Geschichte kam ihr so unglaublich bekannt vor, dass sie nur zu einer Schlussfolgerung kommen konnte – einer Schlussfolgerung, die ihre Hoffnung darauf, wieder nach Hause zu kommen, immens anwachsen ließ.

„Ich verstehe nicht, wie es möglich sein soll, einen Zauberer zu töten, der im Besitz eines dieser Steine ist und seine Macht nutzen kann", wandte sie schnell ein, wohl darauf bedacht, sich nicht anmerken zu lassen, was Alentaras Erzählung tatsächlich in ihr auslöste. „Er ist der beste Schutz, den man haben kann."

„Ist er das?" fragte Alentara zurück.

„Ja, weil er in gewisser Weise an meine Gefühlswelt gekoppelt ist. Er braucht nur zu fühlen, dass ich Angst habe oder angespannt bin und schon beschützt er mich."

„Und wenn Ihr Euch wohl fühlt und nicht damit rechnet, angegriffen zu werden?"

Jenna war für einen Augenblick sprachlos. Darüber hatte sie noch gar nicht nachgedacht.

„Ein Pfeil, der aus der Entfernung abgeschossen wird…" Alentaras sanftes Lächeln passte so gar nicht zu ihren Worten. „Ein Liebhaber, der Euch ein Messer in den Rücken stößt. Das ist alles schon vorgekommen. Glaubt mir, den *absoluten* Schutz gibt es nicht."

Damit hatte sie leider Recht. Warum nur war Jenna das zuvor nicht eingefallen? Sie hatte sich mit dem Amulett im Grunde immer viel zu sicher gefühlt.

„Bleibt immer wachsam, meine Liebe", sprach Alentara weiter und legte ihr erneut sanft eine Hand auf die Schulter, „dann wird das Amulett es auch bleiben."

Jenna blickte für einen langen Moment auf den rötlich glühenden Stein, suchte dann jedoch wieder den Kontakt zu Alentaras Augen. „Warum erzählt Ihr mir das alles? Warum helft Ihr mir?"

Die Königin lächelte erneut. „Nun, ich erhoffe mir, Euch damit dazu bewegen zu können, eine Weile bei mir am Hofe zu bleiben – zumindest so lange, bis die Bakitarer abgezogen sind. Ich erhoffe mir, dass Ihr dazu bereit seid, Nadir zu signalisieren, dass Ihr auf *meiner* Seite steht, sollte er versuchen, mich ein weiteres Mal anzugreifen. Er mag mächtig sein, aber er kennt die Macht des *Herzens der Sonne* und er wird es nicht wagen, mich ein weiteres Mal zu bedrohen, wenn ich unter Eurem Schutz stehe. Ich bin bereit, Euch dafür eine Menge zu bieten. Schutz und Unterkunft für Euch und Euren Freund und uneingeschränkten Zugang zu meiner Bibliothek – auch zu der geheimen, die Ihr längst gefunden habt. Ihr könnt Euch endlich die Informationen besorgen, die Ihr braucht, um die Macht des Amuletts zu verstehen und Euch damit noch besser zu schützen. Und Ihr könnt Euch alle Zeit der Welt lassen, denn je länger Ihr hier in meinem Schloss bleibt, desto besser ist es für mich."

Das Angebot war überaus verlockend und Jenna sehnte sich beinahe danach, es anzunehmen. Für eine gewisse Zeit in diesem Schloss zu leben und sich um nichts weiter zu sorgen, als sich über die Magie der Steine schlau zu machen, war eine wundervolle Vorstellung. Ein weiches Bett, Essen, das wirklich schmeckte, wundervolle Kleider tragen, baden können… Ja, so etwas konnte sie gebrauchen, um sich zu erholen. Allerdings konnte sie das nicht allein entscheiden, musste sich erst einmal mit Leon beraten.

„Kann ich noch ein wenig darüber nachdenken?" fragte sie vorsichtig.

Sie konnte einen Funken von Verärgerung in den Augen der Königin aufblitzen sehen, doch die schöne Frau riss sich zusammen und zwang sich sogar dazu, zu lächeln.

„Aber natürlich", sagte sie. „Nehmt Euch alle Zeit der Welt."

Sie meinte es nicht wirklich so, zumindest *gab* sie ihr aber ein wenig Bedenkzeit. Jenna würde jede Sekunde nutzen, die sie bekommen konnte!

„Und? Was sagst du zu all dem?" setzte Jenna etwas atemlos ihrer ausführlichen Schilderung des Gesprächs mit der Königin hinzu. Sie sah Leon erwartungsvoll, beinahe etwas ungeduldig an. Doch er musste erst einmal seine Gedanken sortieren und alles verarbeiten. Sie hatten so viele, neue Dinge erfahren – aufregende Dinge!

„Weißt du, was ich glaube?" fuhr die junge Frau einfach aufgeregt fort, weil er immer noch nichts gesagt hatte. „Ich glaube, dass das *Herz der Sonne* auch der Schlüssel zum Tor der verlorenen Seelen ist! Das hier…", sie hielt das Amulett in die Höhe, „… ist ein Teil des Schlüssels, Leon! Das hier kann uns dabei helfen, wieder nach Hause zu kommen!"

Er starrte das Amulett an. Sie hatte Recht. Die beiden Legenden waren sich zu ähnlich, um nichts miteinander zu tun zu haben und wenn es dabei um ein und dasselbe magische Objekt ging, dann mussten die magischen Steine Teile des Schlüssels sein, den sie brauchten, um das Tor zu öffnen und sie wieder nach Hause zu bringen. Der Gedanke war nur so unfassbar, dass Leon große Probleme damit hatte, ihn anzunehmen und dann auch noch etwas dazu zu sagen. Sollten sie tatsächlich ihrer Rettung einen kleinen Schritt näher sein? Würde es endlich möglich sein, nach all diesen Jahren wieder zurück nach Hause zu kehren?

Leons Atmung beschleunigte sich automatisch bei diesem Gedanken. Er schluckte schwer.

„Gut, nehmen wir mal an, dass das in der Tat ein Teil des Schlüssels ist…" Er fixierte das Amulett, während er versuchte, seine Gedanken in Worte zu fassen und seine Aufregung niederzuringen. „Dann… dann müssen wir unbedingt die anderen Teile davon finden, um dann später auch das Tor zu suchen. Das wird uns einige Zeit kosten…"

„Ja, aber wir wissen dann endlich genau, was wir tun müssen, Leon", unterbrach Jenna ihn ungeduldig. „Wir haben ein greifbares Ziel vor Augen, auf das wir all unsere Pläne ausrichten können. Und wir bekommen sogar Hilfe von unerwarteter Seite."

„Du solltest Alentara nicht so leicht trauen, Jenna", mahnte Leon seine Freundin rasch. „Sie ist verschlagen und hat zweifellos ihre eigenen Ziele. Sie tut das nicht aus reiner Großzügigkeit."

Jenna runzelte verärgert die Stirn. „Das weiß ich doch, aber wir sollten jede Hilfe annehmen, die wir kriegen können. Es kann nicht schaden, die Bücher zu lesen, die sie mir angeboten hat, um mehr über die Magie der Steine zu erfahren. Vielleicht finden wir ja auch ein paar Hinweise, wo sich die anderen Bruchstücke befinden."

„Heißt das, du bist vielleicht doch dazu bereit, deine Kräfte zu trainieren?" hakte Leon nach und konnte es sich nicht verkneifen, zu schmunzeln.

Jenna wich seinem Blick aus und zuckte dann die Schultern. „Schaden kann es ja an und für sich nicht", sagte sie leichthin, aber ihre Wangen bekamen deutlich mehr Farbe, bevor sie ihn wieder ansah und mahnend mit dem Finger auf ihn wies. „Aber wehe, du nennst mich eine Hexe!"

Er hob lachend die Hände. „Ich werde mich hüten!"

„Gut so." Sie versuchte angestrengt ernst zu bleiben, doch schließlich begann auch sie zu schmunzeln. Ein paar Sekunden lang blieb es still zwischen ihnen, weil jeder seinen eigenen Gedanken nachhing, dann hörte er Jenna wieder Luft holen.

„Das heißt dann wahrscheinlich, dass wir Alentaras Angebot annehmen, oder?" fragte sie.

Leon nickte bestätigend, auch wenn ihm immer noch nicht so wirklich wohl bei der Sache war. „Es kann nicht schaden, für eine Weile in seidenen Laken zu schlafen und nur die feinsten Speisen serviert zu bekommen", scherzte er dennoch.

„Oh, ja!" seufzte Jenna selig lächelnd. „Und duftende Bäder zu nehmen…"

„… angenehme Kleider am Körper zu tragen…"

„… nicht mehr zu frieren und sich den Hintern wund zu reiten…"

Leon musste lachen. „War's so schlimm?"

Sie zuckte erneut nur die Schultern. „Man gewöhnt sich mit der Zeit an alles. Kann man da eigentlich auch Hornhäute bekommen?"

Er grinste breit. „Keine Ahnung. Soll ich mal nachsehen?"

„Ha, ha", gab sie lachend zurück und wieder schienen ihre Wangen ein wenig röter zu werden. Er musste vorsichtiger sein, mit dem was er sagte, schließlich wollte er ja nicht, dass sie glaubte, er wolle mit ihr flirten. Denn das war *gar keine* gute Idee. Sie war nur eine gute Freundin – *nur* eine Freundin. Daran durfte auch die kommende, sehr viel entspanntere Zeit hier im Schloss nichts ändern. Also versuchte er wieder einen ernsten Gesichtsausdruck anzunehmen und zurück zum Thema zu finden.

„Auch wenn das alltägliche Leben hier am Hof sehr viel komfortabler und entspannter sein wird – wir sollten trotzdem immer wachsam sein, Jenna", sagte er und sah sie eindringlich an.

Sie nickte sofort.

„Alentara hat Recht, wenn sie sagt, dass die magischen Steine dich nicht unverwundbar machen", fuhr er fort. „Aber solange du auf der Hut bist, wird auch das Amulett aktiv sein und dich schützen."

„Ich bin nicht so naiv, wie du denkst, Leon", erwiderte Jenna. Doch sie war nicht böse, sagte dies in einem relativ sanften Ton. „Ich passe schon auf mich auf – und auf dich."

Ein Gefühl von Wärme und tiefer Zuneigung stieg unaufhaltsam in ihm auf und er konnte nichts dagegen tun, dass sich diese Gefühle auch in seinem Lächeln spiegelten. „Dito", sagte er leise, hob eine Hand und strich ihr sanft über die Wange. Warme, weiche Haut. Und so wunderschöne dunkelblaue Augen…

Leon erschrak über seine eigenen Gefühle und zog die Hand rasch zurück, verschränkte sie mit seiner anderen, um sich selbst daran zu hindern, noch einmal so etwas Dummes – DUMMES zu tun.

Auch Jenna schien das Ganze etwas peinlich zu sein, denn sie senkte betreten den Blick und musste sich erst räuspern, bevor sie wieder sprechen konnte. „Dann… dann werden wir die nächsten Wochen dazu nutzen, fleißig zu recherchieren. Wir sollten auf keinen Fall zu viel Zeit damit verschwenden, die Annehmlichkeiten hier zu genießen."

Er stimmte ihr sofort mit einem Nicken zu.

„Und danach machen wir uns auf die Suche nach den anderen Steinen…", fing sie an.

„… um dann Locvantos zu finden", beendete er ihren Satz.

Sie lächelte wieder, dieses Mal voller Begeisterung und Motivation. „Klingt nach einem Plan", sagte sie.

„Einem sehr guten!" setzte er hinzu und meinte das auch so. Die Zukunft konnte kommen, denn auf einmal sah sie gar nicht mehr so schwarz aus. Auf einmal war da ein kleines Licht am Horizont, welches das Potenzial dazu hatte, bald sehr viel größer zu werden.

4

„Ich dachte schon, du hast es dir plötzlich anders überlegt und bist doch allein gefahren", waren Benjamins Begrüßungsworte, als er seine Sachen auf den Rücksitz von Melinas altem Mini Cooper und sich selbst auf den Beifahrersitz geworfen hatte. „Weißt du, *wie* lange ich gewartete habe?"

„Zehn Minuten und..." Melina warf einen raschen Blick auf ihre Armbanduhr. „... zweiundzwanzig Sekunden."

„Was?" Ihr Neffe überprüfte ihre Angabe stirnrunzelnd und hob dann überrascht die Brauen. „Oh... Kam mir länger vor."

Sie lächelte nur, setzte den Blinker und fuhr dann an. „Das ist die Aufregung", setzte sie schließlich hinzu, ohne ihn anzusehen.

„Ich bin nicht aufgeregt", gab er prompt zurück. Das war eine glatte Lüge. Er war noch nie vor einer Wochenendreise so aufgeregt gewesen wie vor dieser – wohl auch weil es die aufregendste *war*, die er je gemacht hatte. Er und seine Tante als verdeckte Ermittler... Cool. Gefährlich, aber irgendwie auch... cool.

„Obwohl es eigentlich schon 'nen Grund geben würde, aufgeregt zu sein...", setzte er hinzu. Er sprach nicht gleich weiter, wartete auf eine Reaktion seiner Tante.

„Gibt es den?" fragte sie, nachdem ein paar weitere Sekunden quälend langsam verstrichen waren.

„Ja-a", gab er gedehnt zurück, drehte sich ein wenig, quetschte sich mit dem Oberkörper durch die Lücke zwischen Fahrer- und Beifahrersitz und holte mit einiger Mühe seinen Laptop aus dem Rucksack. Er klappte ihn beinahe feierlich auf seinem Schoß auf und schaltete ihn an.

„Ich war ziemlich fleißig", sagte er stolz, während er sein Passwort eingab. „Ich hab zwar nicht ganz so viel herausgefunden, wie ich gern hätte, aber ich komme auch nicht mit leeren Händen."

„Du machst mich langsam richtig neugierig", gab Melina zurück. „Rück schon mit der Sprache raus!"

Benjamin holte beinahe feierlich Luft. „Also, ich hab die Fotos der Familie mit denen von vermissten Personen hier in England abgeglichen und bin fündig geworden."

Melinas Augen wurden größer und sie warf ihm einen kurzen, freudig überraschten Blick zu.

„Es wurden nicht alle gesucht", erklärte er, „aber zumindest der Junge."

„Von wem?" hakte sie sofort aufgeregt nach.

„Von einer Frau namens Stacey Clarke. Sie war über drei Jahre in dem Haushalt seines Vaters als Nanny und Haushälterin tätig. Der Junge hieß Jack Spencer, Sohn von Simon und Harriet Spencer. Mr. Spencer war damals Witwer. Seine Frau starb vor Jahren bei einem Autounfall. So wurde es Miss Clarke jedenfalls erzählt."

„Oh", entfuhr es Melina, „heißt das, die Geschichte war erfunden?"

„Miss Clarke ist sich da nicht so sicher, doch sie hat mir geschrieben, sie habe ihre Zweifel."

„Du hast sie kontaktiert?"

„Ja, natürlich. Ich wollte doch Informationen und sie ist sehr auskunftsfreudig, weil sie nie die Hoffnung aufgegeben hat, den Jungen eines Tages wiederzufinden."

„Wann und wie ist er verschwunden?"

„Das Haus, in dem die Spencers wohnten, war von einem Tag auf den anderen leer geräumt. Sie hatten nichts dagelassen, was einen Anhaltspunkt darüber gegeben hätte, wohin sie verschwunden sind. Die Spencers gab es einfach plötzlich nicht mehr. Das ist jetzt fünfundzwanzig Jahre her."

Melina schüttelte den Kopf. „Unglaublich."

„Ja, aber der wirkliche Clou kommt ja erst noch", gab Benjamin zurück. „Ich hab der Frau die Bilddateien geschickt und sie hat nicht nur den Jungen, sondern auch seinen Vater wiedererkannt."

„Oh Gott!" stieß Melina angespannt aus. „Sag nicht, sie hat Demeon als Mr. Spencer identifiziert!"

„Doch genau das hat sie!"

Melina schüttelte fassungslos den Kopf. „Das war *niemals* sein Kind. Das glaube ich nicht. Es sieht ihm überhaupt nicht ähnlich!"

„Aber warum hat er ihn dann damals als seinen eigenen Sohn ausgegeben?" wandte Benjamin ein. „Drei Jahre lang!"

„Vielleicht hat er jemandem geholfen, der in Not war… um eine Schuld wiedergutzumachen", schlug Melina zögerlich vor.

Benjamin ließ seiner Tante einen überaus skeptischen Blick zukommen. „Glaubst du das im Ernst?"

Sie seufzte tief. „Nein, ich glaube allerdings auch nicht, dass es sein Kind war. Er hat es nur versorgt… auf es aufgepasst, für wen auch immer. Vielleicht hat ihn sogar jemand dazu gezwungen?"

„Und dann? Hat er plötzlich keine Lust mehr gehabt oder wie?"

„Es muss etwas passiert sein – etwas Schreckliches", überlegte Melina.

„Vielleicht hat jemand das Kind entführt", schlug Benjamin vor. „Das würde zumindest erklären, warum Demeon immer noch diese Fotos mit sich herumträgt."

„Weil er noch nach dem Junge sucht – ja!" stimmte Melina ihm aufgeregt zu.

„Die Frage ist nur, was so besonders an dem Kind ist", brachte Benjamin nachdenklich ein. „Warum sucht er es immer noch, nach all der Zeit, die vergangen ist? Und wieso mit *diesem* Foto? Wenn der Junge noch lebt, ist er jetzt ein erwachsener Mann und sieht ganz anders aus. Wahrscheinlich ist er auch gar nicht mehr auf die Hilfe anderer angewiesen."

Melina kniff ein wenig die Augen zusammen. „Vielleicht ist es ja auch eher Demeon, der Hilfe braucht…"

„Von dem Jungen?" Das klang gar nicht so dumm. „Hm – vielleicht kennt er ein Geheimnis. Oder er war Zeuge von etwas."

„Hatte diese Miss Clarke eine Idee dazu, warum der Junge verschwunden ist?" fragte Melina.

„Nein, doch sie meinte, sie könne uns eine ganze Menge über ihn und seinen Vater erzählen." Benjamin griff in seine Jackentasche und kramte einen Zettel daraus hervor. „Sie hat mir sogar ihre Adresse gegeben und gesagt, wir könnten sie gern morgen besuchen. Nicht vor neun Uhr morgens und nicht nach zehn Uhr abends."

Melina schüttelte lächelnd den Kopf. „Benny, du bist unglaublich!"

Er konnte ihr ansehen, dass sie stolz auf ihn war, und das war ein ziemlich gutes Gefühl. „Na ja, man tut, was man kann", murmelte er. „Heißt das, wir fahren hin?"

„Aber natürlich! Eine solche Informationsquelle dürfen wir uns nicht entgehen lassen!"

„Dann steht für morgen also der Besuch bei Miss Clarke an. Was machen wir heute?" Benjamin sah seine Tante erwartungsvoll an.

„Heute?" Sie ließ ein leises Lachen vernehmen. „Lass uns erst einmal ankommen und unsere Sachen in unsere Unterkunft bringen. Wir sollten nichts überstürzen, sondern unser Vorgehen sorgsam planen. Wir haben schließlich noch das ganze Wochenende Zeit."

Benjamin ließ ein wenig die Schultern hängen. Das klang nicht gerade danach, als wollte seine Tante sofort aktiv werden und die Aktion ‚Demeon-Ausspionieren' umgehend in die Wege leiten, sobald sie in Amesbury angekommen waren. Er hasste es so sehr warten zu müssen!

„Auch Wochenenden können schneller vorbei gehen, als man gucken kann", murrte er.

„Ich sagte ja nicht, dass ich heute untätig herumsitzen will", erwiderte Melina beschwichtigend. „Ich bin nur erst einmal dafür, einen genauen Plan zu machen und nicht einfach sofort loszustürzen. Unsere Zeit ist natürlich kostbar und deswegen sollten wir sie genau einteilen."

Benjamin fiel es schwer, doch schließlich nickte er. Melina hatte Recht. Sie mussten ihr Vorgehen genau durchdenken, wenn sie nicht die Aufmerksamkeit anderer Leute auf sich lenken wollten und damit womöglich dafür sorgten, dass Demeon Wind von der Sache bekam. Denn dann war ihr ganzer Plan ziemlich schnell im Eimer und sie würden Jenna wahrscheinlich nie wieder sehen.

Benjamin schloss kurz die Augen, um diesen erschreckenden Gedanken schnell aus seinem Kopf zu verbannen und sah seine Tante wieder an. „Erst mal ankommen und einen Plan machen, klingt gut", setzte er hinzu. „Aber vielleicht können wir ja schon ein kleines bisschen hier im Auto damit anfangen? Mit dem Plan, meine ich."

Melinas Lippen verzogen sich zu einem Schmunzeln. „Okay, schaden kann das ja nicht", meinte sie und Benjamin strahlte sie an. Oh, er hatte schon eine ganz genaue Vorstellung von dem, was sie heute noch machen konnten – und am Ende würde sogar seine Tante von seinen Ideen begeistert sein. Da war er sich sicher!

≈

Melina hatte geahnt, dass die gute Stimmung zwischen ihrem Neffen und ihr einen jähen Abbruch erfahren würde, sobald sie an einen Punkt kamen, an dem beide auf der Richtigkeit ihrer Meinung beharrten. Dass dieser Moment *so* schnell kommen würde, damit hatte sie allerdings nicht gerechnet.

Benjamin hatte in den letzten Tagen, in denen er allein gewesen war, eine Menge Ideen bezüglich ihres Vorhabens entwickelt, die sich leider an einigen Stellen nicht so ganz mit Melinas Vorstellungen deckten. Er war weitaus risikofreudiger und rascher in seinen Handlungen und Ideen als sie selbst, was einerseits ein großer Gewinn war (sie wusste selbst, dass sie manchmal zu lange zögerte, zu träge war), auf der anderen Seite aber auch sämtliche Alarmglocken in ihrem Inneren schrillen ließ und sie dazu zwang, seinem ungestümen Temperament ab und an doch etwas harscher Einhalt zu gebieten.

Als er während ihrer Fahrt nach Amesbury angefangen hatte, davon zu reden, noch am Abend in Demeons Wohnung einzubrechen, um so schnell wie möglich an die von ihnen so dringend benötigten Informationen zu kommen, hatte sie zunächst nur geschwiegen, versucht ihm mit zweifelnden Blicken klarzumachen, dass eine Nacht-und-Nebelaktion für sie nicht in Frage kam. Wahrscheinlich war das nicht ausreichend gewesen, aber sie hatte nicht schon so früh mit ihrem Neffen streiten wollen.

Aus demselben Grund hatte sie bei ihrer Ankunft in der kleinen Stadt ein weiteres Mal eingelenkt und war sofort mit ihm zu dem Pub gefahren, in dem Demeon offenbar Stammgast war. Sie hatten sich als Freunde des Zauberers ausgegeben, die ihm einen Überraschungsbesuch abstatten wollten und der freundliche Barkeeper hatte Demeon tatsächlich auf ihren Fotos erkannt. Der Trick dem Mann freudestrahlend eine falsche Adresse Demeons zu nennen, hatte ebenfalls funktioniert und dazu geführt, dass sie sogar mit einer genauen Wegbeschreibung zur Wohnung des Zauberers versorgt worden waren – inklusive einer kleinen Zeichnung.

Doch anstatt erst einmal diesen Erfolg zu feiern und nun endlich zu ihrer Unterkunft zu fahren, hatte Benjamin darauf bestanden, sofort Demeons Wohnung aufzusuchen oder zumindest noch an *diesem* Abend. Dieses Mal hatte Melina ihm jedoch nicht nachgegeben und endlich verkündet, dass sie diese Aktion auf den Vormittag des nächsten Tages verschieben wolle, um ihr Vorgehen ganz genau zu planen.

Benjamin hatte versucht, sie mit guten Argumenten umzustimmen, doch er war auf Granit gestoßen (ja, der Sturkopf lag in der Familie). Seitdem sprach er nicht mehr mit ihr, schob beleidigt die Unterlippe vor und wandte sich ab, sobald sie auch nur den Ansatz dazu machte, wieder mit ihm zu reden. So bezogen sie das gemeinsame Zimmer stillschweigend und packten ebenso wortlos und mit kühler Miene ihre Sachen aus. Melina hasste das, aber sie war auch nicht willens, dem Jungen nachzugeben, nur weil er herumbockte wie ein Kleinkind.

Die Zeit verging quälend langsam. Als der Abend nahte und sie immer noch beide wortlos auf ihren Betten saßen und sich damit beschäftigten, ihre für ihre Aktion so wichtigen Unterlagen durchzugehen – er am PC, sie mittels handgeschriebener und gedruckter Papiere – seufzte Melina laut auf und sah ihren Neffen an. So lange, bis er sich davon so gestört fühlte, dass er den Blick hob.

„Was?!" stieß er genervt aus.

„Das ist doch albern, Benjamin", sagte Melina gerade heraus. „Wie sollen wir weiter zusammenarbeiten, wenn du nicht mehr mit mir redest?"

Er zuckte die Schultern und sah wieder auf den Bildschirm seines Laptops. „Ich hatte nicht gerade das Gefühl, als wolltest du mit mir *zusammen*arbeiten…"

„Nur weil ich dir ausnahmsweise widersprochen und es durchgesetzt habe, dass wir erst morgen früh Demeons Wohnung ansehen?"

„Du bestimmt *immer* alles!" hielt er dagegen.

„Das ist überhaupt nicht wahr!" Melina sah ihren Neffen empört an. „Wenn das so wäre, hätte ich dich noch nicht einmal mitgenommen! *Und* wir waren im Pub, obwohl ich das nicht geplant hatte. Das Treffen mit dieser Miss Clarke hast *du* ganz allein organisiert und ich habe es sofort akzeptiert. Ich weiß deine Hilfe *sehr* zu schätzen, Benjamin. Aber manchmal musst auch *du* mir mal entgegenkommen!"

Benjamin warf ihr einen kurzen, immer noch etwas mürrischen Blick zu, doch sie fühlte, dass ihre Worte bei ihm angekommen waren. Seine Körperhaltung hatte sich deutlich entspannt und er machte einen nicht mehr ganz so verärgerten Eindruck.

„Manche Dinge lassen sich besser auf deine Weise und manche eher auf meine Weise angehen", fuhr sie nun weniger nachdrücklich fort. „Nur wenn wir lernen, uns auf einander abzustimmen, können wir zu einem guten Team werden. Wir haben das Potential dafür, das spüre ich."

„Ja, ja, schon gut, ich hab's verstanden", erwiderte Benjamin mit einer lässig abwinkenden Geste. „Bin ja nicht blöd."

„Nein, das bist du ganz bestimmt nicht", lächelte sie. „Sonst hätt ich dich wahrscheinlich längst abschütteln können."

„Wahrscheinlich", stimmte er ihr zu und sie meinte ein kleines Schmunzeln auf seinen Lippen zu erkennen, ein sicheres Zeichen dafür, dass die Spannung zwischen ihnen fürs Erste behoben war.

Melina war erleichtert. Das würde sie ganz gewiss sehr viel besser schlafen lassen.

„Übrigens: Eine Sache wollte ich dir noch zeigen, bevor wir zu schläfrig werden, um noch richtig denken zu können." Benjamin erhob sich unter Melinas erstauntem Blick und lief hinüber zu dem Stuhl, auf den er seinen Rucksack gestellt hatte. Er kramte eine Weile darin herum und holte schließlich einen etwas zerknitterten Zettel hervor.

„Ich hatte ganz vergessen, dir das zu zeigen", meinte er und reichte ihn ihr. Sein Verhalten überraschte sie, hatte sie doch gar nicht mit einer derart versöhnlichen Geste seinerseits gerechnet. Sie entfaltete das Papier stirnrunzelnd und strich es glatt.

„Den hab ich von einem Notizblock mitgehen lassen und dann mit Bleistift übermalt", erklärte er, „um zu sehen, ob sich was durchs Papier gedrückt hat."

Das hatte es in der Tat. Gegen den dunklen Strich des Bleistifts hoben sich feine weiße Linien ab, Linien die Zahlen und Worte bildeten.

„Das erste ist anscheinend eine Telefonnummer und ein Name: Dr. Phillip Reign", erklärte Benjamin. „Darunter stehen ein paar Daten."

Melina nickte tief nachdenklich.

„Kannst du was damit anfangen?"

Sie musste leider den Kopf schütteln. „Das sagt mir nichts. Weder der Name noch die Daten."

„Er ist ein Astrologe – das hab ich schon im Internet nachgesehen", klärte ihr Neffe sie auf.

„Ein Astrologe?" wiederholte sie hellhörig.

Benjamin nickte. „Ist das… verdächtig?"

Sie bewegte abwägend den Kopf von einer Seite zur anderen. „Ich bin mir nicht sicher – aber Magier beschäftigen sich viel mit Sternenkonstellationen, weil diese den Fluss der Energien beeinflussen können. Es ist immer gut zu wissen, was im All so passiert."

„Dann wollte er den Mann vielleicht um Rat fragen, Informationen zu bestimmten Ereignissen haben?" überlegte Benjamin.

„Vielleicht", stimmte sie ihm zu.

„Oh!" Benjamins Augen wurden ein wenig größer. „Darf ich mal?" fragte er, wartete allerdings gar nicht erst auf eine Antwort, sondern nahm ihr einfach wieder den Zettel aus der Hand und eilte damit zurück zu seinem Laptop.

„Vielleicht sind das Daten von Tagen, an denen etwas Aufregendes am Himmel passiert", erklärte er ihr sein Handeln, während er schon Befehle über die Tastatur seines Laptops eingab. „Ha! Siehst du! Partielle Sonnenfinsternis am zehnten Mai. Das ist genau das Datum auf dem Zettel."

Melina stand auf und gesellte sich zu ihrem Neffen. Er hatte Recht. Und die anderen Daten…

„Das sind *alles* Tage, an denen eine Sonnenfinsternis ansteht – sieh mal!" stieß Benjamin aufgeregt aus.

Sie nickte beeindruckt. Solche Ereignisse hatten immer schon eine hohe Relevanz für Magier und deren Tätigkeiten gehabt. Ihre Mutter hatte ihr immer gepredigt, besonders schwierige Zauber an einem solchen Tag zu wagen. Natürlich musste man dabei sehr vorsichtig sein, gewisse Vorkehrungen treffen...

„Das muss doch etwas bedeuten", unterbrach Benjamin ihre Gedanken. „Was hat Demeon an diesen Tagen vor?"

„Das kann ich dir nicht sagen", gab Melina zu. „Aber wir sollten das dringend herausfinden – denn *dass* er etwas geplant hat, ist ganz klar."

Benjamin kniff ein wenig die Augen zusammen. „Hmmm... wozu gibt es das Internet?" Er tippte wieder etwas ein. „Ich werd nach Wortpaaren wie ‚Magie und Sonnenfinsternis' oder ‚Energie und Sonnenfinsternis' suchen und gucken, was dabei rauskommt."

„Vielleicht solltest du aber auch versuchen, mal zur Ruhe zu kommen, damit du nachher auch gut schlafen kannst", schlug Melina vorsichtig vor. Benjamins Eifer und Einsatzbereitschaft waren lobenswert und brachten Erstaunliches zuwege. Der Junge war jedoch immer noch ein Kind. Ein Kind, das ab und an Ruhe und Schlaf brauchte, sich ausruhen musste. Sie, als Erwachsene, trug die Verantwortung für sein Wohlergehen, was hieß, dass sie ihn unbedingt ab und an bremsen musste. Nur war das bei diesem besonderen Kind nicht so einfach.

Benjamin nickte zwar und murmelte ein „Ja, ja", doch er machte nicht gerade den Eindruck, als wolle er sich bald hinlegen und schlafen.

„Benny?" versuchte Melina erneut seine Aufmerksamkeit zu gewinnen.

„Ich *bin* ganz entspannt – wirklich!" beteuerte er, ohne sie dabei anzusehen. „An meinem Computer zu arbeiten ist besser als jede Beruhigungspille."

„Das geht jetzt aber nicht die ganze Nacht so, oder?" fragte sie misstrauisch.

„Nein, nein", winkte er ab.

Melina beobachtete ihn noch einen Augenblick, dann wandte sie sich mit einem leisen Seufzen um und lief zu ihrem Bett. Tief nachdenklich ließ sie sich darauf nieder. Es gab noch so viel zu tun – nicht nur in Bezug auf Jennas Rettung, sondern auch hinsichtlich ihrer noch nicht so wirklich gut funktionierenden Beziehung zu ihrem Neffen. So viel Arbeit... und es war so schwer, den Überblick zu behalten und festzulegen, welcher Sache wann der Vorrang einzuräumen war. Ganz zu schweigen von der Berg- und Talfahrt ihrer Gefühlswelt, der sie ständig ausgesetzt war.

Melina seufzte ein weiteres Mal – dieses Mal noch leiser als zuvor, um Benjamin nicht zu verärgern, und ergriff dann noch einmal die Fotos, die ihr Neffe ausgedruckt hatte, um sie Miss Clarke zu zeigen. Sie sah sich eines nach dem anderen an, hielt jedoch bei einem inne, das nur den Jungen zeigte. Er lachte so frei und fröhlich, unbelastet von den Sorgen dieser Welt. So schien es jedenfalls. Er war noch so klein, jünger als Benjamin, maximal sechs Jahre alt. Was war nur mit ihm geschehen?

Melina erschauerte ein wenig und sie musste sich zwingen, nicht in Benjamins Richtung zu sehen, um ihn nicht merken zu lassen, welche Sorgen sie sofort befielen. Sie wusste nicht, was dem fremden Jungen zugestoßen war, doch sie würde nicht zulassen, dass Benjamin sein Schicksal teilte oder dass ihm etwas anderes zustieß. Niemals! Sie würde für und um ihn kämpfen!

Sie blätterte zum nächsten Bild weiter, um diese schlimmen Gedanken hinter sich zu lassen und hielt ein weiteres Mal inne. Da war wieder dieses Kind und dieses Mal lachte es nicht, sah ernst, fast starr in die Kamera und diese Augen…

Ihr schauderte ein weiteres Mal und ein seltsames Kribbeln breitete sich in ihrem Inneren aus, ließ ihr Herz schneller schlagen. Da war auf einmal so eine dumpfe Ahnung, die sich tief in ihr regte, hervorgebracht durch einen Sinn, den nur sehr wenige Menschen aktivieren konnten, ein Gefühl, dass erschreckend und doch so aufregend war, dass sie es nicht wieder abschüttelnd konnte.

Innerhalb weniger Sekunden wurde diese Ahnung zur Gewissheit: Jennas und Leons Rettung hing nicht nur davon ab, was sie hier und die beiden dort drüben in Falaysia taten – es gab noch einen anderen Faktor, von dem sie bisher nichts geahnt hatte; eine Person, die das Schicksal aller maßgeblich beeinflussen konnte und das war der Junge auf dem Bild in ihren Händen. Der Junge mit den hellen Katzenaugen.

Ende von Band 2

Wie es weitergeht, ist im dritten Teil

Falaysia – Fremde Welt
Band 3: Piladoma

zu erfahren, der voraussichtlich Ende des Jahres erscheinen wird.

Aktuelle Informationen über die Autorin und ihre Bücher sind über
http://www.inalinger.de
verfügbar.

Printed in Poland
by Amazon Fulfillment
Poland Sp. z o.o., Wrocław